鄭定國著

王十朋及其詩

臺灣學生書局印行

王十朋及其詩 目錄

壹、敘論（代序）……一

貳、王十朋及其詩之外緣研究……五

第一章　王十朋之時代背景與家世……五

第一節　王十朋所處之時代背景……五

第二節　王十朋家世……九

左原形勢示意圖……一二

附王十朋家族親屬表……二五

第三節　王十朋交游……三〇

附梅溪學案圖……一一二

第二章　王梅溪詩文集版本考……一二一

第一節　梅溪集之沿革概況……一二一

第二節　梅溪集編次方式……一二三

第三節　梅溪集傳世系統及版本種類……一二四

附梅溪文集版本源流系統圖……一四二
各類版本書影……一四三
第三章　王十朋年譜……一六一
附南宋政區形勢圖……二六三
第四章　王十朋之文學背景及文學觀念……二六四
第一節　宋朝文學理論之概況……二六四
第二節　王十朋文學創作背景……二六六
第三節　王十朋文學觀念……二八〇
參、王十朋詩之內容研究……二九七
第一章　王十朋詩之語言特徵……二九七
一、語法動人……三〇〇
㈠鍊動詞……三〇三
㈡鍊非動詞……三〇五
二、色彩鮮明……三〇八
㈠色彩種類……三一〇

㈡色彩變化……三一二
㈢設色次第……三一三
三、詞意曲折……三一六
四、用典自然……三一九

第二章　王十朋詩塑造意象之技巧……三二五

一、心理意象之技巧……三二七
㈠各種感官浮面意象……三二七
㈡感官移位複雜意象……三二八
二、鋪陳意象之技巧……三二九
㈠疊敘手法……三三二
㈡重複手法……三三二
㈢排比手法……三三三
㈣層遞手法……三三三
三、含蓄意象之技巧……三三四
㈠烘雲托月……三三四
㈡象外見意……三三五
㈢喻詞意象……三三八
四、詠物、詠史詩之意象……三四二

五、詩中意象之立體感……三四七
第三章　王十朋詩之音樂性……三五二
一、平仄……三五三
二、用韻……三五八
三、句法……三六一
四、節奏……三六五
第四章　王十朋詩中褒貶人物所顯示之思想……三七〇
第五章　王十朋詩之境界……三七八
一、含蓄性……三八一
二、創意性……三八四
三、聯想性……三八七
四、悟性……三八九
五、自然性……三九二
肆、結論……三九五
重要叅考書目……三九七

壹、敘論（代序）

宋詩之研究，已若雨後春草，冒地而出，更行更遠還生。今國內外學術機構與學者，或鳩聚整體力量，或獨自焚膏繼晷，已孳孳有年而恆兀兀有成矣。近年國內某大學首倡編輯全宋詩工作，業已進行，功成可期焉。而全國宋詩研究學會亦已肇造，宋詩研究論著類目稿將分中、日、韓、歐美四部輯錄，其有開創之功者昭昭可鑑，宋詩圃園錦簇花團之遠景即將現之目前也。

雖然，宋詩之光彩久被唐詩所掩，唐詩又早種人心，是以宋詩之成就尚未能與唐詩相頡頏，前人蒐輯宋人集者，若宋百家詩存、宋十五家詩、宋詩鈔、南宋名賢小集……，諸書均未能含蓋全宋詩家，因此衆多詩家猶有闇而不彰者。回顧文學之軌跡，宋代國力積弱，戰事擾擾，因之宋詩集亡佚恆不免。明人學問遠不如古，往往詆毀宋詩，至使宋人詩集亡佚之數尤夥。有清一代詩之主宋主唐反覆迭起，宋詩遂有大放光明之機。今人當肯定一代有一代之詩，唐宋詩之爭可以休矣。倘能若此，宋詩之研究定如蠟梅半樹衝雪破，琉璃耀文壇，庶幾學者於宋詩之殷勤容有摘實薦新之時哉！

古詩自詩經楚辭而後沿革開展軌轍顯然，迄今日之白話詩猶上汲傳統詩之滋潤茁壯，吾人擇宋詩而研究，尚冀裨益闡揚今之文學領域，灌溉肥沃今之白話詩園，期美化文壇欣欣綠容焉。今作王十朋詩之研究，乃敬其人而愛其詩也；王十朋生於北宋，長於南宋，約早陸游、楊萬里、范成大、尤袤十數年，論詩品王氏足以抗衡陸楊范氏而超越尤氏多矣。尤之落梅詩（清溪西畔小橋東）氣象格局方之王氏梅詩作品似有閨秀雄峻之判，梁谿遺稿質量俱寡實大愧南宋四家名聲，今之編文學史者，必以王陸楊范爲南宋四大家可也。或云陸楊范詩不出江西，自姜夔、嚴羽始有反動意，此又錯謬者矣。以時而言，十朋是南宋初詩界第一大作手；以文學演進言，十朋又是江西詩反動之發難者也，浙東詩派及永嘉四靈焉能不受影響，明清於江西詩之批判亦難出十朋文學之觀點焉。本編之作，若能令王十朋於文學史宋詩部分中成一翹楚，斯十朋之幸，而固吾之願也。爰將本編所論，約述如次：

王十朋及其詩之外緣研究

此部分總有四章。第一章王十朋之時代背景與家世。自王十朋所處之時代背景論起，於其家世、交游多所考察，且以梅溪集爲主，於十朋早期晚期交游之脈絡一一梳爬，足令十朋人格、詩風所受雨露培壅洞然無遯焉。第二章王梅溪詩文集版本考。茲將今所見附載梅溪詩之文集詩集之傳世本彙合研究，既區分其源流，又圖繪其版本系統（因撰寫此部分時，尚不便前往內地，北京所藏資料尚未攬列考察，然梅溪文集宋本早佚，資料恐仍無過於所列者）。第三章王十朋年譜。十朋傳世年譜，僅清朝徐炯文一種，約二千餘字，今藏之日本國東京大學東洋文化研究所。東京大學文學部教授二宮敬先生嘗提供此項資料，僅此致謝。吾已將年譜擴充至八、九萬字之專篇，涵蓋王十朋所有詩作之繫年，至於其他文學作品，容易考訂者已繫年，餘俟他日作深入分析。第四章王十朋之文學背景及文學觀念分三小節敘述，其一宋朝文學理論之概況；其二王十朋文學創作背景，含爲人個性、文學淵源、創作意識云；其三王十朋文學觀念，此點係研究王十朋文學理論之根基。以上乃研究王十朋詩之外緣部分。

王十朋及其詩之內容研究

王詩之內容研究著眼於其詩語言之特徵、塑造意象之技巧，而詩之音樂性及相關意象皆在研究之列。王詩之總體討論則單列境界一章，以闡揚王十朋詩之文心詩魂。今簡述王詩內容研究之大綱。第一章王十朋詩之語言特徵。文有四小節，含語法動人、色彩鮮明、詞意曲折、用典自然等。第二章王十朋詩塑造意象之技巧；是十朋詩在意象塑造上之成就分析，文分五節，含心理意象、鋪陳意象、含蓄意象、詠物詩、詠史詩之意象及詩中意象之立體感。以上於詩之美學，容或有啓示性焉。第三章王十朋詩之音樂性；宋詩不同於唐詩，其平仄、用韻、句法及節奏定有殊異者也，今亦單章討論之。第四章王十朋詩褒貶人物所顯示之思想。詩中褒貶人物可顯示作者之思想所在，頗值得研究，故專列一章。第五章王十朋詩之境界，分含蓄性、創意性、聯想性、悟性、自然性五類。十朋詩之境界實不止此五類，本文僅就其所著重者而言也，至於十朋之詩品、氣象皆於焉細表，是研究十朋詩之整體總結。噫！堂前喬木幾經春，家夢年年到不到？此十朋一生之寫照。王十朋終身掙扎於儒、佛、道之邊緣，因其愛國愛民，故忘家忘身，詩品與人品同屬高絕。另有附錄三項，其中附錄一係梅溪前後集人名索引，所費心力亦巨，期盼能有利於後之研究南宋詩者。今因篇幅過巨，併同附錄二梅溪先生著作研究知見目錄及附錄三紹興二十七年進士及第同年小錄皆刪除之，學者只可從博士論文中查得全豹。

本編王十朋及其詩之研究論文，自外緣而內容，由家世、背景、交游而詩語、意象、音樂節奏與詩魂之境界，層次、架構明朗，然猶有所惶恐汗顏者，懼文字表達功力未能圓滿，苦心經營毅力不繼耳。倘有疏失，敬祈　大雅君子不吝賜正。

本編之作，歷年有三，前二年進度甚緩，銳進於今年。七十七年，家母去逝，進度加速，敦促之功，冥冥在天，今茲編已成，吾　母可以九泉含笑矣。王十朋大魁天下後，嘗語「重念此生難報處」（後集二集途中次韻寶印叔），其難處吾今知之矣。另外尚有難報者師恩也，本篇論文栽成之恩，仰賴本師　黃永武先生，因恩師時時關懷進度，指正研究方向，教誨之恩，豈敢或忘，其餘凡有教於我之師友，謹此並同致謝。張之洞書目答問最後頁有「勸刻書說」，於不惜重費之刻書人甚嘉許推重，以為「積善之雅談也」。學生書局丁文治先生慨能答應素昧平生之後學出書，萬分感謝，謹此致敬。

中華民國八十三年八月　鄭定國　謹記

貳、王十朋及其詩之外緣研究

第一章　王十朋之時代背景與家世

第一節　王十朋所處之時代背景

王十朋生於北宋徽宗政和二年（西元一一一二），卒於南宋孝宗乾道七年（西元一一七一）。時歷徽宗、欽宗、高宗、孝宗四期，適值北宋南宋交替而南宋初建之時期。方徽欽帝蒙塵，震動宋室，宋遺民舉趙構繼統於江南，新宋室之建立，理應爲氣象萬千。然「中興以後的君主，全都庸弱，權相把持，層出不斷，官僚腐化，苛捐重稅，雖然議論不少，終乏長策。❶」，職此之故十朋縱然吞吐忠膽，亦未能完全施其才略，此乃中央政策（君權、相權）搖擺不定有以致之。

北宋建國，首樹「重文輕武」與「強幹弱枝」兩大國策。至南宋高宗內則收掌四大鎮兵權，外則乞和，專任秦檜，殺岳飛，竄張浚、趙鼎，罷黜異論，皆君權獨斷之彰顯。而後君權移轉，授與權相，則權相代理之權力益形擴張，是士大夫不得施展才抱之主因也。

南宋地理形勢以濱海立國之故，向南不易圖進，西南略有拓展，北則聯繫高麗，東則濱海，

---

❶ 宋史研究集之「代序—略論南宋的重要性」（代序是劉子健撰）。

因囿於地形，是故僅以江浙一帶爲其重心，經濟、文化雖聯合繁榮，然金敵在眼前。經濟之成長，雖形成貧富不均，亦使農村佃農之重要性提昇。南宋初定，政治腐敗，飢民爲盜，類似水滸傳官逼民變之事猶有發生，且軍紀不振，多有兵變，恆爲南宋政經穩定之隱憂。

南宋初期沿襲尚文輕武政策，然戰爭不斷，又壤接金人，遂使隱避內陸之四川地區兵強產富，形成政府於四川之軍政、財政、選舉並有特殊便宜措施，故四川宣撫使權力大，得方便從事，四川總領有統轄財政權，川陝人士可預「類省試」而賜進士出身，又可赴行在參加殿試，是以「強幹弱枝」之政策已有瑕疵❷。此時均以名臣駐四川，而吳璘自紹興至乾道守蜀二十餘年，時王十朋曾帥夔。後南宋滅於蒙古，四川先亡失，其地政經狀況與南宋國運息息相關。

王夫之宋論（卷十）言及高宗之畏女眞甚矣，究其因乃臨江踞坐無險可守，故高宗政策飄搖不定而乏壯志，乃有和議之起。自「張浚宣撫川陝而奉便宜之詔始，宋乃西望而猶有可倚之形」，又「張韓岳劉諸將競起，以盪平群盜，收爲部曲，宋乃於是有兵」，則和議遂寢。而後高宗猜疑，爲保皇位而又思議和，岳飛冤死，韓世忠罷去，如此反覆，又焉可期待忠貞之士濟志有爲於天下。宋高宗時代，與金國之外交約可分爲三大時期。即位初期向金稱臣，乃徽欽被擄，生死未卜之故也。此期先後遣使赴金國通問，金人留使不應。高宗屈膝稱臣。此第一期也。建炎四年以後，高宗知爲金所不容，揮軍北戰，故對金態度轉趨強硬。此第二期也。建炎五年徽宗崩，七年金人廢劉豫，王倫歸返，言金人請還帝后梓宮且釋回高宗生母韋氏，故高宗又主和議。然欽宗之歸，高

❷ 南宋史事質疑頁一七八，林天蔚著，台灣商務印書館七六年初版印行。

宗猶豫不悅，和與不和皆無比困擾，遂爲秦檜窺其私衷而竊國柄十八年❸。時主和者固是高宗與秦檜，而主戰者則武臣與談義理之士大夫（如王庶、胡銓……），介乎其間者有趙鼎❹。有宋國勢積弱，究衰亡之故乃因議和而失圖強之契機焉耳。

南宋初年局勢多震盪，紹興以降則漸趨安定。吾前所云政策猶豫不定及軍事積弱不振，乃反映宋朝國家財政運作之不當及政治之軟弱不振❺，然有宋一代之經濟發展卻是相當蓬勃，且較南宋殊顯富足。故葉水心云：「嘗試以祖宗之盛時所入之財，比于漢唐之盛時一再倍。❻」梅溪集中見人民稅捐激增，漕運頻仍，驛傳便捷，且賑災與造橋公共事業常有，均足明經濟活動之繁榮。經濟活動實與南宋政權連續綿延一百五十年有極密切關連。學者朱瑞熙氏指出宋代社會土地所有權變動驟多，土地逐步轉向私田化，更加速經濟變動❼。其餘社會現象如太學三舍考選制與朝廷三級科舉制並行，且私人書院相繼興起，於南宋時，此與理學傳播互爲因果❽。是以宋代教育普及，學生形成獨特社會力量，逐漸活躍於政壇，又如五代亂後，宋朝門閥趨衰，雖云歐陽修、蘇

---

❸ 宋代史事疑頁一五一至一六〇。

❹ 右書頁一七〇。

❺ 宋遼關係史研究頁二一四。

❻ 葉適集，水心別集卷十一，外稿，財總論二。

❼ 宋代社會研究頁六七至六九。

❽ 右書第六章宋代教育制度，頁九七至一一〇。

洵嘗新編族譜，然一般家族乃實行小宗之法，歷代祖先僅及四、五代，且使本族中新建立地位之官員，重建家族組織⑨，已不重郡望門閥之習，實戰亂劫後不得已之故，是也。

高宗朝，於內政方面，加強控制社團活動，為恐阻礙政府政令推行，而有形成地方勢力之虞。高宗為防夷夏之別，貶斥王安石之「新學」，且欲將北宋之亡委過於融合儒釋之安石。值此際伊洛程之學亦盛，且黨同師友，因此高宗於結社互通聲氣之舉深具戒心，無論儒、釋、道均予以防範，此舉影響學術演進與人才薦用大有干係。紹興以後，安石新學與伊洛之學並行，然安石新學漸已沒落矣⑩。政治與學術，相互影響，由此知之。宋人敢於疑古，於詩經而言黃氏忠慎以為宋人新解倍出，毛鄭說法幾全崩潰，詩經價值始漸出眞義，此或可為宋人論詩之參佐，今若計較於梅溪集之反動江西詩派西崑詩派當可管窺十朋文學之觀點。

十朋雖生於徽宗朝，遭靖康之變，第年尚淺，無可作為，僅存離亂記憶耳。高宗朝，值十朋壯年期，英姿奮發，卻屢試不第，因心志未折，紹興末年卒一振鵬翼，高中狀元。及第後，為政深得人心，終成名臣。孝宗朝，十朋漸老，孝宗初年十朋猶能有為，乾道六、七年已頻頻乞致仕矣。喻良能香山集「留別王狀元二十四韻」詩云：

天才文章伯，忠純社稷臣。七州鍾秀異，孤嶼賦精神。德蘊圭璋潤，胸涵海嶽春。麟經頻得儁，槐市早稱珍。宿弊時方革，皇綱上正親。大廷清問降，空臆讜言陳。力補嚴宸衮，深攖睿主鱗。一元追董相，多詐恥平津。文擅無雙價，臚傳第一人。聲華飛

⑨ 右書第七章宋代的家族組織，頁一一二至一二八。

⑩ 宋代儒釋調和論及排佛論之演進第四章，頁九六至一一七。

宇宙，風采聳簪紳。貴紙寧堪數，回天僅足倫。施行均令甲，獎諭見絲綸。未覆金甌墨，聊爲綠水賓。愛民如赤子，束吏似生薪。鑑水書題遍，稽山賦詠頻。卻梅清節著，誣狗滯冤伸。……

此殆可爲十朋生處南宋初年之一生作若干詮釋者矣。

第二節　王十朋家世

一、先世與里居

宋人之習貴言閭里，而少立譜牒，鮮及祖系，故家世之淵源僅達於三、五世耳，且語焉不詳。此等現象之發生，究其遠因乃唐末及五代十國長期戰爭有以致之。而其近因即門閥士族解散，取士不問家世，富貴出身貧賤，故而皆不願追溯先祖，且因家闕譜牒亦難以追溯世次[11]。

宋史云：「王十朋字龜齡，溫州樂清人。……聚徒梅溪，受業者以百數。入太學，主司異其文。」是知十朋浙江樂清縣人。汪應辰龍圖閣學士王公墓誌銘、宋十五家詩選、全宋詞王十朋條、南宋文範及梅溪集十朋自述皆云「徙於溫州樂清之左原」，則諸書與十朋自述了無牴觸，是樂清人也，或曰溫州人者，括而言之耳。

考十朋之先世，依十朋所言可溯及二百年前[12]，先世舊居杭州，五代末避地擇所自杭之錢塘

[11] 朱瑞熙宋代社會研究第七章頁一一一。

[12] 上海商務四部叢刊初編。梅溪前集卷十八寒食祭始祖文，頁一九四。後引梅溪集皆用此本，且參校以他本。

徙于溫州樂清⑬。十朋所云之先世，乃王十朋之幾世祖？左原詩序云「七世祖」。十朋述及先世有多條，文字類似，僅此一條較詳細。

十朋先世既家於樂清左原，迄十朋時殆有二十房，此亦大略之辭，十朋並不確知。十朋稔知之先人，乃自徽宗大觀始也。十朋之前三世爲曾祖信、祖格、父輔，父輔以十朋之故贈左朝散郎，母萬氏贈碩人。十朋之先人，至其父始業儒⑭，十朋於紹興二十七年中狀元，時二親皆不及見⑮矣。

左原在樂清之東三十有五里，群山環繞，以其居邑之左，故名。左原地雖偏僻而有山水之美，中有左嶺左湖左口，皆以左名之。十朋於左原詩詳記周匝環境。詩總有三十二首，要點如後：甲、左原四周之山，大者有四，曰東高山、西高山、南高山、北高山。另一山橫向，曰龜山，一山在原之水口，形如臥虎曰臥虎山。乙、左原有二溪，其實一溪也。王十朋家左原之北，北高山之南有梅溪，梅溪東流，合左原數水謂之楊溪，楊溪即梅溪之下游也。丙、左原之西及西北多山石，曰戲綵岩、杜鵑岩、棋盤岩、撒水岩、松羅岩、障岩、人面岩、天柱岩、幞碩岩、共九岩。名謂之岩者，乃山之壁立而硬者，或有平面可供憩息，或以景色秀絕可觀賞，不一而足。西北山腰有瀑布名之北瀑布。

⑬ 同⑫及前集卷十七「大井記」，又後集卷六「左原詩」之序。

⑭ 汪應辰王公墓誌銘，文定集卷二十三頁一，梅溪集亦附本文。

⑮ 宋人軼事彙編卷十六，頁八一八，台灣商務印書館。

丁、左原之東有東高山；山之峰曰宋家尖，山有如在亭，十朋祖父母葬於此。另有左湖。

戊、左原之南有南高山，山有左嶺、小雁蕩、南瀑布、嘶水澗、賈公庵。山之鄰有白岩庵乃十朋之祖父捨山歸贈明慶寺院而立，十朋高祖母、曾祖父母、父母皆葬於庵之附近，蓋祖塋也。

己、左原之西南有山名三井，山下有雁潭。

十朋家於左原之梅溪上（在玉簫峰下），宅有弊廬，先人所居，有四友室藏書數百卷（為官後達千卷；自蜀歸後，藏書已達萬卷）。梅溪宅又有書閣一室，地僅容膝，未知張魏公所書之不欺室可指此？閣之有隙地，理成小園，名小小園，時可漫步其間；園徑幽幽，徑旁有脩竹、牡丹、芍藥、早梅、桂花、菊花之屬，十朋云梅溪草堂有十八香是也。王宅東南有大井，又名孝感。徽宗宣和三年金人入寇，井無損。十朋先祖於宣和四年秋染恙，思藥食鯽魚，時天地暑熱而不可致，幸於大井中得之。井素無魚，蓋感天地故也。井之兩旁，十朋父曾植雙桂，後枝陰茂盛，香聞遠近。王氏家之西北原，有二頃田，十朋兄弟三人耕讀之資產者也。總之十朋先世業農，其父始業儒，王氏非士族。十朋之里居溫州樂清縣左原，風景秀美，山水多樣，極富登遊之樂。

（附左原形勢示意圖說，概說左原事也，或許並不精確，用以圖顯耳）

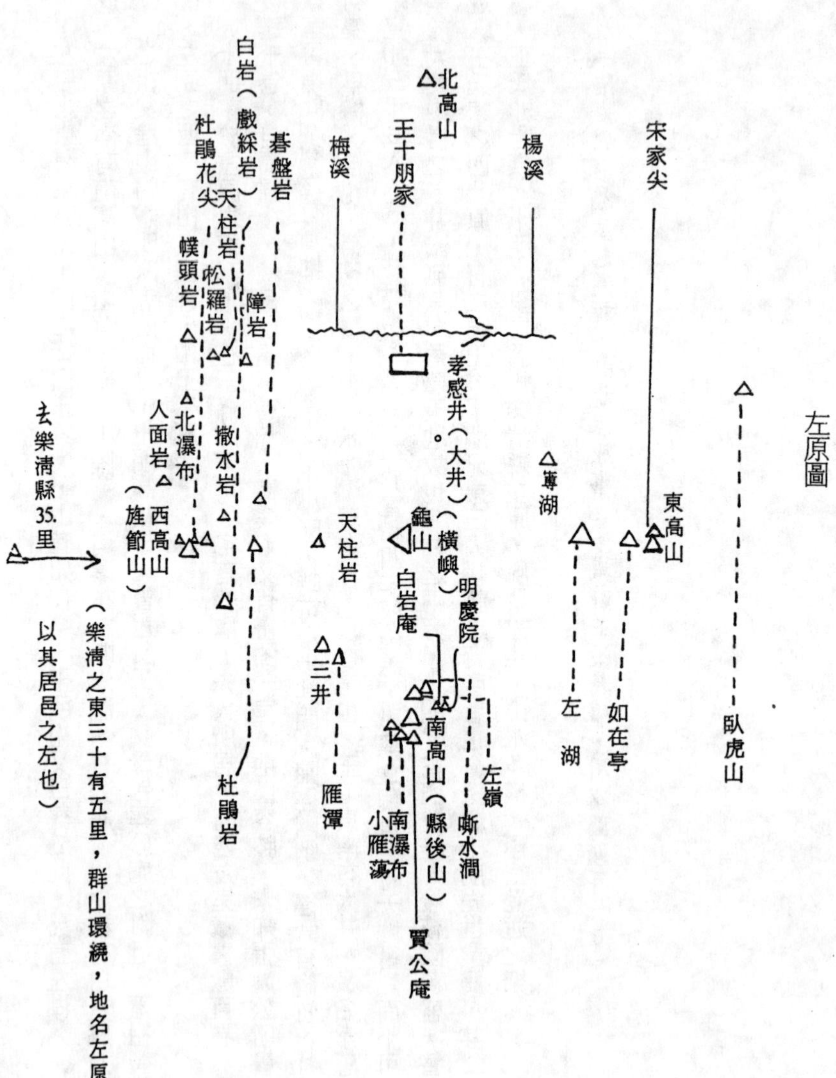
左原圖
臥虎山
東高山
宋家尖
如在亭
左湖
蓴湖
楊溪
北高山
王十朋家
孝感井（大井）
（橫嶼）
明慶院
左嶺
嘶水澗
南高山（縣後山）
龜山
白岩庵
賈公庵
南瀑布
小雁蕩
梅溪
天柱岩
三井
雁潭
白岩（戲綵岩）
碁盤岩
障岩
杜鵑花尖
天柱岩
松羅岩
幞頭岩
撒水岩
杜鵑岩
北瀑布
人面岩
西高山
（旌節山）
去樂清縣35.里
（樂清之東三十有五里，群山環繞，地名左原，
以其居邑之左也）

二、家　族

甲、祖父名格，業農。祖母賈氏。父名輔，字安民，安民有兄弟姊妹六人，業儒。母夫人萬氏。

十朋之父王輔公有兄弟姊妹六人，殘月孤星，僅存者三。十朋之大姑年高幾八十，子女男女俱全，目見重孫，可謂福壽兼之。十朋雙親逝後，視姑如至親⑯。十朋猶有一姑母，壯年而死，十朋自稚髮常出入姑丈季公佐之門，季氏誨撫十朋，一如姑母尚存時，後季氏年六十四卒，十朋作「祭姑丈季公佐」文哀之⑰。

紹興元年重九，十朋弱冠，侍父並與好友孫皜兄弟同登高於家之東山，時菊花未開，諸人因而遺憾⑱。十朋父親賢而好學，平居好賓客。紹興十二年，十朋父謝世，十朋居喪盡禮⑲。十朋葬父於白岩庵如在亭側。亭名如在，乃先前其父思念先人立亭而記之詩曰：「入堂無復見雙親，建此來寧似在神。」後十朋遂名之「如在」。

十朋父謝世五十日，十朋入四友室睹先人遺跡，哀號痛哭，絕而復蘇，時其父「榻冷寧欹枕，堂

---

⑯ 梅溪後集卷二十八「祭大姑文」，頁四七八。
⑰ 梅溪前集卷十八「祭姑丈季公佐」，頁一九二。
⑱ 梅溪前集卷一「辛亥九日侍家君……」，頁七三。
⑲ 光緒貳年徐炯文重刊大字本宋王忠文公集之「梅溪王忠文公年譜」。

虛已蓋棺。」⑳。十朋父留有弊廬數房，十朋俯仰其間，嘗自述起居，怡然自喜，十朋云：「晨起，焚香、讀書於其間。興至，賦詩；客來、飲酒、啜茶、或奕棋爲戲。藏書數百卷，手自暴之。有小園，時策杖以游；時過秋旱，驅家僮浚井，汲水澆花。良天佳月，與兄弟鄰里把酒盃同賞。過重九，方見菊以泛觴，有足樂者。」㉑此段文字雅麗出俗，乃絕佳之小品文也。

十朋母萬氏，能知書史，每以古今篇詠口授兒輩，且篤于教子，愛而能嚴，事舅姑以孝聞，卒於紹興十九年，年六十七㉒，遺有三子，即十朋、壽朋、百朋；另有三女，長女適孫彥詔，次女適萬世忠，幼女許嫁支鴻，次年冬十一月十朋母卜葬於祖塋東山之白岩庵後山。由此知十朋雙親均葬於祖塋白岩庵附近。

乙、叔父二人，其一出家稱寶印師。

十朋之叔有二，一曰王宗要，出家後謂之寶印，其二不知名號。十朋「夢二叔」詩云：「二叔年皆八十餘」，十朋「途中得寶印叔二詩次韻」詩云：「一叔尙存俱白首」，是而知十朋有二叔父。十朋在夔州，其叔父俱已八十餘高齡，梅溪集中不見悼叔詩文則推曉十朋叔父並亡於十朋之後。

---

⑳ 梅溪前集卷三「先君去世五十日……以寄罔極之思」，頁八五。

㉑ 梅溪後集卷七掃室等小詩十五首之序，頁三〇五。

㉒ 王之望漢濱集卷十五「故萬氏夫人墓誌銘」，四庫本頁八七一。

十朋所識僧、道弟子約四十餘，相諗者六、七位，其中以叔父寶印師往來尤密，察其所以之故，應是血親天性使然者也。

寶印叔，俗家姓王，法名宗要號寶印，傳天台宗㉓。十朋父之親弟㉔。寶印之法門師乃其舅氏，而十朋之舅公（即十朋祖母賈氏之兄，賈處嚴是也，處嚴字伯威，乃江浙間名僧嚴闍梨，享年五十四，卒於壬辰年，宋徽宗政和二年，十朋出生之年㉕，故鄉人傳十朋乃賈伯威之後身）。溫州之雁蕩山，萬壑千岩，形狀各怪。寶印叔居潛澗之止庵，號止庵道人㉖。庵中依山結有草堂名曰蘭若，居其間有感「花枝法雨潤、心地佛燈光；浮世囂塵隔，空門歲月長。」㉗。寶印叔「由儒入佛，進於有爲，止於無物」㉘，嘗住永嘉妙果院，未期年而退林下，乃淡薄名利識道

㉓ 梅溪前集卷二十「潛澗嚴闍梨塔銘」，頁二〇九。

㉔ 梅溪後集卷二「塗中得寶印叔二詩次韻」之二，頁二六八。

㉕ 梅溪前集卷十七頁一八〇「潛澗嚴闍梨文集序」及前集卷二十「潛澗嚴闍梨塔銘」。

㉖ 梅溪後集卷六頁二九五「寶印叔得小假山以長篇模寫，進士欽逢辰和之，某次韻并簡欽」及前集卷十一頁一三三「止庵銘」。

㉗ 梅溪後集卷七「次韻題寶印叔蘭若堂」，頁三〇四。

㉘ 梅溪前集卷十一「止庵銘」，頁一三三。

頗眞之高僧㉙。寶印叔，喜作詩，詩句比昌黎更豪放㉚。平日常在懺院種蘭、種紅蕉、種瑞香花，給道場之清供。寶印師有弟子僧德純，亦有高蹈行，又有弟子僧德芬乃嚴闍梨法孫，身著方袍十一年，參禪早悟前三旨，妙齡瀟灑脫塵籠，且筆法、詩章均能工，亦高僧也，惜早謝世。

十朋與寶印叔詩筒往返近三十首，有云：「雙親不見不勝悲……二叔尚存俱白首……」㉛又云：「未須隻履西歸去，且作人間老世尊。」㉜又云：「遙思蘭若堂中老，非柏非松自耐風」又云「……二叔年高兄弟遠，歸期當不待乎秋砧。」㉝則寶印叔等皆長壽而高齡。梅溪集中曾見悼亡寶印弟子德芬之作，不見悼寶印者，且十朋作妙果院藏記之時，乃紹興二十八年㉞，時寶印猶存，則寶印之逝竟在十朋之後云云。

丙、妻賈氏

十朋妻賈氏，生於徽宗政和四年十一月二十七日，卒於孝宗乾道四年十二月十日，享年五十

㉙ 梅溪後集卷四「叔父寶印師往永嘉妙果院未期年而退……」及前集卷四「次韻寶印叔題止庵三絕」，頁二八三及頁八八九。

㉚ 梅溪後集卷六「寶印叔得小假山以長篇模寫……」，頁二九五。

㉛ 梅溪後集卷二「塗中得寶印叔二詩次韻」，頁二六八。

㉜ 梅溪後集卷二「次韻寶印叔題壁二絕」，頁二六八。

㉝ 梅溪後集卷八「和寶印叔見寄」，頁三一三。

㉞ 梅溪後集卷二十六「妙果院藏記」，頁四五三。

五。賈氏二十五歲歸十朋，育有子女五人，男三女二，然幼子孟丙早逝。賈氏死於泉南，墓穴附姑而葬於白岩庵㉟。

梅溪集中悼亡之作有五篇，益以「哭令人」一詩，實共六篇。值賈氏甫去，十朋作「挽令人」詩四篇，又有「祭令人文」及「令人壙誌」各一篇。賈氏亡後一年間，十月續作「夜聞子規痛念亡者」、「曹夢良寄柑，聞詩聞禮輩取以祭母，哭泣不已」、「令人生日哭以小詩」三篇。十朋平生亦有述及賈氏孝賢固窮之詩三篇，總計相關賈氏之作一十八篇。

十朋與賈氏夫妻聚隨三十歲。辛苦三十年間，每遇連歲蠶荒，妻孥有號寒之患。四十六歲前，十朋未仕，故「愈老生涯愈不諳」㊱。出仕後，爲官臺省，旋遭免官，是以家中景況有「……前秋遭颶風，摧折數間屋；今年丁大侵，破甑塵可掬。絕糧瘦百指，告糴走群僕。……」㊲雖然十朋「我事耕耘爾力蠶」㊳，仍有不足，故賈氏輒「青燈績深夜」㊴分憂家計忙。如此貧寒，而夫妻猶相知相敬相愛，惜不終偕隱養老之願㊵。

㉟ 梅溪後集卷二十「挽令人」之四及後集卷二十八「祭令人文」，頁四一一及四八一。

㊱ 梅溪前集卷四「貧家連歲蠶荒，今年尤甚，妻孥有號寒之患……表弟萬大年家蠶熟酒醇……遂和以寄之。」，頁九四。

㊲ 梅溪後集卷七「家食遇歉，……妻孥相勉以固窮，因錄其語」，頁三〇八。

㊳ 梅溪後集卷七「荊婦夜績」，頁三〇三。

㊴ 梅溪後集卷二十「挽令人」，頁四一一。

㊵ 同第十七頁㊳。

賈氏孝賢勤儉之風，鄉閭共曉。自歸十朋，入門事舅姑合禮，孝也；既照顧十朋弟妹，慨然捐奩具，以畢彼等姻嫁，義矣。賈氏行事往往有容無妒，譬如助姒育女；喜兒讓官於叔父；忍貧好施；其清白勿取，眞可謂落落婦德風采㊶。殊可令人景仰者，乃隨夫「頻年外遷」㊷，水陸艱險同舟共命之難能可貴耶。十朋詩云：

……人爲鍾情故生愛，夫婦相思乃常態，爲君飄蕩太無根，兩臉盡是思君痕。安得相依似雙竹，長保千秋萬秋綠。㊸

人命有盡灰之時，情意無剪斷之窮，賈氏一生不願言窮㊹，而有夫鍾情若此，實未嘗窮也。

丁、弟二人，長名壽朋字夢齡，次名百朋字昌齡。兄弟三人甚友愛。

1. 王壽朋，字夢齡。生於徽宗政和、宣和年間，略幼於十朋數歲。壽朋儒冠出身，曾補太學生㊺，雖然「鐵硯功名壯心在，短檠燈火夜窗幽」㊻，然未及第，後遇郊祀恩奏以兄蔭而祿㊼。十朋家兄弟三人，皆以儒爲業，然磋跎四十餘年，並無斬獲所幸賴有先人二頃薄田，暫可

㊶ 梅溪後集卷二十八「祭令人文」，頁四八一。
㊷ 同第十八頁㊶。
㊸ 梅溪前集卷四「代婦人答」，頁九三。
㊹ 梅溪後集卷十七「悼亡」，頁三八五。
㊺ 梅溪後集卷三「送昌齡弟還鄉兼簡夢齡」之注文云：「時二弟赴補偶遺昌齡還鄉，夢齡留赴。」，頁二七四。
㊻ 梅溪後集卷三「贈夢齡兼懷昌齡」，頁二七六。
㊼ 梅溪後集卷末汪應辰作「有宋龍圖閣學士王公墓誌銘」。

溫飽48。

仕途之路迍蹇，十朋精神壓力沈重，壽朋尤感如此。故情緒常不佳，十朋勸以「閉門靜坐養時晦」、「否往泰來固有日」49。後十朋出仕東州，有意辭歸，壽朋勉之，兄弟友顧之情甚是感人50。

物質生活雖日缺乏，然十朋兄弟間平居生活，仍是喜樂無窮。兄弟俱愛登山、蒔花、或賦詩飲酒或攜手共遊，均有足樂者。十朋有詩曰：「……弟兄鄰里同登高，把菊行觴樂非少。山餚海錯鄉味佳，銀瓶索酒不用賒，醉中不記脫中臥，明日頭上猶黃花。……」51正乃兄弟友愛之寫照。

壽朋生於十一月二十二日，十朋祝禱曰：「貌和冬嶺松俱秀，神與梅花溪共清……弟兄此去皆華髮，無惜更相薦壽觥。」52。十朋晚年在夔州，嘗三上祠章，伏望皇恩浩蕩應許立返丘園53，免使夢中夜夜尋兄弟54。而後十朋致仕，不久謝世， 壽朋、百朋（十朋季弟）俱卒於其後也。

---

48 梅溪前集卷四「後七夕二夜同夢齡宿湖邊莊」，頁九一。

49 梅溪前集卷九「和憶昨行示夢齡」，頁一二一。

50 梅溪前集卷三「夢齡九日有詩，兼懷昌齡，次韻」，頁二七五。

51 梅溪前集卷三「夢齡九日有詩，兼懷昌齡，次韻」。

52 梅溪後集卷二十「夢齡弟生日」，頁四一一。

53 梅溪後集卷十九懷夢齡昌齡弟、卷十四至日寄二弟，頁四〇〇及三五六。

54 梅溪後集卷八「用韻寄二弟」，頁三一三。

2. 王百朋，字昌齡，爲十朋季弟。十朋待幼弟殊爲憐愛，今見梅溪集中，提及百朋之詩有四十餘首，約爲與壽朋詩之二倍。

昔十朋四十六年未仕，且不治生，家有田園二頃，多賴壽朋弟與百朋弟耕作，故能專注舉業，十朋曾述此事，詩云：

原憲曾非病，陳平豈久貧，路遙騏驥困，原近鶺鴒親，窗几坐窮夕，更籌聽報寅，田園勞爾輩，媿是素飧人55

幸十朋堅心恆定，終展宏志。百朋於躬耕田事之外，仍帶經襲儒，亦曾千里赴王畿補太學56，然久久不得志於賢關，未免心灰意寒。王氏家昔有東園，又名小小園，內有五桂堂爲壽朋所居，後闢西園，植有黃楊、脩竹、葡萄、梅、菊、桃、李、桂、柳之屬57，乃百朋所居，園中有至樂齋，乃百朋晝夜諷詠處。梅溪前集卷二有詩「至樂齋讀書」，以爲十朋自作，然觀後集卷六有「次韻昌齡至樂齋讀書」，則知前首乃百朋之作，詩云：

權門跡不到，顏巷自安貧，獨與聖賢對，更於燈火親。夜觀常及子，晝諷直從寅。莫恨成名晚，詩書不負人。

吟此詩自能體會王氏子弟之壑達心胸。

---

55 梅溪前集卷二「用前韻酬昌齡弟」，頁八二。

56 梅溪後集卷三「送昌齡弟還鄉兼簡夢齡」，頁二七四。

57 梅溪前集卷七頁一〇八次韻昌齡西園即事，後集卷六頁二九五次韻昌齡西園十詠。

百朋原有家室，俄至於斷絃，再聘葉氏為妻，時年逾三十六歲[58]。百朋隆興二年四月十九日生男，請十朋命名曰遲[59]。則百朋有後矣。

昔逢重九，十朋兄弟多登山行樂，不憚路遙[60]。且三兄弟或同游山水佳境，或居家賦詩飲酒，和樂融融。自紹興二十七年十朋遠宦他鄉，越雪吳霜，西夔東泉，已罕有兄弟天倫之聚會焉耳。後第二次郊祀推恩，十朋奏請予季弟百朋，故終十朋之在世其二子不得由蔭推恩及仕也。

戊、姊一人妹一人

十朋父母有子六人，姊居最長，能仁孝而鞠育同胞。雙親之窀穸，弟妹之婚姻，大姊出力最多。大姊有子女四人，子早世，女繼之，餘二女有歸。顧一子一女之去；俾使大姊淚落已盡，鬢髮成絲，卒病入膏肓而逝，享年僅五十七。十朋有妹一人，因集中未詳及，不可深究也[61]。

己、子三人

王聞詩字興之，王聞禮字立之，俱賢，有惠政。幼子小名孟丙，早逝。

---

[58] 梅溪前集卷十六「昌齡弟送定葉氏」、「昌齡請期」，頁一七六。

[59] 梅溪後集卷七「昌齡四月十九日得男，請名於予，命之曰遲。」，頁三〇八。

[60] 梅溪前集卷五「九日寄昌齡弟」，頁九七。

[61] 梅溪後集卷二十八頁四七八祭大姊文及卷十一頁三三二「亡姊之葬在九月而不得其日……」，又卷二十八頁四八一「祭令人文」見十朋有妹一人。

十朋長子聞詩，字興之，小名孟甲，宋高宗紹興十一年十月十六日生，卒於慶元三年[62]。聞詩初生之際，家中燈花達旦燃燒，因為長子，故為門第倍增添喜慶。聞詩年過十二，十朋勉其「行臨志學年，勉修愚魯質，詩禮稱家傳。」[63]聞詩自幼與大姑之女孫氏文定，且二人庚甲相同，是故聞詩之婚乃姪甥聯姻[64]。婚後，頗相得，於乾道元年十二月十九日生男（時聞詩二十五歲），名夔，是十朋長孫。夔，後以宣教郎知某縣，另一子虬及一女皆早卒。夔之子亦曾任某官。

聞禮，字立之，小名孟乙，十朋次子也。二月二日生，卒於開禧二年六月，距其兄聞詩之去有十年[65]。然兩人志趣相近，嗜好相同，俱登太學，論其年歲相差當不及十歲[66]。當其二人好蓄古錢時，十朋訓曾以「更宜移此力，典墳讀三五，縱未到聖賢，定可過乃父。」可見十朋寄望之殷切。且十朋「和符讀書城南示孟甲孟乙（即和韓愈詩，用以教子）」，詩曰：

性無有不善……學所以脩性……習善裕乃身，習惡喪厥初……性情乃良田，學問為耘鋤……在我能自脩，不患無聲譽……青春最堪惜，勉矣無躊躇。[67]

---

[62] 葉適水心文集卷十六頁十九「提刑檢詳王公墓誌銘」，梅溪後集卷三「聞詩生日」，頁二七六。
[63] 梅溪前集卷六「孟甲生日」，頁一〇四。
[64] 梅溪前集卷十六聞詩定孫氏、後集卷二十八又代聞詩，頁一七六及四七八。
[65] 水心文集卷十七頁六「運使王公墓誌銘」；梅溪後集卷四「聞禮生日」，頁二八二。
[66] 梅溪前集卷六「孟甲孟乙好蓄古錢因示以詩」，頁一〇五。
[67] 梅溪前集卷九，頁一一七。

十朋督教頗嚴，二子賢正，俱克繼家聲。二子皆為國子學生，後聞詩知光州，提點江東刑獄。能「正學盡言，未嘗相時容悅，矢義勇發，不以怵利動搖。」，而聞禮知常州，江東轉運判官，因「果敢激烈，當官與事，遇法理不順者，直前疏治，矢縱川決，莫敢嬰忤。信其志雖雷霆獨立，猶面折無諱也」。[68]

十朋與二子家居生活十分相得，父慈子孝，頗存古風。十朋與弟賦詩飲酒，命二子書之，居家甚樂[69]。亦嘗偕弟及二子同游蘭亭雖天氣不佳，終未成行[70]，然父子之親樂固可知也。觀上述之文，得十朋父子相處情況，應是父慈子孝，督雖嚴而愛不失，二子之成就，先期早已可逆料矣。

十朋年三十有五，生幼子孟丙，此紹興十六年（丙寅）事也。造化弄人，孟丙活七歲而卒，時紹興二十二年（壬申）五月二十四日，斯年十朋四十一歲。孟丙上有二兄，下有二妹（一妹出於孟丙逝後）。三歲時，孟丙來壁下，觀父題詩，並言及十年後能詩。十朋和韓詩云：「學語二歲兒，笑味生甜酸。」謂孟丙之天眞也。六歲時，秋風飛揚，孟丙鬧索栗子，十朋嫌之，曾賦淵明詩責之。次年秋，西風舞黃葉，家僮拾栗歸，孟甲兄妹爭索之，而孟丙已故，徒使老父鬢莖盡霜，十朋禱念孟丙，期待夙緣未了，設若孟丙重來應似顧非熊長壽。孟丙四歲啓蒙，六歲能誦蒙

---

[68] 宋元學案卷四十四「梅溪家學」世界書局版頁八一三。並參考水心集卷十六、十七兩篇王公墓誌銘。

[69] 梅溪前集卷七「予與二弟連日賦詩飲酒，詩成命二子書之，亦居家之一樂也，復用前韻。」，頁一〇七。

[70] 梅溪後集卷三「十月十六日欲與夢齡弟及聞詩聞禮同游蘭亭仍約喻叔奇偕行，會天氣不佳，喻亦以疾辭，出門而止，兀坐終日，懷抱殊惡。」，頁二七六。

求、孝經，且論及五言詩。時王氏教學書院，弟子近百人，孟丙大抵能道識其姓第名字，退而能品藻其優劣。因家居陋村，致病中缺妙藥良醫，不幸延誤而亡。不久孟丙之仲兄亦病危，幸虛驚一場。孟丙逝後葬外婆之側；昔在襁褓，婆甚鍾愛之故也[71]。

庚、女二人。長嫁錢氏，次許賈氏。孫二人，曰阿夔、阿閩，孫女亦二人，曰國娘、晉娘。其餘姻戚眾多，處族人和諧。

十朋有二女。長女生於五月十二日，後嫁進士錢萬全。次女許嫁賈梓[72]十朋誨女子之道，以爲宜多讀班惠姬之「女誡」，非期望於女兒才穎出衆，只祈求賢淑康壽且守禮清白即佳[73]。十朋有男孫二，曰阿夔、阿閩。而女孫亦二[74]，其一取名國娘，示不忘國恩之意，正月二日生，於輩行中最長[75]。次孫女名晉娘。十朋期望二人如班昭、孟光之德，以賢淑光振門楣。王氏與賈氏、萬氏世代聯姻，故戚族衆多，若表叔、從舅、表兄弟之屬極夥，今所附十朋親屬表，都列之。

---

[71] 梅溪前集卷五「哭孟丙」六詩及前集卷五「家童拾栗，因念亡兒，作數語以寫鍾情之悲」，又前集卷十八「祭孟丙文」，頁次分別爲九五、一九五。

[72] 梅溪後集卷末汪應辰王公墓誌銘。

[73] 梅溪後集卷四「女子生日」，後集卷十四「幼女生日」，頁次分別爲二八四、三六二。

[74] 梅溪後集卷二十九「令人壙誌」，頁四九一。

[75] 梅溪後集卷八「國娘生日」，頁三一四。

王十朋親屬表

曾祖王僖

外曾祖萬安

祖父王格

祖母賈氏

外祖父萬勇

舅公賈處嚴

（嚴闢梨）

（嚴伯威）

父王輔（安民）

母萬氏

十四伯父

伯母

姑母

姑丈李公佐

六姑

姑丈

大叔賈印叔

二叔

岳父賈如訥（元辯）

岳母陳氏

表叔賈如規（元範）……子季仲默

表叔賈元達

表叔賈元貨

表叔賈元識

表叔賈元衡

表叔余觀（叔成）……子余燮（十朋表弟）

表叔陳景韶……甥毛宏（叔度）

表叔純老（永嘉僧）

叔父吳遂知

從舅萬德昭

王十朋……長子王聞詩（聞之）

娘孫氏

次子王聞禮（立之）

幼子王孟丙（殀）

妻賈氏

大弟王夢朋（夢齡）……子○○

季弟王百朋（昌齡）……子王遲

（小名阿進）

龔氏（紺弦）

長姊王氏（適孫彥詔）

次姊王氏（適萬世忠）

妹　王氏（許嫁支鴻）

表兄李克明

表兄蹈道人

表兄挺道人

族兄王文通

表弟萬大年

表弟津上人

季仲達

季仲禮

季龍（仲宜）

子賈大老

婿萬淵之

長女（適錢萬全進士）

次女（許嫁賈梓）

甥萬庠（東平先生之嫡長孫）

甥萬膺（東平先生之孫）

從侄王御

長孫阿瓊

次孫阿閩

長孫女國娘

次孫女曾娘

資料來源

汪應辰王公墓誌銘

梅溪後集卷二十九令人壙誌

梅溪前後集

王之望漢濱集故萬氏夫人墓誌銘

三、家庭經濟狀況

南宋物價騰貴，反映政府政治穩定之不足。官吏若僅賴俸給生活，勢難維持家人及族人之溫飽，是以收賄賂者有之，從事商業活動者有之，以他人名義私置財產者有之[76]，然十朋之居心處事皆以清白爲尚，是恥爲不義者，其固窮也必矣。

十朋未仕之期四十五年，而出仕僅十五年，此亦王氏家族經濟改善困難之所在，茲分五項略述之，依序爲：甲、王家有田產二頃屋一區，乙、弟耕，丙、婦織，丁、自設絳帳梅溪，戊、出仕後之窘狀。

甲、王家有田產二頃屋一區

王家於宅之西北原，有田二頃，乃先祖之世業[77]，王十朋一族僅祖父、父母兄弟姊妹約九人居處一宅[78]。徽宗大觀間，王家於舊宅築新門，移舊門爲大井之亭，並作林護井、亭，又植雙桂樹。宣和辛丑（三年）方臘犯鄉境，王宅數千百椽俱燎於火。宣和壬寅（四年），十朋祖父得疾思食鯽魚，於井中獲之，時十朋十一歲。其後祖父過逝，十朋雙親已老，又因姊妹早嫁，是故兄弟三人賴先業而耕鋤爲生。據上文知十朋家有陋屋一區，十朋居東園，百朋居西園，而壽朋在南

---

[76] 宋代文官俸給制度頁九〇至九六，衣川強著鄭樑生譯，台灣商務本。

[77] 梅溪前集卷十七「代笠亭記」，頁一八四。

[78] 梅溪後集卷二十八「祭大姊文」，頁四七八。

園，後頗有添建整理。

乙、弟耕

王父命以業儒，十朋兄弟三人皆有志於學。後十朋季弟百朋戰賢關不勝，退歸於家，躬耕以盡菽水之養，其二兄尚從事於黃卷。而百朋於耕稼之餘，仍手不廢卷[79]。其後壽朋亦不得意，亦從事田園之勞[80]。斯時，王家多難，因親喪在殯；窀穸未奉，舉家百指浩繁，方生事蕭然之際矣。

丙、婦織

妻賈氏憐十朋家計繁重，又拙於謀生，常青燈績織至深夜[81]。若遇蠶荒，則妻孥有號寒之患[82]，可謂糟糠滋味飽嘗[83]。賈氏歸王家三十餘年，事舅姑盡孝，友弟妹能賢，慨以奩具捐贈弟妹畢姻嫁。十朋出仕後，賈氏身為命婦，依舊績紝是專，勤儉家風遍傳閭里。十朋褒美其妻云：「婦人於財，見則垂涎；子獨不貪，橐無金鈿。……每言仕宦，清白為先，俸祿之外，勿取一錢……」[84]

---

[79] 同第二六頁[77]。

[80] 梅溪前集卷二「用前韻酬昌齡弟」之注文，頁八二。

[81] 梅溪後集卷七「荊婦夜績」，頁三〇三。

[82] 梅溪前集卷四「貧家連歲蠶荒……」，頁九四。

[83] 梅溪後集卷二十「挽令人」，頁四一一。

[84] 梅溪後集卷二十八「祭令人文」，頁四八一。

丁、爲餬口，自設絳帳於梅溪

十朋家素孤寒，金玉本無儲[85]，乃以紙筆代耕畝，辛勤三十年，仍未有成就，故「俯仰人間亦緣口，一室蕭然僅容膝」[86]。十朋自述「我生本抱丘壑尚，誤涉塵世爭浮蝸，十年太學志未遂，歸來隴畝躬桑麻。」[87]生涯如此不濟，而冬暖兒號寒，年豐妻啼飢，又自著敝衣鞋，鞋且有蛙螯于鞋頰，貧甚矣[88]。

十朋爲謀餬口，遂於大井之南闢爲家塾，良友歲集焉。今摘二文用以明之。

繆意開家塾，微才愧斗筲。雖逃有若叱，寧免孝先嘲。尚賴知心友，能全耐久交；殷勤惜別意，終日在梅梢。（前集卷三）

無功懶仕由堪酒，故向東皋事田畝。自慚耕稼非老農，歲入何曾給餬口。通功易事愧無術，謾闢書齋會鄉友。……（前集卷五）

戊、出仕後之窘狀。

紹興二十七年，王十朋進士榜及第，高宗親擢第一，以冠多士。昔日十朋「寒生在陋巷，甘

---

[85] 梅溪前集卷九「和符讀書城南示孟甲孟乙」，頁一一七。

[86] 梅溪前集卷五「宋孝先示讀自寬集，復用前韻」，頁九七。

[87] 梅溪前集卷八「題郭莊路」，頁一一四。

[88] 梅溪前集卷十九「讀進學解」及「記蛙」，頁二〇一及二〇三。

心事蠶鹽」、「蔬腸久不飽，飢骨尪且獰」之窘態[89]，似應可除，其實不然。游宦後，十朋以為「丈夫固有志，寧在官與金」[90]游宦初期寓幕府，攬鏡自照白髮侵生，而覺筋力不任。經年客蓮幕之故，交絕孔方兄而囊橐羞澀，即文房四寶亦缺，是以同年喻叔奇曾惠川墨來助學。後官蘭省，因諫遭遣，奔波水陸。返鄉，適值凶年，至於「瓶無儲粟酒尊空」[91]，僥倖家鄉鄰里多是熱衷腸，往往攜豆觴以助，此時之景況，最堪可憐，未仕宦途猶可耕，已仕宦程徒增花費耳。十朋有詩記此事，詩云：

淵明事高尚，瓶中缺儲粟。魯公凜名節，乞米給饘粥。廣文富才名，官冷飯不足。少陵老風騷，橡栗拾山谷。嗟予何為者，處世眞碌碌。謀生一何拙，甔石無儲蓄。三年兩去國，囊橐罄水陸。還家索租苗，不了臘與伏。……家藏千卷書，父子忍飢讀；一字不堪煮，何以充我腹，細君笑謂我，子命難食肉。去歲官臺省，僥倖食君祿。有口不三緘，月奏知幾牘；聖主倘不容，寧免遠竄逐。歸來固已幸，富貴非爾福。東皋二頃田，得雨尚可穀；子耕我當耘，固窮待秋熟。（後集卷七家食遇歉有飯不足之憂，妻孥相勉以固窮，因錄其語。）

十朋既遠宦而囊如舊日一貧如洗，經輾轉半天下，至妻賈氏因病命斷泉南止，囊仍如四壁空，賈氏將絕語，勸以莫言窮，然十朋之窘況蓋可知焉。

---

89 梅溪前集卷九「和苦寒」及「和南食」，頁一二〇。

90 梅溪後集卷三「夜讀書于民事堂，意有所感，和韓公縣齋讀書韻」，頁二七七。

91 梅溪後集卷七「祈雨不應」，頁三〇八。

十朋之父於方丈之室，藏書一笥，置酒一壺，設榻一張，置身其間，名曰四友。是能安貧樂道者也。十朋拜記父訓，云：

彼有汲汲於富貴，戚戚於貧賤，奔走於勢利之門，老死於憂樂之塗者，吾不爲也。

（前集卷十七　四友堂記）

有父如此，況乃子也。十朋繼以此志訓子，云：

………我居江鄉厭海味，今日魚蝦八珍貴。朱門日費萬錢，未必一生常適意。爾曹異日宦西東，一飯安得如今日，寄鮮不須勞孟宗，但願清白傳家風。………

（後集卷十一　買魚行）

觀十朋宦途，始自紹興府簽判、秘書省校書郎、建王府小學教授、侍御史，後帥嚴州、饒州、夔州、湖州、泉州，官迄太子詹事，斯時，因足已不能趨步，待抗章告老，卒薨於龍圖閣學士之任，年六十，可謂一生顛沛清白且能守志固窮。宋史云其事親孝，終喪不處內室，而友愛二弟，郊恩皆先奏其名，故後而二子猶布衣。十朋書齋篇曰「不欺」，每以諸葛亮、顏眞卿、寇準、范仲淹、韓琦、唐介自況，朱熹雅敬之，爲作文集序，論其心志特詳，眞一代名臣典範也。

第三節　王十朋交游

王十朋於宋爲名臣，生前事蹟，斑斑可考。而所交游人物竟多達五百五十人有奇。何以王氏文中多存有交游？推究其緣由，可說者三：

一、梅溪文集係其子王聞禮所編，作品收集較易，故散佚情形尚不嚴重。

二、王氏未仕之前，在鄉邑已大有名望，交游已廣，且未仕時間長達四十六年，此期所交泰半係太學同舍，知交，鄉人，梅溪子弟，僧、道二徒及永嘉人士。

三、其以狀元之銜位出仕，因心懷忠貞，正言敢論，而躋登名臣，是以官場交游益廣。所游者，有同年好友、官場長官同僚及慕名人士。

今或錄其至交友好，或載其官場同道，或記其梅溪子弟，或書其僧道交游，一著眼於篇章出現次數較多而於十朋詩文及行事有大關聯者為取捨，凡細考四十八類五十一人，益以梅溪學生及僧道二類，共五十單元。其中，有馬寺丞提舶者僅具姓氏官銜，其名甚難考定，是人為十朋官場中至交，不容忽略，故仍細論之。

王十朋交游小錄

一、毛　宏（毛公弼、毛叔度、毛虞卿）
二、王　質（王景文）
三、王　秬（王嘉叟、王復齋）
四、朱　質（朱仲文）
五、李　庚（李子長）
六、杜莘老（杜起莘）
七、何　麒（何子應）
八、周　時（周行可）
九、查　籥（查元章）
十、趙士叅（趙悅中、趙知宗）

十一、提　舶（馬〇〇？）
十二、洪　邁（洪景盧）
十三、陳之茂（陳阜卿、陳豫章、陳洪州）
十四、胡　銓（胡邦衡）
十五、梁　介（梁子紹、梁彭州、梁子輔）
十六、閻安中（閻惠夫、閻普州）
十七、孫　嶠（孫子尚）
十八、劉　光（劉謙仲）
十九、劉　鎮（劉方叔）；劉銓（劉全之）
二十、曹逢時（曹夢良）
廿一、曾　汪（曾萬頃、曾潮州）
廿二、馮　方（馮員仲）
廿三、項服善（項用中？）
廿四、張孝祥（張安國）
廿五、張　闡（張大猷）
廿六、張　浚（張魏公、紫巖先生）
廿七、喻良能（喻叔奇）
廿八、程大昌（程泰之）
廿九、萬大椿（萬大年）

三十、萬　庚（萬先之）

三一、萬世延（萬叔永）

三二、賈如規（賈元範）

三三、趙不拙（趙若拙、趙果州）

三四、趙仲永

三五、趙彥博（趙富文）

三六、蔣　雝（蔣元肅）

三七、陳知柔（陳體仁、陳賀州）

三八、陳孝則（陳永仲）

三九、陳康伯（陳長卿）

四十、劉儀鳳（劉韶美）

四一、潘先生（潘翼、字雄飛）

四二、王師心（王與道）

四三、汪應辰（汪聖錫）

四四、陳　掞（陳大監）

四五、趙伯術（趙可大）；莫濟（莫子齊）；莫濛（莫子蒙）

四六、林季任（林明仲）

四七、薛伯宣（薛士昭）

四八、周汝能（周堯夫）

四九、王十朋與學生

五十、王十朋與僧道

一、毛　宏（毛公弼、毛叔度、毛虞卿）

毛宏，樂清人❶。原名公弼，後改名宏，字叔度號虞卿❷；父徹，有文行，曾爲縣學長。宏，資稟不凡，幼與兄宣俱有雋聲，並能世其家學，當時目之曰二毛。入太學，繼試禮部，以春秋經魁天下士❸，中紹興十五年進士第❹。宋史翼提及宏，曾領臨安府司戶參軍，以不附秦檜和議之策，移嘉州司戶參軍❺，氣節磊落。後授寧海簿，沈毅有守，民莫能犯，甫半歲而政教大行。會丁父憂，居喪過制，尋以毀卒，遂以三十二歲之英年而早逝❻（約生於政和六年，卒於紹興十七

---

❶ 宋人傳記資料索引第一冊頁三九九。另宋元學案補遺別附卷一亦云樂清人，又云「其先括蒼人，後徙樂清。然宋史翼云：「江山人」則不可信。

❷ 梅溪集，上海商務涵芬樓本。前集卷一「寄毛虞卿」詩，頁七四。

❸ 宋元學案補遺別附卷一頁七十四。台灣新文豐出版公司四明叢書本。

❹ 宋史翼卷十二頁一四六云：「紹興五年進士」，非是。據梅溪集前集卷一「寄毛虞卿詩」知毛宏乙丑年及第，乃紹興十五年也。

❺ 毛宏是否授司戶參軍一職今不可考，由梅溪集前集卷十八，頁一九三「祭毛叔度主簿文」推測，則宏卒於主簿職，設若宏曾任司戶參軍其年代亦應先主簿一職。

❻ 梅溪「祭毛叔度主簿文」云：「昔吾年未冠而子方志學……奈何年亦不多乎顏賈，而命僅同乎四子（指初唐四傑王勃等）」。觀乎此，知二年年齡相去三、四歲，而毛宏卒歲約年三十二，乃等顏回、賈誼之陽壽也。

年）。宏亡故時，有「親喪在殯，慈母在堂。兒幼而孤，婦少而孀。」實屬淒涼。宏工於賦篇❼，其詩設想新奇，清麗異常，宋詩記事❾錄其詩「飛鳴撼半空，暗想飄瓊瑰，前勸阻步屧，側耳成徘徊」蓋可知才情脫俗。宏昔日向王十朋借昌黎集❿，詩文氣味頗與十朋同，二人詩文相契，十朋云：「攜手山間行，清興浩然發……君姑為我留，匆匆莫言別」⓫，又云：「弟兄並秀如君少，朋友相知獨我深，一別幾勞終夜夢，相逢更話百年心」⓬，再云：「別後誰能慰牢落，錦囊長帶故人文」⓭。見過從甚密，知心頗深。

二、王　質（王景文）

王質，字景文，號雪山⓮，其先鄆州人，後徙興國。質，游太學，與九江王阮齊名，阮每云：

---

❼ 梅溪前集卷十八「祭毛叔度主簿文」。
❽ 梅溪前集卷一「寄毛虞卿」詩，頁七四。
❾ 宋詩記事卷五十一頁十六。台灣中華書局本。
❿ 梅溪前集卷一「答毛唐卿虞卿借昌黎集」詩，頁七三。
⓫ 梅溪前集卷三「毛虞卿見過」詩，頁八五。
⓬ 梅溪前集卷一「寄毛虞卿」詩。
⓭ 梅溪前集卷一「次韻虞卿送別」詩，頁七四。
⓮ 宋人傳記資料索引第一冊頁二一五，鼎文書局本。

「聽景文論古如讀酈道元水經，名川支川，貫穿周匝，無有間斷，咳唾皆成珠璣。」[15]。質，文才既佳，氣節亦高。中紹興三十年進士第，不就職。後御史中丞汪澈，樞密使張浚均曾辟為所屬吏，其後入為太學正[16]。時，孝宗屢易相國，政策反覆，質上書極論不妥。故忌者衆，罷去。虞允文當國，乃任敕令所刪定官，遷樞密院編修官，右正言，卒因耿介而得罪中貴，奉祠絕仕。淳熙十六年卒，年五十五[17]。質，博通經史[18]，其以文章氣節見重於世。質之詩頗受楚辭影響，且氣魄偉大[19]；王十朋「次韻王景文贈行四絕詩」之三、四云：

孜孜相勉惟名節，官職何須挍有無（之三）

君年方壯我顏蒼，敢以宗盟論雁行，孝子忠臣公論在，送行詩似少陵章。（之四）

即彰揚質詩之正氣凜然，果無愧也。

今就梅溪集所見，十朋與質雖往來相諗，而交情顯然未及深。質之著述，有詩總聞，紹陶錄，雪山集[20]，雪山詩說[21]，林泉結契[22]，今皆存四庫全書中。

---

[15] 宋史列傳第一百五十四，頁一二〇五五，鼎文書局本。

[16] 同前。

[17] 此據宋人傳記資料索引第一冊頁二十六。若宋史則云「淳熙十五年卒。」非是，今查其雪山集可證。

[18] 見宋史列傳第一百五十四，頁一二〇五六，鼎文本。

[19] 宋詩記事五十一卷錄其「居句曲山辭」等三首，頁二十五。

[20] 見宋人傳記資料索引第一冊頁二十六。

[21] 此見宋元學案補遺卷四十六頁五十。台灣新文豐出版公司四明叢書本。

[22] 此本「林泉結契」見於楊家駱四庫大辭典頁二〇四。

三、王　秬（王嘉叟）

王秬，字嘉叟，號復齋。中山人，居泉南，徽宗時名臣，王安中之孫。安中爲文豐潤敏拔，尤工四六之製㉓。秬厚承家學，爲乾道間名士，與陸放翁友善㉔，歷官禮、刑部侍郎兼權中書舍人，嘗知興化（甫田守），終知饒州，續除敷文閣待制㉕，卒於乾道九年。遺有復齋制表二卷㉖。秬，以李文肅（李亶）之高第受知於張忠獻（張浚）公，而周旋乎陳正獻（陳俊卿）、虞忠肅（虞允文）、劉忠肅（劉珙）、張忠簡（張闡）、胡忠簡（胡銓）、汪玉山（汪應辰）、王梅溪（王十朋）、張于湖（張孝祥）間，目接南渡諸賢，耳逮北方餘論，其發爲論諫忠忱惻怛，如首言金必敗盟；忠獻必可用；俘虜必不可遣；張說必不可兵，皆言人所難㉗。

秬極推崇十朋和韓詩之作，十朋引爲知己。秬與陳洪州（陳阜卿）、洪吉州（洪景盧）、何子應、王梅溪、李懷安六人往來詩歌酬唱，作楚東唱酬前集㉘。旋，子應去逝，又添入張安國作

㉓ 宋史卷三百五十二，鼎文書局本頁一一一二六。

㉔ 宋元學案補遺卷一頁八十六。台北新文豐出版公司四明叢書本。乃吳梓材所云，源自直齋書錄解題。

㉕ 宋會要輯稿選舉三四。新文豐出版公司印本頁四七七四。

㉖ 錄自宋人傳記資料索引頁一五八。鼎文書局本。查今四庫全書未見此書。

㉗ 宋元學案補遺卷一，頁八十六。

㉘ 梅溪後集卷九諸詩及後集卷十一「讀楚東唱酬集寄洪景盧、王嘉叟」詩，頁三三四。

品，仍爲六人再有楚東唱酬後集㉙。此類唱酬，即詩社之一端，乃有宋文風也。此前後集，尋查四庫未見，豈失傳歟？秬與十朋時相連袂過從，交情顯見，於梅溪集中，提及二人深厚性情之作，可得「次韻嘉叟讀和韓詩」，云：

……神交有吾宗，涉世同坎軻，學繼青箱玉，詩高碧紗播，勉令添和篇，才薄知何奈，謬同赤效白，深媿愈知賀，世事置勿論，蚊睫蟲容麽（後集卷八）

又「王嘉叟和讀楚東詩復用前韻以寄」詩，云：

㉙梅溪後集卷十一。「再讀楚東集用前韻寄景廬嘉叟」詩，頁三三五。梅溪集中相關「楚東酬唱集」者，檢得左列八詩：

後卷八「二月朔日同嘉叟、蘊之訪景廬別墅、用郡圃栽花韻，即席唱和」頁三二五。

後九卷「次韻何憲脩途倦游懷鄱陽唱和之樂」詩，頁三二八。

「哭何子應」詩之三之註文云：「何以正月二十二日行部方議開楚東酬唱集途中亡」詩，定國案：原註「正月」下有「二月」二字，今檢校薈要本亦如此，而文淵閣本卻無，知「二月」乃涉下文而誤，故刪去，後卷九，頁三二八。

「次韻安國讀楚東酬唱集」詩，後卷九，頁三三〇。

「安國讀酬唱集有平生我亦詩成癖，卻悔來遲不與編之句，今欲編後集，得佳作數篇，爲楚東詩社之光，復用前韻。」詩，後卷九，頁三三〇。

「次韻安國讀薦福壁間何卿二詩悵然有感」詩，後卷九，頁三三〇。

後卷十一「讀楚東倡酬集寄洪景廬、王嘉叟」，頁三三四。

「再讀楚東集用前韻寄景廬、嘉叟」，頁三三五。

照眼驪珠光陸離，莆田太守寄新詩；死生貴賤交情見，惟有吾宗不徇時。（後集卷十二）

十朋待秬如彼，而秬又如何？秬於「題王龜齡詹事祠堂」詩㉚，云：

當時孤論偶相同，終始知心每愧公；纔見安車延綺季，遽嗟石室祀文翁。百年公議分明在，一餉紛華究竟空，白髮舊交衰甚矣，尚能留面對高風。

（自注，始予與龜齡（王十朋）別，嘗喟吾輩會合不可常，但令常留一目，異時可復相見，龜齡再三擊節，後一見必誦此言。）

觀此首詩，見秬亦是性情中人，二人平生交分不虛，惟就詩而論詩，秬詩似略遜十朋一籌，稍欠自然圓潤之故。元朝程雪樓（程鉅夫）題王氏遺書曰：「嘉叟從張魏公（張浚）遊，人品自不待論，翰墨猶犖犖有奇氣。」㉛

四、朱　質（朱仲文）

質，字仲文，義烏人。紹興進士㉜，嘉泰四年，曾仕秘書省校書郎㉝，累官至右正言，兼侍

㉚ 宋詩紀事卷五十一。頁十九。

㉛ 宋元學案補遺卷一，頁八十六，王秬條之附錄一。

㉜ 宋元學案卷七十三總頁一三八〇及宋人傳記資料索引朱質條，均云：「紹熙進士，然十朋卒於乾道七年，是以朱質不當於紹熙年舉進士，疑「紹興」之誤。

㉝ 宋會要輯稿，頁〇一四七。

講（開禧二年），權吏部侍郎。著有易說舉要[34]。宋元學案補遺卷七十三，王梓材案語云：「金華徵獻略記先生之傳云：『初學于呂祖謙弟子葉邽[35]，而卒業于仲友』，是先生本屬東萊再傳弟子，所著又有奏議詩文雜稿。」

觀梅溪集，朱質與十朋同遊同飲，係屬夔州舊同僚[36]。質與人能久交，乾道三年嘗護送十朋自夔至霅赴湖州任職，十分熱衷腸。質非但與十朋友善，亦與十朋二子熟稔[37]。其後質客死九江，十朋同年師琛教授許以喪歸蜀地[38]。

五、李庚（李子長）

李庚，字子長，臨江人，流寓臨海。高宗紹興十五年進士，歷官監察御史[39]，二十七年為兵

---

[34] 宋人傳記資料索引，頁五八六。

[35] 宋人傳記資料索引（頁五八六）以為朱質受學於呂祖謙（頁一一三七至一一八一），因時代相隔遠甚，謬誤顯然。

[36] 梅溪後集卷十五「黃池對月」，頁三七三。

[37] 梅溪後集卷十五「泊舟漢口」，頁三六九。

[38] 梅溪後集卷十六「送師教授琛」，頁三七七。

[39] 見宋詩紀事卷四十七，頁十二；宋詩記事補遺卷四十二，頁二十一。宋人索引頁八三六，宋詩記事云李庚紹興十二年進士，而補遺云紹興十五年進士。

部郎官㊵，孝宗乾道二年提舉江南東路常平茶鹽公事㊶，四年以右承議郎提舉江東常平㊷，後知南劍州，又知袁州，未上而卒。著有詅癡符集，見嘉定赤城志。集名取為「詅癡符」者，乃「家有敝帚，享之千金」之謙意也㊸。

梅溪後集言及二人交遊云：「往歲遙從彭蠡湖，常山地閱武侯圖」㊹，往後王十朋歸浙，舟過九華山㊺、齊山㊻，李庚或攜酒洗塵，或招遊賞花，過從密善。至於二人之志氣，梅溪後集卷十五「子長見示汪樞密游齊山詩，因次其韻」詩云：

吾儕相勉崇名節，峴首風流庶可攀

庚之詩，三十朋云：「字字工且精」㊼。今觀宋詩紀事及「宋詩紀事補遺」所載，或詞味濃郁（如畫扇），意境如畫；或用字尖新，直抒胸臆（如尤使君郡圃十二詩），並可為傳世之篇矣。庚之著述，今存四庫全書者，乃天台前集、續集是也。

㊵ 宋會要輯稿，新文豐出版公司，總頁三九五五。

㊶ 宋會要輯稿，新文豐出版公司本總頁三四九三。

㊷ 宋會要輯稿，新文豐出版公司本總頁三九六八。

㊸ 宋詩紀事卷四十七。台灣中華書局總頁一〇九九。

㊹ 梅溪後集卷十五詩「子長和詩復酬二首」之一，頁三七一。

㊺ 梅溪後集卷十五詩「子長和詩復酬二首」之二及「那刹石」詩，均見頁三七一。

㊻ 梅溪後集卷十五詩「子長招遊齊山」、「子長見示汪樞密遊齊山詩因次其韻」、「子長和汪樞密齊山詩復用前韻」、「子長和詩并餽飲食再用泛清溪韻」、「子長攜具至溪口復用前韻」等，頁三七一及三七二。

㊼ 梅溪後集卷十五詩「子長和詩并餽飲食再用泛清溪韻」，頁三七二。

六、杜莘老（杜起莘）

杜莘老，字起莘㊽。宋元學案補遺卷四十四頁二十二載曰：「杜莘老字起萊……」非是。古人名、字意義泰半關聯，名莘老字起莘二者義正相關；名莘老字起萊，則「老」之義無著落矣㊾。

莘老，眉州青神人，諸書俱云乃杜甫之後代。然宋朝經前代分裂局面，門閥士族久不顯，職是故宋代社會門第族望觀念十分淡薄，譜牒難明㊿。王十朋杜殿院墓誌敘說莘老家族亦簡略未詳，然查籥所作杜御史莘老行狀敘其家世極詳，則其爲杜工部之後，當可深信。莘老，紹興十年進士及第，以親老不赴廷對，賜同進士出身(51)，授梁山軍教授，從游者衆(52)。後遷秘書丞、監察御史（紹興三十一年高宗親擢）、殿中侍御史，以直顯謨閣，知遂寧府，改司農少卿，又外知遂寧府(53)。

宋史列傳第一百四十六將黃洽、汪應辰、王十朋、吳芾、陳良翰、杜莘老共爲一卷，乃此等人於朝中多所革弊，皆骨鯁輩，尤以「十朋、吳芾、良翰、莘老相繼在臺府，歷詆姦倖，直言無隱，皆事上忠而自信篤，足以當大任者，惜不盡用焉。」上述語梅溪集亦載記之，見公私交情並篤厚。

㊽ 梅溪後集卷二十四頁四四一「與杜殿院起莘」，卷二十九頁四八八「杜殿院墓誌」。又南宋文錄錄卷二十二總頁二五二杜御史莘老行狀。

㊾ 宋史列傳第一四六及梅溪後集、宋史新編、宋人軼事彙編均作「起莘」較可靠。

㊿ 宋代社會研究頁三十，朱瑞熙著，弘文館出版社。

(51) 參見南宋文錄錄卷二十二杜御史莘老行狀與梅溪後集卷二十八「祭杜殿院文」。

(52) 宋史列傳第一百四十六，頁一一八九二。

(53) 宋史列傳第一百四十六，頁一一八九四。

杜氏，於隆興二年六月八日卒，年五十八。杜氏娶黃庭堅之孫黃正之女，先杜而卒，育有四男三女。王十朋梅溪後集卷二十八祭杜殿院文云：

> 國亡直臣，山失猛虎；豈惟吾從，天下悽楚。

杜殿院挽詞又云：

> 賢哉郭有道，無愧蔡邕碑。[54]

正美莘老之忠直。

七、何　麒（何子應）

何麒，字子應，號金華子。其名不見諸史[55]。麒與十朋心靈契合，文采交映，詩歌唱和十分殷勤，且楚東唱酬前集，即以麒爲盟主[56]，理應爲梅溪交遊人物之前列。論宋詩，何麒原有詩集，可成一家之言，惜宋人不重宋詩，世人不喜宋詩，遂致湮滅不彰，甚而名不能傳世。麒，究竟爲何地人？梅溪後集曰：「公生長安我東嘉」[57]，是知麒出生於長安。麒卒後歸葬於吳，然生前有歸蜀之念，殆其籍貫係蜀地歟？[58]

---

[54] 梅溪後集卷十三，頁三五四。

[55] 宋史、宋元學案補遺，宋會要輯稿，歷代人物碑傳年里綜表，商務中國人名大辭典，甚而宋人傳記資料索引均未錄載，眞見史家之忽略者矣。

[56] 梅溪後集卷九「哭何子應」詩之一，頁三一八。

[57] 梅溪後集卷八「題何子應金華書院圖」詩，頁三一一。

[58] 梅溪後集卷九「次韻安國讀薦福壁間何卿二詩悵然有感」詩之注文，頁三二〇。

麒，是否有職？嘗居何官？梅溪後集「題何子應金華書院圖」詩云：「行將入侍金華殿」。且「用韻懷何卿」詩云：「行將歸侍玉皇案」，則知麒必居官有職。然究竟為何官守？吾人以為其於紹興中知涪州軍州事[59]。且曾任諫官而卒於節使之職。因何知之？梅溪「哭何子應」詩云：「忠膺黃屋眷，意遇紫岩知」註云：「公（麒）以張魏公薦被召」，蓋知麒乃張浚所薦拔。繼而，梅溪「何子應以蜀中文房四寶分贈洪景盧、王嘉叟、某與焉，因成一絕」詩云：「江左風流屬憲台」則推知曾任諫職。

再者，梅溪「送何麒行部趣其早還」詩云：「九郡飢民望使軺」。又，「次韻何麒太平道中書事」詩云：「明刑清軺使，行部近清明」，又「哭何子應」詩之三，云：「公作皇華使……新編刊未就，楚些已招魂。」故知麒卒於行部節使任上。且最後持節所在則蜀地也，梅溪後集卷九「哭子應」詩之二，云：「……共理符頻綰，明刑節屢持，青天萬里蜀，無復話歸期」。是可證也。其後「哭何子應」詩之三，注云：「何以正月二月（定國案二月二字承下文而衍；是年即乾道元年）二十二日行部，方議開楚東酬唱集，途中亡。」則麒不幸去逝於出使途中矣。綜上所述何麒嘗居諫職與皇使而卒於任上。

觀梅溪後集，知麒「伊洛橫渠造道深」[60]「心印橫渠學」[61]，足為橫渠學案之中流，奈何橫渠學案竟漏載。

梅溪「題何子應金華書院圖」詩云：「太平宰相張居士，外甥似舊（疑即舅字）金華子。」（定

---

[59] 宋詩紀事卷補遺卷四十七，頁十一。

[60] 梅溪後集卷八「次韻李懷安，贈何憲五絕」之二，頁三一三。

[61] 梅溪後集卷九「哭何子應」詩之一，頁三一八。

國案張居士即張商英，商英，四川新津人，歷仕英宗、哲宗，徽宗朝尤受重用。）又「哭何子應詩」亦云：「相門無盡甥」62（定國案此處無盡即指張商英），觀此二詩知麒乃南宋初張宰相之外甥，非籍籍無名輩，何以諸史未錄，洵可異也。

麒與梅溪相識於鄱陽，赤心交遊，二人才情志氣同調，欲志吞胡羯，是故交深言深，且詩心亦深沈。梅溪云：

> 公如憂國房玄齡，我如鄭公思批鱗，隆興天下同正觀，願爲賢相爲良臣，我去公來不同日，各展忠懷對宣室，江湖邂逅論赤心，更約聯翩書史筆。……63

梅溪極推崇何麒之詩，而麒與洪邁、王秬、陳之茂、李懷安皆爲舊識，俱聯爲唱酬同好，詩才當不輸人，惜不得原詩集觀之64。

八、周　時（周行可）

62 梅溪後集卷九「次韻安國讀楚東酬唱集」詩云：「一台遺墨尙鮮鮮，紫微妙語題詩後」，亦可爲憲乃張紫微外甥之旁證，頁三二〇。

63 梅溪後集卷八「次韻何子應題不欺室」，頁三一一。

64 梅溪集仍留有何憲詩數句。例如，梅溪後集卷八頁三〇九「次韻何憲子應喜雨」詩注云：「某至都而雨，何憲詩云：『人間正作雲霓望，天半忽驚霖雨來。』」又梅溪後集卷八頁三一一「題何子應金華書院圖」詩，注云：「子應和顏范祠堂詩云：『鐵面金華誰氏子，要須相與嗣前塵』。」

周時，字行可，少城人（今成都附近）。其名不見宋史及其他史料⑥⑤。宋孝宗乾道元年十一月朔日，王十朋知夔州，因識得周漕行可⑥⑥。初，十朋與查籥舊識，且籥亦先十朋在夔⑥⑦，三人遂在夔唱酬殊多。

十朋與周時在夔之日，「日陪談笑，屢飲醇酎，有唱欣和，無疑不叩」時相往來。然十朋視周時之詩文風貌究竟爲何？十朋以爲「文非少而且重厚」⑥⑧，又極褒美周詩之法度謹嚴，故云：

道造精微更有文，絳侯應媿不如君，試將武事論詩筆，句法嚴於細柳軍。⑥⑨

周時幼居西蜀，曾折桂禮部，學行俱高⑦⓪，而持節鄉邦。乾道二年充夔州路轉運判官⑦①，通稱夔漕。時居官有仁風，嘗遇荒歲，發廩糧救飢民，致羨餘不獻，免除百姓賦稅凡十餘萬緡，以寬民力⑦②。另皇命川蜀馬綱以水運，時與十朋協力敷奏，建議免除此一弊民害馬之運輸法，宜行舊路辦理，俾免勞動軍民，而惠蜀政。

---

⑥⑤ 梅溪後集卷十三頁三四八「皇華」及卷二十八頁四八〇「祭周運使文」。又宋會要輯稿頁七一六一有周時與查籥並列一條，則知周時即周行可也。

⑥⑥ 梅溪後集卷十一「初到夔州」，頁三三九。

⑥⑦ 梅溪後集卷十二頁三四四「送元章改漕成都」及卷十三「皇華」條之註文。

⑥⑧ 梅溪後集卷二十三「答周運使」，頁四三〇。

⑥⑨ 梅溪後集卷十二「又答行可」，頁三四三。

⑦⓪ 梅溪後集卷二十八「祭周運使文」，頁四八〇。

⑦① 梅溪後集卷十二、十三、十四有關周漕行可諸條；後集卷二十三「答周運使」二條，又後集卷二十八「祭周運使文」，另宋會要輯稿頁七一六一有「乾道二年二月十三日夔州轉運判官周時、查籥奏綱馬改移水路之不便且險」條。

⑦② 梅溪後集卷十三「皇華」條十朋自註，頁三四八。

周時生於六月十四日、亦卒於此日[73]；十朋於乾道三年七月自夔移知湖州，蓋可推知周即卒於乾道三年七月以降而七年七月之前矣[74]。

九、查　籥（查元章）

查籥，字元章，海陵人，僑寓荊南，爲查許國之孫也。宋高宗紹興辛未（二十一）年進士，廷試中首選[75]。紹興二十九年八月任秘書省正字，充省試點檢試卷官[76]，紹興三十二年十一月籥受知江淮東西路宣撫使張魏公[77]司主管機宜文字，遷除直秘閣江淮東西路宣撫使司參議軍事[78]。孝宗隆興元年籥降充江淮宣撫使司參議官[79]，隆興六年九月任職太府少卿兼點檢贍軍激賞酒庫[80]，乾道二年籥爲夔州路轉運使與夔守王十朋，周漕行可（即周時）協力上奏極言川蜀馬綱行經水路

---

[73] 梅溪後集卷十二「行可生日」，頁三四六，及後集卷十四「周行可挽詩」，頁三六二。

[74] 見後集卷十四「周行可挽詩」云：「執紼竟無由」，則其時十朋已去夔，而十朋卒於乾道七年七月，因推知周卒於乾道三年至七年之間，疑周行可於乾道四、五年病逝，頁三六二。

[75] 王德毅宋人傳記資料索引頁一五四四，又南宋館閣錄云查籥江陵人。

[76] 宋會要輯稿頁四五六七。

[77] 梅溪後集卷七，詩「馮員仲赴闕奏事，士君子咸欲其留，聞爲魏公所辟，勢不可奪，遂成鄙語，兼簡查元章」條，頁三〇〇。

[78] 宋會要輯稿頁四七六七。

[79] 宋會要輯稿頁三一七〇及三九五九。

[80] 宋會要輯稿頁五一三四。

而出之害民害馬，宜循由舊陸路而出，或另擇地備置[81]。乾道三年充任戶部郎中，總領四川財賦司，建議將四川財賦與養兵多寡配合，「使兵食民賦出入相當，庶幾軍用贍足免以匱乏」[82]。乾道四年九月仍職四川總領所。淳熙元年詔追復左朝奉郎直秘閣一職，前因乾道七年在四川總領任上所支錢物失實降官放罷，至是遇赦追復[83]。

查籥與十朋係舊交[84]，交情殊好。十朋與周行可交情「莊重」，與元章交情則熟稔而深刻，乃生死至交。十朋「送元章改漕成都」詩（後集卷十二），雖云贈別，實敘二人相交事，並及元章一生宦海浮沉之過程。茲引一段原詩即可清楚：

元章眞國士，未見心已投。雅抱吠畝志，共懷天下憂。……精忠屹肝膽，苦語驚冕旒；君去最勇決，我行尚遲留。初別擬十載，相逢忽三秋。龍飛起元老，江淮握貔貅；禮羅得奇才，戎幕資良籌；人事苦好違，壯懷莫能酬，去持夔州節，遙泛瞿塘舟，我亦來自鄱，茲行豈人謀。……訪君義勝堂，顧我制勝樓，如馬謁白帝，臥龍尋武侯；江亭覽月色，園花賞春柔；果分餘味甘，蘭贈深林幽；詩篇浩卷軸，墨妙輝山丘，氣薄文艷杜，詞卑竹枝劉；吏事容拙疏，交情荷綢繆……。

---

[81] 宋會要輯稿頁七一六一（有二條）。

[82] 宋會要輯稿頁三一七九、三一八〇。

[83] 宋會要輯稿頁四一一八。

[84] 梅溪後集卷十二，詩「又酬元章」條，又詩「送元章改漕成都」，頁三四〇。

查籥在夔，時與王梅溪、周行可聯席論文酒85，唱酬合成夔府集86。籥之才學，十朋云：

學兼通於古今，才兩備於文武87。

然其詩風若何？十朋以為「詩句清含山水暉」88，應許為秀雅之屬，十朋許籥詩才高勁，云：

手握管城言不盡，詩壇誰復將中軍。

今觀宋詩紀事所錄其「題臥龍山」及「萬州湖灘寄王夔州十朋」詩二首，或見其運筆如畫，能狀難模之景物，或筆端常帶情感；如「隱隱故營連白帝，茫茫恨水向西陵」「恨」字用得癡；又如：「滿目暮山平遠，一池雲錦清酣；忽有鐘聲林際，直疑夢到江南。」句中「酣」字惹人醉，「疑」字性空靈，以例概篇，可見才華。

籥任官稱職，能嘉惠百姓，以司財賦之職，尤能便民寬民而活民，曾因流錢故遭朝廷放罷89。其文才事功，當時俱有口碑，惜不見文集傳世。

十、趙士豢（趙悅中、趙知宗梅溪集如此稱）

---

85 梅溪後集卷十二詩「行可元章再賦二詩，依韻以酬，前篇寓二，後篇寓三」之一，頁三四〇。

86 梅溪後集卷十二詩「又用行可韻」條，末二句為「酬唱又成夔府集，論文欣對少陵尊」，頁三三九。

87 梅溪後集卷二十三啓「答查運使」條。

88 梅溪後集卷十二詩「元章至雲安用送詔美韻見寄次韻以酬」，頁三四五。

89 梅溪後集卷十二「送元章改漕成都」詩云：「流錢豈君事」，另見附註9，頁三四四條。又後集卷十五「查元章自成都走書至江陵并貺蜀牋附子」詩云：「雅志在活人，何心肯流錢」，頁三六六。

趙士夤，字悅中。濮王趙仲理之後。寄居會稽⑳。高宗紹興九年十二月任右監門親衛大將軍，其爲濮王仲理之後故，旋詔轉遙郡刺史㉑。紹興二十六年十月因推恩故特轉行一官右遷爲蘄州防禦使㉒。紹興三十一年九月詔因宗室家貧累重，俸給微薄，養贍不給，故明堂大禮畢，錫予宗室自節度使至將軍各減三分之一（定國案疑減上供）㉓。孝宗隆興二年三月士夤任奉國軍承宣使提舉台州崇道觀，上奏言年老多病。伏乞依趙士衎例，任便居，所有合得請給，依已得指揮所至州軍經總制錢支給，詔從之㉔。

十朋與士夤初識於越地㉕，「屢陪觴詠之遊」㉖。十年後，十朋去守清源，二人又會面，俱老翁矣㉗。士夤有二子，曾隨侍遊東湖、郭外湖㉘。是時，與士夤、十朋並唱酬往來者，有提舶馬寺丞。遂有一段賞花、遊山、遊湖、啜茶、吃瓜、嚐柑之美妙韶光，可擬之神仙飄逸之閑情，無怪乎十朋「送知宗奉祠還越」詩云：

---

⑳ 梅溪後集卷十七詩「知宗游東湖用貢院納涼韻見寄，次韻奉酬」條之註言，頁三八八。
㉑ 宋會要輯稿頁〇〇五二。
㉒ 宋會要輯稿頁〇一二八。
㉓ 宋會要輯稿頁〇五九一。
㉔ 宋會要輯稿頁〇一三七。
㉕ 梅溪後集卷十九詩「知宗生日」條，頁三九九。
㉖ 梅溪後集卷二十三啓「答趙知宗」，頁四三三。
㉗ 梅溪後集卷二十詩「送知宗奉祠還越」之二，頁四〇七。
㉘ 梅溪後集卷十七「再和知宗游東湖用貢院韻」，頁三八八。

　　金尊對客吟篇逸，貝葉談空世味輕。

可映照士夫遊宦倦歸神態畢露矣。

十一、提舶（馬〇〇？）

提舶，顯係官名，似「提舉市舶司」之簡稱，然提舶究竟何名姓？經檢梅溪後集提舶當姓「馬」，至於名字尚待查證。何以得知「馬」其姓？分條敘述如后：

梅溪後集卷二十有「提舶生日」一詩，云：

　　遙遙華胄馬服君，世有功勳上臺閣　漢雲臺、唐凌煙皆有馬氏象

由注文之意推知提舶應「馬」姓，然馬服君係戰國趙奢，乃趙氏也，十朋出此言，恐為推褒讚嘆有意牽引歟！此理由之一。

詩中又云：「銅柱家傳伏波略」。伏波將軍，東漢馬援也。以馬援之勇謀，提舶似之；或提舶嘗官武職，然亦暗示提舶姓「馬」，否則不當云「家傳」二字，此理由之二。

再查得梅溪後集卷十八「提舶送荔支借用前韻」詩云：

　　舶臺丹荔新秋熟，風味如人自不同。名字未安眞缺典，從今呼作馬家紅。

此「馬家紅」句，必藉「馬」姓而言無疑矣。此理由之三。

再檢得梅溪後集卷十七「南宋揭榜，溫陵得人為盛，提舶馬寺丞有詩贊喜，次韻」詩，詩題中標明「提舶」乃「馬寺丞」之兼職，疑係太府寺丞權兼市舶使，「馬」則其姓也。此理由之四。

綜此四證提舶姓「馬」已無可訛。馬提舶生於東蜀，像貌堂堂[99]，曾充司農寺丞，江東安撫使（或轉運使）、市舶使等職[100]。提舶之詩，以清新為主[1]，才情敏捷[2]，每會輒席間成篇，是

故十朋有意收其詩入楚東後集❸，惟後收入與否則不可知。馬提舶與王十朋，趙士褰多所往來，常一同交遊，交情自是匪淺。

十一、洪　邁（洪景盧）

洪邁，字景盧，號容齋，鄱陽人。皓之季子；适、遵之弟也。紹興十五年中博學宏詞科❹。授兩浙轉運司幹辦公事，入為敕令所刪定官，後出添差教授福州，累遷吏部郎兼禮部。顯仁皇后喪後，除樞密檢詳文字。紹興三十一年遷左司員外郎，三十年充金之接伴使。進起居舍人。其後出使金朝，金主令表中改陪臣二字，邁執意不可。金欲質留，後遣回朝，時孝宗已即位矣。殿中侍御史張震以為邁使金辱命，論罷之。次年起知泉州。乾道二年復知吉州，三年遷起居郎，拜中書舍人兼侍讀，直學士院，仍參史事。淳熙元年之後歷知紹興府❺、贛州、婺州。紹熙二年以端

---

⑲ 梅溪後集卷二十詩「提舶生日」條，頁四〇五。

⑳ 梅溪後集卷二十詩「提舶生日」云：「貳稷官」，稷官之貳，即司農寺丞，頁四〇五。

❶ 梅溪後集卷十九詩「次韻提舶見招」云：「詩句清新欲鬥妍」，頁三九九。

❷ 梅溪後集卷十八詩「提舶送菊酒有詩次韻八日」云：「詩如藍水坐間成」，頁三九三。

❸ 梅溪後集卷十七詩「提舶示觀楚東集，用張安國韻，因思番陽與唱酬者五人，今六年矣。陳何二公已物故，餘亦離索，為之慨然，復用元韻」云：「欲收膏馥增前集，舶使新詩自合編」，頁三八八。

❹ 宋史卷三百七十三洪邁及宋詩紀事卷四十五頁十二。

❺ 宋詩紀事卷四十五洪邁條，頁十二，總頁一〇五四。

明殿學士致仕，是歲卒，年八十，贈光祿大夫，謚文敏❻。

邁、幼讀書日數千言，一過目輒不忘❼，故文學博洽，能備衆體❽。邁著作豐多，有容齋五筆、夷堅志❾、野處類稿，萬首唐人絕句❿、史記法語、南朝史精語、經子法語、欽宗實錄、容齋詩話、容齋四六叢談⓫，今四庫全書大多收存焉。

容齋詩話多論韓詩者，足見洪邁甚洞澈韓詩也。邁嘗和十朋所擬韓詩古律之作⓬，蓋見其家學素養之有自矣。梅溪云二人「臭味夙相荷」故蒙錯賞。邁與王秬、何憲友好，互爲吟侶，輯有楚東倡酬集，斯集前篇應已刊成。梅溪後集卷十一「讀楚東倡酬集寄洪景盧、王嘉叟」詩云：

預恐吾儕有別離，急忙刊得倡酬詩，江東渭北何曾隔，開卷無非見面時。

詩義顯示前篇刊成，庸無可疑。楚東後集，梅溪亦有刊刻之意，則未知成書否?梅溪後集卷十一「再讀楚東集用前韻寄景盧、嘉叟」詩，云：

---

❻ 宋史卷三百七十三洪邁，鼎文總頁一一五七三。

❼ 宋元學案補遺卷二十八頁五十二。

❽ 宋史卷三百七十三洪邁（鼎文總頁一一五七四）。

❾ 同右。

❿ 宋詩紀事卷四十五頁十一、十二。

⓫ 宋人傳記資料索引頁一五一二。

⓬ 梅溪後集卷九詩「予向年少不自量，因讀韓詩輒和數篇，……近因嘉叟見之，不能自掩，且贈以長篇，蒙景盧繼和，用韻以謝。」，頁三一七。

二子聰明曠與離，一尊容我與論詩，待將後集從前刻，直到鄱陽送別時。

據此詩則後集欲刻至梅溪去官鄱陽時。

十朋與邁原係館閣中同舍，交情最好。梅溪詩云：「翰林虞部相酬贈，同舍交情復見今」⑬又云：「緬懷蓬山舊，情好素所敦……懷君不成寐，兩處一聲猿。」⑭可見至友之情。而後十朋申祠，欲請邁（時官檢詳）見廟堂諸公時曲賜一言，玉成所求⑮，即動之以殷厚友情是也。

十三、陳之茂（陳阜卿、陳豫章、陳洪州）

陳之茂，字阜卿（一字卓卿），毗陵人（館閣錄云無錫人，即梅溪集云錫山人⑯）。紹興二年同進士出身，治春秋，除休寧尉，以經學為諸儒倡，紹興三十年四月除著作佐郎，與十朋同事，八月除監察御史。隆興中仕至吏部侍郎，之茂善詩畫，行事剛果識治體，將大用，遽卒⑰。之茂身長五尺，然才名出甚早，騰播四十年⑱，原在台閣，自察院遷郎官，未幾出為吳興守

---

⑬ 梅溪後集卷九詩「景廬贈人面竹杖」，頁三一七。

⑭ 梅溪後集卷九詩「景廬以郡釀飲客于野處園賦詩見寄次韻」，頁三一九。

⑮ 梅溪後集卷二十四小簡「與洪檢詳邁」，頁四四一。

⑯ 梅溪後集卷八詩「金華先生有奇石名碧遠，攜來自蜀，陳洪州以詩覓之，……因和二公詩，頗起鄉思，寓意斷章」，頁三一四。

⑰ 梅溪後集卷十四「哭陳阜卿詩」之四，頁三五六。

⑱ 梅溪後集卷十四詩頁三五六「哭陳阜卿詩」之一及後集卷五頁二九〇「送陳阜卿出守吳興」詩，又王質雪山集「留別陳阜卿」。

⑲，再充豫章守。隆興二年七月十朋來守鄱陽，時之茂爲洪州帥，洪州即豫章郡⑳。之茂在江西爲守與十朋詩筒常往來，斯時王秬守興化、洪邁守吉州、李懷安帥蜀，王十朋帥鄱陽，故楚東酬倡集中除何憲在蜀非郡守之外㉑則有三守二帥㉒。楚東集，嘗彙四集㉓，然後集有何人作品今難考矣。

之茂嘗作命義天下之大戒論，手筆頗佳，傳誦亦廣，之茂容貌清癯，心好古而愛林泉，於人物有先見之明，能臧否善惡㉔。十朋與之茂「識面登瀛日，論心去國時」㉕即在著作佐郎、校書郎任內熟識，二人「均是蓬山逸遠官」㉖是以「詩筒續元白，治境接龔黃」㉗，且「侯生韓子相

---

⑲ 梅溪後集卷五詩「送陳阜卿出守吳興」，頁二九〇。

⑳ 同五十五頁㉒。

㉑ 梅溪後集卷九詩頁三三〇「次韻安國讀楚東酬唱集」、詩「安國讀酬倡集有平生我亦詩成癖……」及後集卷十七頁三八八「提舶示觀楚東集用張安國韻，因思鄱陽與唱酬者五人……」。

㉒ 梅溪前集卷十七詩「提舶示觀楚東集用張安國韻因思鄱陽與唱酬者五人今六年矣，陳何二公已物故，餘亦離索，爲之慨然，復用元韻」中自注云：「時陳在豫章，何按屬郡，詩筒常往來」，定國案「屬乃蜀」之誤字，何憲曾充使節於蜀，見本章「何憲」一文知。

㉓ 香山集卷十二「懷東嘉先生……作十小詩奉寄」。

㉔ 梅溪後集卷五頁二九〇詩「送陳阜卿出守吳興」之註文。

㉕ 梅溪後集卷八頁三一四詩「金華先生有奇石……」條及後集卷十四詩「哭陳阜卿」之二之註文。

㉖ 梅溪後集卷八詩「洪帥陳阜卿寄筍」，頁三一一。

㉗ 梅溪後集卷十四詩「哭陳阜卿」之三，頁三五六。

酬贈，詩句驚人魂膽寒」㉘，交情乃如此之厚，故乾道二年之茂凶訃傳來，十朋自是淚眼淒愴。

十四、胡　銓（胡邦衡）

胡銓，字邦衡，號澹庵，廬陵人。建炎二年進士，授撫州軍事判官，未上，轉承直郎。丁父憂，居家，從鄉先生蕭子荊學春秋經㉙。紹興七年兵部尚書呂祉舉直言極諫之士，薦胡銓於高宗，即授樞密院編修官㉚，以奏檜主和，銓上書乞斬秦檜、王倫、孫近三人。書既上，檜以銓狂妄凶悖，鼓衆劫持，詔除名，編管昭州，仍降詔播告中外㉛，謫逐二十餘年，遂以直聲中外聞名。孝宗即位，銓復奉議郎，知饒州。召對，除吏部郎官，旋歷官秘書少監；起居郎兼侍講講禮記，兼權中書舍人；權兵部侍郎、侍讀，兼國子祭酒，宗正少卿，集英殿修撰提舉佑神觀兼侍講；寶文閣待制提舉佑神觀、兼侍讀；敷文閣直學士，左通直郎提舉太平興國宮，歷知漳州、泉州㉜。

銓曾上書數千言云：「陛下自即位以來，號召逐客，與臣同召者張燾、辛次膺、王大寶、王十朋……惟臣在爾。」銓與十朋既同爲逐臣，且隆興元年銓擢起居郎而十朋在國史館，同奏論左右史失職有四焉：「一曰進史不當；二曰立非其地；三曰前殿不立；四曰奏不直前。」㉝詔從之。

㉘ 梅溪後集卷九「次韻陳阜卿讀洪景廬追和玉板詩」，頁三一七。

㉙ 宋元學案卷三十四，世界書局本頁六八。及宋史卷三七四，鼎文本頁一一五八〇。

㉚ 宋會要輯稿選舉十一，新文豐本頁四四二四。

㉛ 宋史卷三百七十四，鼎文本頁一一五八二。

㉜ 以上都見宋史及宋會要輯稿職官門。

㉝ 梅溪前集卷二頁二八「論左右史四事」及宋史卷三七四，頁一一五八三。

胡銓、劉儀鳳、王十朋三人昔日同爲編修官，十朋既入臺即罷史職，餘二人暫在官㉞。

十朋在官，雖受知張闡尚書及胡銓，然行事猶有力不從心之感，故十朋云：「尚書左史雖知我，超海應難挾太山。」㉟。銓，一生剛腸犯顏，急切之情有過於十朋，故十朋引爲同調，比之今之汲黯，觀十朋「懷胡侍郎邦衡」詩㊱一以讚銓，一以自表，云：

今世汲長孺，廬陵胡侍郎，孤忠一封事，千載兩剛腸，晚節逢明主，丹心契上蒼，群兒巧相中，直道亦何傷。

今梅溪後集卷中存銓詩二首，氣勢雄魄，剛偉十分。銓之著作，今存澹菴文集，見四庫全書。

十五、梁　介（梁子紹、梁彭州、梁子輔）

宋高宗紹興二十七年，念蜀士赴殿試不及，諭都省寬展試日以待，後取王十朋爲魁，閻安中爲第二人，梁介爲第三人，介與安中均蜀士也㊲，三人同授校書郎㊳。

㉞ 梅溪後集卷七詩「用登和樂樓韻酬胡邦衡送別兼簡劉韶美秘監」（定國案「用」字天順六年序跋本、涵芬樓本均作「周」，謬甚，宜取薈要本，文淵閣本，改爲「用」字）。

㉟ 梅溪後集卷七頁三〇四詩「得張大猷尚書書云比每進對屢以侍御爲言，而邦衡舍人言尤數切云云某爲郡邪所疾獨見知二公，因讀邦衡和和樂樓詩，復用前韻」。

㊱ 梅溪後集卷十八。

㊲ 宋會要輯稿選舉八，新文豐本頁四三六四。

㊳ 梅溪後集卷十三頁三五三詩「丙戌（乾道二年）冬十月閻惠夫、梁子紹得郡還蜀，聯舟過夔訪予於郡齋，修同年之好也。……」之自註。

梁介，字子紹（又云字子輔），成都雙流人[39]。歷官秘書省正字，權利州路轉運判官，知彭州（今屬四川，以九隴爲治所），後乾道四年五月知樞密院事，乃四川宣撫使虞允文所奏請。梁介到任彭州，講究農田水利經畫修築本州九隴等三縣管都江等十餘堰，灌溉民田，固護水勢，解除雨水泛濫而決壞堰身之問題，除直秘閣利州路轉運判官[40]，改知瀘州。其後瀘州設一路，介兼爲安撫，此路則自介始也[41]。

十朋、安中、介三人及第，以梁介年歲最幼，乾道二年，十朋與安中已老矣，而介方三十九[42]，推此，則知及第時介方三十，而介生於宋高宗建炎二年（西元一一二八）。介與十朋、閻安中、趙不拙四人交情濃郁過於醇酒。十朋詩云：

「天遣西來結詩社，郵筒毋惜往來傳」[43]，又云：「一壺勝太白，形影月游從」[44]，再云：「雲安麴水瓶雙玉，聊助詩人作小醺。」[45]再云：「書向蓬山俱點勘，詩從天竺共吟哦，十年尊酒喜身

---

[39] 宋人傳記資料索引，頁二〇四九。

[40] 宋會要輯稿選舉三四，頁四七七一。又食貨八，頁四九二五。又食貨六三，頁五九八一。

[41] 宋人傳記資料索引，頁二〇四九。

[42] 梅溪後集卷十三詩「丙戌冬十月閻惠夫、梁子紹得郡還蜀……且志吾儕會合之異」，頁三五三。

[43] 梅溪後集卷十三頁三五四詩「與惠夫、若拙小酌郡齋，再用聯字韻，并寄子紹」。

[44] 梅溪後集卷十三詩「三友堂」，頁三五四。

[45] 梅溪後集卷十三詩「梁彭州與客登臥龍山送酒二尊」，頁三五三。

健，五馬人生驚鬢皤。……」㊻又云：「吾儕風味雅同科……少陵詩句酒中哦……」㊼足見多年同科之情。猶有甚者，相互之間若有憂心則常訊候㊽，究其四人相見如此歡欣之故，直是氣味相投，然是何種氣味？直氣也，此一向爲王十朋等所堅守而標榜者也。十朋云：

> 致身許國宜相勉，莫學平津但取容。㊾

又云：

> 故人相見談時事，耿耿胸中直氣存。㊿

即是此一精神之踔揚。又云：

> 贈君無別言，相期盡孤忠。(51)

梁介之詩，就宋詩紀事補遺僅存一首「登臥龍山送酒」此詩略見章法謹嚴，然梅溪集亦有，則疑非介之作品矣。

十六、閻安中（閻惠夫、閻普州）

㊻ 梅溪後集卷十三頁三五三詩「丙戌冬十月閻惠夫、梁子紹得邵還蜀……且志吾儕會合之異」。

㊼ 梅溪後集卷十三詩「與二同年觀雪于八陳臺，果州會焉，酌酒論文，煮惠山泉瀹瀹建溪茶」誦少陵江流石不轉之句，復用前韻。」，頁三五三。

㊽ 梅溪後集卷十三頁三四九詩「寄閻普州」、同卷頁三五五詩「子紹至雲安復和前韻見寄酬以二首」，後卷十四頁三六二詩「過客談梁彭」。

㊾ 梅溪後集卷二詩「游天竺贈同年」，頁二六六。

㊿ 梅溪後集卷十三頁三五三詩「梁彭州歸自道山，泝流入峽，以二詩見寄，因次其韻」。

(51) 梅溪後集卷二頁三五三詩「贈梁同年介」。

閻安中，字惠天，臨邛人。治易。登紹興二十七年進士第二人，與王十朋同榜，先授校書郎，歷職夔府教官、監察御史、國子司業、知普州、集英殿修撰、除敷文閣待制，知遂寧府[52]。乾道元年安中任中書舍人，爲右正言程叔達所劾，遂以議論反覆放罷[53]。是故十朋詩云：「休嗟世路多巇嶮，共報君恩有樸忠」[54]即示安慰之意也。乾道二年冬十月安中與梁介俱得郡（閻普州、梁彭州）還蜀地，於是聯舟訪十朋於夔州郡齋，交談甚美，感懷疇昔，今閻、王俱老，梁介邁入壯年容鬢視及第時已大變[55]，斯時趙不拙亦來欲聯舟西上，而介已先行矣[56]值此聚會安中、十朋、不拙遂意興豪發云：「我輩論交眞有道，異時當國願無權……」[57]。且丁丑年一榜前三人，十年間交情不斷，忠道相合，可算士林佳範。吾人觀下列二詩便可知三人情義之篤厚；其一云：

> 丁丑同年友，三人忽此逢。符分俱握虎，簪盍偶成龍。撫卷神山遠，啣杯瑞雪濃；一壺勝太白，形影月游從。[58]

其二云：

---

[52] 宋會要輯稿職官三，頁二四〇四。又職官七一，頁三九六三。又選舉二十，頁四五六八；又選舉三十四，頁四七七二；又梅溪後集卷十三頁三五三詩「閻普州、趙果州、舟中唱和以巨軸見寄酬以二首」。

[53] 宋會要輯稿職官七一，頁三九六三。

[54] 梅溪後集卷二詩「贈閻同年安中」，頁二六六。

[55] 梅溪後集卷十三詩「丙戌冬十月閻惠夫、梁子紹得郡還蜀……」

[56] 梅溪後集卷十三頁三五四詩「惠夫，子紹二同年懷章過夔，宗英趙若拙聯舟西上……」。

[57] 梅溪後集卷十三詩「與惠夫、若拙小酌郡齋，再用聯字韻，并寄子紹」。

[58] 梅溪後集卷十三詩「三友堂」，頁三五四。

……客裏有書情愈重，別來多病鬢添皤……[59]。

尤令人感動者，同年間於政治場所之關懷情意殊爲凸顯，如十朋「寄閻普州」[60]詩云：「對策天庭老布衣，直言中已有危機，須知東普勝西掖，好買扁舟及早歸。」

十七、孫　暠（孫子尚）

孫暠，字子尚，開封人。紹興十五年卒於會稽山葬於大禹寺之側，年三十二[61]（即生於西元一一一四，卒於一一四五）。暠之上有二兄子淵、子昭[62]，南渡後家於會稽。

十朋與孫暠係青年時期至友。初十朋居海角有至友二人，首即暠而次爲劉光（劉謙仲），劉早逝，而孫繼之[63]，實天妒英才之謂歟？十朋初弱冠，而孫暠年十八，方從開封來[64]。斯時乍見孫暠逸氣凌霄，談吐凜凜，文墨兩全[65]，遂「金風玉露一相逢，勝卻人生無數[66]，故而「我昔風

---

[59] 梅溪後集卷十三詩「子紹至雲安復和前韻見寄酬以二首」，頁三五五。

[60] 梅溪後集卷十三詩。

[61] 梅溪前集卷十八頁一九二祭文「祭孫子尚文」自注及後集卷四頁二八二詩「孫子尚葺葬會稽山大禹寺之側……」。

[62] 梅溪前集卷一頁七三詩「辛亥九日侍家君，同孫子淵……登高于家之東山。」

[63] 梅溪前集卷一頁七六詩「昔與南浦劉謙仲，大梁孫子尚游……感而有作」。

[64] 梅溪前集卷三詩「讀孫子尚舊所寄書」，頁八五。

[65] 梅溪前集卷一詩「送子尚如浙西」，頁七五。

[66] 同右。

期一相遇，欣然握手論心腹。衡茅三度枉車軒，書劍連年共燈燭。論文自喜得房杜（房玄齡、杜如晦），言志端能效來郝（來敏？郝隆？）。長篇短韻迭賡唱，明月清風共斟酌。……有友如君復何憾，百不爲多一已足。……[67]，如此推心置腹之貧賤交，令人傾心不已。

辛亥年（紹興元年）重九（陰曆九月九日）孫嶠兄弟同十朋父子登高賞菊，然菊花遲至十月望日方始爛漫，値此時，正是二人友情騰歡歲月，十朋詩云：

……人生貴適意，世俗豈能絆。……百年能幾何，不飲乃痴漢。[68]

人生聚散眞一大夢；孫、王二人相處已近三年。紹興四年孫嶠卒有浙西之旅，而遷家錢塘太湖之濱[69]。此後一別千里路，魂夢勞馳。再後，孫嶠過明慶，以詩招十朋，第十朋未及往，十朋悔悵，云：「……思君一日成三歲，寄我行書直萬金。……」[70]再後，嶠過訪十朋，於宅壁間留文字數行[71]，道無盡相思焉爾。別後瞬息逾八年，紹興十二年，十朋懷念孫嶠，並錄其舊詩（詩名往浙

---

[67] 梅溪前集卷一詩「送子尙如浙西」。

[68] 梅溪前集卷一詩「辛亥九日侍家君，同孫子淵、子昭、子尙登高于家之東山……」，頁七三。

[69] 梅溪前集卷十八「祭孫子尙文」詩云：「君萍飄於太湖」，又前集卷一「送子尙如浙西」詩云：「錢塘此去仍棲託」。

[70] 梅溪前集卷一詩「孫子尙過明慶以詩見招，未及往次韻」，頁七五。

[71] 梅溪前集卷二詩「和懷孫子尙二絕」之二，頁七九。

西別王龜齡）72遺懷，又近三年竟無魚雁往返73，唯讀故人舊所寄書函，於紙墨行間空懷斯人。紹興十三年（癸亥），嶠有書致意，將遊天台而命駕來會74，然而事不果，聞孫郎徘徊於姑蘇75，詎料紹興十五年四月孟夏76孫郎逕赴巫陽之招，從此死生殊途耶矣，傷哉。後十朋官會稽，多次尋嶠墓，致奠，植柏，數十年間未忘亡友。

孫嶠，美丰儀有上才，十朋謂其「氣如長虹，貌如明珠，才如錦繡，語如瓊琚，體有四孔之奇，目無再閱之書。77嶠之詩，十朋評曰：「……君詩句句清且新，高壓曹劉倒元白……」78，今就梅溪集中所附詩一首觀之，頗覺情韻邈綿，用字典雅，韻類唐風而有清味。其為十朋少年至友，於十朋初期詩風定有重要影響者也耶。

十八、劉　光（劉謙仲）

---

72 宋詩紀事卷五十一。

73 梅溪前集卷二詩「懷孫子尚」，頁七九。

74 梅溪前集卷十八「祭孫子尚文」云：「前年仲春書屬傳鯉魚，謂將從伯氏於天台，必命駕而尋吾……」，頁一九二。

75 梅溪前集卷十八頁一九二「祭孫子尚文」云：「……死於鵬告賈生之月」與文選鵬鳥賦。

76 梅溪前集卷二詩「懷劉方叔兼簡全之用前韻」云：「子尚之往浙西也……一別八年，不通書已三載，聞在姑蘇甚無聊……」，頁八三。

77 梅溪前集卷十八「祭孫子尚文」，頁一九二。

78 梅溪前集卷三詩「讀孫子尚舊所寄書」，頁八五。

劉光，字謙仲，南浦人，寓居樂清。生於宋神宗元豐年間（約元豐四、五年），卒於紹興二年，遺有南浦老人詩集[79]。

十朋少壯時（約二十歲）[80]，以詩禮與劉翁周旋。初，十朋遊湖山，於湖邊不期而遇翁，交談甚歡，意氣相得，遂成生死交情[81]。光，壯年時豪氣可掬，尤輕忽世俗輩，然人生不如意，故嗜酒不治生，晚年偃蹇不遇，則家貧越發窘迫而寒酸可憐相終不得辭矣。

光，少華詭異，學養深邃，無論豪詞、淡語皆有妙解，而五十年間，儒冠誤身，屢敗於文場，書劍無成，是故人未甚老而窮愁老態過於孟東野多矣。光之作詩，一日不下數首，皆信口而成，不加雕琢，純任自然，但隨作隨失，不復顧惜，壯年之作久矣蕩然無存。十朋所編南浦老人詩集，乃光之遺作，取翁晚年所贈詩稿，益以已平日所載記者與兒曹所傳抄者，凡數十首，亦僅得劉翁暮年詩作之一、二，泰半屬窮愁抑鬱之氣者也[82]。

紹興壬子（二年）秋，南浦翁卒於橫陽（案：浙江省平陽縣），與十朋生死交情成一夢，詩

---

[79] 宋人傳記資料索引「劉光」條，及梅溪前集卷一頁七三「次韻謙仲見寄」云：「……儒冠五十年，世路疲行役……」。

[80] 梅溪前集卷十七「南浦老人詩集序」云：「紹興壬子和南浦翁喪于橫陽……予既一、二年與之遊……」由此推得，頁一七九。

[81] 梅溪前集卷一頁七四湖邊懷劉謙仲：「炎涼世態從他變，生死交情祇自語。」

[82] 以上綜合資料，參見梅溪前集卷一頁七三「次韻謙仲見寄」、卷一頁七四「湖邊懷劉謙仲」、卷十七頁一七九「南浦老人詩集序」及卷一頁七六「昔與南浦劉謙仲，大梁孫子尚遊，自劉死橫陽，孫亦有浙西之役……感而有作」。

客有魂不得招，空留秋風滿江南。十朋弱冠時初遊偶遇光，而光亡後二十五年（十朋四十六歲），十朋始中進士，窮愁景況略似，南浦翁之詩風，早已深中十朋心腹，自不待言也。

十九、劉 鎭（劉方叔），劉 銓（劉全之）

十朋於二十至三十歲間，與樂清劉銓、劉鎭爲筆硯交，交情最厚者劉鎭是也。劉鎭，字可升，又字子山，號方叔，政和四年生(83)，先人居閩，避五代亂，徙溫州之樂清(84)，乃劉銓之從弟，與銓同學於從父劉祖向，與鄉先生仰文蔚、孫仲鼇爲師友(85)。紹興十二年，祖向與銓俱擢進士。紹興十八年鎭亦登科(86)。鎭之岳父翁府君教子有方，子翁萬春與婿鎭同登科，而翁府君旋即卒於戊辰年（紹興十八年）(87)，嗚呼傷哉。

十朋邂逅鎭於蕭峰之下（是時，十朋年少於二十六、七，在紹興七、八年之前）(88)，斯時鎭

(83) 鎭生於徽宗政和四年見全宋詞第二冊頁一三五五，唐圭璋編，洪氏出版社本。

(84) 梅溪後集卷二十九頁四八九「劉知縣墓志銘」劉銓乃劉鎭之從兄。及梅溪前集卷二頁八三「述懷」。

(85) 宋元學案補遺卷四十四，新文豐公司四明叢書本頁四二六。

(86) 同右及梅溪後集卷一頁七四「次韻劉方叔見寄」之自注：「名鎭，登戊辰科」。

(87) 梅溪前集卷四頁八九「翁府君挽詞」由自注「子萬春，婿劉鎭皆登科」及詩云：「場屋收功不在身……坦腹門闌喜氣新……無奈今年歲在辰。」推知翁氏喪於戊辰年即卒於子婿登科之紹興十八年。

(88) 梅溪前集卷十七頁一八〇「劉方叔待評集序」及前集卷二頁八三「述懷」，又前集卷九頁二九「和短燈檠歌寄劉長方」。

方年少而氣銳，好學而工辭章，遂出詩篇示十朋[89]，十朋云：「論文初喜逢知己，言志深期共致身。」[90]蓋指此之故。識交後第三年，鎮出示「待評集」，集中有詩賦小詞，體兼古律，約百篇有加，惜今不傳世。

鎮，豪邁有文采，專擅詩歌及作詞。先時鎮不得意，躬耕田疇，云：

山北山南春雨足，漠漠柔桑秀如沃，儂家荊婦幾時歸，西疇獨自驅黃犢。[91]

而十朋亦云：「……賴有東皋遺業在，剩栽桑柘教妻蠶。」十朋友人姜大呂以爲鎮之詩有富貴氣象，而十朋之詩貧酸味較重，後二十餘年十朋仍認爲如此。後十朋晚十餘年出仕，官位、事功、名望卻遠在鎮之上，孰貧孰富，實難片言批斷者矣[92]。

鎮與十朋、毛宏常作聯句[93]，而十朋與鎮之從兄劉銓、友人姜大呂亦有往來[94]。劉、王二家久爲通家之好，十朋於劉銓父、劉鎮母、劉鎮岳父之去逝皆有挽詞[95]，足證兩家二人關係非凡。

---

[89] 梅溪前集卷十七「劉方叔待評集序」。

[90] 梅溪前集卷一「次韻劉方叔見寄」，頁七四。

[91] 梅溪前集卷二「述懷」所附跋及宋詩記事卷五十一頁十八「書王龜齡述懷詩後」。

[92] 梅溪前集卷二「述懷」，頁八三。

[93] 梅溪前集卷二頁七八夜聽雙瀑同劉方叔、毛虞卿聯句，又「對月同方叔聯句」。

[94] 梅溪前集卷二頁七八「送劉方叔兼簡全之」、頁八三「懷劉方叔兼簡全之用前韻」、「述懷」，梅溪後集卷二十九，頁四八九劉知縣墓志銘。

[95] 梅溪前集卷六「劉府君挽詞」、卷三「宋孺人挽詞」、卷四「翁府君挽詞」。

鎮，歷官隆興府司法、武義丞、知長溪縣[96]，隆興通判等，著有政績。

銓，生於政和元年，卒於乾道二年，卒年五十六。銓，姿秀整齊，美鬚髯，性愷悌，遇人有禮，力學能文，未及冠，已蜚聲鄉林。銓，初授臨海尉，後移嵊縣丞、宣教郎、知海鹽縣、轉奉議郎、承議郎，爲官政務循良，尤以喻如臬之民，墾田餘數萬畝，及海鹽水害，放廩勸輸，此二惠政活人最多。銓遺有男三人儼、价、儀，女五人，乾道四年二月丙申葬於眞如之原[97]。

紹興十年（庚申）秋，十朋敗舉，心灰意冷之餘，欲變更經科，易以賦科，但鎮不以爲然，勉其「塞翁失馬焉知非福」故事，二人友誼率眞誠厚可風也。紹興十八年（戊辰），十朋又廢舉，棄舍選不就，遇劉銓於武林，銓力勉勿捨此進身階，則銓亦屬厚交矣。其後銓喪於乾道二年，十朋作劉知縣墓志銘以悼念之。[98]

二十、曹逢時（曹夢良）

曹逢時，字夢良，本籍瑞安，因娶樂清黃氏，寓居柳市，紹興戊寅（二十八年）復歸家許峰[99]。

---

[96] 宋人傳記資料索引「劉鎮」條；宋詩記事補遺卷三頁廿九，鼎文本第八冊頁四三八一；全宋詞洪氏出版社第二冊頁一三五五。

[97] 以上梅溪後集卷二十九「劉知縣墓志銘」，頁四八九。

[98] 同右。

[99] 宋元學案補遺卷四十四頁三十三「教授曹先生逢時」條王梓材之注文。

逢時，少從鄭邦彥學易（字國材，樂清人），工文詞，與王十朋、劉鎮齊名。逢時之兄曹應時遊太學，亦有名[100]。

十朋與逢時論交近三十年（論交之始約於紹興六年，時年二十餘），同讀書鄉校於金溪，太學復同舍，義如兄弟，堅似膠漆。逢時於妙齡時，即卓然自立而有才名，詩賦論策皆所專擅，且駢散俱佳。至於肄業太學雖早於十朋，登第之年卻同於十朋[1]。紹興十八年十朋嘗作「和答張輶寄曹夢良」一詩，詩之內容敘及昔日論文十五載，棲遲偃蹇之跡相似，時曹氏秋賦不售，而王氏春闈落榜，且彼此已有周年未晤面，十朋思之，有嚼心刻骨之感，遂寄詩。詩云：

故舊別云久，話言猶未齡。歲暮念愈劇，宵長夢形頻。……世情自翻覆。交態長芳馨。……[2]

此番銘心字句，眞肺腑言也。

紹興二十七年，二子方折桂然逢時赴桐廬戶掾（即嚴州司戶）[3]需次家鄉竟五載，爲政有譽。其後逢時又留閩泮侯官，十朋曾舉曹氏自代，然限於制，不果[4]。

紹興三十一年，十朋赴泉南，逢時出書見招，二人相會許峰，情意殷切，孰料逢時三年後竟

---

[100] 宋元學案補遺卷四十四頁三十三「教授曹先生逢時」條。

[1] 梅溪前集卷二十八「祭曹夢良文」，頁四八二。

[2] 梅溪前集卷九頁一二一。

[3] 梅溪後集卷六頁二九三「送曹夢良赴桐廬戶掾」。

[4] 同第六十八頁[100]。

卒（時隆興元年），慟哉❺。

紹興十八年十朋和韓詩寄逢時，逢時所和之詩十年後方姍姍遲來（即紹興二十八年），十朋回贈一絕句云：

……他時更踐詩中語，偕隱谿山不可遲。❻

然此老隱之約竟不果終矣。

二十一、曾　汪（曾萬頃、曾潮州）

曾汪字萬頃，嘗隱居樂清❼。始，汪由經術之故而得獲選拔，其後轉以詞章而登科名❽，然筆硯勞苦已二十年矣❾，嘗授吏部郎官❿，旋遊宦樂成，任職縣尉，主盟鄉校，曾於縣學植雙桂⓫。其後知潮州留心教育，散播清芬，能變百里之俗。

---

❺ 同第六十八頁❶。

❻ 梅溪後集卷三「戊辰歲嘗和韓退之贈張徹詩寄曹夢良至今十年，夢良方和以寄，因贈一絕」，頁二七四。

❼ 梅溪後集卷二十四「答曾知郡汪」，頁四三九。

❽ 梅溪前集卷十六「代曾尉上陳安撫」，頁一七三。

❾ 梅溪前集卷十六「代曾尉答交代」，頁一七四。

❿ 梅溪後集卷十九「曾潮州萬頃增闢貢院，以元夕落成寄詩次韻」之注文云：「萬頃嘗為天官郎」，頁四〇二。

⓫ 梅溪後集卷二十二「答曾知郡汪」，頁四二五。

先前十朋於縣學，獲執經，與諸生之列⑫。汪氏視十朋佳善，十朋有知遇之感，彼時，十朋代汪上書安撫⑬，又代汪答交代事⑭，足見受倚之重。是後，汪易任青田⑮，再遷潮州郡，到郡汪即增闢貢院，修韓文公廟，潮陽人感而祀之⑯。至此，汪與十朋已違別二十年矣。十朋斯時，遭父母雙亡之難，又屢困場屋，聲跡仍然沈淪。後十朋騰達，卻屢思歸去，然至十朋逝去，汪氏猶存，淳熙元年八月汪乃知廣州⑰，汪氏之壽當在十朋之上矣。

十朋作舉子業前曾和韓詩古律（雖未達三百篇，疑在百篇以上），先後有王秬、洪邁之友嘆賞讚許，今曾潮州來書云：「欲刊某和韓詩」⑱，則欣賞者又增一人矣。

二十二、馮　方（馮員仲）

---

⑫ 梅溪後集卷廿四「答曾知郡汪」及前集卷二頁八二「次韻曾尉易任青田留別」。

⑬ 梅溪前集卷十六「代曾尉上陳安撫」。

⑭ 梅溪前集卷十六「代曾尉答交代」。

⑮ 梅溪前集卷二「次韻曾尉易任青田留別」。

⑯ 梅溪後集卷十九頁四〇二「曾潮州萬頃增闢貢院以元夕落成寄詩次韻」及同卷頁四〇〇「曾潮州到郡未幾，首修韓文公廟，次建貢闈可謂知化本矣，某因讀韓公別趙子詩，用韻以寄」。

⑰ 宋會要輯稿刑法四，頁六六三四。

⑱ 梅溪後集卷十九「曾潮州到郡未幾，首修韓文公廟，次建貢闈，可謂知化本矣，某因讀韓公別趙子詩，用韻以寄」，頁四〇〇。

馮方，字員仲，蜀地普康人⑲。馮方與王十朋、程泰之以同舍共赴詞學兼茂科試，並留任館職⑳。馮方，治尙書學，登紹興十五年進士第，紹興二十八年充成都路轉運司幹辦公事㉑，二十九年除秘書省正字，進校書郎㉒，三十二年遷戶部員外郎，隆興初進太府少卿㉓，後受謗放罷，隆興二年死於困讒㉔，然在乾道五年十一月受詔以故左承議郎追復左朝散郎，並予致仕㉕。

紹興三十年（庚辰），乃宋廷人文薈萃之際，值馮方與十朋游於其間，皆有憂國之志，能肝膽輸誠，相知甚厚，是故義均弟兄㉖。十朋後去國，而馮方以江西運判職赴闕奏事爲張魏公（張浚）所辟㉗，留佐戎幕。是時（隆興二年），張浚以樞密使都督江淮軍馬，而馮方以戶部郎官充都督府參議官㉘。其後，張浚所部師潰，馮方與張浚父子在盱眙相約以死，旋張浚、陳俊卿、唐

---

⑲ 宋人傳記資料索引頁二七三七「馮方」條，梅溪後集卷五頁二八七「次韻馮員仲正字湖上有作」及後集卷八「哭馮員仲之二」，頁三二一。

⑳ 梅溪後集卷五「次韻程泰之酴醿」，頁二九〇。

㉑ 宋會要輯頁五九八〇。

㉒ 宋人傳記資料索引頁二七三七「馮方」條及宋會要輯稿頁四五六七。

㉓ 宋會要輯稿頁二九三八。

㉔ 宋會要輯稿頁三九六〇。

㉕ 宋會要輯稿頁四一一七。

㉖ 梅溪後集卷二十八「祭馮少卿文」，頁四八〇。

㉗ 梅溪後集卷七「馮員仲赴闕奏事，士君子咸欲其留，聞爲魏公所辟，勢不可奪，遂成鄙語，兼簡查元章」，頁三〇〇。

㉘ 宋會要輯稿頁三一三八。

文若、查籥、馮方等均受處分降授㉙。且此際馮方受謗，因「言者論其輕率招權」而放罷㉚，遂浪歸蜀道。馮方在軍，犒山東忠義軍，倡借官資，行屯田之利，又奏就近撥常平倉、義倉來借貸軍衆，以活高郵軍民、兩淮州縣民。彼惠政頗多，故雖受謗，三軍嘆息涕泣而公論自在，又因左相陳俊卿嘗與方同佐張魏公幕僚，熟諗其人，爲力辨之，卒於乾道五年復原官賜致仕㉛，然馮方已逝去多年矣。

十朋赴鄱陽，馮方寄過江州書㉜，手墨未乾，而已驚聞方之訃音。後，方柩歸普康，十朋則來守夔州，因官守有拘，至不克往弔㉝。方，一代奇男子，身爲多才所誤，懷許國之忠，以忠見疑，可謂前懷賈生之逐，而後抱屈原之悲㉞。

方去逝後，其徒陳秀智，出示所遺詩文手帖與十朋，時乾道三年六月之事㉟，而十朋「馮員仲復原官與致仕恩澤詩」云：「謗黷久自熄，果然天聽回。孤忠昭聖代，遺恨釋泉台。……」則

㉙ 梅溪後集卷十九頁三九九「馮員仲復原官與致仕恩澤」及宋會要輯稿頁三九五九，頁三一七〇。
㉚ 宋會要輯稿頁三九六〇。
㉛ 梅溪後集卷十九「馮員仲復原官與致仕恩澤」及宋會要輯稿頁四一一七。
㉜ 梅溪後集卷八「哭馮員仲之二」，頁三一一。
㉝ 梅溪後集卷二十八「祭馮少卿文」，頁四八〇。
㉞ 梅溪後集卷二十七頁四六五跋馮員仲帖及梅溪後集卷二十八祭馮少卿文。
㉟ 梅溪後集卷十九「跋馮員仲帖」。

方死之前謗冤猶未雪，推知方卒於乾道元年至三年之間㊱。

二十三、項服善（項用中？疑字用中）

項服善，字用中，樂清人。嘗宰鄱陽，爲人清白，仁心和氣，爲政有聲望㊲。服善在鄱陽時，與十朋同事半載，常作詩唱酬，服善去職，似歸故里，故十朋有「預約它年還故里，共騎白鹿效文君」㊳，此是十朋歸去登仙之祈願，十朋知饒州後輒有去思，豈游宦之途險哉！抑老境厭吏事者歟？

二十四、張孝祥（張安國）

張孝祥，字安國，歷陽烏江人。其伯父張邵於建炎間使金，被囚不屈，後放還。職是之故，其父張祁受恩補官，祁負氣尚義，工詩文，趙鼎、張浚皆禮遇之㊴。孝祥，讀書一過目不忘，下

㊱ 梅溪後集卷二十八頁四八〇「祭馮少卿文」云：「……君喪還管，我來守夔……」，後集卷二十九「王公（王十朋）墓誌銘」云：「乾道元年七月移知夔州，……三年七月移知湖州……」則推知馮方卒於乾道元年至三年之間，且由「跋馮員仲帖」事，知乾道三年六月，彼時馮已喪命，故不能遲過乾道三年六月也。

㊲ 梅溪後集卷九頁三一七「鄉人項服善宰鄱陽有政聲，人惜其去，用郡圃栽花韻作詩數篇敘別，遂和以送之」與後集卷八頁三一二「又和項服善三首」。

㊳ 梅溪後集卷八「項服善知縣和詩酬以三絕并簡林致一教授」，頁三一〇。

㊴ 宋人傳記資料索引頁二三七六「張孝祥」條，索引頁二二四二「張邵」條，索引頁二二四〇「張祁」條及宋史卷三八九「張孝祥」條。

筆頃刻數千言，紹興二十四年，廷試第一㊵。

孝祥初授左承事郎簽書鎮東軍節度判官廳公事㊶，遷校書郎、尚書禮部員外郎、秘書省正字，紹興二十九年正月試起居舍人兼權中書舍人㊷，八月調外任㊸。歷知撫州、平江府、建康府、靜江府、饒州㊹、潭州、荊湖南路㊺、荊湖北路、湖北路，皆有政聲，尤以吳地大飢及荊州水災，救活無數㊻。後以疾卒於乾道五年㊼，年三十八。孝宗惜之，有用才不盡之歎，遂進以顯謨閣直學士致仕。

宋史云：「孝祥俊逸，文章過人，尤工翰墨……」，今觀梅溪後集所云蓋相符焉。梅溪後集謂楚東酬唱前集詩後有張安國題語至爲光豔㊽；又云：「紫微新鐵畫，輝映楚江波。」㊾況宋詩紀事云：「……平生我亦有書癖」其工書法誠不虛焉耳。

㊵ 宋史卷三八九，鼎文本頁一一九四二。

㊶ 宋會要輯稿頁四二四〇。

㊷ 宋會要輯稿頁二〇〇七、頁二六二七。

㊸ 宋會要輯稿頁三九五五。

㊹ 宋會要輯稿頁三九六四。

㊺ 宋會要輯稿頁三四六〇。

㊻ 宋史卷三百八十九，鼎文本頁一一九四三。

㊼ 全宋詞第三冊，頁一六八六張孝祥條：「乾道五年（一一六九）卒，于湖集詞一卷」。

㊽ 梅溪後集卷九「次韻安國讀楚東酬唱集」，頁三三〇。

㊾ 梅溪後集卷九「易芝山五老亭名曰五峰，安國書之，因成短篇」，頁三三一。

孝祥之號紫微，梅溪後集中至少三見[50]，此事是宋史，宋元學案，宋元學案補遺，全宋詞，宋人傳記資料索引均未引，唯梅溪集及宋詩紀事之注文中得斯消息孝祥自號紫微，未知是否受紫巖先生（張浚）之影響？宋史云其出入張浚、湯思退之門，主戰主和，立場模稜兩可，議者惋惜，而劉後村以爲孝祥交遊朱熹、張浚，晁節芬芳，是可褒也。今見十朋正直之人，能容孝祥，又知孝祥效紫巖號紫微，則孝祥爲人立事仍持有原則，可稍減非議之名者矣！

孝祥讀十朋諸公所作楚東酬唱集，有「平生我亦詩成癖，卻悔來遲不與編」[51]之言。既而，十朋編楚東酬唱後集得孝祥佳作則納入。然孝祥竟欲盡和楚東唱酬詩，使十朋生「別作鄱陽一集編」[52]之籌謀。但不知張氏是否盡和而王氏是否編成鄱陽唱酬集？此二君子憂民疾苦[53]，詩歌迭有唱酬，十朋云孝祥英年早逝，有類賈長沙之屈，願遺愛人間，足可成佛[54]。

二十五、張　闡（張大猷）

張闡，字大猷，永嘉人，登宣和六年進士第[55]。闡，個性耿直，紹興十三年遷秘書郎兼國史

---

[50] 宋詩記事卷五十一頁四「題蔡濟所摹御府米帖」。

[51] 梅溪後集卷九「安國讀酬倡集有平生我亦詩成癖，卻悔來遲不與編之句，今欲編後集，得佳作數篇，爲楚東詩社之光，復用前韻」，頁三二〇。

[52] 梅溪後集卷九「五月二十五日餞安國舍人于薦福，洪右史王宗丞來會，坐間用前韻」，頁三二〇。

[53] 梅溪後集卷九頁三二〇張安國舍人以南陵鄱陽雨暘不同示詩次韻、又次閔雨。

[54] 梅溪後集卷十八「悼張舍人安國」，頁三九六。

[55] 宋史卷三百八十一「張闡」條，鼎文本一一七四五。

院檢討官遊帝王藏書之所，多讀異書56，因忤權臣秦檜而罷歸故里，主管台州之崇道觀，歷泉、衢二州通判57。十餘年間闡之職務未曾調整，十朋讚其善於固窮58。紹興三十年三月闡入為御史臺檢法官攝監察御史，十朋曾修賀書，自執門下之禮59。紹興三十二年孝宗即位闡權工部侍郎兼侍講，時十朋任國子司業，二人指陳時事，斥權倖，無所回隱。其後闡為工部尚書，十朋因屢犯天顏，為郡邪所疾，獨見知闡及胡銓，而常回護之，然未回天聽，十朋云：「……尚書左史雖知我，超海應難挾太山。」60正指此而言。隆興二年七月闡卒，年七十四，謚忠簡61，特贈端明殿學士。朱熹嘗言闡始終言金人世讎不可和62，深知國家利害之所繫也。

二十六、張　浚（張魏公、紫巖先生）

56 梅溪後集卷二十二頁四二五「與張侍郎闡」及宋史卷三百八十一。

57 宋史卷三百八十一，頁一一七四六，鼎文本。

58 梅溪後集卷二十二「與張侍郎闡」。

59 梅溪後集卷二十四頁四三八「與張臺法闡」及宋會要輯稿頁〇三九五。

60 梅溪後集卷七頁三〇四「得張大猷尚書云，比每進對屢以侍御為言而邦衡舍人言尤數切云云。某為郡邪所疾，獨見知二公，因讀邦衡和和樂樓詩，復用前韻」。

61 宋會要輯稿頁一六四九。

62 宋史卷三百八十一，鼎文本頁一一七四八。

張浚，字德遠，漢州綿竹人63，世稱紫巖先生，封魏國公，隆興二年八月卒，年六十八，諡忠獻，人稱張魏公，又稱忠獻公。浚入太學，中進士第，能率軍64，是故十朋謂其「才全文武」65，然終其一生，如十朋稱曰：

> 公之勛德，公之忠義，公之人望，群嘲聚詈。公欲恢復，指爲生事；公欲禦戎，斬爲兒戲；公欲養兵，詆爲妄費；公欲進賢，目爲朋比。公得人心，公有異意；巧言如簧，吁其可畏！66

浚素有恢復故志，卒不能爲，故死有餘恨，空留英雄淚灑滿襟之憾。

十朋所居梅溪「不欺室」遺有浚之銘文，且「不欺室」三字亦浚所書，銘文則雲山老人（疑楊知章）所撰67。浚所書銘文八十四字，自其去逝後已成史筆68，正可表其端人正士之志行矣。十朋乃浚所薦，出入其門，自稱門生，故感恩再造；浚死則慟何可支，十朋曰：

> 可憐未戰身先死，貫日精忠化白虹69

---

63 宋史卷三六「張浚」條，頁一一二九七至一一三一四。

64 同右

65 梅溪後集卷二十八「祭張魏公文」，頁四七八。

66 梅溪後集卷二十八「重祭張魏公文」，頁四七九。

67 梅溪後集卷八「不欺室三字參政張公書也，筆力勁健，如端人正士，儼然人望而敬之，因成古詩八韻」，頁三一二。

68 梅溪後集卷八「次韻何子應題不欺室」，頁三一一。

69 梅溪後集卷九頁三二一「次韻安國題餘干趙公子養正堂，……」。

忠節不遇，古今同悲，十朋既弔魏公且自弔也。

二十七、喻良能（喻叔奇）

喻良能，字叔奇，號香山，義烏人（屬浙江省，梅溪集云其繡川人，是祖籍乎？[70]）。登紹興丁丑年進士。良能仕於朝，歷官太寺丞[71]，嘗以太常少卿權工部郎官，積階朝議大夫，爵義烏縣開國男，有香山集三十四卷，諸經講義五卷，家帚編十五卷，忠義傳二十卷行於世。香山集質實無僞，香山爲人則可知矣，蓋香山於人煦煦有恩惠，能使人別去三日念之輒不釋者也[72]。

良能兄弟三人，兄良倚與良能同登紹興二七年進士；弟良弼亦太學生，以善古文詞稱名太學，以特科出任新喻尉，是以十朋云其兄弟類陸機陸雲[73]。

紹興二十六年冬，良能與十朋同舍上庠，一見如故，次年同登進士，故爲「同舍同年友」[74]。又次年十朋贊幕王師心於會稽而良能來遊攝廣德尉，於是朝夕論文賦詩，相得愈厚，唱和數在百

---

70 梅溪後集卷二十七「送喻叔奇尉廣德序」云：「……某丙子冬與繡川喻叔奇同舍上庠……」，又後集卷三「喻叔奇惠川墨」云：「子墨客卿來自蜀，繡川家藏尤不惡……」頁四六三。

71 宋詩記事補遺第八冊所附宋詩記事小傳補正卷三頁十六。

72 宋元學案補遺卷五十六，頁二十。新文豐四明叢書十八冊頁二八六。

73 梅溪後集卷三「贈喻叔奇縣尉」，頁二七六。

74 梅溪後集卷三「贈喻叔奇縣尉」。

篇以上[75]。二人爲官地近，故常過從而多偕遊，如同游蘭亭（是時雖不成往，後當又游）[76]，又如偕游會稽山天衣寺[77]，皆此類也，此見朋友情義之親近無與倫比，尤以莫逆論文於十朋友輩中亦無幾人可擬，而況良能亦有同感[78]。良能曾惠川墨予十朋，雖表示十朋家境不豐，亦證良能景況之優裕。去越之後，十朋轉官鄱陽，亦嘗與良能同事九十日，相遇倍增相親之情，然十朋旋移夔州，二人頓成勞燕。自紹興二十七年至二十八、九年之間，十朋與良能皆因及第未久，意氣風發，多飲酒唱和，且多遊興佳篇[79]。

良能曾比擬十朋爲文壇盟主，十朋懼不敢當，遂吐露一段自我創作歷程，且提及當時文學風氣之弊端[80]，十朋論稱：

---

75 梅溪後集卷二十七送喻叔奇尉廣德序，又香山集卷十二頁七「留別王狀元二十四韻」云：「……酬倡幾千首，從游殆十旬……」，此乃綜計二人一生而言。

76 梅溪後集卷三「十月十六日欲與夢齡弟及聞詩、聞禮同游蘭亭，仍約喻叔奇偕行……懷抱殊惡」及「和喻叔奇集蘭亭語四絕」。

77 梅溪後集卷三「和喻叔奇游天依四十韻」，頁二七八。

78 梅溪後集卷三頁二七七喻叔奇惠川墨云：「同年於予契非薄……」，又同卷「和喻叔奇集蘭亭序語四絕」之三云：「晤言一室許誰親，相過無非我輩人……。」又後集卷四頁二八一懷喻叔奇云：「……同年四百二十六，莫逆論交能幾人。」又香山集卷十四「懷王侍郎、劉秘監」詩提及王東嘉乃平生之至交。

79 梅溪後集卷三「和喻叔奇游天依四十韻」。

80 梅溪後集卷十九「喻叔奇采坡詩一聯云：『今誰主文字，公合把旌旄』爲韻作十詩見寄，某懼不敢和，酬以四十韻」，頁三九九。

千載以來，文學三大老，僅韓愈、歐陽修、蘇東坡耳、蘇門六君子與張籍、皇甫湜、孟郊、賈島俱羽翼斯文有功，然以上諸公豈專文哉？乃深於道者而已矣。

職是之故，諸公亡後，文不以繼，文壇一片荒蕪。後之詞人，爭以駢麗纖巧取勝，有失義理之探討，而書生囿於時文，學淺義浮，未能洗去華藻之窠臼，文學遂被割裂焉。

十朋又以爲良能古學根詆渾灝，讀史正確，觀詩知義，文字冰清玉潔，氣勢波瀾壯闊。此固褒美賢友，恐亦十朋爲文之理想所在焉。

總之，十朋願與良能爲韓孟良朋，類雲龍相從，不忍別離之情，的是不疑[81]。良能遺世之作，有諸經講義五卷，香山集十六卷，家帚編十五卷，雅戲集云云[82]。今四庫全書仍存香山集。

二十八、程大昌（程泰之）

程大昌，字泰之，徽州休寧人。諸書皆云大昌登紹興二十一年進士第[83]，授吳縣主簿，未上，丁父憂，服除，擢太州教授，明年召爲太學正，試館職，爲秘書省正字，孝宗即位遷著作佐郎。然梅溪後集卻有「主簿程同年和永平門詩；再賦四絕因以贈別」[84]之詩題，不知何故？後十朋爲

---

81 梅溪後集卷二十七「送喻叔奇尉廣德序」云：「……於是又知二公心相如氣味相得，至欲相與爲雲龍，而不忍有離別，眞可謂古之善交者。」，頁四六三。

82 同右。

83 宋史卷四三三；宋元學案補遺卷二頁九十；全宋詞第三冊，頁一五二三；宋詩記事卷五十頁十九。

84 梅溪後集卷九，頁三一八。

鄱陽守，大昌為主簿，再後大昌遷調，故十朋詩以送之。詩云：

> **迂儒政事只平丕，濫守鄱陽十里城；賴有同年更同事，公餘時作苦吟聲。**

則推知大昌乃十朋某類考試之同年。又，十朋「次韻程泰之酴醾」[85]詩云：「……幽亭相對止三人，草草杯盤為花具。」注云：「時同舍考試惟泰之、員仲、某任館。」則同舍同年中惟程大昌、馮方與王十朋留館職。又，十朋「泰之用歐蘇潁中故事，再作五絕，勉強繼韻」之一（後集卷五）詩云：

> **君詩雅勝五言城，白雪篇章分外清，不許同僚持寸鐵，筆尖戰退老書生。**

則「同僚」一辭與右二詩亦能相應，如此，大昌或是紹興二十七年及第歟？徽宗崇寧四年五月起，亦詞學兼茂科，中格者則授館職，歲不過五人（宋史紀事本末卷三十八）[86]，程、王、馮三人蓋斯試中選之同年歟？（然而十朋為進士魁首，依例不必與館職試，便可授官）。

大昌與十朋相友，僅省中及鄱陽任上耳，交雖善而未及深。大昌英年及第，十朋卻晚出早衰。大昌勤政愛民忠君累官權吏部尚書，以龍圖閣學士致仕，慶元元年卒，年七十三，謚文簡，此概非十朋所及見矣。宋史云大昌所著作有禹貢論、易原、雍錄、易老通言、考古編、演繁露、北邊備對行於世。[87]今四庫中其作品大抵皆存。

---

[85] 梅溪後集卷五，頁二九〇。

[86] 梅溪後集卷五及新校宋史記事本末卷三十八頁三八〇，鼎文本。

[87] 宋史卷四三三儒林傳三。

二十九、萬　椿（萬大年）

萬椿，字大年，乃十朋之表弟。十朋母萬氏，故與椿、萬庚、萬庠爲通家之好。紹興十八年（戊辰）春大年與十朋同下第，十朋至會稽復還學追補，至秋方還家[88]。是歲十一月十一日過萬橋，是夜會飲於萬庚處，同宴者有萬椿、萬庚之弟萬庠，諸君乃促席而坐，頗覺清歡[89]。

十朋年踰四十猶未取功名，家境清寒，生涯不諳，無有代耕之職，遇連歲蠶荒，妻孥號寒；酒味過甘不醇。而表弟萬椿家則蠶早熟，酒香醇，故羨慕之。然椿有無子之憾也[90]。後，十朋守清源，椿訪於郡，宿郡齋爲鼠蚊蚤所苦，卻喜郡圃花木[91]，是時椿依然未及第，不知舉男否？但知仍與十朋往來並唱酬[92]。

三十、萬　庚（萬先之）

萬庚，字先之，樂清人。其父萬世延，抱才不試，奉母謹甚，業修行飭，蔚爲善士。其弟萬

---

[88] 梅溪前集卷四「寄萬大年」，頁八九。

[89] 梅溪前集卷九「和醉贈張秘書寄萬大年、先之、申之」，頁一一八。

[90] 梅溪前集卷四「貧家連歲蠶荒……表弟萬大年家蠶熟酒醇有足樂者……遂和以寄之」，頁九四。

[91] 梅溪後集卷二十「表弟萬大年宿郡齋，爲鼠蚊蚤所苦，夜不安寢，目爲之害，某輒申造物之意，諭之以詩。」及「大年獨步郡圃即事有作，次韻」，頁四〇五。

[92] 梅溪後集卷七「予素不喜棋。孫先覺、萬大年、林大和見訪，戲與對壘，偶皆勝之，因作數語」，頁三〇三。

庠，儒行有成。另有弟萬廙、萬廓、萬庶、萬唐，自萬庠以降，皆與王十朋游，庠尤爲王氏弟子之佼佼者[93]。

庚，善詞賦，太學興，首中優選，後與十朋同舍上庠，登紹興二十四年進士。授左迪功郎，處州縉雲尉，調全州教授，兼攝郡之幕職。庚爲文雄深雅健，湖南諸郡碑碣，必屬先生撰述，改洪州錄參。虞允文入相，十朋自南京貽書薦之，虞擬除學官，名未上，乾道五年卒，終從政郎[94]。庚爲十朋學侶，其與十朋自少年至晚年私交篤厚，於十朋而言其伴學、論文之功匪淺，是梅溪之學侶益友也。

庚，好讀莊子，寄趣名理，有名士之風，十朋曾作詩勸以莊子蔽於天，不合儒說[95]。然，十朋父與庚之父情意相好，且婚姻世修[96]，則十朋與庚世兄弟之情誼當亦厚重，曾與庚攜手同登丹芳嶺[97]。庚，嘗一舉兩男，十朋作洗兒歌賀[98]；其後庚命卒之年，慈親在堂，壯婦在室，兒女滿

---

[93] 梅溪前集卷二十「東平萬府君行狀」，頁二〇五。

[94] 宋元學案補遺卷四十四頁七十三，新文豐版四明叢書第五集十七冊及梅溪後集卷二十八頁四八一「祭萬先之文」，後集卷十九頁三九九「哭萬先之」。

[95] 梅溪前集卷四「次韻萬先之讀莊子」，頁九〇。

[96] 梅溪前集卷十八「代祭萬叔永」，頁一九〇。

[97] 梅溪前集卷四「與萬先之登丹芳嶺，路人有手持桂花者，戲覓之，慨然相贈……遂與先之分之，記以一絕。」，頁九二。

[98] 梅溪前集卷五「萬先之生兩男作洗兒歌賀之」，頁九八。

[99] 梅溪後集卷二十八「祭萬先之文」，頁四八一。

前99，尚無遺憾，惟壽不永年耳。

三十一、萬世延（萬叔永）

萬世延，字叔永，世爲樂清人。世延幼年即驚悟，敏於記誦，爲師友所奇，然年十四而孤，故奉母恭謹，處事若成人。曾游郡庠，以兄弟少，爲奉甘旨，故不事進取而抱才終身者100。世延在有子六人，尤以長次二子最善。長子庚登進士，次子庠，以鄉貢赴省試，俱成儒學名家。世延善治生蓄鄉族能和衆能濟人，顧因夙有之喘疾致死，卒於紹興二十四年十月，年僅五十八。世延善治生蓄而能散親且篤於教子。

昔監察御史睢陽李藹扈從高宗南巡，聞世延有鄉譽，訪其居，名其軒曰必大軒，預禱種德樂教之報。據梅溪集知世延所爲詩文不多，皆平淡造理，峻潔可愛，尤屬意於簡翰。

十朋與世延子庚同舍上庠，又與其諸子游。而庠乃十朋高徒，紹興十四年庠中鄉選而赴省試，十朋勸勉曰：「將戰藝春闈，射策天庭，不負平日所學……以阿合取容，雖能裒然爲舉……君子不貴焉」1。

100 梅溪前集卷二十「東平萬府君行狀」及前集卷七「萬府君挽詞」。定國案挽詞之注文「字叔永」是也，注又云：「庚子登科」，宜改作「子庚登科」較佳。免生誤會也。頁次分別爲頁二〇五及一〇九。

1 梅溪前集卷十七「送吳翼萬庠赴省試序」，頁一八二。

三十二、賈如規（賈元範）

賈如規，字元範，樂清人。宋元學案謂其「質行足以型方訓俗」❷，又稱其宋徽宗宣和中補太學生，於靖康之難諸生欲逃去，先生不去，後以特奏名義，調廣昌尉，再調興國軍司理，不赴，讀書鹿巖下。

觀梅溪集知如規赴省試多次，淹徊且二十載，年五十歲猶赴春闈❸，卒舉進士❹，且器識義方，名賢鄉邑云云。

十朋年十七（高宗建炎二年）受學於潘翼，並與長者游，即賈太孺、劉謙仲、覺闍梨（僧宗覺），皆一時詩人也。昔時，十朋與賈氏昆季游皆年少，相隔三十六載後之重九日，十朋以詩賀寄表叔賈如規，時十朋五十三歲，而如規年逾七十三矣❺（以如規之兄如訥生辰計之，是年約七十三歲。如納早卒，去逝於四十二歲建炎三年），稍後卒於十朋遠宦夔州時❻。

---

❷ 宋元學案補遺卷四十四，頁七十四，又見水心文集卷九「樂清縣學三賢祠堂記」。

❸ 梅溪前集卷十七「送表叔賈元範赴省試序」、前集卷二「送表叔賈元範赴省試」，前集卷三「送元範赴省」。頁次分別爲頁一八一、七七及八四。

❹ 梅溪前集卷二十「賈府君行狀」，頁二〇七。

❺ 梅溪後集卷七「九日寄表叔賈司理并引」，頁三〇三。

❻ 梅溪後集卷二十八「祭賈府君文」，頁四八〇。

如規子賈循（字大老），業進士，與季父同居幾三十年，服勞不憚，鄉里難之。其婿萬清之亦與十朋往來唱和。十朋與賈府世代通家。如規之兄如訥，乃十朋之岳父，如訥卒後，如規妻以兄之女。如規有弟如石，另有從兄弟如愚、如晦。其中與兄如訥最友善。如訥，十二歲而孤，事後母至孝，在諸子中最稱謹厚，治家有法，「不務兼并，而生產日肥。性仁慈，尤睦家族」，後「嬰痼疾，仁而不壽」。❼

十朋於表叔之中，最契合者乃如規（賈元範）也，另與賈元實、元識、元節亦有酬唱。

三十三、趙不拙（趙若拙、趙果州）

趙不拙，字若拙，太宗六世孫。少以進士奮，主司及流輩皆服其工。初，苦貧無以養，乃教授諸生以自給。歷晉陵丞，累官至直秘閣❽。

梅溪集稱不拙「標準宗支名籍籍」❾，又稱其卓爾不群爲宜諒多聞之益友。不拙，曾爲江州添倅，後「一麾出守西南州」，時約在乾道二年（丙戌年）❿。此時，不拙守果州，而十朋來守

---

❼ 梅溪前集卷二十頁二〇七「賈府君行狀」。又後集卷二十八「祭賈府君文」。

❽ 宋人傳記資料索引頁三四〇二；渭南文集卷十四頁十五。

❾ 梅溪後集卷十三「趙若拙卓爾不群，佳公子也，痛親不見，名堂曰思，……亦以詩命，予謂若拙不止乎思也，且能題之，作思堂詩。」，頁三五五。

❿ 梅溪後集卷十三「丙戌冬十月，閻惠夫、梁子紹得郡還蜀，聯舟過夔，訪予於郡齋，修同年之好也……且志吾儕會合之異。」；後集卷十三「惠夫、子紹二同年懷章過夔，宗英趙若拙聯舟西上，賦詩二首，記吾三人會合之異，次韻仍簡二同年」，頁三五三。

夔州，二人相逢。十朋「寄趙果州」⓫詩云：

> 九江話別已經年，三峽相逢豈偶然。預掃江頭禮賓館，論文尊酒菊花天。

乾道二年冬十月，十朋同年閻安中、梁介得郡還蜀，聯舟過夔，不拙會焉，遂四人聚集一堂，酌酒論文，煮泉瀹茶，誦杜少陵詩⓬。後梁介先行，十朋與不拙、安中小酌郡齋。旋，安中、不拙乘舟去，且以巨軸寄舟中唱和詩百篇，是詩多以五言爲之⓭。

後，十朋去夔歸東，守清源；不拙移郡夔漕。十朋「次韻夔漕趙若拙見寄」⓮詩云：

> 夔門邂逅恨匆匆，君駕重來我已東。陳跡徒勞長者記，清樽那復故人同。光華持節花溪上，老病分符佛國中。吾輩棲棲不黔突，此生休更問天公。

觀詩意當知十數年交情眞誠親善。

不拙有二子善書。其一子，年十四，能作大字，十朋美其子字畫老成，異日必能名家。不拙之詩，十朋評其「眉宇胸襟兩不塵，唾成珠玉更清新」，贊其詩作不輸於趙令疇。

⓫ 梅溪後集卷十三「寄趙果州」，頁三四九。

⓬ 梅溪後集卷十三頁三五三「與二同年觀雪于八陳臺，果州會焉，酌酒論文，煮惠山泉，瀹建溪茶，誦少陵江流石不轉之句，復用前韻」；又同第八十六頁⓾。

⓭ 梅溪後集卷十三「閻普州、趙果州舟中唱和，以巨軸見寄，酬以二首」；又「與惠夫、若拙小酌郡齋，再用聯字韻，并寄子紹」，頁三五三。

⓮ 梅溪後集卷十七，頁三八二。

十朋稱云不拙翩翩佳公子也，立身行道之人品應不差。顧宋會要輯稿⑮載其四川茶馬任內，因殿中侍御史徐良能論不拙「素無行檢，以娼爲妻」故放罷，時在乾道五年。疑此事乃官場險惡，浮沈難斷。不拙，官止於直秘閣，則乾道五年之後又旋起有職矣。

三十四、趙仲永

趙仲永，宋室宗英之後⑯，不甚有名，宋史、宋會要、宋人傳記資料索引皆不載。十朋所游宋室蓋以人品機緣取之。非因顯赫而交。

浙江諸暨縣，古爲越王允常所居之地⑰，境內千巖競秀⑱。續東南行，抵紹興縣。紹興境內，往東、南有鑑湖、東湖、禹陵及會稽山等古蹟名勝。十朋詩云：

龍臥半天頭吐月；鑑湖千里影涵樓⑲

又云：

崢嶸高閣聳雲端，萬壑千岩坐上看。八百里湖寒鑑瑩，二千年國臥龍盤，金風吹面掃殘暑，明月入懷生嫩寒。見說神山正相偶，醉中端欲駕仙鸞。⑳

---

⑮ 新文豐本宋會要輯稿第四冊頁三九六九。
⑯ 梅溪後集卷四「仲永再和三絕，復和以酬」之二，頁二八六。
⑰ 江山萬里第六冊頁二〇三「煙雨江南」，錦繡出版社。
⑱ 梅溪後集卷四「又和趙仲永撫幹二首」之二，頁二八五。
⑲ 同第八十八頁⑱。
⑳ 梅溪後集卷四「再和趙仲永撫幹」之一，頁二八五。

足見鑑湖之明麗入畫，且唐賀知章請為道士，曾以鑑湖為放生池，又成民間故事。此湖總納二縣三十六源之水，而東接曹娥江，本通潮汐。漢永和年間太守馬臻，乃環湖築塘瀦水，溉田九千餘頃，自宋熙寧以降，漸廢為田，迄今僅成水潭焉。㉑

紹興二十七年十朋進士及第，為紹興府簽判㉒紹興二十八年秋，王師心為越帥，十朋為幕僚，是以與撫幹趙仲永同官共游㉓。紹興二十八、九年間。仲永曾贈以御茗密雲龍、薰衣香並惠以小詩，十朋亦酬以詩。十朋稱仲永為人豪邁如韓愈，慷慨能論時事㉔，又論仲永之新詩似脩竹而風味高長㉕。

十朋云：「知君指日歸天祿，莫負平生閣上心」㉖，又云：「台閣子將集，山林予欲藏」㉗推知仲永嘗遷中央，入台閣，然不知究為何官耶。

三十五、趙彥博（趙富文）

㉑ 同第八十八頁⑰煙雨江南頁二〇四、二〇五。
㉒ 宋史列傳一四六，鼎文本頁一一八八三「王十朋」條。
㉓ 梅溪後集卷四「又用看字韻酬趙仲永」，頁二八五。
㉔ 梅溪後集卷四「仲永再和三絕，復和以酬」之二、三，頁二八六。
㉕ 梅溪後集卷五「趙仲永和胡正字竹詩見贈，用韻以酬」，頁二九一。
㉖ 梅溪後集卷五「次韻趙仲永悠然閣」，頁二八七。
㉗ 同第八十九頁㉕。

趙彥博，字富文，武康人，延美七世孫。紹興二十一年進士㉘，乾道七年五月彥博自都提舉川秦茶事買馬一職除直秘閣，以職事修舉。乾道八年七月受詔由直秘閣主管成都府利州等路茶事除直顯謨閣，仍再任以職事修舉㉙；淳熙五年曾知寧國府，旋放罷㉚，後仕至權工部侍郎。

彥博曾與賈如規同官廣昌，如規每稱其爲人「人物宜居國士選，吏民聊作使君呼」㉛。

乾道元年七月十朋帥夔州，彥博贈以桂花㉜。乾道三年十朋移知湖州㉝，路經秋浦（屬安徽），知郡彥博送以鹿肉，並客留十朋於清溪山頭兩宿㉞。彥博與十朋相識雖早，然交往疑僅夔州任上二年間耳。

三十六、蔣 雝（蔣元肅）

蔣雝，字元肅，莆田人（一作仙遊人），紹興二十一年進士（宋人傳記資料索引云：紹興二

㉘ 宋人傳記資料索引，頁三五三六。

㉙ 宋會要頁三七三六、四七七三、四七七五。

㉚ 宋會要輯稿頁三九八四。

㉛ 梅溪後集卷十五「富文和詩復用前韻」，頁三七一。

㉜ 梅溪後集卷十五「富文贈桂花」，頁三七一。

㉝ 梅溪後集卷末附錄「有宋龍圖閣學士王公墓誌銘」。

㉞ 梅溪後集卷十五「富文送鹿肉」、「溪口阻風寄子長、富文」、「池之清溪如杭之西湖……呈提舉李子長、知郡趙富文」，頁三七一、三七二、三七一。

十四年進士，終德慶府通判）㉟。少博學強記，於書無所不覽，鄉先輩宋藻每以南方夫子稱之。與林艾軒（林光朝）同時十人俱知名，號莆陽十先生㊱。紹興間試詞賦兼春秋舉於鄉，旋以詞賦登進士。教授泉州時，王十朋爲守見其時政十議，歎曰：經世之文也。雝曾知江陰軍，轉知通州，秩滿入覲，首言江東鹽課之絀，口誦指畫，應對如響㊲。將除贛州，爲執政所沮，遂退居樸鄉十餘年，著有樸齋文稿三十卷，今四庫全書不傳。

雝登科後十八年（孝宗乾道五年）遊宦清源（山西省）之郡，主教化諸生，而値十朋已五年三郡，又知泉州，雝遂入境而觀風，方會面焉㊳。先前雝宰德化時，作蘊仁堂養親，十朋曾題詩祝禱願移孝作忠㊴。其後，乾道五年八月雝作夢仙賦，十朋論云：「詞新意古，超出翰墨蹊徑外」可擬之司馬相如大人賦、李白大鵬賦之況味，蓋飄飄然有凌雲氣矣㊵話別。

十朋赴泉州，越境送別者七人，乃同僚蔣元肅（雝）、黃中立（少度）、鹿伯可（何）、趙元序、陳德溥（孔光）、葉飛卿、林致約，諸人小酌在楓庭驛舍，共酌臨汾酒㊶話別。

㉟ 宋詩記事補遺卷四十三頁十一。

㊱ 宋元學案補遺卷四十七頁十。

㊲ 宋人傳記資料索引頁三七七三。

㊳ 梅溪後集卷二十三「答蔣教授」，頁四三三。

㊴ 梅溪後集卷十九「題蔣元肅蘊仁堂」，頁四〇四。

㊵ 梅溪後集卷二十七「跋蔣元肅夢仙賦」，頁四六六。

㊶ 梅溪後集卷二十「越境送別者七人蔣元肅……林致約，少酌驛舍」，頁四一〇。

鼈既居樸鄉，作樸鄉釣隱圖，十朋作仿其意古詩，賦梅溪歸去之志，願畫左原山水圖與此樸鄉釣隱圖並傳無疆㊷。

十朋與鼈交情非淺；鼈以詩賦專擅，自有足觀而可爲十朋法者矣。

三十七、陳知柔（陳體仁、陳賀州）

陳知柔，字體仁，號休齋居士，溫陵人（一說永春人），紹興十二年進士，授台州判官，尋教授建州、漳州起知循州、徙賀州。知柔與秦檜子熺同榜。檜當軸，不肯附檜，故以齟齬終，解官歸，主管沖祐觀。卒於淳熙十一年。著有易本旨十六卷大傳二卷，易圖一卷，春秋義例 十二卷，詩聲譜二卷，論語後傳十卷㊸，今四庫全書中均不存。

王十朋守清源，相識二陳，大陳陳孝則，小陳陳知柔。十朋美知柔云：

才氣超等倫，胸中包古今。筆下眞有神，唾手取甲科。齒髮方青春，聲名滿天下。㊹

知柔亦常來與十朋細論詩文㊺，並贈以詩文。斯時，知柔解官，教授諸生，「聊籍束脩禮，少資囊橐貧」，十朋勉以「願公少自愛，行矣當致身」㊻。然彼蹉跎歲月，不由聞達，而埋首著作，

㊷ 梅溪後集卷十八「樸鄉釣隱圖」，頁三九二。

㊸ 宋元學案補遺卷四十四頁三十二；全宋詞第二冊頁一三四八；宋詩記事卷四十七頁二十。

㊹ 梅溪後集卷二十「贈陳體仁」，頁四一〇。

㊺ 梅溪後集卷十七頁三八九陳賀州速客送酒、卷十九次韻陳賀州題姜秦二公祠。

㊻ 同第九十二頁㊹。

惜不得傳。（蓋乾道五年間，十朋知泉州，遇夏四月不雨，將有請于神，雨忽大作，知柔賀以詩贊喜），當知知柔依然心繫民政㊼。

三十八、陳孝則（陳永仲）

陳孝則，閩中儒學大家陳從易之孫，字永仲，泉州晉江人。登宣和三年進士，授東莞尉，改通判潮州，擢知英州，代還除廣南東路提點刑獄。有惠政，曾出舶商於死獄。乾道四年前後，孝則致仕家居㊽。念祖父之德，結屋桐城隅，以清名室，泉州郡守王十朋贈詩美之㊾。

清源郡城之西有石昏溪，江險而深，孝則慨然首倡以石建橋，其族弟陳知柔協其謀，梁樞密助之（疑即梁克家，梁氏宋史本傳云泉州晉江人，或云溫陵人），於紹興三十年動工，而訖工於乾道五年，費時計十年，足證孝則功遺地方大矣哉。㊿

孝則，年高德劭，為監司、郡守時，未嘗按吏居鄉，且不以事干州郡，頗有清廉家風。乾道六年正月二十五日卒(51)，年八十二歲。

㊼ 梅溪後集卷十七「夏四月不雨，守臣不職之罪也，將有請于神，兩忽大作，陳賀州有詩贊喜，次韻以酬」，頁三八五。

㊽ 閩中理學淵源考卷十二頁三。

㊾ 梅溪後集卷十九，頁四〇三，悼陳提刑。

㊿ 梅溪後集卷十九「石筍橋」，頁四〇四。

(51) 梅溪後集卷十九「悼陳提刑」，頁四〇三。

十朋來守泉州桐城。孝則適奉祠居鄉，相識實遲52，然藉陳知柔故，亦有文字往來。

三十九、陳康伯（陳長卿）

陳康伯，字長卿，信州弋陽人（館閣錄云譙郡人）。宣和三年進士。康伯與秦檜太學有舊，檜當國，康伯不與之偷合。檜死，遂大用，累官拜參知政事、平章事，爲相，高宗嘗謂其「靜重明敏，一語不妄發……」53。

梅溪集提及康伯者有二事，一者賀登相位54一者辭免除著作佐郎。查南宋館閣錄十朋紹興三十年二月除校書郎，十二月除著作佐郎，三十一年五月知大宗正丞，三十二年十一月以司封員外郎兼國史院編修官。觀此知十朋自紹興三十年二月至三十二年底仍在館職。探究十朋堅辭著作佐郎之原因有三：十朋身在中秘，雖有妻孥相隨，然二弟皆居鄉間，生活困苦，難以提挈，而欲外任，以敦手足之愛，此原因之一55。十朋辭職不成，驟得美遷，畏人誤認矯情，故再三請辭，然皆不獲准56，此原因之二。又間得肺疾，欲就外以便醫藥57，此原因之三。

---

52 梅溪後集卷二十「陳提刑挽詞」，頁四〇五。

53 宋史卷三百八十四陳康伯條。

54 梅溪後集卷二十三「賀陳充相」及「賀陳左相康伯」，頁四三五。

55 梅溪後集卷二十五「與宰相乞外任」，頁四四九。

56 梅溪後集卷二十五「與陳左相辭免除命乞外任」及「再與陳左相」，頁四五〇。

57 梅溪後集卷二十五「再與湯右相」，頁四五〇。

十朋才氣難掩，未能立辭館職，然康伯用賢惜才，十朋受因羽翼之處定在預料之中。

四十、劉儀鳳（劉韶美）

劉儀鳳，字韶美，蜀地普州人。紹興二年進士，於仕進恬如也，擢第一年始赴調遂寧府之蓬溪縣尉，監資州資陽縣酒稅，爲果州、榮州掾。紹興二十七年起居郎趙逵舉儀鳳稱其「富有詞華，恬於進取」。尋除諸王宮大小學教授，改國子監丞，遷秘書丞、禮部員外郎、紹興三十二年兼國史院編修官，隆興元年兼權秘書少監，乾道元年權兵部侍郎[58]。王十朋在秘書省及國史館，嘗與儀鳳同事[59]。先前十朋爲幕職於越，亦有二年與儀鳳同官，昔年乃王劉交游之始也[60]。

儀鳳在朝十年，每歸即閉門戶，客至，無論親疏皆不得見，於政府累月始一上謁，人怪其傲。俸入，半以儲書，凡萬餘卷，國史錄無遺者。御史張之綱論儀鳳錄四庫書本以傳私室，遂斥歸蜀。乾道三年輔臣奏復職，起知邛州，未上，改漢州、果州，罷歸。淳熙二年十二月卒，年六十六[61]。

宋史云：「儀鳳頗慕普人簡傲之風，不樂與庸輩接。」查梅溪集知與儀鳳往來者有劉望之、胡銓、查籥、周時，皆十朋之至友也。十朋有「贈韶美」詩[62]云：

---

[58] 宋史卷三八九；又南宋館閣錄卷七、卷八；又宋會要輯稿頁二一二六、頁二五一三。

[59] 梅溪後集卷七「用登和樂樓韻、酬胡邦衡送別兼簡劉韶美秘監」，頁三〇二。

[60] 梅溪後集卷五「再用前韻贈韶美」，頁二八八。

[61] 宋史卷三八九。

[62] 梅溪後集卷五「次韻韶美送劉夷叔二詩之二」，頁二八八。

西南有佳士，岷峨秀胸中。標高語更妙，寫出岷峨容。青天道路難，冥冥慕蜚鴻。翩然下人間，海闊洪濤舂。尋幽入禹穴，杖屨誰相從。萬卷蟠腹笥，一榻眠禪叢。時來訪予語，自媿賢非戎。世態冷處薄，交情淡中濃。去歲鑑湖別，分甘老岩松。行藏果誰使，離合情無窮。田園有深約，耘耔當自充，異時甌蜀間，林下見兩翁。

此詩不僅論及兩人濃郁之交情，兼述兩人平生之志趣。

儀鳳在兵部侍郎職，十朋作詩乞求去職，云：「故人少借論思口，放我山林作散人。」[63]。然，不久，儀鳳罷歸蜀地，而十朋卻思出夔，雙方俱感官場瞬息萬變，十朋送韶美過夔州有詩云：「人生一笑難開口，世事多端合掩扉。」[64]，又云：「秉燭莫辭頻把酒，揮毫未免各憂時，可憐艷須雙蓬鬢，會合無多又別離。」[65]

儀鳳歸蜀，舟至狼尾灘，失舟壞書籍[66]，儀鳳「許身如蠹魚，文字共生死」且為書籍「風流反得罪」，去國正此事，自不免「痛惜到骨髓」，顧其「罪已不罪水」，實堪為藏書者楷範矣[67]。

儀鳳易任廣漢，十朋猶有賀詩云：「為郡人生貴，還鄉晝錦榮。」[68]然十朋已極不欲治郡，而儀

---

[63] 梅溪後集卷十二「寄劉侍郎韶美」，頁三四一。

[64] 梅溪後集卷十二「韶美歸舟過夔留半月，語離作惡詩二章以送」之二，頁三四五。

[65] 同右詩之一。

[66] 梅溪後集卷十二「劉韶美至巫山寄詩因次其韻」，頁三四四。

[67] 梅溪後集卷十二「次韻韶美失舟閔書」，頁三四五。

[68] 梅溪後集卷十四「聞韶美侍郎易任廣漢」，頁三五七。

鳳得郡後亦罷去，俱是桑榆晚景，均思安享餘年矣。

四十一、潘先生（潘翼、潘雄飛）

「祭潘先生文」者，乃梅溪集中最可感人篇章之一，如石投水，讀之令人激動難止，文雖云潘先生之迍邅坎軻，實亦十朋未仕前之心語。

潘先生，或疑其爲潘翼；潘翼者，見諸宋元學案補遺卷四十四，文云：「潘翼字雄飛，其先自青田徙樂清。貫穿諸子百家，凡禮樂制度，傳注箋疏、雜說靡不淹通；明天文，作星圖證驗；著九域，賦山川里道若親歷括隱；僻字補注，篇韻遺漏；辨爾雅本草名物，訓釋舛誤；尤工古文。王梅溪自少從游，每歎不能竟其學，後將編次其書，刻之泉南，會召不果（溫州府志）」。

梅溪集云潘先生（號鶴溪先生，家居鹿巖）懷才迍邅，而老困文場，身世堪怨。潘先生聚徒明慶院，兩歲之間屢次遷移，後得懺院一隅，諸生稍得安定，而先生仍無託宿，遂寄榻僧房安身[69]。於春晴花暖賣餳天，係人間寒食節，潘先生逆旅中過節愁上加愁[70]，其因乏人力薦舉，不得展伸凌雲未央之志，終使春情緒如亂雲糾葛[71]。潘先生淹徊樂清縣二十餘年，主盟是邑，絳帳是黨，作育英才無數，然投老西遊，大小戰皆創敗鎩羽，一如十朋，十朋作「過萬橋哭潘先生」詩（時爲紹興二十一年，觀詩意潘氏已亡故）云：

---

[69] 梅溪前集卷二「寄潘先生」，頁八二。

[70] 梅溪前集卷三「次韻潘先生寒食有感」，頁八四。

[71] 梅溪前集卷二「次韻潘先生暮春感懷見寄」，頁八二。

投老西游志不成，死生貧賤見交情72

殆哭潘氏而自哭也。

潘先生之才華究竟若何？十朋云：

先生之文也，浩乎如韓愈之無涯。先生之才也，飄然如謫仙之不群。弄翰染墨也，李義山之險怪。絺章繪句也，庾開府之清新。蕭瑟乎東野之寒；寂寞乎原憲之貧；鬱鬱乎鄭廣文之坎軻；栖栖乎杜陵老之酸辛。……73

蓋十朋以韓愈、李白、李義山、庾信諸人之才華稱許潘先生，而潘先生之文能否有無涯之肆，人品能否具不群之風，書畫能否布局險怪，章句能否清新出塵，今缺潘先生之作品不可論斷也哉，然非常之人非常之才固可知矣。十朋又以孟郊、原憲、鄭虔、杜甫之窮蹇酸辛、才豐命嗇狀潘先生之淒涼，令人豈不感慨造化弄人，然而尤有憤恨不平者，潘先生謝世後竟然「蓋棺無慟哭之賓」74，生前闍梨不借上舍75，亡後無一賓弔唁，人生至此寧可無尤無悔？幸有子嗣可託（其子潘岐哥）76，又有門生播譽，眞不幸之萬幸也耶！

72 梅溪前集卷四「過萬橋哭潘先生」，頁九四。
73 梅溪前集卷十八「祭潘先生文」，頁一九四。
74 同第九十八頁73。
75 同第九十七頁69。
76 梅溪前集卷一「潘岐哥」，頁七四。

四十二、王師心（王與道）

王師心，字與道，金華人。政和八年（疑重和元年之誤）進士，初爲海州沭陽縣尉，知福州長溪橋，皆有治績，民便安之。後累官江西、湖北、浙東安撫使。秦檜死，入爲侍讀，其諫帝王以爲史之用在觀得失究治亂。乾道初，以顯謨閣學士提舉江州太平興國宮，旋以左朝奉大夫致仕，五年卒，年七十三。謚莊敏[77]。

紹興二十八年王師心知紹興府，轄地含會稽等地，十朋曾二年仕紹興幕府[78]，最蒙師心青眼之知[79]。師心初到任，時值會稽連歲災荒頗遭颶風淫雨之苦，十朋奏請優先訪問。後師心遷吏部尚書；十朋又奏殯宮頻年修建，官以希圖僥倖恩賞，易妄生事端，請爲皇上言之。此二事俱見十朋之敢言，而師心之倚信也。無怪乎十朋嘗代師心上奏十數劄子[80]，又代作「顯仁皇后挽詞」三首[81]，十朋仕路之順遂，師心當爲出一大臂力者也。方其時，十朋初入仕途，雖云「白髮青衫老

---

77 汪應辰文定集卷二十三頁二七七「顯謨閣學士王公墓誌銘」。

78 梅溪後集卷二十二「與安撫王閣學師心」，後集卷二十五「與王安撫」，後集卷四「府帥王公中秋宴客蓬萊閣分茶賞月于清白亭，某以幕僚與焉，坐上成二絕」。又汪應辰文定集卷二十三「顯謨閣學士王公墓誌銘」

79 梅溪後集卷二十八「祭王尚書文」，頁四八二。

80 梅溪前集奏議卷五「代越帥王尚書待罪狀」等十數劄子，頁四九至五三。

81 梅溪後集卷四「顯仁皇后挽詞；代安撫王尚書」，頁二八六。

幕官」[82]，然仍欲「乘風去，不怕瓊樓玉宇寒」[83]，是故梅溪集中錄有王師心舉薦十朋任四條旨

揮，而十朋謝以「待以國士而報以國士，敢忘知己之恩。」[84]，足見師心支柱之功。

四十三、汪應辰（汪聖錫）

汪應辰，字聖錫，信州玉山人。紹興五年進士第一人，時年甫十八。初授鎮東軍簽判，以歷練養材，後召爲秘書省正字。時秦檜主和議，應辰上疏謂：「……願勿以和好之可無虞，而思患預防，常若敵人之至。」故忤秦檜，出通判建州，遂請祠以歸，後三任主管崇道觀。張九成謫邵州，交游皆絕，應辰時通問。丞相趙鼎死朱崖，扶喪過郡，應辰爲文祭之，險爲檜所害。檜死，明年召爲吏部郎官，後除秘書少監，遷權吏部尙書。轉權戶部侍郎兼侍講，斯時朝中大典禮多應辰所定。

此後應辰以敷文閣直學士爲四川制置使知成都府；時有謂蜀中綱馬驛程由梁、洋、金、房，山路峻險，宜浮江而下，詔吳璘措置。執政，大將皆主其說，應辰與夔帥王十朋力言其不便，遂得中止。應辰於蜀，凡寬稅、救荒、惠政極夥。逮劉拱拜同知樞密院事，進言被召還。旋除吏部尙書，尋兼翰林學士并侍讀。應辰方正直，敢言不避，在朝多革弊事，中貴人皆側目，遂以端明殿學士知平江府。因韓玉被旨揀馬，過郡，應辰簡其禮，被譖，連貶秩，遂力疾請祠，自是臥家

---

[82] 梅溪後集卷四「府帥王公中秋宴客蓬萊閣分茶賞月于清白亭某以幕僚與焉坐上成二絕」，頁二八五。

[83] 同第一〇〇頁[82]。

[84] 梅溪後集卷二十二「謝王安撫」，頁四二一。

不起矣，以淳熙三年二月卒于家。[85]

應辰與十朋公私交誼敦篤。十朋云：「某人館之初，侍郎丈以先達儒家為蓬萊主人，遂獲朝夕趍隅以聽博約，重辱顧遇不後同輩，臨行又蒙餞別之寵，晚進不才，何以得此。……」[86]其後十朋過宛陵陪汪樞密登雙溪閣疊嶂樓，游高齋，望敬亭山，誦謝元暉、李太白詩。……」[87]十朋因作詩遺有「雙溪風月壺觴裏，疊峻煙霞几案間」[88]之佳句。且汪氏嘗薦舉九人，十朋與焉[89]。是後十朋亦屢奏興革事，皆經由應辰轉奏，如用人「不以過而廢才」[90]之類云云，凡此足證二人故交深厚。甚而，十朋丐祠仍託應辰早賜一言，以善去而乞保全忠臣。[91]

四十四、陳　掞（陳大監）

陳掞，字大監，穎川人[92]。斯人「詩章翰墨兩奇絕，筆下一字無塵埃」[93]，賢才之屬也。其

---

[85] 宋史卷三八七汪應辰條，頁一一八七六，鼎文本。
[86] 梅溪後集卷二十四「與汪侍郎」，頁四四一。
[87] 梅溪後集卷十五頁三七三「過宛陵陪汪樞密登雙溪閣疊嶂樓……」。
[88] 同第一〇一頁[87]。
[89] 梅溪後集卷十五「離宣城天色陰晦望郡山不見，樞公和詩見寄，復用前韻」之注文，頁三七四。
[90] 梅溪後集卷二十五「與汪侍御」，頁四五一。
[91] 梅溪後集卷二十五「與汪侍御」，頁四五一。
[92] 梅溪後集卷二「次韻陳大監掞見贈」，頁二六六。
[93] 梅溪後集卷二「陳大監用賞梅韻以贈依韻酬之」，頁二六六。

為奇人，樂善好獎掖後進，乃王十朋之知己(94)。閱梅溪集中諸詩篇，掞似非有居官，僅地方搢紳耳，然其於十朋四、五十歲間之影響至鉅。紹興二十七年十朋赴試，高中榜首，在旅中，蒙掞青眼有加，並經指導詩文，使茅塞頓開，十朋作詩曾載錄此事云：

平生漫學乎歟哉，心茅胸棘鋤不開，得公新詩一再讀，便覺胸宇清無埃。銀勾妙畫發光艷，照眼有如參與魁，鯫生肺腑非太白，公似工部尤憐才，旅中屢獲錦繡段，但媿欲報無瓊瑰。豫章一榻不妄下，賢非徐孺安敢來，荷公此意最敦篤，一笑當奉論文杯。鄉心如飛不可遏，更為長者遲遲回。(95)

十朋感恩之殷，溢於言表。後十朋奉旨欲東出為官，陳掞以酒餞別，酒闌仍未放客，十朋謝以詩云：「……西來頻下豫章榻，盛事當作還鄉夸；始終尚賴公鞭策，邪正途中知所擇。……」(96)。此處現出後生受教謙和之心，確可感人也。掞嘗勸勉十朋為詩毋要趨時，頗啓發十朋文學觀念，此於時人中極為難能可貴矣。

四十五、趙伯術（趙可大）；莫　濟（莫子齊）；莫　濛（莫子蒙）

紹興二十七年十朋在越為越帥王師心幕僚，而幕府游從極盛(97)，趙伯術時官察推，莫濟時官

(94) 同第一〇二頁(92)、(93)。

(95) 梅溪後集卷二「大監復贈詩，紙尾有留飯語，再用韻以謝」，頁二六六。

(96) 梅溪後集卷二「陳大監餞別用前詩珠字韻以謝」，頁二六七。

(97) 梅溪後集卷三「送趙可大如浙西」，頁二七四。

官教授皆與十朋相互往來[98]。

趙可大，爲人襟宇瑰奇，紹興二十八年遷往浙西，十朋云：「西風莫作鱸蓴戀，越國江山日要詩」[99]乞彼毋忘寄詩。旋十朋又和趙可大四絕有「索句搜腸撚斷鬚」句，殆二人俱以作詩爲亦苦亦樂之事耶？另句「與君共被浮蝸誤，不似淵明早見機」[100]，豈趙氏也有不如歸去嘆語乎？

莫濟，吳興人，紹興十五年進士。莫氏在越與十朋同游西園[1]，共赴會稽三賢祠[2]，友情可知。莫氏復中紹興二十四年博學宏詞科，於會稽三賢之來歷，即其告知十朋者，見學博不虛。

莫濛，字子蒙。湖州歸安人。兩魁法科，累官爲大理評事，屢釋疑獄。朝廷遣濛措置浙西、江淮沙田蘆場，受謗不輕。嘗除湖北轉運判官[3]，十朋銘其堂日義堂[4]，取以義理財之用意。十朋返鄉鄉心頗切，離華容而宿孟橋，濛則斫鱠羹蓴薦杯，並借以八百料船，使可鼓楫而西歸[5]。莫氏忠心任責不避嫌怨，故能與十朋投緣。以上三人交游言行，皆有以左右十朋行事者矣。

---

[98] 梅溪後集卷三「上丁釋奠，備數獻官，書十一韻，呈莫子齊教授、趙可大察推」，頁二七一。

[99] 同第一〇二頁[97]。

[100] 梅溪後集卷三「和趙可大四絕」，頁二七七。

[1] 梅溪後集卷二「同莫教授朱縣丞朱司理游西園」，頁二七〇。

[2] 梅溪後集卷二「會稽三賢祠詩并序」，頁二七一。

[3] 以上見宋史卷三百九十莫濛條。

[4] 梅溪後集卷二十七「日義堂銘」，頁四六六。

[5] 梅溪後集卷十「莫漕以蓴羹薦杯」、「朝離華容莫宿孟橋，小店甚陋，得莫漕子蒙書，以八百料船見借，遂可鼓楫而西矣」，皆頁三二九。

四十六、林季任（林明仲）

林季任，字明仲，鄞縣人❻。昔日（紹興三十一年）季任自鄞江梅嶼挐舟招十朋、丁道濟（丁康成）、丁道揆、張思豫（張孝愷）同飲，而季任有別館在郡治城南，十朋假之踰月，故而彼此清談屢相伴，對酒同衆山，情意親近❼。

季任，鐵硯磨穿，官止主簿，疑係十朋昔日泮宮之同舍友❽。其人「齒德尊鄉黨，胸中有古今」❾，所爲詩文筆力豪健❿，贈十朋以品題詩，而十朋曾贈以蒲墨⓫。梅溪、梅嶼去不遠，祇因各奔官途，昔日城南之遊難再逢。十朋詩云：

> 憶昔相逢未白頭，別來歲月迅如流。自從江左分符去，長念城南載酒遊。君似老松姿耐雪，我猶弱柳葉經秋。梅溪梅嶼不相遠，歸去定乘尋戴舟。⓬

城南之游，乃泮宮舍友五人共約「莫緣富貴負林泉」，時季任已五十六歲，而十朋亦年五十

---

❻ 梅溪後集卷七頁三〇五酬林明仲寄書并長篇及卷十九頁三九八林主簿明仲挽詞。

❼ 梅溪後集卷五頁二九二「林明仲自梅嶼挐舟招丁道濟、道揆、張思豫及予同飲，索詩，坐間成六絕，七月朔日」及後集卷十九「林主簿明仲挽詞」之三，頁三九八。

❽ 梅溪後集卷十九「林主簿明仲挽詞」之二及後集卷五「林明仲自梅嶼挐舟招……同飲……」之二「右懷舊游」。

❾ 梅溪後集卷十九「林主簿明仲挽詞」之一，頁三九八。

❿ 梅溪後集卷七「酬林明仲寄書并長篇」，頁三〇五。

⓫ 梅溪後集卷七「寄蒲墨與明仲」，頁三〇七。

⓬ 梅溪後集卷十六「次韻林明仲見寄」，頁三七六。

矣⑬。

四十七、薛伯宣（薛士昭）

薛伯宣，字士昭，永嘉人⑭。疑伯宣乃薛季宣之兄，十朋與與伯宣於紹興十七年祥符（河南省開封縣）一地初識面，至重會時已過二十二年（至乾道五年），十朋已老而伯宣尚值壯年，時伯宣將歸家鄉，故令十朋鄉心再動⑮。

此番重逢彼此「問政論文兩不疑」⑯，且伯宣出示清新俊逸之詩百篇。相聚雖不多日，伯宣乘機夜游東湖，遇雨沾濕，然意氣猶自若也⑰。

伯宣曾官福唐主簿，十朋游至福唐時，曾拜會而於試院⑱飲酒賦詩，且伯宣母夫人受朝廷加封錦誥，十朋嘗亦送酒祝壽。後伯宣返溫州，遠寄「寸金魚子」及「溫柑」，益使十朋耽懷故鄉⑲。

---

⑬ 梅溪後集卷五頁二九二「林明仲自梅嶼挐舟招……同飲」之三「右贈諸公」。

⑭ 梅溪後集卷十七「至福唐會鄉人丁鎮叔、張器先、甄雲卿、項用中、趙知錄、薛主簿、同年孫彥忠草酌試院」題中薛主簿即薛伯宣，乃十朋鄉人也。又後集卷十九「薛士昭寄新柑分贈知宗、提舶，知宗有詩次韻」詩云：「書後誰題字，鄉人遠寄柑。……命名聊別僞（注文云：溫柑號眞柑）……」則薛伯宣溫州人可知。

⑮ 梅溪後集卷十八「送薛士昭」之二，頁三九三。

⑯ 梅溪後集卷十八「送薛士昭」之一，頁三九二。

⑰ 梅溪後集卷十七頁三八八「游湖夜雨，薛士昭衣巾霑濕，意氣自若，戲用前韻」

⑱ 梅溪後集卷十七頁三八二「至福唐會鄉人……薛主簿……草酌試院」。

⑲ 梅溪後集卷十八「士昭贈寸金魚子」及後集卷十九「薛士昭寄新柑，分贈知宗、提舶；知宗有詩次韻」，頁三九一及三九七。

宋會要載伯宣官職至荊湖北路提舉，爲人危言危行，乃君子人也。十朋與伯宣論文詩篇有往來，彼此詩風當互感，是可知者也。

四十八、周汝能（周堯夫）

周汝能，字堯夫，會稽人⑳。周氏家剡山之陽，有雙谿之勝，有岩桂數百根且香氣馥郁，因之廣廈風景並爲當地之冠。紹興二十六年冬，十朋過剡，與汝能把酒周府之天香亭。明年二人均高中進士，爲同年友㉑。

昔日十朋未及第，汝能贈以睡香，十朋移植於梅谿廬畔㉒。汝能家有碧梧軒，十朋題詩云：

開軒種梧高幾尺，鳳兮凰兮聊爾息；莫羨風微燕雀高，一飛定展沖天翼。」㉓

後十朋爲官之暇，泝婺溪，周堯夫拏舟來迎，然隔船不敢認，因十朋已白髮滿生矣㉔。汝能任官婺女，婺女廣文官舍原植五柳，因歲月浸久，早被伐去，汝能復種之，舊日規模遂得完整，十朋曾作詩稱讚之㉕。

---

⑳ 宋人傳記資料索引，鼎文本第二冊頁一四七三「周汝能」條。

㉑ 梅溪後集卷二十六「天香亭記」，頁四五四。

㉒ 梅溪後集卷四「次韻周堯夫贈睡香」，頁二八二。

㉓ 梅溪後集卷四「寄題周堯夫碧梧軒」，頁二八六。

㉔ 梅溪後集卷十六「泝婺溪同年雍堯佐、周堯夫同王與道尚書子姪拏舟來迓」。

㉕ 梅溪後集卷十六「婺女廣文官舍舊有五柳，……歲月浸久，柳既剪伐，名亦更矣。周堯夫欲復其舊，詩以贊之。」，頁三八〇。

呂東萊舊所藏程氏易傳，本出尹和靖家標注，皆和靖親筆，復得朱元晦所訂，讎校精甚，汝能與樓鍔遂合尹氏朱氏書，參定同異，刊諸學宮，時汝能値官婺州教授也㉖。

四十九、王十朋與學生

梅溪前集梅溪題名賦自序言凡八年間所收學生共一百二十人。而賦文之注又言「予癸亥秋闢館聚徒薦從者十人，至庚午歲通數之凡一百二十二人」，則十朋所收徒總數約在一百二十二人也。今顧賦之所錄學生姓名及字號僅存一百一十人。則一篇題名賦竟有三種說法，頗滋生疑惑。今總檢梅溪前後集覓得學生有名姓者多於一百二十二人，則綜上所述，可歸納爲梅溪生徒總數（庚午前後仍有收徒）不止於一百二十二人，云一百二十人者取其整數焉耳，又云百一十人者爲文作賦故也，不當斤斤計較者也。然又有介於友、生之間者尚不在算計中焉。

王梅溪生徒泰半來自梅溪附近之慕游者㉗，亦有十朋鄉黨姻戚之子弟㉘。十朋視生徒如朋友，如「乙丑冬罷會呈諸友」詩云：

㉖ 宋元學案補遺卷五十一頁三十四（四明叢書本）。

㉗ 梅溪前集卷四「張施二生自黃岩挐舟送別于台城，贈以二絕」注云：「施生將過梅溪從吾弟夢齡游」，類此四方奔赴十朋絳帳者夥矣。又前集卷四「己巳梅溪同舍三十人，其九人者游從之舊也，酌別之夕獨五人在焉。」又卷十七頁一八二「送吳翼萬庠赴省試序」此二則見朋友以年老而推以師席，故執卷而從。

㉘ 梅溪前集卷四「己巳梅溪同舍三十人……」其中李大鼎乃表兄之子（疑李克明之子）；又萬大年係表弟亦在生徒之列；萬序、萬庠乃妻黨姻族；余諧、余璧乃表叔余[illegible]之子。謝任之乃鄉先輩之孫。凡此皆鄉黨姻戚之後來游習者。

繆意開家塾，微才愧斗筲。雖逃有若叱，寧免孝先嘲。尚賴知心友，能全耐久交。殷勤惜別意，終日在梅梢。㉙

十朋曾與學生約為黃巖三友（指余如晦、鄭遜志、施良臣），足見師生私交篤厚。十朋遇閒暇常與學生同游；如觀水記所云同游巨溪者十有二人㉚；又如與學生重九日把酒作文字飲，聚會於會趣堂者十九人㉛，凡此之倫見十朋悠游友生心志之一端。

梅溪帳下之高徒，十朋自云「以才名稱者十餘輩」又云：「萬子庠中鄉選，徐子大亨中國學選，吳子翼中同文館選」㉜，則梅溪門下才士已匪鮮，繼此之後又有陳元佐、陳獻可、宋孝先、萬孝傑、夏伯虎、周仲翔、萬大年、羅少陸、茹履、鄭遜志㉝諸子均曾前赴秋闈，惟尚不見有高中者，是可惜哉。而後門生宋孝先以經魁南省，歷知臨海、奉化等縣，通判信州，以朝散郎致仕。

㉙ 梅溪前集卷三「乙丑冬罷會呈諸友」，頁八六。

㉚ 梅溪前集卷十七「觀水記」，頁一八五。

㉛ 梅溪前集卷五頁九六「九日飲酒會趣堂者十九人……因用贈林知常韻示諸友」、「九日把酒十九人，和詩者數人而已……」、「再用前韻述懷并簡諸友」等

㉜ 梅溪前集卷十七「送吳翼萬庠赴省試序」，頁一八二。

㉝ 梅溪前集卷五「陳獻可、宋孝先、萬孝傑、夏伯虎和詩復用前韻」；又前集卷四「寄萬大年」；又前集卷十八「代諸生祭周仲翔母文」、「代諸生祭周仲翔父文」；又前集卷三「送羅生少陸」；又前集卷三「送茹生履」；又前集卷五「壬申中秋交朋解散，不期而會者鄭生遜志、夏生伯虎，因小飲翫月，二子各以詩贈，依韻酬之」；又後集卷四「送陳元佐游四明」前集卷十八「代諸生祭陳元佐父文」。頁次分別為九六、八九、一九六、八六、九五、二八二、一九六。

諸生與十朋交游友善，今舉集中常見者略而述之：

甲、陳元佐（希仲）

元佐，永嘉人，與十朋交游數十年。元佐之父爲人樂善重詩書教化，督子有功，使早蜚俊聲。所可憾者，元佐千里西征，且游四明赴虞庠春榜並徒勞無功。㉞

乙、宋孝先（舜卿）（後改名宋晉之）

孝先，樂清人。爲學經術有根蒂，專深周易，而詞源浩瀚，下筆驚人動輒千萬言。爲人好學有雅志，個性溫和樂善，能拳拳服膺。十朋老喪幼子，曾錄古律詩數十篇名自寬集，聊以遣懷，而孝先讀之，譽爲韓柳之作，且以十韻爲跋後，茲十朋之畏友也㉟。生於靖康元年，卒於嘉定四年，有梓坡集，然今不見傳世。

丙、周仲翔，秀目疏眉，天姿秀偉，汝南人。

㉞ 梅溪後四「送陳元佐游四明」、後集卷六「送陳元佐游剡」、前集卷十八「代諸生祭陳元佐父文」、前五「右贈陳元佐、劉士宗」、前五陳元佐和詩贈以前韻、前八「陳希仲贈山茶」。頁次分別是二八二、二九七、一九六、九八、九六、一一二。

㉟ 梅溪前集卷四「別宋孝先」、前集卷五「宋孝先示讀自寬集，復用前韻」、前集卷五「陳獻可、宋孝先、萬孝傑、夏伯虎和詩復用前韻」頁次分別是九一、九七、九六。

昔仲翔妙齡來游梅溪（紹興十四年至十九年），與十朋相交至少十數年；後十朋幼子孟丙早逝，次子孟乙病重，賴有仲翔協助營救，方度難關，是以其後十朋聘其為西席嚴誨孟甲、孟乙二子，乃十朋難中至友㊱。

丁、鄭遜志（時敏）

遜志，台州黃岩人，襟宇絕塵埃。從十朋游較晚，又匆匆而別。但別後依舊與十朋文字游從也㊲。後為十朋母夫人求墓誌銘於太學博士王之望，此後仍與十朋游。

戊、夏伯虎（用之）

伯虎，溫州人，心慕顏回，胸富文墨，從十朋游。紹興二十年與十朋觀水於梅溪之南巨溪是也。㊳。

己、謝與能（任之）

㊱ 梅溪前集卷十八「代諸生祭周仲翔母」、「代諸生祭周仲翔父」、前集卷四「己巳梅溪同舍二十人……周仲翔」、「周仲翔和詩賦以前韻」，頁一九六及九〇。

㊲ 梅溪前集卷四「送黃岩三友—鄭遜志」、前集卷十七「觀水記」、前集卷五「鄭遜志、胡叔成、謝鵬、劉敦信、萬廓、鄖一唯和詩，復用前韻」、前集卷五「任申中秋交朋解散，不期而會者鄭生遜志……依韻酬之」。頁次分別是九一、一八五、九七、九五。

㊳ 梅溪前集卷五頁九五「壬申中秋交朋解散，不期而會者……夏生伯虎……」、前集卷五頁九六「陳獻可、宋孝先、萬孝傑、夏伯虎和詩復用前韻」、前集卷十七「觀水記」。

十朋七歲從與能之祖父游。而梅溪闢館，與能卻來游，而後二十年二人又曾會聚，仍有交情㊴。

庚、謝　鵬（圖南）

鵬曾三年從遊梅溪，往往燈火讀至深夜，有鴻鵠四方之志。十朋自剡中歸，曾宿石佛摩雲閣，與鵬同行，又至白若大遇水，迂從石門渡，賴鵬協助始過惡途㊵。

辛、李大鼎（鎮夫）

十朋表兄李克明之子。其「學問如馳馬，著鞭殊未已」。嘗於家闢圃築堂，堂名雙植，供其養親杖履日涉之居㊶。

壬、萬　椿（大年；交游詳情見前篇）

類似上述九位與梅溪厚交之弟子仍多，於梅溪未顯達之前頗能斅學相益文字唱和者也。

附錄梅溪學案圖

㊴ 梅溪前集卷十七頁一八五「觀水記」、梅溪後集卷七頁三〇七「送謝任之」。

㊵ 梅溪前集卷四頁九〇「己巳梅溪同舍三十人……謝鵬」、前集卷十七頁一八五「觀水記」、前集卷六頁一〇四「宿石佛」、「白若過水以小舟從石門渡……」、前集卷五頁九七「鄭遜志……謝鵬……和詩，復用前韻」。

㊶ 梅溪前集卷四頁九〇「己巳梅溪同舍三十人……李大鼎……」、後集卷六頁二九四「李鎮夫闢圃築堂效孟氏之養，吾表兄杖履其間……」。

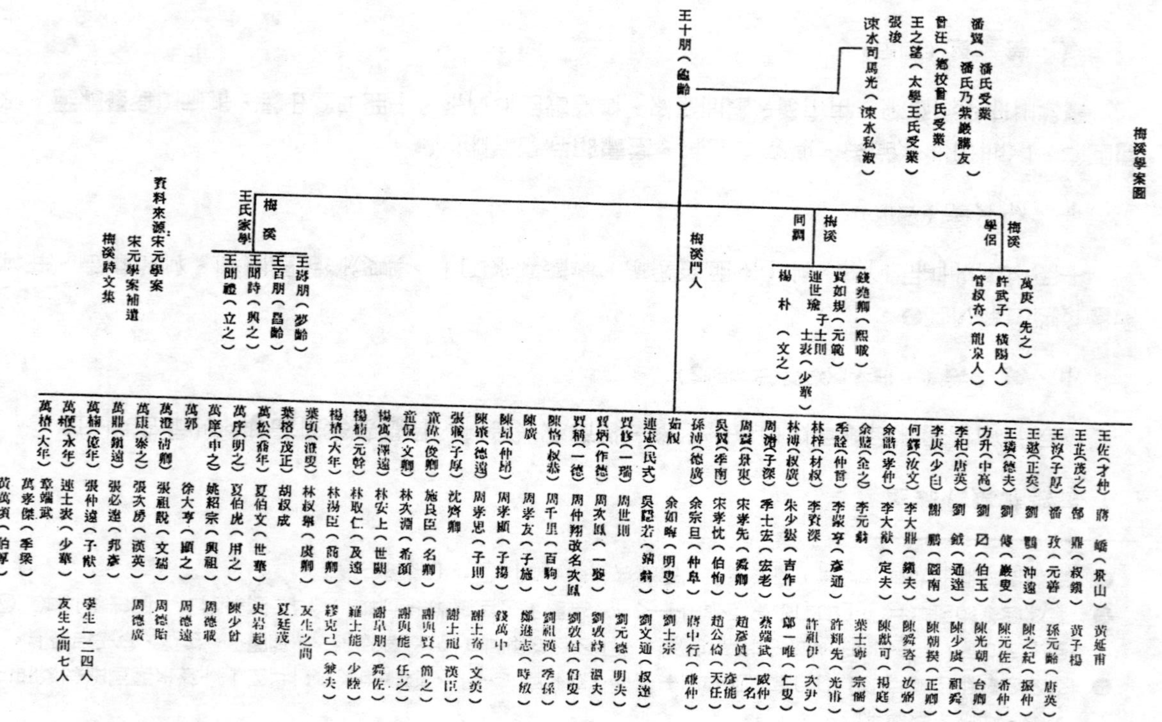
梅溪學案圖
梅溪學侶
萬庚（先之）
許武子（槙陽人）
管叔奇（龍泉人）
梅溪同調
錢堯卿（熙載）
賈如規（元範）
連世瑜 子士則 士表（少韋）
楊朴（文之）
梅溪門人
王十朋（龜齡）
潘賀（潘氏受業 潘氏乃紫巖講友）
曾汪（鄉校曾氏受業）
王之望（太學王氏受業）
張浚
涑水司馬光（涑水私淑）
梅溪王氏家學
王夢朋（夢齡）
王百朋（昌齡）
王聞詩（興之）
王聞禮（立之）
資料來源：宋元學案
宋元學案補遺
梅溪詩文集
王佐（才仲） 蔣嶠（景山） 黃延甫
王茳（茂之） 鄒鼎（叔鎮） 黃子楊
王汶（子厚） 潘孜（元晉） 孫元齡（唐英）
王遂（正叟） 劉觀（沖遠） 陳之紀（振仲）
王璲（德夫） 劉傅（巖叟） 陳元佐（希仲）
方升（中高） 劉囦（伯玉） 陳光朝（台卿）
李杞（唐英） 劉鉞（通達） 陳少虞（祖舜）
李庚（少白） 謝鵬（圖南） 陳朝撰（正卿）
何鐸（汝文） 李大鼎（鎮夫） 陳舜咨（汝嘉）
余譜（孝仲） 李大猷（定夫） 陳獻可（揚庭）
余賚（企之） 李元鵠 葉士寧（宗儒）
季詮（仲晉） 李紫亨（彥通） 許鄢先（光甫）
林梓（材叔） 李致深 許祖伊（次尹）
林溥（叔廣） 朱少鉉（吉作） 鄭一唯（仁叟）
周澂（子深） 季士宏（宏老） 蔡端武（威仲）
周震（景東） 宋孝先（舜卿） 趙彥眞（一名彥能）
吳賀（季南） 宋孝忱（伯恂） 趙公倚（天任）
孫沔（德廣） 余宗旦（仲阜） 蔣中行（雍仲）
茹椒 余如晦（明叟） 劉士宗
連遠（民式） 吳隱若（靖翁） 劉文迪（叔達）
賈修（一瑞） 周世則 劉元德（明夫）
賈炳（作德） 周次夙（一夔） 劉敦詩（溫夫）
賈楠（一德） 周仲翔改名次夙 劉敦信（伯叟）
陳愷（叔恭） 周千里（百駒） 劉祖漢（季孫）
陳廣 周孝友（子施） 鄭遂志（時敏）
陳昺（仲絅） 周孝顯（子揚） 錢萬中
陳琛（德邁） 周孝思（子則） 謝士脊（文美）
張輾（子厚） 沈齊卿 謝士龍（漢臣）
童依（俊卿） 施良臣（名卿） 謝興賢（簡之）
竺僞（文卿） 林次灝（希顏） 謝興能（任之）
楊寅（澤遠） 林安上（世顯） 謝景朋（舜佐）
楊楠（元幹） 林取仁（及道） 羅士能（少陸）
楊樁（大年） 林湯臣（商卿） 繆克己（兼夫）
葉頎（澄叟） 林叔舉（虞卿） 友生之間
葉格（茂正） 胡叔成 夏廷茂
萬松（喬年） 夏伯文（世華） 史岩起
萬庠（明之） 夏伯虎（用之） 陳少台
萬庠（中之） 姚紹宗（興祖） 周德藏
萬郛 徐大亨（顯之） 周德遠
萬澄（清卿） 張祖觀（文端） 周德貽
萬康（泰之） 張次膺（漢英） 周德廣
萬鼎（鎮遠） 張必達（邦彥）
萬楠（德年） 張仲遠（子猷） 學生一二四人
萬樫（永年） 連士表（少華） 友生之間七人
萬椿（大年） 章端武 萬孝傑（季梁） 黃萬頃（伯厚）

五十、王十朋與僧道

十朋之叔父出家爲僧，法號寶印，與十朋交往密切。而十朋之舅公賈處嚴亦自少出家明慶院，師事知性，傳天台宗，與名儒蘇軾等交遊，後乃寶印之法師也。因有斯二層因緣，十朋性喜接近佛緣。而況，鄉邑盛傳其即舅公賈氏（法號潛澗）之再世（前集卷十九記人說前生事），十朋雖不之信，又寧免俗見附會耶？

今檢梅溪集之詩文，有論及僧道及佛寺者約九十餘篇，此尚且不概括與寶印師唱酬之二十五篇及青詞、疏文、祝文之屬，故於梅溪集總作品二千五百餘篇中亦佔有相當之地位，足以影響十朋作品之風格與人生觀，吾人焉可棄此而不論？茲分數點討論之：

甲、喜結僧緣

名山所在多寺宇，是故登山遇寺應有僧；人若有情，無所不留情，於僧、道又何能免。十朋梅溪集言及結緣者錄載於左，可見因緣之一斑。

三宿靈峰不爲禪，茶甌隨分結僧緣。（前集卷三，題靈峰之三，頁八七）

觀頌思元老，游庵憶舊禪。匆匆一宿客，未盡滌塵緣。（前集卷三，宿黃岩妙智院，頁八六）

我昔居鹿巖，時來潛澗游。西坡訪覺老，終日爲遲留。（前集卷二，寄僧覺無象，頁七九）

疊石峰前二老僧，相逢一笑見眞情。（前集卷六，倬演述二老僧，頁一〇五）

賓主相逢意良厚，永嘉縫掖永嘉禪。（後集卷二，萬年贈鄉僧貢老，頁二六九）

我昔題詩已推許，兩處相逢不曾語。子今此行眞得師，掃除妄想叩深機。我待衣冠掛

林下，遲子歸來話瀟灑。（後集卷三，送僧游徑山，頁二七四）

語言文字眞吾病，喜共維摩大士游。（後集卷十，贈訥老，頁三二四）

題詩況有詩僧和，深喜廬山得勝游。（後集卷十，勝書記蜀僧也……用贈訥老韻酬，頁三二四）

禪老遙從九座來，一言爲我洗塵埃。（後集卷十七，送九座訥老，頁三八三）

見師忽起廬山夢，夢向舊時游處游。（後集卷十七，送九座訥老之二，頁三八三）

林泉欲共高僧老，事業未容吾輩閑，準擬他年掛冠後，飄然杖履白雲間。（前集卷八，明慶院上方，頁一一二）

顏范遙同異代心，琳宮香火道緣深。（後集卷八，降聖節詣天慶觀，頁三一〇）

乙、雅愛靜修

讀書之人處未獲名利之時偏好名利，爲斯所苦；既得名利，又欲擺脫名利枷鎖，再爲茲所苦，職是之故，當名利心起伏之際輒爲覓一妥切思路，乃藉禪林靜修。十朋爲清名利心，爲分辨儒、釋、道亦常僧道往來，而尋求答案。

出家方外人性善清靜，且雅好鮮花供奉，常培植名花異種。十朋與之交往，往往心性得以怡養。上述二事，今皆略舉數條以明之。

高談窮古今，滿坐風生秋。令我名利心，一聽渾欲休。（前集卷二，寄僧覺無象，頁七九）

學通儒釋浩無邊，江浙聲名二十年。見說胸中有論語，欲從師向此參禪。（後集卷二，萬年贈鄉僧貢老，頁二六九）

……官舍厭卑濕，僧廬訪清幽。……鑑湖倘容覓，杖履時來游。（後集卷四，薛師約撫幹

……，頁二八三）

參禪得味鹹虀淡，學道忘憂苦筍甜。石鏡與時爲顯晦，湯泉涉世有涼炎。（後集卷十，歸宗樅老……，頁三二七）

難弟難兄漢二龔，袈裟縫掖各清風。淵明已遂歸田願，蓮社行將訪遠公。（後集卷二十，送濬老……，頁四〇五）

……桑下不留戀，急流猛抽身。我欲掛衣冠，歸歟遠公親。……（後集卷十四，器純老，頁三六〇）

洞中大士半千身，住世端能了世因。應笑玉簫峰下客，馬啼長踐利名塵。（前集卷三，題靈峰之二，頁八七）

……山中作堂伴月窟，禪定吟餘思清越。要令坐上生清風，須使心中似明月。（後集卷六，題月師桂堂，頁二九四）

珍重高人贈海棠，殷勤封植弊廬旁；……萬樹總含兒女態，一根獨帶佛爐香。……（前集卷七，郁師贈海棠……頁一一〇）

……梅溪野老栽成癖，蓮社高人諾不輕。小小園林綠將暗，早移芳蕊看敷榮。（前集卷七，札上人許贈山丹花……頁一一〇）

……高人好事栽蓮社，野叟移根植草堂。……（前集卷八，法燈俊上人惠杜鵑花，頁一一一）

……小園花疏煩題注，詩往花來未可忘。（前集卷八，同右）

……道人分得歲寒種，一洗梅溪憔悴容。（前集卷八，表兄璐挺二道人……頁一〇九）

岩桂遙從禹穴來，天香全似月宮栽。金風淒峭飄龍腦，想見吾廬爛漫開。（後集卷三，

龍瑞二道士贈岩桂，頁二七五）

雖說十朋親戚多人走入釋教，又爲官難免祈雨祝禱而略涉道教，然而其儒教根深。絲毫未受變移。其一念向儒，不僅反映於一般詩文，且表達於與僧道酬和之作品，爲闡釋此種觀點，吾人簡擇其作品以說明之。

丙、不棄儒教

……儒釋道不同，相從苦無由。……（前集卷二，寄僧覺無象，頁七九）

……我亦筆頭爲佛事，未應中國異西方。（前集卷八，次濟上人韻，頁一一二）

案：語雖云中國西方不異，實已指其有異也。

……羨師得句侵澄觀，顧我談經媿叔重（叔重指後漢許愼）。（前集卷八，月上以拳石……，頁一一二）

儒服方袍兩禿翁，兩家元是一家風；歸田我欲效元亮，結社師眞如遠公。（後集卷十，宿東林贈然老，頁三二三）

案：此詩依然嚴別儒、釋。

淵明修靜不談禪，孔老門中各自賢。（後集卷十，蓮社，頁三二四）

靈運本狂客，偶來蓮社遊。（前集卷八，題佛閣之二，頁一一四）

休論摩詰與文殊，試把菴名扣大儒。君子於言端欲訥，賢人終日只如愚。（後集卷十，題訥庵，頁三二四）

道人身名兩俱槁，道其所道非吾道。（後集卷十五，道人磯，頁三六九）

> ……寶印師傳天台教于永嘉妙果院。未幾，有尼文贊來施寶藏，潛潤師走介致書于越，命某記之。……某，書生也，於佛學素否通曉，其將何說以發揚之。……抑嘗聞佛之爲教矣，其說惡貪而喜施，與吾儒同。……（後集卷二十六妙果院藏記，頁四五三）

丁、不迷信怪說

十朋早受儒教，淵源數十年，在梅溪設帳授徒，身教口訓絕不涉迷信，故雖於佛教因緣頗深，卻少受陰影。然其文集中有詞疏文十四篇，青詞一門乃道家之祈禱文也，常語涉不經，爲儒家智者所不取，第十朋之措辭或以祈神宥救病人爲文，或以至誠懷惠爲文，無有違儒悖情者也。至於與僧道酬贈之詩，亦多懷感恩而不涉迷信也。左列數篇，斯可證前言不誤焉。

> 少和辛苦學飛仙，遺像今猶在洞天。都似先生能辟穀，何須太守爲行田。（後集卷六李少和像，頁二九四）

> 臥草埋雲不記秋，忽然成佛坐岩幽。紛紛香火來求福，不悟前時是石頭。（後集卷十八石佛，頁三九四）

> 夢者誠之所形也。……陳君之夢可謂知其孝矣。彼有夢屍得官，藏穢得財，心之所念者果何事？夢之所見者果何物耶？與陳君之夢固有間矣。（後集卷二十六 夢庵記，頁四五三）

> 遠公白蓮寺，旁有聰明泉。……堯舜不曾飲，聰明本諸天，我輩雖飲之，聰明不加前。爲愛此水清，一酌滌塵緣；卻恐愚此水，愚名自今傳。（後集卷十 題東林聰明泉，頁三二四）

予少時有鄉僧每見予，必謂曰：『此郎嚴伯威後身也。』……叔父曰：『人言汝吾師也，文僅似之，字乃爾不同耶。』嚴闍梨尤工筆札，予最不善書教也。……因作文寫字兩俱不佳，媿而曰：嚴闍梨汝前生食蔬何多智，今生食肉何許愚也。用記之。（前集卷十九，記人說前生事，頁二〇四）

……死生窮達端有命，予知之矣當安之。（後集卷七　術者謂予命犯元辰，故每仕輒已。予笑曰有是哉？戲作問答語，頁三〇三）

總結上文，吾人知十朋親人有入佛道之門者，其與佛道淵源既深，端能空靈其文，性情其修爲，至於荒誕怪奇之說，則斷然無作也。十朋性情中人，樂施感恩，其於仙佛之辨或不能細分，而於儒教之心卻甚堅也。

附錄梅溪同年及好友名冊一紙，容或有未及深論者，亦足資交遊之參考

（所錄人名之姓名、字號均以文集中出現者爲依據）

梅溪太學同窗

劉長方（豫章，鄉校太學同窗）
曹逢時（夢良，太學同舍）
萬　庚（先之，上庠同舍）
喻良能（叔奇，上庠同舍）
芮　煇（太學同舍）
芮　燁（太學同舍）
陳文卿（上庠同舍生）
張　咸（光大，太學同舍）
張　湜（叔清，太學同舍）
周　楙（太學同舍）
周世修（上庠八年同舍）
柴常之（上庠同舍）
陳　損（太學十載同舍，稽山遊宦爲上虞縣尉）
章季子（燈共庠序）
李元翁（太學同舍生）
姚梓（子才，太學同舍）
沈希皋（敦謨，瑞安人，泮宮舊友生）

梅溪同年仍年仍有來往者

雍堯佐
周汝能（堯夫）
周　楙
閻安中（惠夫）
梁　介（子紹）
王　衜（夷仲）
孫彥忠（會稽人曾仕越）
姚　鈞
師　琛
曹逢時（夢良）

喻良倚（伯壽，喻良能之兄）
喻良能（叔奇）
黃文度（萬頃，福建永福人）
陸　琰（倫琬，陸愷之孫）
陳　登（同年中最善書法，疑即陳元龍）
陳元龍（溫陵相逢，乾道六年赴州官）

梅溪之友（取交深益學者）

周光宗（大學生，三世通家友）
劉義夫（林下友）
何逢原（希深，官提刑，詩簡往來）
賈一節（舊游）
姜大呂（渭叟，舊游，善詩）
劉政孫（鄉丈）
李　梗（舊游）
林知常（故友，能文）
王大寶（元龜，永嘉守）
劉長方（故友，官司戶，常詩簡往來）
孫先覺（親戚）

陳德齡（陳忠肅公之孫）
汪養源
李伯時
龔茂良（史館同事，清流楷範）
禪法師（道家，曾共游聯句）
月上人（佛家，善詩，能酬唱）
淨慧師（二十年之舊友）
訥　老（方外游友）
純　老（方外游友）
周德遠（故人）
周世修（上庠同舍生，剡溪人）
陳商英（號秀野翁，二十年前筆硯友）
陳商霖（故交號可叟，筆硯故友）

第二章　王梅溪詩文集版本考

第一節　梅溪集之沿革概況

南宋初年名臣王十朋之詩文，宋史藝文志記載王十朋作南游集二卷後集一卷（別集類），又作楚東唱酬集一卷（總集類），另於子類錄十朋作請禱集一卷、瑞象歷年紀一卷，頗類釋氏作品，疑非王十朋之作。南游集後集與楚東唱酬集今均亡佚。宋陳振孫直齋書錄解題嘗著錄梅谿集，但缺卷數❶。元馬端臨文獻通考經籍考著錄王氏梅溪集三十二卷、續集五卷，有劉珙序（朱熹代作），另著錄梅溪奏議三卷，此集外單行者（明朝天一閣書目亦載有奏議二本殘本）。總檢此時所見王氏作品僅三十五卷耳。張能鱗西山集存梅谿續集敘，然今不見所云梅谿續集之刊本❷。

朱子作梅溪集序稱譽王氏「光明正大磊落君子人也」，蓋朱子之善言也，惟朱子所見者即宋本梅溪集三十二卷也，此係初本。初本完成之年代，疑在十朋登第後，十朋自刊者也（約紹興二十七年以降，西元一一五七）。而後，汪應辰龍圖閣學士王公墓誌銘載「梅溪前後集五十卷；尚書、春秋、論語、孟子講義皆指授學者未成書」此係十朋晚年自編本（案此五十卷本詩不采分體，

❶ 陳振孫直齋書錄解題卷十八。

❷ 溫州經籍志卷二十，頁一二一五至一二四四，廣文書局本，書目三編內。

後文唐氏徐氏等五十卷分體本與此無涉）。再後，梅溪之子王聞禮所編爲五十四卷，此爲定本（即今世流傳本之始本），時在紹熙壬子年（西元一一九二）。斯本包含奏議四卷（宋單行本奏議三卷，此又增一卷），廷試策一卷，前集二十卷，後集二十九卷；設若視前五卷（廷試策及奏議）爲一全卷，或刪去奏議四卷（原係別行），則全書計卷爲五十矣。雖然，歷代學者屢爲梅溪集卷數之多寡而起爭辯，然無出五十四卷之外者也。

去王十朋三百餘年後，王氏家藏宋版版木毀壞，而黃岩士族蔡家有舊宋刻本。明正統五年（西元一四四〇）劉謙嘗據蔡家本子重刊（今重刊正統本已佚），重刊本有黃淮之序，而後，天順六年（西元一四六二）又有補刊周琰之序之刻本，爲補刊序跋本，此本已有若干頁次經補刻，錯謬去宋本顯然，亦非劉本原貌，惟大體一致耳。清季曹秋岳喜藏宋元人文集，其靜惕堂書目所載有「王十朋梅溪集」，不著卷數。朱竹垞（朱彝尊）藏宋元人集，其潛采堂宋人集目錄著錄「王十朋梅溪前集二十卷後集三十卷廷試策五卷，天順六年莆田周琰序『琰避清世宗諱❸』，十冊」，此本載後集三十卷，疑是將汪應辰之王公墓誌銘記入一卷，宜刪，後集實應爲二十九卷。果眞如此，則今日所見上海涵芬樓藏本後經上海商務影印者即似此本者也。查民國間上海商務書局據劉謙刊本影印，收入四部叢刊，凡三次，有四合一之式，其一本有中縫，其二本無中縫，內容大致無差，此上海涵芬樓藏本之影刊本，又據多本補正，是以此本較天順本尤佳。

第二節、梅溪集編次方式

❸ 避諱錄卷一頁三清黃本驥編，新文豐叢書集成續編第五六冊（原在三長物齋叢書內）。

溫州經籍志之編者曾闡釋梅谿集五十四卷之編次方法。其以為前集共二十卷，詩十卷，採編年方式排纂，始於宣和乙巳（西元一一二五），是年十朋十四歲，終於紹興丁丑春（西元一一五七年），是年十朋四十六歲，爲登第以前作。另附和韓詩及詠古詩（疑詠史詩）各一卷，則詩共十卷，文亦十卷。文乃分體編次，與詩之編年不同。後集凡三十九卷，後集中詩有十九卷，亦採編年體，始於丁丑二月二十一日集英殿賜第詩，終於乾道庚寅自泉州奉祠歸里後諸作；文則九卷分體裁而編排，乃以會稽三賦別爲一卷冠於詩篇之前（前集賦與雜文則合編）❹。十朋會稽三賦原有集外別行者，清彭元瑞傳是樓書目，清徐乾學知聖道齋書目皆見箸錄❺，今若陶湘所輯託跋廛叢書本（影宋本，有明嘉定年間史鑄序），湖海樓叢書本，惜陰軒叢書本具淵源於宋本。

今傳世之梅溪集五十四卷本，係全本，詩不分體，文乃分體，編輯方式已如上述。次有清朝雍正六年重刊雁就堂藏版本，係王氏裔孫諸人彙刻而清朝知樂清縣事唐傳鉎重編。再有光緒二年徐炯文重刊大字本，字大如唐編而附錄徐氏所編王忠文公年譜一卷，譜雖簡略，尙屬首創，足可寶也。此二重編本，詩文並屬分體編輯，先文後詩，賦則殿後，凡十冊五十卷；其分體頗多瑕疵而可議者。清季重編本雖五十卷然與汪應辰所云五十卷本編次不同，今疑重編五十卷本與五十四卷本內容一致，恐無差別，僅分卷分體之不同耳，則梅溪集自宋迄今並無大異耶！

至若梅溪詩集選本，今存者有四庫兩宋名賢小集之梅谿詩集八卷（不分體）；四庫彙定宋元

---

❹ 同第一二一頁❷。

❺ 叢書集成續編第四冊台北新文豐出版社本。

詩集之王梅溪詩集六卷（按古律絕及七五言分體）；清康熙陳訏所輯之宋十五家詩選王十朋詩一卷（日本文政十年昌平坂學問所刊本，存詩一百四十九首，不分體），是以知曉清之重編本采分體者，其淵源前朝有據也。三種選本卷次及內容互異，蓋選者之觀點有別者也。

第三節　梅溪集傳世系統及版本種類

總言之，梅溪集全本有詩不分體之五十四卷本，梅溪選集；則有不分體與分體，茲分類臚列略考如後：

(一)**王梅溪先生文集五十四卷**。明季天順六年刻本，版心黑口雙魚尾，線裝十二冊。半頁十一行，行二十一字，字體尚清晰，然時有缺字缺行缺頁。本書有目錄，然後目缺第三頁，內容有廷試策奏議五卷，前集二十卷，後集二十九卷，共五十四卷。書原存清宮昭仁殿，係清室善後委員會自殿中清出。文集前有朱熹序，天順六年周琰識，正統五年黃淮序。第二冊之末附錄有宋龍圖閣學士王公墓誌銘。後集最末一冊有王聞禮作「右先君文集合前後并奏議五十四卷……」之文，然未云是後集跋，又附載何文淵序。是書第九、十兩卷重複，實有五十六卷之內容。本書每冊前後扉葉大略出現有三大印（五、五×六公分）二小印（三×三及三、二×四、五公分）：大印印文分別為「五福五代堂寶」、「八徵老念之寶」、「太上皇帝之寶」，小印係「天祿繼鑑」、「乾隆御覽之寶」。用印可辨出處及收藏過程，至於冊分十二，恐非原式，乃取其方便耳，殆無意義可云，惟王公墓誌銘列屬第二冊是可注意焉。現藏台北故宮博物院圖書館。台北故宮猶有天順六年重刊刻本之殘本八冊，係前述天順六年全本之殘本，內容與全本相同。

（二）**王梅溪先生文集五十四卷**。明刻本，半頁十一行，行二十一字，線裝二十四冊，係全本。此本乃沈仲濤氏贈與故宮者，今據故宮沈氏研易樓善本圖錄記載：「梅溪先生廷試策並奏議五卷文集二十卷後集二十九卷。明正統五年溫州知府劉謙刊本。板匡高二一・三公分，寬十三公分。每半葉十一行，行二十一字，小註夾行一行亦二十一字。四周雙欄，版心黑口，雙魚尾，魚尾間上記策幾、奏幾、前幾、後幾，下載葉數。卷端載宋紹熙間王十朋子宣教郎王聞禮跋，跋後爲廷試策並奏議目錄，前、後集亦各有目錄。……猶存宋刻舊式。……」本書當爲今日梅溪集之最古本，珍貴無比。本書奏議第四、五卷魚尾間夾有（其他卷亦偶有之）圈（如「。」）之記號，爲他書所無，今涵芬樓本缺頁之補頁，有此記號，可見淵源之由來。此本雖云四周雙欄，然部分頁次底欄僅有單欄，甚或上下欄皆單欄者亦有，略遺明刻工之痕跡。又本書字體多作正書，而涵本多刻成簡字，尤見宋本之舊。其內容大體與涵本同，惟可校正涵本之處必多。本書值得注意者，於第一冊末即載王聞禮之跋，云跋而移置最前，不似刻本之款式，疑分卷之誤。本書今存台北故宮。

（三）**王梅溪集先生文集五十四卷**。半頁十一行，行二十一字，版雙框黑口，共十冊。本書字體行款幾乎全同於涵本。書之總目云附錄墓誌銘及王聞禮跋尾各一篇，然王氏之跋編次於第五卷奏議之末，亦屬分卷之誤。本書因無序文，無法認定刊本年代，據台北中央圖書館云明正統五年溫州知府劉謙刊本。本書原係管理中英庚子賠款董事會保存之文獻之一，書之卷首有一印，長約四・一公分，寬約二・三公分，印文「順德李氏藏書」；方印長一・九公分，寬一・七公分，印文作「李印文田」❻，係清季曾收藏本書之藏書家。本書卷一頁五有句作「惰文帝而謂之攬權也」，涵本「惰」已作「隋」，則此本猶存舊誤字，而涵本據他本校正矣。本刊本既標明爲正統官刊本，應屬關鍵性之刊本，或前承宋刻，或後開明清刊本之沿革，然中央圖書館於本書未作微卷，而將天順六年補跋之本子作成微卷，不知何故？本刊頁邊蟲蛀嚴重，細觀之，係近年所爲，該館宜細心護書，避免善本日趨銷毀。

(四)**王梅溪先生文集五十四卷附錄一卷**。每半頁行款同前本，共二十四冊。所附錄者乃墓誌銘及跋尾也，故總卷數仍爲五十四卷。台北中央圖書館標示係明正統五年劉謙刊，天順六年補刻序跋之本，共五十五卷（實五十四卷），板框長三一・九公分，寬十三・五公分。今細查本書，有天順間周琰之序，無正統黃淮之序，內容全同前本。本書每冊蓋有二印，印文「吳興劉氏嘉葉堂藏書印」❼「劉承幹字貞一號翰怡」，蓋劉承幹藏書印。本書奏議四卷均未列於廷試策之後，可知仍屬殘本。前本即第三種（中央圖書館所謂正統五年本）目錄卷十詠史詩黃帝之「黃」缺末筆，涵本不缺，則此本與涵本補刊年代又在前本之後。

明季官刊之風氣極盛，往往搜訪民間家藏善本板以爲官書，皆刻印不佳❽，本書即承宋本而係明季刊刻本之補刻本。現藏於台北中央圖書館。

---

❻ 販書偶記卷五頁一一〇載李文田曾撰元史地名考無卷數，有傳鈔本。商務中國人名大辭典頁三七八載「清、廣東順德人，字仲約號芍農。咸豐進士，官至禮部左侍郎……有宗伯詩文集。」。

❼ 販書偶記卷八頁二〇一；嘉業堂善本書乃吳興劉承幹所輯之書目，民國十八年於上海石印，有石印本。

❽ 參見袁恬書隱叢說、陳騤中興館閣錄。即今台北盤庚出版社中國圖書研究第三冊中國雕版源流考（孫毓修撰）。又參考陳國慶、劉國鈞版本學頁七八，西南書局本。

(五)**王梅溪先生文集五十四卷**。內容形款同前本，書共十冊。台北中央圖書館標明係正統五年官刊天順六年修補本，據此則本書以正統官刊本雕板爲底本，益以天順六年序跋，再於天順六年修補重印（或因原板已有損毀，損毀頁次乃重雕修補），因此知本書與前本（第四種）淵源相同，修補處或有小異。書序下有一印，印文「東郡紹和彥合珍藏」又廷試策首頁有一印「楊彥合讀書印」❾，則本書亦屬私家藏本。序文有周琰序有黃淮序，序文中間框心記刻工姓名，載「黃昊刊」、「仇方」、「旻」、「仇方刊」、「永」、「才」……之類，框心有刻工名，乃存宋本之舊，然錯字多，補刊年代尤晚。本書補刊之處字體刻法每與他本不同，而王聞禮跋亦置於奏議卷後，則與故宮沈贈本相同，費解。

(六)**王梅溪先生文集五十四卷**。本書內容行款同前本。共二十二冊分二函。第一冊序文後有「梅溪先生文集總目」總目最後一條即「聞禮……」，「拔」字以下塗框，「跋」作「拔」，一如前本（第五種天順修補本），故與前本同屬一種。本書墨色差，且印刷模糊漫漶不清。此本所附錄之「王公墓誌銘」置於第三冊即奏議之後，前所費解者，恐係收藏者編次之故，或置跋於此或置墓誌於此，皆無涉原書之編次。本書欠王聞禮跋及後序之資料，有殘缺。中圖藏本，每種皆有殘缺。現藏台北中央圖書館。

(七)**王梅溪先生文集五十四卷**。本書內容行款同前本。他書之序題曰：「梅溪先生文集序」，而

---

❾ 販書偶記卷八頁一九八；楊紹和曾撰「楹書隅錄五卷續編四卷，光緒二十年海源閣刊，民國壬子（元年）武進董氏補刊。

本書題云：「梅溪先生王忠文公文集序」，序文缺天順六年之序有正統五年之序。據中央圖書館之題簽爲「明正統五年劉謙溫州刊，後代修補本」，內容修補之處頗多。奏議卷末有「王聞禮跋」一篇，板心有刻工之名，然紙質差，部分用粗毛邊紙，書中草筋有礙視線，乃元至明末間之修補本。書現藏台北中央圖書館。

(八) **王梅溪先生文集五十四卷**。版黑口雙框；十二冊，書小於二十五開（長十七公分寬十公分）影印線裝裝訂，每冊字跡特別清晰，然非善本。此書即據上海涵芬樓本影印，首冊標有「梅溪先生文集，四部叢刊集部」、「上海涵芬樓藏明正統間劉謙溫州刊本，原著版心高營造尺七寸寬四寸三分」。本書之字體有不同於今上海商務本，抑商務本縮小涵芬樓本時已多作字體之更正，如「幾」作「幾」之類。內容及行款幾同於商務涵本四合一編印本。本書源自民國二十二年台灣總督府圖書館購藏，後歸屬省立台北圖書館，現藏中央圖書館台灣分館。

(九) **王梅溪先生文集五十四卷**。十四冊。半頁十一行，行二十一字。此書紙質粗厚且多草筋，似明本較差之用紙，本書墨色尚可，第印製不清，內容有不易辨識者，內容有缺頁，前序有周琰、黃淮之作，後序及跋則缺。據台北中央研究院歷史語言所云係明中葉嘉靖以前之刻本，吾人以爲此本屬於明朝晚期之殘本。今日存於故宮及中央圖書館所藏之善本全本仍夥，則此本內容價值較遜，惟本書印於元明之際，版本考證上容有較高價值存焉。書源出於群碧樓所藏，冊頁中有印一枚，印文「雲間陸耳山珍藏書籍」。現藏南港史語所。

(十) **王梅溪先生全集五十四卷**。十冊。清抄本，清宋定國手校，近人鄧邦述手書題記。抄本，經近人群碧樓居士鄧邦述⑩收藏鑑賞並留手澤序文。鈔本首頁載「丙寅（民國十五年，西元一

---

⑩ 販書偶記卷八頁一九九提及鄧邦述藏書之書目，漢京文化公司本。

九二六年）九月群碧居士之序文。序云：「宋蔚如（案即宋定國，蔚如其號也）在康熙時以賈人嗜書，鈔校俱精審，東湖叢（案叢下疑缺「記」）。嘗見此書名）記載其校周益公（案指周必大）集事極詳。余所藏蔚如手校本不下四、五種，其書法雖不工，而無俗氛，蓋其寢饋於書叢者久矣。此集校摹皆用鉛粉精改，其第二冊全冊帙乃補自顧夏珍藏本，係其親摹，其所手補之闕葉每散見於卷中，冊首皆記葉數，可謂矜慎者矣。世治則賈販亦近詩書，而或奪其操奇計贏之智；世衰則士夫雖持鉛槧而不敵其憂生念衰之心，可慨也夫。」此段敘文記載書之由來係販書賈人宋定國所抄校，是時宋氏所見梅溪文集版本應有多種。鈔本首葉首行有三印，即「精鈔校本」、「群碧廔」、「鈔本」。序文末群碧居士署名下另有一印，印文為「正闇學人」，凡此等印皆鄧邦述所為，用以自明版本及身分也。其次，抄者記冊名、內容、卷數、頁數，譬如：「二冊。廷試筞（策）奏議。王某（梅）谿集一至五卷，連序目百三頁。」其次，即「梅溪先生文集序」，序文僅天順六年周琰之一篇，序前有二印，其一「群碧樓」，其二「史語所收藏本圖書記」。其次，有「某谿先生文集總目」，含「廷試策併奏議共五卷」、「詩文前集二十卷」、「詩文後集二十九卷」、「附錄龍圖閣學士汪（字誤，應作王）公墓誌銘、聞禮拔尾一通」。總目之下有三小印，分別作「宋定國印」、「蔚如氏」、「校」，皆宋氏自明者也⓫。次頁，書「梅溪先生廷試策卷第一」，有「宋定國印」等，如前頁。其次，有「御試策」。今分冊略述如左：

⓫ 宋定國，字賓王，號蔚如，清朝婁縣人。簡傳見中國藏書家考略頁三十七，新文豐本。

1. 第一冊。歸納本書右文所述第一冊即包括：群碧居士序。周琰序。總目。本冊無「策議」目錄，內容有「策一」、「奏一至奏四」共五卷。所抄之行款及起迄一如原底本，言及「梓宮」、「陛下」、「大行皇太后」、「俞允」、「郊祀」、「聖慈」、「祖宗」、「朝典」……等詞，均作挪抬。所抄書法帶有楷、隸二體。寫錯之處用鉛粉精改，如群碧居士所言。

2. 第二冊。封題首頁作：「王梅谿全集詩文前」、「二冊。詩。王某谿集。前一卷至四卷，共四十七頁。」次頁作：「梅溪先生文集第一。教授建昌何灦校正。詩。甽畝十首。」「卷第一」之下依序有五印：「史語所收藏珍本圖書記」、「群碧樓」、「宋定國印」、「蔚如氏」、「校」。本冊缺前集目錄。本書因係抄本，字跡點畫自然、明白、清爽，或有錯字未使用鉛粉塗改者，則將改正之字，改寫在該字該行之天欄。

3. 第三冊。封題「王梅谿全集。詩文。前。」每冊的封題下有該冊之冊數，冊數作「一」、「二」、「三」……「十」。冊數上蓋有一印，經檢視爲「樸堂」二字。首頁標出「三冊。詩。和韓詠史。王某谿集。前五卷至十卷共七十三頁。」次頁，如前有五印。內容爲卷第五至卷第十。本書雖云精校本，然未必不錯。例如：前集卷第五有一詩「壬申中秋交朋解散……夏生伯虎因小飲，仲月。二子各以詩贈。依韻酬之。」清校本作「小飲仲月」不通，涵本作「小飲翫月」涵本是也，可見精校本仍有誤矣。

4. 第四冊。封題：「王梅溪全集。詩文。前。」首頁：「四冊。賦。銘贊。論策。問策。王梅谿集。前十一至十五卷。共八十頁。」內容從「前集卷十一至卷十五」，次頁仍有五印文。

5. 第五冊。封題「王梅谿全集。詩文。前。」首頁：「五冊。書啓。序。記。青詞。祭文。雜著。行狀。壙（塔）銘。王梅溪集。前十六至二十卷，共七十七頁。」

6. 第六冊。封題「王梅谿全集。詩文。前。」首頁：「第六冊。賦。詩。某溪後集。一至一百十頁」。次頁「梅溪先生後集卷第一。賦。會稽風俗賦井敘。教授建（案漏抄「昌」字）何濆校正。門人周世則注」。內容「後集卷一至卷第七」；次頁仍有五印。今擇本冊後集卷一「會稽三賦」校之，得知：清抄本絕大多數依涵本、正統本而來，錯誤之處幾乎相同，有部分文字抄者照原書抄作古文，然一經發現今文作「某」，則據改作今文，如「墬」作「地」，「僊」作「仙」之類，又抄者如發現原書顯然曾誤，如「天門」作「大門」，箭里之「筍」作「荀」，則順手改正，甚或雖已抄好仍以鉛粉塗去重抄。然大體而言，原底本之錯謬，抄者均保留，謂之精校之處實在有限。

7. 第七冊。封題「王梅谿全集。詩文。後。」首頁：「第七冊。詩。梅溪後集。八卷至十三。共九十頁。」次頁：「梅溪先生後集卷第八。七月三日至鄱陽。」此頁僅有「史語所收藏珍本圖書記」、「群碧樓」二印。

8. 第八冊。封題，以毛筆書：「王梅谿全集。詩文。後。」首頁：「第八冊。詩。某溪後集。十四至十八卷。共八十二頁。」次頁：「梅溪先生後集卷第十四。詩。至日寄二弟。」此頁僅有二印如第七冊。

9. 第九冊。封題。「王梅谿全集。詩文。後。」首頁：「第九冊。詩。表狀附笏記疏文。啓。某溪後集十九卷至廿三共七十九頁。」次頁：「梅溪先生後集卷第十九。詩。乞祠不允三十韻」此頁僅有二印，如第七、八冊。

10. 第十冊。封題「王梅谿全集。詩文。後。」首頁：「第十冊。小簡。手劄。記。雜文。經筵講義。祝文。墓誌銘。某溪後集。二十四至二十九。連序（案指聞禮之跋）百二十二頁。」次頁：「梅溪先生後集卷第二十四。小簡。答呂主簿廷。」此頁僅有二印，即「史語所收藏珍本圖書記」、「群碧樓」，如七、八、九冊。

今再核對宋定國鈔校本封題得知，其內容多同明刻本，所謂精校係賈人爲之，終非行家，錯謬多有，然筆畫明白仍不失其參校之價值。現藏南港史語所。

(十一) **王梅溪先生文集五十四卷**。本書現藏台北台灣師範大學，線裝十二冊，分二函。內容係影印上海涵芬樓本，即上海商務初印本，形式大小與中央圖書館台灣分館線裝本完全一致，僅保存完整，印刷精美耳。商務印書館出版四部叢刊集部之際，曾有梅溪集初印本（原書大小），二次印本（四合一縮印本，存中縫版心），三次印本（四合一縮印本，無中縫版心。）凡三次影印殆可能就部分字體頁次修補，第去涵芬樓原本極有限。今研撰論文即取此次善本爲底本（時四庫薈要本尚未普及）。

(十二) **梅溪集五十四卷**。四庫全書文淵閣清鈔本，白口雙框，有上魚尾，半頁八行，行二十一字。本書內容與編次仍循舊本，然因大內編鈔，得參校多本，因之明元舊本模糊闕漏處，此本輒有極出色之詮釋，有參校價值。書現藏於台北故宮，經台灣商務印書館依原式影印，書傳於民間，衆目可見，茲不贅述。

(十三) **梅溪集五十四卷**。四庫全書薈要摛藻堂清鈔本。白口雙框，有上魚尾，半頁八行，行二十一字。本書乾隆四十二年繕完呈上，四庫文淵閣本，四十六年繕畢呈上，兩本相距未遠，顧內容猶有差異。四庫全書薈要纂修考以爲薈要繕校講究完善，宜多參考⑫。吾人今檢校二本輒見互有千秋，二本繕寫之謬誤皆多（行文中原書遇國朝、主上、宋、神宗之挪抬方式均已廢除）。薈要纂修考又指出薈要本梅溪集「依浙江巡撫三寶所上明劉謙刊本繕錄」，若此劉謙刊本屬實則薈要之價値猶可提高，設如祇是劉謙刊本之補本翻刻本則與四庫本或類似之本子各有勝場耳。書今藏於台北故宮，然經台灣世界書局影印出刊流傳，內容全在，免予贅述。

以上梅溪集，含詩集，詩爲不分體編次者，屬傳世本第一系統。

(十四) **宋王忠文公全集五十卷**。分十冊，白口單框，半頁十一行，行二十一字，框長寬分別爲十八·二公分與十四·四公分。此本係雍正六年重刊雁就堂藏板之重編本，爲王氏裔孫，王曾生、王兆經、王源、王燦、王兆基、王之敬、王霖、王之琰彙刻。時，樂清邑令唐傳鉒重編，取前後集攙合移易爲五十卷，編詩則更替編年爲分體，遂先後紊亂至不可識別[13]，使宋明以來舊本面目不復遺存。本書原爲台北帝國大學圖書，於昭和八年（民國二十二年）一月十日購藏。本書現藏台灣大學，研撰論文時嘗翻檢而知缺首冊，第二冊首頁載文字「宋王忠文公文集第一卷。知樂清縣事楚南後學唐傳鉒人岸重編，邑後學進士楊森秀清令校」其次一行有「御試策」三

---

⑫ 吳哲夫四庫全書薈要纂修考頁四七至四九。

⑬ 溫州經籍志卷二十，總頁一二三二。

字，右下角有一印，印文「龔藹人收藏書畫印」（疑龔自珍）。其全書編次：第一卷御試策，第二至第五卷奏議第六卷表狀（以上第二冊）；第七卷經筵講義，第八卷試策、上舍試策三道，第九至十一卷策問（以上第三冊）；第十二卷序，第十三、十四卷記，第十五卷行狀，第十六卷墓誌銘，第十七卷祝文，第十八卷祭文（以上第四冊）；第十九卷書啓，第二十、二十一卷啓、第二十二卷劄，第二十三卷簡，第二十四卷銘跋（以上第五冊）；第二十五至二十九卷古詩（以上第六冊）；第三十、三十一卷仍爲古詩，第三十二至三十四卷律詩（以上第七冊）；第三十五至三十九仍爲律詩（以上第八冊）；第四十至四十四卷絕句，先五言次七言（以上第九冊）；第四十五至四十七卷仍屬七言絕句，第四十八卷詠史詩，第四十九、五十卷會稽三賦。觀本書之印刷及編次，綜合可得數事：本書台大藏本紙質已朽腐破碎，且蟲蛀嚴重，幾數十年未翻動，雖說文字尚完整，若未得行家整理已不易保存，此其一。印刷缺漏字多，疑底本不佳之故，此其二。編次採先文後詩。文字編排缺乏連貫性；詩之編排依古、律、絕爲次，顧詠史詩獨列一卷，且五言、七言律詩又分裂錯雜。會稽三賦等，以爲詩之流裔，故以殿後，然其分裂二卷又不知何因？一言蔽之，「眞是無體例可言」者也。此書尚有一本收藏於日本京都大學。

(十五) **宋王忠文公集五十卷**。白口單框，半頁十一行，行二十一字。此本與前本（雍正六年重編本）行款編次相同，乃翔雲徐炯文光緒二年之重刊本，本書另有光緒五年東甌梅雲山重刊本[14]，

---

[14] 參見東京大學東洋文化研究所漢籍分類目錄，昭和五十六年三月再刊本。

此又二度翻刻唐氏重編本，這三本內容應屬一致。今徐本及梅雲山本均藏於日本東京大學。有可注意者，徐氏曾於其重刊本附錄年譜一卷，置於王聞禮跋之前，是倡王十朋年譜之權輿。

以上王忠文公集，含詩集；詩采分體編排者，屬傳世本第二系統。

㈥**梅谿詩集八卷**。半頁八行，行二十一字，白口雙框。四庫全書兩宋名賢小集所蒐。據四庫全書總目云：「舊本題宋陳思編元陳世隆補」，且以為編詩之人及序跋並偽，所蒐為兩宋詩人凡一百五十七家。此本存梅溪詩二〇三題二八七首，不分體編次。故宮所藏四庫之兩宋名賢小集源自清朝汪如藻家藏本，而中央圖書館另有舊鈔本。中央圖書館舊鈔本兩宋名賢小集有二種，一種錄鈔楊文公集（楊億）至潘音集凡二五七家（含梅溪集八卷），另種續鈔六二家，二種所錄內容不重複。前種有朱墨批校，所校頗精，惜不多耳。未註明何人校，亦未說明書出何源。續鈔則註明近人鄧邦述所藏，原為鮑廷博之藏書，則前種鈔本乃鮑氏所校乎哉？此舊鈔本所含梅溪詩極具參校之價值。

㈦**王十朋詩選一卷**。黑口，左右雙框，上下單框，框長十九・四公分寬一三・四公分。此本原題宋十五家詩選，含王十朋詩選一卷，存詩一三三題一四九首，不分體編次。宋十五家詩選原係清朝海昌人陳訏（字言揚）所輯，陳氏號自傳賈誼陸贄之學，其書軒師簡堂以收輯善本聞名，茲編經日本江戶文政十年昌平坂學問所重刊，字大悅目。所蒐宋十五家，依次為梅堯臣、歐陽修、曾鞏、王安石、蘇軾、蘇轍、黃山谷、范成大、陸游、楊萬里、王十朋、朱熹、高翥、方岳、文天祥。其選詩方式，今據梅溪詩集而論，即如兩宋名賢小集梅溪詩選選詩方式，乃依梅溪集前集詩十卷後集詩二十卷中按卷擇其中意者，二者重選之詩不多，見二者選詩之觀點大異。茲錄宋十五家詩選之敍及發凡以說明之：

敍：詩道之由來久矣，昔敝於舉世皆唐，而今敝於舉世皆宋。舉世皆唐，猶不失辭華聲調堂皇絢爛之觀，至舉世皆宋，而空疏率易不復知規矩繩墨與陶鑄洗伐爲何等事。嗟乎！此學宋詩者之過也。蓋宋之與唐，其詩之所以爲詩，原來嘗異，特以其清眞超逸，如味沆瀣者陋膏粱，遊蓬閬者厭都邑，故足貴耳。今不得其所以至，而徒踵其流失，以文其不學，而便於應酬，宋詩豈任其咎乎？無待者神於詩，有待而未嘗有待者聖於詩，誠齋之論詩爲最上一層也。今有人焉，跬步不能越尋常，而曰吾舍舟車而翱翔焉，而游泳焉，其不顛躓沒溺者幾何？昔蘇長公教人作詩曰：『字字覓奇險，節節累枝葉』，又曰：『法度法前軌』。陳後山亦云：『要當攻石堅，勿作搏沙散』即陸放翁詩至萬餘首，疑其無復持擇，而改詩鍊句，每形篇什，夫三數公之於詩，亦子列子、楚靈均之於舟車也。而其言顧如此，今以什伯（疑佰之誤）遠遜古人之才而簡棄析度，鹵莽滅裂，顧欲藉口古人，陷於淪胥而莫之逭，多見其不知量矣。然則天下未嘗無泠然而善之風與夫桂舟玉車也，而不得其所以駕御而乘之，其害至於顛躓沒溺，此打油釘鉸之所以譏爾。今誠如古人所云：『學詩如學仙，時至骨自換』。由舟車之有待以幾於無待焉，則凡也而超乎聖，技也而進乎神矣，不但將宋詩之所以至，而且可以自爲至，將唐亦可、宋亦可，即獨闢蠶叢，別開境界，以與唐宋相鼎足，亦烏乎而不可？而奚至承流踵夫如世俗云云哉！今十五家之詩具在，皆宋之聖於詩，神於詩者也，有志之士熟讀而深思之，其以斯編爲津梁也夫。時，康熙癸酉上巳海昌陳訏言揚氏書于師簡堂。

案茲編原為作詩之津梁，而將王十朋詩並於大家之列，實王十朋詩之質量皆重者也。又本書之發凡載錄下列一段文字：

宋人詩集世難多覯，若總選一代，不但網羅匪易，即諸大家詩，亦罣漏必甚，蓋以體為經，以人為緯，則一體之中多不過每人數十首而止，其餘佳者豈不汰去可惜，且古人一生精神反因選而晦矣，然近本或每集選錄者，既苦卷帙繁重，若專選一集者，又覺固陋不廣，茲十五家係宋一代眉目，悉從全集選定，或多至千篇，少亦不下百餘首，學者可以各隨所好，沉酣一家，博通眾妙，剖蚌見珠，鑿石得玉，既無鮮陋之譏，亦不致涉海登山徒嘆浩瀚矣！唐代詩人，如李杜劉韋元白韓杜（案指杜牧）溫李諸公，向有專集行世，膾炙既久，總選不妨精約，三者並行不悖。至宋人全集，歐蘇而外，世即罕覯，茲十五家雖去取頗嚴，然鴻裁鉅製已無復遺，幾與孤行全集埒，將來擬事宋詩總選，第搜購不易，藏書家凡有宋人詩集，或借或售，尚望助予。讀書必須論世故，集中諸公姓氏爵里俱抄撮宋史舊文，其宋史不載者間取集前述傳節錄於前，大約與鑑古堂詩鈔序大同小異，雖行事不能備載，亦可備參考資尚論也。

昔人論詩，雖歎知心賞音之難，然文章自有定價，非愛憎所能高下，則古人詩評亦詩家之權度也，故每家詩必載昔賢一、二評語於前，且附管見以資一得，至於細批圈點概不增設，使學者熟讀深思，自能融會貫通，深知其妙，則性靈油然而生，真詩出矣。

選詩有分體者，如史家之紀傳；有分集者，如史家之長編，最下乃有分類，先後倒置，如蘇長公遊金山寺及焦山二詩，同時所作，明有次第，乃以焦山詩入山水類，置之前卷，以金山寺詩入寺觀類，反置後卷，作者語氣神理都失，茲選悉照原集善本，不分體類，以作者之先後爲先後，庶古人學問境遇，約略可溯其原，本分正集續集及自分體者亦悉依舊刻，不敢穿鑿附會。十五家詩每去取俱經數次斟酌，間有四五丹黃者，閱歷寒暑黽勉竣事，至曾南豐、蘇欒城、王梅溪、文文山，暨先菊澗處士近選絕少，茲悉購全集採錄，表彰散逸，更與日月爭光，發潛闡幽，尤爲快事。……

案此段發凡敘說選詩之精嚴，深自信之人矣。關於梅溪集者，云采原集不分體編次，此其一。云選詩之前附批評，經檢視除附朱文公評乃原集序者外，另有一評「梅溪晚始登第，一生肆力稽古，詩章蘊藉深厚，集中詩推尊昌黎不置，可知本領所自來矣。」疑陳氏自評之作，此其二。選集采自全集之善本，故有可助益校勘者，此其三。書現藏於日本京都大學。另四庫全書總集類存四種。

以上詩選，采不分體編排者，屬傳世本第三系統。

(六) **王梅溪詩集六卷**。白口單框，框長十七．一公分，寬十一．四公分。半頁九行，行十九字，字大悅目清晰。此本題名彙定宋元名公詩集，內含梅溪集六卷，乃明潘是仁（潘訒叔）輯校，爲萬曆乙卯（四十三）年刊本，全書另有補鈔。書有二本，一本藏台北中央圖書館，一本藏日本京都大學。書前有「宋元詩序」一篇李維楨（明隆慶進士）撰；次有「彙定宋元詩集序」焦竑（明萬曆進士），編詩乃集衆人之力，李維楨、焦竑爲其首而已。此本分體編輯；王梅溪詩集第一卷五古，第二卷七古，第三卷五律，第四卷七律，第五卷五絕，第六卷七絕。本書所選之梅溪詩，全據梅溪前集而選，疑選本之底本係梅溪集三十二卷者。今錄所附「宋元詩序」用作探討：

宋元詩序。詩自三百篇至于唐，而體無不備矣。宋元人不能別爲體而所用體又止唐人，則其遜于唐也固宜。明興，詩求之唐以前漢魏六朝以後，元和大曆駸駸窺三百篇堂奧，遂厭薄宋元，人不復省覽。頃日，二三大家王元美（王世貞）、李于田、胡元瑞、袁中郎（袁宏道）諸君以爲有一代之才即有一代之詩，何可廢也。稍爲摘取評目，而友人潘訒叔普蒐茸世所不甚傳者百餘家，問序于余，余爲童時受詩治舉子業，其義訓詁，其文俳偶，無關詩道，比長而爲詩亦沿習尚，不以宋元詩寓目。久之，悟其非也，請折衷于孔子。……宋詩有宋風，元詩有元風，采風陳詩而政事學術好尚、習俗升降汙隆具在目前，故行宋元詩者亦孔子錄十五國風之指也。聞之詩家云：宋人多外，頗能縱橫，元人多差，醇覺傷局促，然而宋之蒼老，元之秀俊；宋之好創造，元之善模擬，兩者又何可廢也。夫宋元人未嘗不學唐，或合之，或倍之，安知今之學唐亦不若宋元之學唐者哉？安知今之卑宋元者必眞能勝宋元者哉？合者可以式，倍者可以鑒，精而擇之，愼而從之，如鑄金者黑濁黃白清，白之氣竭而青氣次焉，梟氏以爲量聲中黃鐘之宮則何？宋元人之不必爲唐，雖以進於六朝漢魏三百篇可也。大泌山人李維楨本寧父撰。歙浦洪朝寀書。

案李氏論及宋元詩之價值的是卓見。潘氏原欲編輯宋元詩選集百餘家，然而並未完成，藏書家焦氏可能有續鈔，焦氏之序云：

彙定宋元詩集序。西人利瑪竇之始至，余問以若知孔氏之教乎？曰：不知也。抑知釋與老乎？亦曰：不知也。余曰：若爾嚮學者宜何從？曰：一國自有一國聖人，奚必同！

余甚賞其言。維揚顧所建兄還，顧嘗梓漢魏人詩集，謂此編當爲詩準，君乃謂一代有一代之詩，奚必漢魏之是而近代之非乎？余喟然嘆曰：有是哉？顧君錯綜之古詩，風雅之情其見及於此，非偶然也，余謂此與利君之言皆千古篤論而知者希矣，何者？在心爲志，抒志爲詩，情觸境而生，語衝口而得，此豈假于外索哉？自李空同氏（案李夢陽）倡復古之說，後進相爲附和，未知身反於是，摹擬剽奪之習興，而抒情達意之趣少。披靡虛委，其風日頹頃，物極而返，君無爲宋元諸家吐氣者，豈以人心之靈，千變萬化，必不可執己陳之芻狗而爲新，雕宋人之楮葉而亂玉也，見亦卓矣。新安潘君訒叔所收二代諸名家甚多，至是擇而梓之，令學者知詩道取成乎心，寄情於物，會萬象，融會一家，譬之桔梗豨苓，時而爲帝，何爲而不可，不然，堯行禹趍（趨之俗字）而不知心之精神爲聖人思，重爲西人笑耳，然則發今人頓悟之機，回百年已廢之學，其在斯人也夫，其在斯人也乎。萬曆乙卯秋日秣陵焦竑書。

案焦氏之論以爲一代有一代之詩，過於推崇抑或貶斥皆非所宜，亦伸前序之意也。此序反對復古，頗尙性靈，且編者有袁中道，鍾惺之流，殆可見編詩之取向矣。焦氏序後有一篇「王龜齡先生小引」，疑潘是仁所撰，提及嘗校讎王氏自寬集，則王氏自寬集在今梅溪前集內矣。此六卷存詩二〇八題，二七一首。

以上爲傳世本之第四系統（分體本詩選集系統）

其他書籍附有梅溪之詩者，僅數條，或十數條，亦尋之以備校勘，第不贅述耳，譬如宋元詩會卷三九存王十朋詩十八首，又御選宋詩卷七六有王十朋詩一首，地方志存誌若干之類。至於梅溪尺牘、單行之文集（不含詩集者），今不虞詳述，俟他日再研撰專文闡釋之。

附梅溪集版本源流系統圖

茲據以上考證資料，試分析王梅溪集版本源流，作系統圖圖示如下：

梅溪文集（含詩集）版本源流系統圖

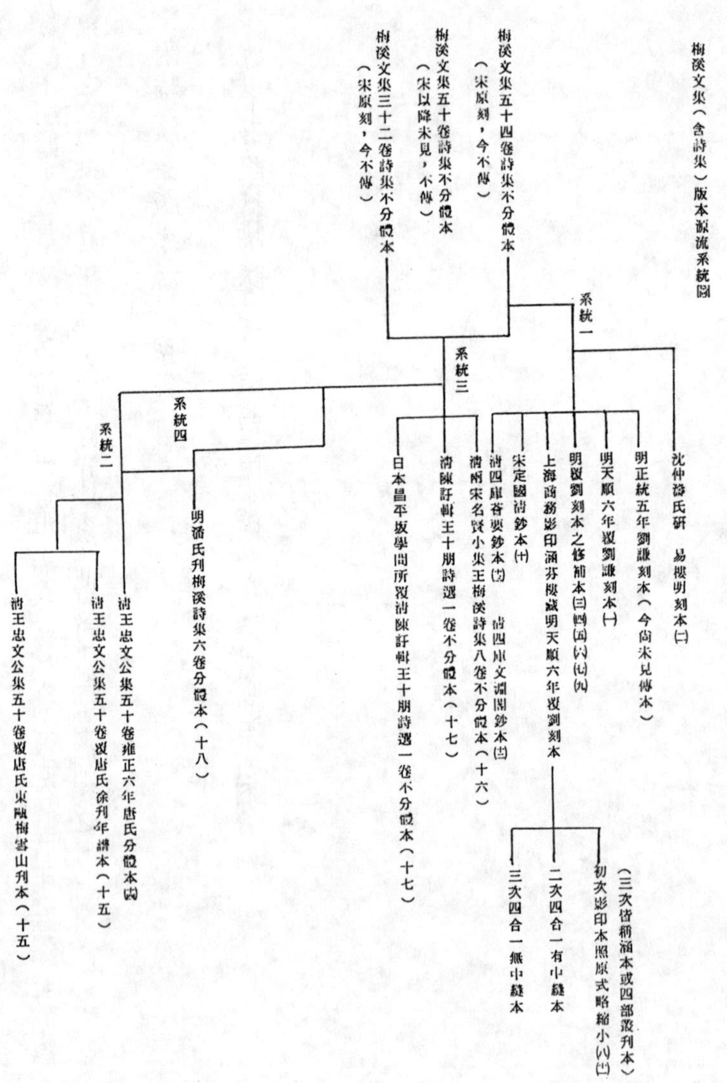

梅溪先生廷試策卷第一

御試策

問蓋聞監于先王成憲其永無愆遵先王之法而過者未之有也仰惟　祖宗以來立經陳紀百度著明細大不舉皆　列聖相授之謨為萬世不刊之典　朕纘紹丕圖恪守　洪業凡一號令一施為兢兢然不敢違諸　故實惟　祖宗成法是憲是若然畫一之禁賞刑之具猶昔也而奸弊未盡革賦斂之制經常之度猶昔也而財用未甚裕取士之科作成之法猶昔也而人才尚未盛黜陟之典訓迪之方猶昔也而官師或未勵其咎安在豈道雖久而不渝法有時而或弊損益之宜有不可已邪

書影一

王梅溪先生文集五十四卷，明刻本

沈仲濤氏贈　故宮沈氏研易樓善本

板匡高二一・三公分，寬十三公分

王梅溪先生文集五十四卷，明刻本

沈仲濤氏贈 故宮沈氏研易樓善本

說　　明

梅溪先生廷試策並奏議五卷文集二十卷後集二十九卷

宋王十朋撰，明正統五年溫州知府劉謙刊本。板匡高二十一．三公分，寬十三公分。每半葉十一行，行二十一字，小註夾行，行亦二十一字。四周雙欄，版心黑口，雙魚尾，魚尾間上記策幾、奏幾、前幾、後幾，下載葉數。卷端載宋紹熙間王十朋子宣教郎王聞禮跋，跋後爲廷試策並奏議目錄，前、後集亦各有目錄。首卷大題梅溪先生廷試策卷第一，文集及後集大題後，二、三行低十二格跨行題教授建昌何濵校正，書文中遇國家、祖宗、宮中、陛下等字皆空一格，猶存宋刻舊式。卷末尾題悉隔數行爲之。適園藏書志、群碧樓善本書目，中央圖書館善本書目均有著錄。

此刻乃明正統中溫州太守何文淵得稿本於王氏玄孫王孟明，繼任太守劉謙復得刻本於黃岩蔡氏，遂屬郡學教授何濵校正，而刻之於郡學。原刻有黃淮前序及何文淵後序，此帙均已佚去。

第五卷

代[illegible]

又代[illegible]

又代上[illegible]

又劄子

又代上劄子

又代上五劄

幾劄

代王尚書乞陞辛状

又代上劄子

書影二

王梅溪先生文集五十四卷

標明爲正統官刊本，應屬關鍵性之刊本

本書原保管理中英庚子賠款董事會保存之文獻之一

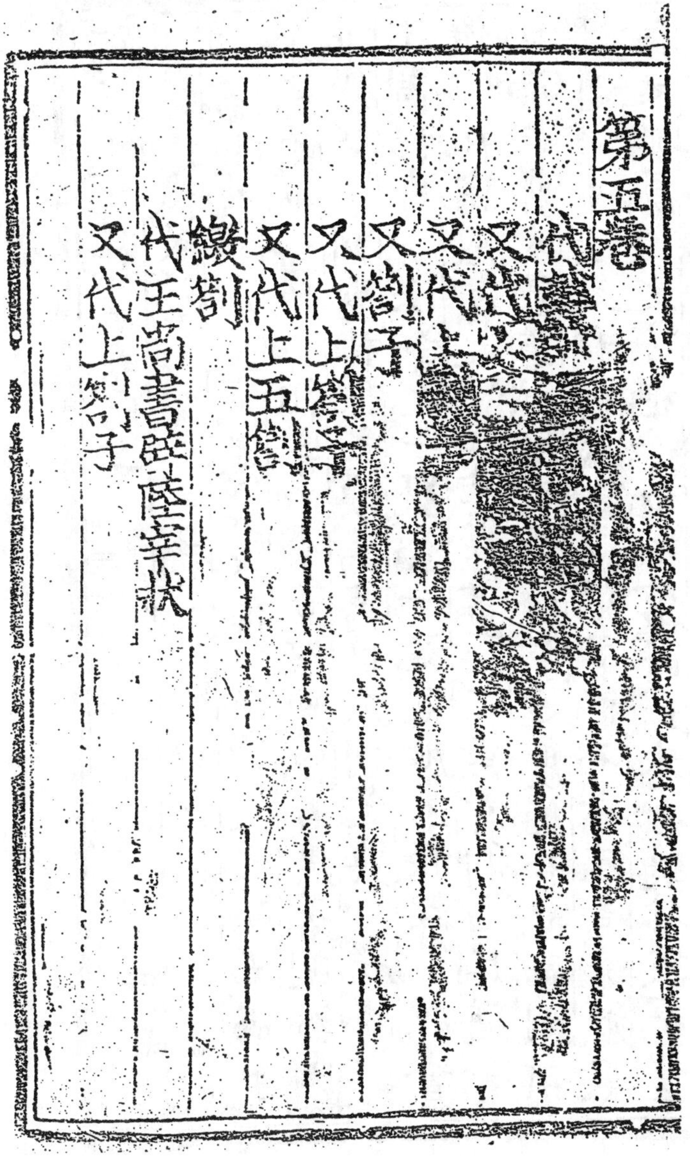

梅溪先生廷試策卷第一

御試策

問蓋聞監于先王成憲其永無愆遵先王之法而過者未之有也朕惟　祖宗以來立經陳紀百度著明細畢舉皆　列聖相授之模為萬世不刊之典　朕纘紹丕圖恪守　洪業凡一號令一施為靡不稽諸　故實惟　祖宗成法是憲是若然畫一之禁賞刑之具猶昔也而奸弊未盡革賦斂之制經常之度猶昔也而財用未甚裕取士之科作成之法猶昔也而人才尚未盛黜陟之典訓迪之方猶昔也而官師或未勵其咎安在豈道雖久而不渝法有時而或弊損益之宜有不可已邪

書影三

台北中央圖書館標示係明正統五年劉謙刋，天順六年補刻序跋之本，共五十五卷（實五十四卷），板框長三一・九公分，寬十三・五公分

值得注意：凡云明正統五年溫州知府劉謙刋本 皆疑是天順六年之後板本

板匡（公分）

21.9×13.5

10531

24

民國七十六年影印於中央圖書館

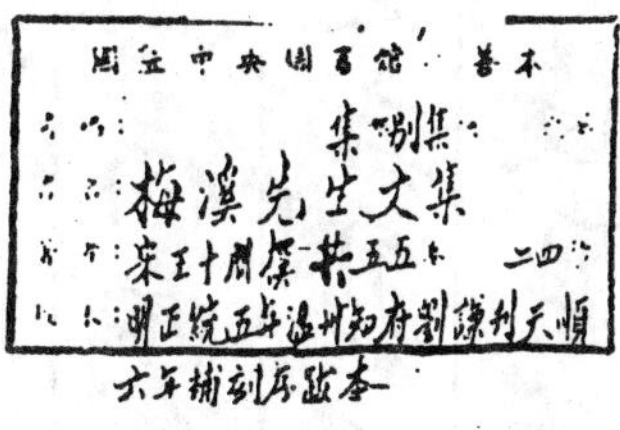

國立中央圖書館 善本

集別集

梅溪先生文集

宋王十朋撰 共五五本 二四

明正統五年溫州知府劉謙刊天順六年補刻序跋本

梅溪王先生文集序

知人之難堯舜以為病而孔子亦有聽言觀行之戒然以予觀之此特為小人設耳若皆君子則何難知之有哉蓋天地之間有自然之理凡陽

書影四

梅溪先生文集，四部叢刊集部 初印本
據上海涵芬樓本影印
書小於二十五開（長十七公分寬十公分）

民國二十二年台灣總督府圖書館購藏
現藏中央圖書館 台灣分館
有一本藏台灣師範大學

梅溪先生廷試策卷第一
御試策
問蓋聞監于先王成憲其永無愆遵先王之法而過者
未之有也仰惟[illegible]祖宗以來立經陳紀百度著明細
畢舉皆[illegible]列聖相授之模為萬世不刊之典[illegible]朕纘紹
丕圖恪守[illegible]洪業凡一號令一施為靡不稽諸[illegible]故實
惟[illegible]祖宗成法是憲是若然畫一之禁賞刑之具猶昔
也而奸弊未盡革賦斂之制經常之度猶昔也而則用
未甚裕取士之科作成之法猶昔也而人才尚未盛黜
陟之典訓迪之方猶昔也而官師或未勵其咎安在豈
道雖久而不渝法有時而或弊損益之宜有不可已邪

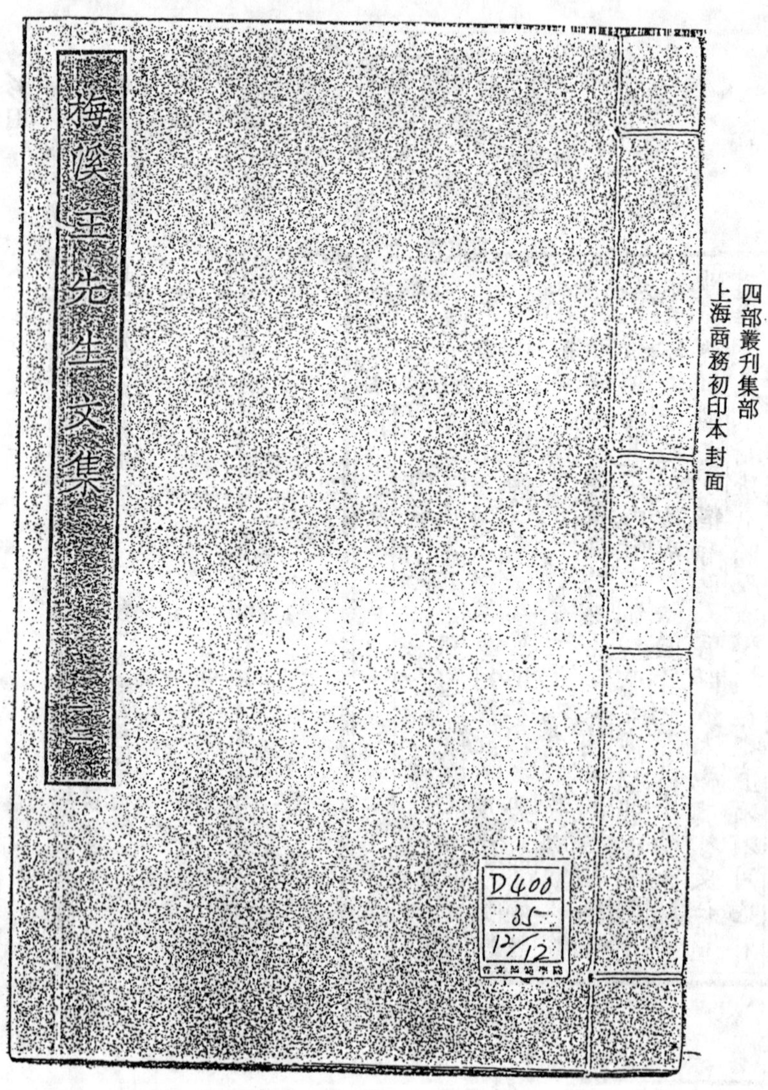

四部叢刊集部
上海商務初印本封面

書影五

宋王忠文公集五十卷（原大）
雍正六年重刊雁就堂藏板之重編本
清　樂清邑令唐傳鉎重編
本書現藏台灣大學
尚有一本收藏於日本京都大學

宋王忠文公集卷之四十五

閉卷無非見面時

寄題鄱陽一江亭

一江明月夜歸遲瀟洒其中小范詩亭自我名猶未賞

夢游江靜月明時

再讀楚東集用前韻寄景盧嘉叟

三子聰明曠典[illegible]一尊容我與論詩待將後集從前刻

直到鄱陽送別時

寇萊公祠

湘水江頭寇相祠凜然如坐廟堂時精忠一點不負國

枯竹如公人不知

寄黃擅

江口維舟問地名黯然撩我故鄉情平時尚怯黃牛道

誰遣遊觴[illegible]帝城家之南有黃壇

[illegible]讀于公堂[illegible]孫知錄聰伯

于公治獄多陰德溫靖君前止肉刑看木同僚溫靖後

于公堂記有芬馨

[illegible]初九日離荊南用夔州船

前舟經月訴江流又向江陵換蜀舟腸斷一聲離岸櫓

不堪回首仲宣樓

過虎牙

天遣西來亦大奇眼中滙是少陵詩虎牙銅柱爲我好

却勝先生出峽時

書影六 宋王忠文公集五十卷（原大）
翔雲徐炯文光緒二年之重刊本附錄年譜一卷　今藏於日本東京大學　台大藏本紙質已朽腐破碎

梅溪王忠文公年譜

宋徽宗政和二年壬辰十月十八日公生公生有異兆眉濃垂目深神藏少穎悟強記覽日誦數千言無他嗜好

徽宗宣和七年乙巳公十四歲讀書鄉塾操筆即有憂世拯民之志

高宗建炎二年戊申公十七歲讀書鄉塾有感時傷懷詩

建炎三年己酉公十八歲讀書邑之金溪招僊館

建炎四年庚戌公十九歲讀書金溪有駕幸溫州詩

高宗紹興四年甲寅公二十三歲時尚力學見朝廷艱虞心懷忠憤每發於詩歌

紹興五年乙卯公二十四歲邑建新學公作縣學落成

宋王忠文公集附年譜　一

書影七

題宋十五家詩選，含王十朋詩選一卷，日本文政十年昌平坂學問所重刊本，書現藏於日本京都大學
黑口，左右双框，上下單框，框長十九·四公分寬一三·四公分

宋十五家詩選

東海 陳訏 輯

王十朋 字龜齡，溫州樂清人，少穎悟，長有文行，從徒梅溪，紹興末高宗親策士，擢第一，授紹興府簽判，召爲秘書郎，兼建王府小學教授，除著作郎，選大宗正丞，請祠歸。孝宗受禪，起知嚴州，拜司封郎中，累遷國子司業，除起居舍人，陞侍講，起居郎，改除吏部侍郎，力辭，出知饒州，移知夔州、湖州，請祠，起知泉州，除太子詹事，以龍圖閣學士致仕，卒，詩有梅溪集。

朱文公云：公平居無所嗜好，顧喜爲詩，渾厚質直，惻怛條暢，如其爲人。

梅溪晚始登第，一生肆力稽古，詩章蘊藉渾厚，集中詩推尊昌黎不置，可知本領所自來矣。

宣和乙巳冬大雪次表叔賈元實韻

天工昨夜屑瓊華，三尺濛濛曉更加，柳不待春先起絮，梅

梅溪詩選 一

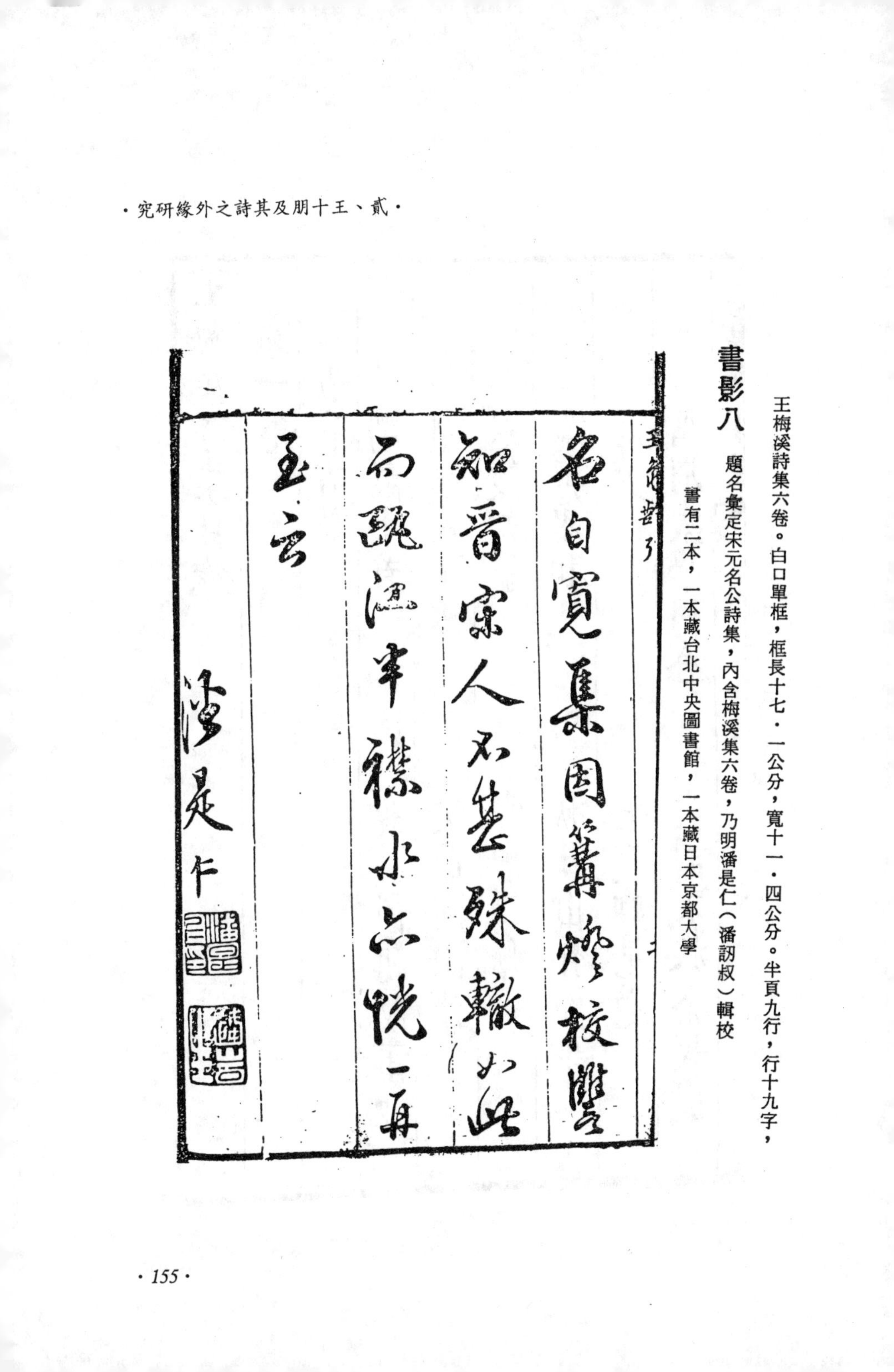

書影八 王梅溪詩集六卷。白口單框，框長十七．一公分，寬十一．四公分。半頁九行，行十九字，題名彙定宋元名公詩集，內含梅溪集六卷，乃明潘是仁（潘訒叔）輯校書有二本，一本藏台北中央圖書館，一本藏日本京都大學

王梅溪詩集目錄

第一卷

五言古詩

甽畝十首　觀國朝故事四首
瀧瀧岸下水　次韻劉謙仲
送凌知監　寄僧覺無象
覺無象和　秋日山林即事
思友　毛虞卿見過
留別太學同舍　次韻表叔余叔成

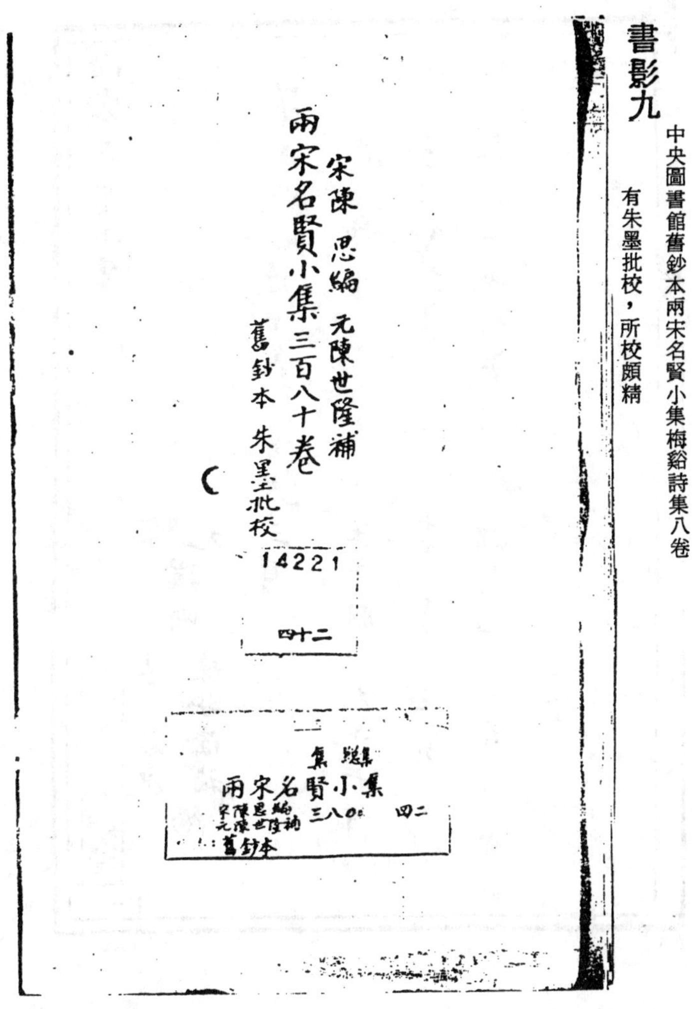
兩宋名賢小集三百八十卷
宋陳思編 元陳世隆補
舊鈔本 朱墨批校
14221
四十二
集 總集
兩宋名賢小集
宋陳思編
元陳世隆補
舊鈔本
三八〇 四二

書影九

中央圖書館舊鈔本兩宋名賢小集梅谿詩集八卷

有朱墨批校，所校頗精

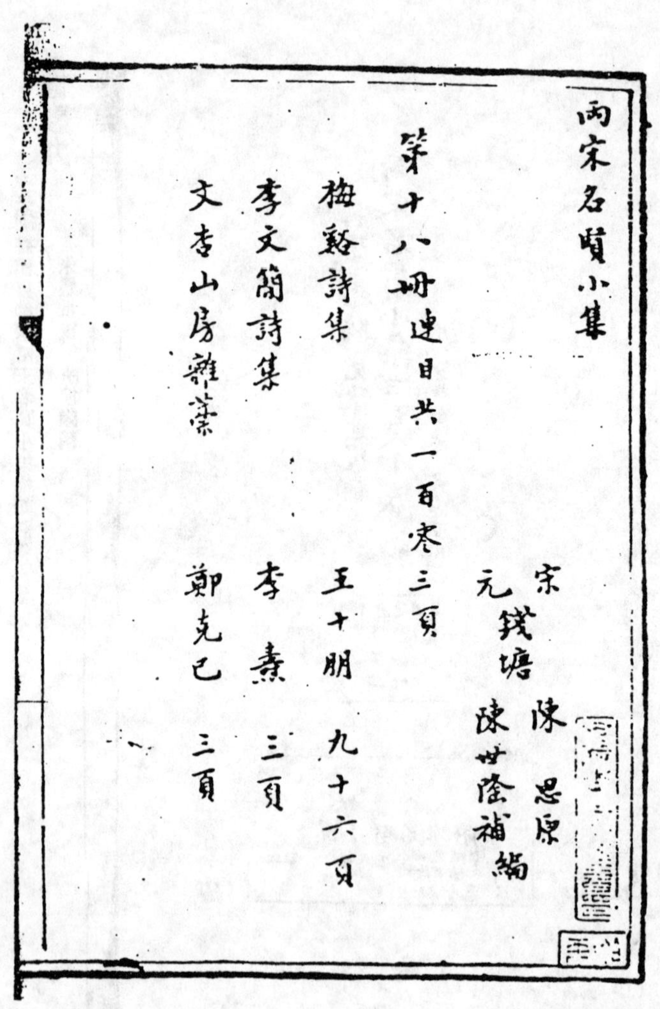
兩宋名賢小集

宋 陳思原
元錢塘陳世隆補編

第十八冊連目共一百叁三頁

梅谿詩集 王十朋 九十六頁
李文簡詩集 李燾 三頁
文杏山房雜藁 鄭克己 三頁

書影十

會稽三賦原有集外別行者

此本陶湘所輯託跋廛叢書本（影宋本，有明嘉定年間史鑄序）

現藏南港史語所

甲子春正月陽湖

陶氏涉園重雕

會稽之山川風物載于圖經地志者固不少也然人一一泛觀則興易盡屑屑徧讀則神且疲儻非有所去取纂次成文爲能資於玩繹紹興間僉事王公以射策魁多士入官越幕賛治之暇乃於圖志掇其赫奕之事迹志謂輿地志之類今賦注所引皆會稽志一書非先生作賦之前所有者加以舊傳新覩可紀

第三章　王十朋年譜

王氏十朋謝世後七百年，始有徐氏炯文所編之「梅溪王忠文公譜」。徐氏顯揚先生之德厥功甚偉矣，顧年譜簡略，偶有白璧之瑕，稍有光大不足之憾焉。定國定海後學，去先生八百餘年也，今修撰先生之年譜，取參校方便，而敘事詳明爲要，綜括先生之生平、交遊、事功、作品統一編年敘述，其體例略依先賢，分時事、生活、作品及備考四項，務期綱舉目張而條分縷析，讀年譜如見其人，惟王氏年譜可卓參者僅一種，今既爲之擴張，亦頗有開新之處，第求之精確，實有不敢，倘有闕失，尚祈行家訂正。謹編列如次：

宋徽宗政和二年，壬辰（西元一一一二）一歲。

【時事】

二月，蔡京復太師致仕，賜第京師。四月，詔縣令以十二事勸君於境內，躬行阡陌，程督勤惰。

十二月，行給地牧馬法以武信軍節度使童貫爲太尉。是歲蜀夷內附，日南至、高麗入貢。

（資料出自宋史、宋史新編、宋史記事本末、南宋書；後同此）

【生活】

十朋生於是年十月二十八日。公生有異兆，有云乃舅公賈處嚴（宋之高僧）之後身，因眉濃黑而垂，目深而神藏，又喜詩文之故。

十朋生於壬辰年，庸無異議。據梅溪集（前十七）大井記曰：「……宣和壬寅，大父得疾服藥，思鯽魚，……遂垂釣於井，獲巨鱗，予時年十有一……」由此逆推知生於此年也。又據汪應辰撰「有宋龍圖閣學士王公墓誌銘」曰：「……乾道……七年三月除太子詹事……乃詔以龍圖閣學士致仕，命下而公薨矣，實七月丙子也，享年六十。」此亦推知壬辰年生也。猶有直接之證據可查，乃梅溪集（前十九）「記人說前生事」直述生年，原文云：

……至政和壬辰之正月（嚴闍梨塔銘云：正月二十日），吾師卒。……是月汝母有娠，至十月而汝生。吾師眉濃黑而垂，目深而神藏，兒時能誦千言，喜作詩，人以汝眉目及趣好類之……故云。

至於出生之月日，徐炯文所編年譜載「十月十八日」，第梅溪集前四卷詩題曰：「十月二十八日母氏劬勞之日也」足見徐氏錯誤顯然。

【備考】

(一) 舅公賈處嚴（祖母賈氏之兄）卒於是年。舅公出家後名號爲「嚴伯威」又稱「嚴闍梨」，乃永嘉禪林大師。鄉人多云王十朋乃其後身，是以能中狀元。

(二) 好友孫𩪾是年三歲，𩪾係十朋早年（十八歲相識）之至友，乃啓發十朋早期詩風之人。

(三) 老友劉光是年三十二、三歲（約生於神宗元豐四、五年），値壯年豪氣可掬，書劍江湖。宋高宗建炎四年。光約五十二、三歲始遇十朋於湖山湖邊，文字論交，意氣相得，終成忘年至友。劉氏善作五言，詩才艷射，比暗室之明珠，然科場不得志，沈淪而騷憂，客死橫陽（今浙江平陽縣北）於十朋之詩風有長遠之影響，十朋嘗爲之編「南浦老人詩集」。

宋徽宗政和三年，癸巳（西元一一一三）二歲

【時事】

正月，追封王安石，及子雱配饗文宣王廟。二月，崇恩太后暴崩。因遼、女眞相持，詔河北治邊防。三月，賜上舍生十九人及第。十月，詔冬祀大禮及朝景靈宮，並以道士百人執威儀前導。十一月饗太廟，大赦天下。十二月，詔天下訪求道教仙經。是歲，江東旱，溫、封、滋三州火。

【生活】

十朋母萬氏，樂清人，十四歲壙王氏❶。生於宋神宗元豐六年（癸亥，西元一〇八三年）卒於宋高宗紹興十九年（乙巳，西元一一四九年），萬氏三十歲生十朋，是年三十一歲矣。十朋父王輔，字安民卒於紹興十二年❷，生於宋神宗元豐六年（西元一〇八三年）以前（十朋母十四歸王氏，則王氏按常理當大於十朋母，又自十朋之大姑可推知十朋父生於一〇七〇—一〇八〇之間）。是年十朋長姊六歲（生於西元一一〇八年，卒於一一六四年❸）。十朋受惠於父母、長姊頗多，家庭以業農轉爲業儒，其經濟仰賴長姊支撐處尤爲事實，十朋曾有意爲長姊撰墓志銘，適因自饒州轉任夔州而不能如願。

❶宋王之望漢濱集卷十五頁十三「故萬氏夫人墓誌銘」云：「未笄歸里人居士王君」，由此推知年未十五即嫁與十朋之父王輔。

❷徐炯文作王忠文公年譜云：「紹興十一年辛酉，公三十歲，父贈朝散郎（諱輔父）謝世，公居喪盡禮。」此條之誤有三。贈朝散郎，乃十朋為官後所追贈，此條說明不確，此一誤。十朋父諱輔，非諱輔父，此二誤。十朋父卒於紹興十一年辛酉，不知據何而云，遍查梅溪集，未有明言，且王父未有墓誌、神道碑之可查，故此係徐氏推想，然未確也。此三誤。然而，十朋父究竟卒於何年？查梅溪前集卷三，辛亥年（紹興元年）十朋父尚能登家之東山。同卷「先君子去世五十日……」一詩，乃最近於十朋父去逝之詩。此詩夾於「讀孫子尙舊所寄書」與「次韻萬喬年李唐英二絕」、「送章生端武」、「乙丑冬罷會呈諸友」、「丁卯秋赴鹿鳴宴次太守趙殿撰韻」、「戊辰閏八月歸臨安……」之間，卷三有確切紀年者有三，即乙丑（紹興十五年）、丁卯（紹興十七年）、戊辰（紹興十八年），三者依年而遞升，顯然見編者有意依年代而編次者。十朋於癸亥秋闕館（紹興十三年：事見梅溪題名賦），故次韻萬松、李杞、送章生等皆紹興十三年也。「讀孫子尙舊所案書」詩云：「一別六年同瞬息」，又前集卷二「懷劉方叔兼簡全之用前韻」詩跋云：「子尙之往浙西，……一別八年……時辛酉季春也，壬戌二月八日，因錄舊稿遂跋于后。由此推知孫嶠浙西之行在紹興四年，至紹興十一年辛酉已八年，卷二「懷劉方叔詩」乃跋於紹興十二年（壬戌），卷三「讀孫子尙書所寄書」，亦作於紹興十二年，上下二卷詩年代亦相承，則十朋父乃卒於紹興十二、三年之間。又癸亥秋闕館，設若此時十朋喪期已滿，如此則壬戌秋（紹興十二年）之前十朋之父已去逝，前紹興十一年「懷劉方叔……」詩前後未言及十朋父之卒，則十朋父當卒於紹興十二年。而徐氏言卒於紹興十一年者非是矣。又後集卷三「聞詩生日」詩云：「汝父初生子，吾親喜抱孫」，詩中語氣十朋雙親健在。聞詩生於紹興十一年十月十六日，則紹興十一年十朋父仍在，則徐炯文王忠文公年譜所云「十朋父謝世，公居喪盡禮」是大謬者矣哉。

❸梅溪後集卷十一「亡姊之葬在九月而不得其日……」此時乃十朋離饒州至夔州過秭歸之中途所作。後集卷十二「初到夔州」詩序云：「甲申七月至饒州……乙酉 十一月朔至夔……」則此九月乃乙酉年九月（乾道元年，西元一一六五年），十骨姊卒年五十七，卒之時十朋在側，則離饒州前之事也，當卒於甲申（隆興二年，西元一一六四年），故推知十朋姊生於西元一一〇六（戊子，大觀二年，是年十朋母二十四歲），頁三三一。

【備考】

(一) 潘翼，與十朋爲文字忘年交。其子潘岐哥，長十朋一歲，又知潘先生淹徊海濱二十餘年，則潘氏蓋生於宋哲宗元祐年間（約西元一〇九二年前後），而卒於宋高宗紹興初年（約西元一一三三年前後），享年四十餘，是以十朋謂之「才豐命嗇」❹。潘氏主盟樂清，聚徒于鹿巖，十朋常受親炙，非惟如此，更因書生窮愁不平之遭遇竟同，十朋感慨殊殷，觀集中文，知十朋敬服潘氏之才情，無以復加，想見十朋十七歲後❺文風當受深刻影響。潘氏伍子胥廟詩云：「大江今古潮聲怒，長爲將軍氣不平。」❻詩中氣勢驚人，端的錢塘潮外猶有不平潮也。

(二) 曾汪。其任職樂清縣尉時主盟鄉校，十朋嘗執經請益，與諸生之列。紹興五年，縣學落成❼十朋作一百韻詩歌頌其事，詩中已寓託鯤鵬九萬里騰飛之志。此曾氏啓之乎？曾氏尉樂清，年已如何？據其「筆硯寒生二十年」語，知爲官時蓋三十歲前後矣，而十朋二十四歲，年齡相去尚未遠。

(三) 王之望。通檢梅溪集，與王之望書三篇而已❽，未有寄詩，或唱和者，此事甚可怪。昔王之

---

❹ 梅溪前集十六「祭潘先生文」及前集卷一「潘岐哥」，頁一九四及七四。

❺ 梅溪後集卷七「九日寄表叔賈司理並引」云：「吾昔從潘先生學，九日登鹿岩，嘗賦詩呈諸長者，時年十七……」，頁三〇三。

❻ 梅溪前集卷四「過萬橋哭潘先生」，頁九四。

❼ 見徐炯文王忠文公年譜。在王忠文公集五十卷內。

❽ 梅溪後集卷二十四「與王運使之望」，頁四二六。

望在太學爲博士，値十朋來學，考校冠太學，十朋自始受異等提拔。紹興十九年十朋母夫人卒，十朋特遣鄭遜志趨王府索撰墓誌銘，其銘於十朋家世多所記載，而賴以保存。紹興二十七年十朋及第，不久轉越爲官而王之望在蜀，十朋曾去函致候，並謝薦拔。十朋宦途騰達，王氏出力極大。集中云：「……省榜已揭，太學得百餘人，可謂盛事，皆出先生疇昔作成教導之賜也。……」又云：「……嘗薦僚屬四人于朝，以某（王十朋）爲首」，且閻安中、梁介、汪應辰等皆受羽翼，則王氏權重有力可知，待十朋之恩尤可知。宋史卷三百七十二云：「之望有文藝幹略，當秦檜時，落落不合，或謂其有守。紹興末年（案四庫全書漢濱集以爲隆興初，是也），力附和議，與思退（案湯思退）相表裏，專以割地啖敵爲得計，地割而敵勢益張，之望迄以此廢焉。」此者之望德行見識之重大瑕疵，亦所以梅溪集中僅三篇書簡而無唱和詩篇之緣故歟？

(四) 王剛中。紹興十五年進士第二人。紹興末，以龍圖閣待制知成都府，制置四川❾。時十朋在越，王剛中嘗「代言西掖，舉以自代」❿，是十朋視爲長官、知己。剛中生於徽宗崇寧三年（西元一一〇四），卒於孝宗乾道元年（西元一一六五），剛中長十朋八歲。

(五) 王師心。政和八年⓫進士及第（案即重和元年進士及第）。紹興二十八年浙東水災，上令師

---

❾ 宋史卷三百八十六王剛中。

❿ 同註❾；又梅溪後集卷二十二「謝王舍人剛中」，頁四二〇。

⓫ 汪應辰文定集卷二十三「顯謨閣學士王公墓誌銘」云：「……登政和八年進士第……」，然宋史無政和八年，近此時之策進士年代有二，其一政和五年三月，其二重和元年三月，是以汪氏所云政和八年即爲重和元年。

心以顯謨閣直學士知紹興府事兼浙東安撫史至越，此際師心爲十朋之直屬上司，始結識十朋而器重之，甚且嘗舉薦十朋任四條旨揮，十朋仕途之支柱，師心亦爲其一。師心生於哲宗紹聖四年（西元一〇九七）卒於孝宗乾道五年（西元一一六九），長十朋十五歲。

徽宗重和元年，戊戌（西元一一一八）七歲

【時事】

正月，赦天下。二月，遣武義大夫馬政由海道使女眞，約夾攻遼。三月，賜禮部奏名進士及第，出身七百八十三人。七月。遣廉訪使六人振濟東南諸路水災。八月詔班御注道德經。九月，詔罷拘白地、禁榷貨，增方田稅，添酒價、取醋息，河北加折耗米、東南水災強糴等事。又詔太學、辟雍各置內經、道德經、莊子、列子博士二員。又用蔡京言集古今道教事爲紀志，賜名道史。是歲，江、淮、荊、浙、梓州（潼川府）水。于闐、高麗入貢。

【生活】

十朋自幼慧穎悟性強。七歲，尚未裹頭，從謝與能（十朋學生）之祖父游，因係童蒙時期，故未解求教。紹興十三年十朋於梅溪大井之南闢館爲私塾，謝與能卻來從游，且交情直至隆興二年尚文章樽酒往來⑫。

---

⑫ 梅溪後集卷七送謝任之三首，頁三〇七。

徽宗宣和三年，辛丑（西元一一二一）十歲

【時事】

正月，方臘陷婺州、衢州。二月，又陷處州。淮南盜宋江等犯淮陽軍，犯京東、河北、入楚、海州界。四月，忠州防禦使辛興宗擒方臘于青溪。七月，童貫等俘方臘以獻；八月以童貫爲太師，方臘伏誅。十月，童貫復領陝西、兩河宣撫。十一月，以張邦昌爲中書侍郎，王安中爲尚書左丞，翰林學士承旨李邦彥爲尚書右丞。是歲，諸路蝗。

【生活】

是歲魔寇方臘率衆犯境，十朋家數千百椽，燎於火，化爲灰燼，獨大觀間所建立新門及大井之亭幸存。十朋家之東南有井深二丈，方不踰丈，水清味甘，夏寒冬溫，歷旱不枯，故謂之大井。大觀間，十朋家作新門，遂拆舊門作井之亭，蓋護蔽井之頂及四周，且四周再作林圍護，植雙桂于南北兩旁，名其亭曰投轄，有留客之雅意⑬。

【備考】

㈠ 是歲虞允文十二歲。生於大觀四年（西元一一一〇），卒於淳熙元年（西元一一七四）。紹

---

⑬ 梅溪前集卷十七大井記，頁一六四。

興三十一年十一月允文大敗金主亮於采石。允文與十朋舊識，曾薦十朋、胡銓、周必大、晁公武等賢士，乾道五年張栻得罪允文，使張栻出知袁州，十朋病中曾與允文書，求留張栻於左司兼侍講之舊職。

(二) 陳康伯，字長卿。生於哲宗紹聖四年（西元一〇九七），卒於乾道元年（西元一一六五）。是年陳康伯二十五歲。陳康伯行事不依阿植黨，但頗能引善類，十朋亦受護持。

徽宗宣和四年，壬寅（西元一一二二）十一歲

【時事】

正月，金人破遼中京，遼主北奔。三月，金人來約夾攻，命童貫爲河北、河東路宣撫使，屯兵于邊以應之，且招諭幽燕。五月，遼人繫敗軍統制楊可世。六月，种師道退保雄州，遼人追擊至城下。帝聞兵敗懼甚，遂詔班師。九月，朝散郎宋昭上書諫北伐，王黼大惡之，詔除名、勒停，廣南編管。金人遣使來議師期。十二月金人入燕，蕭氏出奔。

【生活】

宣和壬寅，十朋祖父得疾服藥，方思食鯽，時正盛暑，不可遽致，十朋父親憂見顏色，遂垂釣于井，竟能獲鱗，十朋時十有一歲，侍立井旁親見之⓮。此事或屬靈異之迹，十朋有文記其事，姑

⓮ 梅溪前集卷十七大井記。

且存其說。

徽宗宣和七年，乙巳（西元一一二五）十四歲

【時事】

正月，詔赦兩河、京西流民爲盜者，仍給復一年。三月，知海州錢伯言奏招降山東寇賈進等十萬人，詔補官有差。七月，河東義勝軍叛，熙河、河東路地震。冬十二月，童貫自太原遁歸京師。金兵至燕山，郭藥師叛，北邊諸郡皆陷。金兵圍太原府，犯中山府。己未，下詔罪己。令中外直言極諫，郡邑率師勤王，募草澤異才有能出奇計及使疆外者。庚申，詔內禪，皇太子即皇帝位。

【生活】

十朋讀書鄉塾，操筆即有憂世拯民之志⑮。十朋少穎悟，強記覽而此時詩作已漸露濟世之鋒芒。

【作品】

有「宣和乙巳冬大雪次表叔賈元實韻」；「㶁㶁岸下水」。

此時作品，尚屬籠統之家國恨，無帝京擾攘之痕跡。

---

⑮ 徐炯文王忠文公年譜。

高宗建炎二年，戊申（西元一一二八）十七歲

【時事】

靖康元年四月，欽宗立子諶為皇太子。九月，梟童貫首于都市。冬十月，貶李綱為保靜軍節度副使，安置建昌軍。辛酉，种師道薨。靖康二年（至五月改元建炎）春正月金人索金銀急。何㮚、李若水勸帝親至軍中，從之，以太子監國而行。二月，帝在青城，自如金軍。丁卯，金人要上皇如青城。又盡取諸王孫、皇后、皇太子入青城。三月，金人立建邦昌為楚帝。脅上皇北行。四月，金人以帝及皇后、皇太子北歸。建炎元年，五月康王登壇受命，即位于南京，改元建炎，是為高宗。九月王彥與金人戰，敗績，其裨將岳飛引部曲自成一軍。建炎二年，春正月，帝在揚州。錄兩河流亡吏士，沿河給流民官田、牛、種。復明法新科。二月，金人再犯東京，宗澤遣統制閻中立等拒之，中立戰死。金人陷唐州，犯滑州。三月，金人陷中山府。四月，宗澤遣將趙世興復滑州。五月，金兵渡河，遣韓世忠、宗澤等逆戰。七月，建州卒葉濃作亂，復還建州，命張俊討之。宗澤薨。八月，御集英殿策試禮部進士，九月賜禮部進士李易以下四百五十一人及第出身。十一月，張俊擒斬葉濃。是冬，杜充決黃河，自泗入淮以阻金兵。

【生活】

讀書鄉塾⑯。

---

⑯ 徐炯文王忠文公年譜。

【作品】

有「傷時感懷」二首：「觀國朝故事」四首。此時作品趨向於議論時政，往往有感而發。

定國案：「傷時感懷」詩句有「干戈今日猶未定」、「帝鄉五載亂離中」（靖康元年金人犯京師）、「二聖遠征沙漠北」（建炎元年二帝在金人軍中），故知作品宜列於建炎三年左右，然徐炯文列屬今年，今暫從之。又「觀國朝故事」詩句有「銜命虜庭人，偷生眞婢妾」，已見國破離亂之跡，故置之此。十朋第一卷作品年次先後並未強分，編者置「畎畝十首」、「觀國朝故事四首」於前列，或有深意焉。

高宗建炎三年，己酉（西元一一二九）十八歲

【時事】

正月，帝在揚州。金人一再陷青州，焚城而去。二月，始聽士民從便避兵。三月，帝在揚州，閹官用事恣橫，諸將多疾之。癸未，苗傅等迫帝遜位于皇子魏國公，請隆祐太后垂簾同聽政。是夕，帝移御顯寧寺。甲申，尊帝居睿聖宮，大赦。三月，乙巳，呂頤浩、張浚發平江，丁未，次吳江，奏乞建炎皇帝還即尊位。朱勝非召苗傅、劉正彥至都堂議復辟，傅等遂朝睿聖宮。四月，太后下詔還政，皇帝復大位。六月，皇太后至建康府，辛酉，以久陰，下詔以四失罪己。七月，苗傅，劉正彥伏誅。辛卯，升杭州爲臨安府。九月，諜報金人治舟師，將由海道窺江浙，遣韓世忠控守圌山、福山。辛亥，次平江府。十月，帝至杭州，復如浙東；庚寅，渡浙江。十一月，金人至太

和縣，太后自萬安陸行如虔州。己巳，帝發越州，次錢清鎮。庚午，復還越州。辛未，兀朮入建康府。癸酉，帝如明州。十二月，壬午，定議航海避兵。乙丑，帝乘樓船次定海縣。庚子，移幸溫、台。

【生活】

讀書邑（樂清）之金溪招僊館，十年鄉校生活始於此年⑰。

高宗建炎四年，庚戌（西元一一三〇）十九歲

【時事】

正月，御舟碇海中。帝次台州章安鎮。金人陷明州，帝泊溫州港口。二月，金人陷潭州，又自明州引兵還臨安。丁亥，金人陷汴京。庚寅，帝次溫州。三月，命發運司說諭兩浙富民助米，以備巡幸。辛酉，御舟發溫州。四月，帝駐越州。甲申，下詔親征，巡幸浙西。六月，岳飛破戚方于廣德軍。戚方詣張俊降，庚寅，召韓世忠卒兵赴行在。七月，張浚罷曲端都統制。張浚獻黃金萬兩助軍用。韓世忠，張俊並罷。庚申，以岳飛爲通、泰州鎮撫使。九月，徽宗皇后鄭氏崩于五國城。劉豫潛位于北京。金人陷楚州。十月，秦檜自楚州歸于漣水軍丁禩水砦。十一月秦檜爲禮部尚書。金人陷泰州。十二月，安南請入貢，卻之。是歲宣撫處置司始令四川民歲輸激賞絹三十三萬匹有奇。

---

⑰ 徐炯文王忠文公年譜。

【生活】

讀書金溪，與僧覺無象往來唱酬。

【作品】

有「賀幸溫州次僧宗覺韻」詩。

高宗紹興元年，辛亥（西元一一三一）二十歲

【時事】

正月，帝在越州，帥百官遙拜二帝，不受朝賀。下詔改元。岳飛引兵之洪州，金人犯揚州。二月，宜章縣民李冬至二作亂。辛巳，以秦檜參知政事。四月，隆祐皇太后崩。八月，以秦檜爲尚書右僕射、同中書門下平章事兼知樞密院事。九月，後以呂頤浩爲尚書左僕射、同中書門下平章事兼知樞密院事。辛酉，詔：四方有建策能還兩宮者，實封以聞，有效者賞以王爵。十月，兀朮攻和尚原，吳玠及弟璘力戰，大敗之，兀朮僅以身免。

【生活】

九月九日十朋侍其父，同孫子淵、子昭、子尚兄弟登高于家之東山，時菊花未開，坐客皆以爲恨，其後十月十五，十朋獨步東籬畔，昔日青枝已爛熳矣。[18]。十朋今年所結交至友有劉光、孫碻、

---

[18] 梅溪前集卷一「辛亥九日侍家君……」，頁七三。

毛宏等……。經良父益友之熏陶，十朋見識及詩作彌成熟矣。此時已知晝夜學韓文；且有欲仕之心。

【作品】

有「辛亥九日侍家君……」；「答毛唐卿虞卿借昌黎集」；「送淩知監赴玉環次覺無象韻」；「次韻謙仲見寄」；「畎畝十首」等。

「畎畝十首」詩有「儒冠誤身世，偃蹇二十年」句，可推知此十首作品之年代為十七歲至二十歲所作。

高宗紹興二年，壬子（西元一一三二）二十一歲

【時事】

正月，帝在紹興府。詔復置賢良方正直言極諫科。丙午，帝至臨安府。三月，命桑仲收復陷沒諸郡，仍命諸鎮撫使互相應援。四月，賜禮部進士張九成以下二百五十九人及第、出身。十一月，湖南盜賊悉平。十二月，癸卯，川陝宣撫司類試陝西發解進士，得周謨等十三人，以便宜賜進士出身。是冬，金人犯和尚原，將士乏食自潰，吳璘拔砦棄去。

【生活】

是歲秋，南浦老人劉光喪于櫎陽，訃至十朋哭之悲，乃發囊得遺稿數十首詩，都暮年窮愁之作，編爲南浦老人集。又鄞縣吳秉信教授東嘉，乃李太守端明所延聘之幕客。十朋在縣學方獲執弟子禮，吳氏飄然辭歸四明侍奉慈親，十朋憾甚！十朋至縣學受業似從今年起。

【作品】

有「南浦老人詩集序」、「送吳教授秉信歸省序」等。

【備考】

吳秉信，宣和三年進士及第，十朋「送吳教授秉信歸省序」云：「青衫不調始一星終矣，頃以朝廷之命，主師席於東嘉……不期年而士子皆有所衿式」，推知吳氏歸省之期爲紹興元、二年間，今暫置此。且「南浦老人詩集序」作於紹興二年，此「送吳教授歸省序」置之前列，則吳秉信歸省前之期必在紹興二年之前矣。

高宗紹興三年，癸丑（西元一一三三）二十二歲

【時事】

正月，帝在臨安。二月，金人分兵攻饒風關，破關，四川大震。金兵深入至金牛鎭，疑有伏，由褒斜谷引兵還興元，吳玠、劉子羽進擊其後，殺獲甚衆。六月，置國子監及博士弟子員。岳飛平

虔群盜。七月，復置博學宏詞科，初許仕子就試。十月，罷諸路類省試。十一月，復元祐十科舉士法。是歲，海寇黎盛犯潮州，焚民居毀城去。

【生活】

十朋家貧親老，未赴鄉試。好友毛宏嘗笑其作詩而不事舉業⑲。十朋與表弟季仲默同年，二人弱冠時，並與孫皜交，嘗各出詩，編爲一集⑳。季之詩有滋味，才氣高，十朋推許備極，云：「我久事章句，滋味一盃水。平生況多愚，於己不自揣。林間等蟬噪，井底作蛙視。今焉見君詩，今亦暫附此。吾誠二蟲比。豈敢妒且熱，低頭拜不止。思欲和其音，兀坐輒忘起。沉吟竟不成，徒覺倦兩髀。徒（此字涉上有誤，疑作從）今焚筆硯，不復坐書几。」時，十朋交往之鄉校友八人，有八叟之號，八人即季仲默（勁叟）、劉鎮、毛宏、孫皜、姜大呂（渭叟）、王十朋、劉銓（溫叟）、陳商靈（可叟）。

【作品】

有「寄毛虞卿」、「次韻劉方叔見寄」、「寄方叔」、「湖邊懷劉謙仲」及「次韻季仲默見寄」等詩。

劉光卒於紹興二年，則「湖邊懷劉謙仲」之作宜在三年，而「次韻季仲默見寄」介於元年至

---

⑲ 梅溪前集卷一頁七四「寄毛虞卿」。

⑳ 梅溪後集卷二十七「跋季仲默詩」，頁四六四。

三年間，今暫置此。至於「潘岐哥」一詩，疑亦作於此年，然詩序提及岐哥生於辛卯秋則長十朋一歲，詩序又言次歲孟春潘翼來書求贈岐哥之詩，此中「次歲」兩字語焉不詳。且詩中明白講小兒之貌，則「次歲」與「辛卯」必有一事誤矣。

【備考】

季仲默生於政和二年十一月十五日，卒於紹興二十二年，享年四十。

潘翼生年約五十餘（祭潘先生文云：「二十餘年淹徊海濱」，過萬橋器潘先生：「投老西游志不成」，時潘氏已死。此時乃十朋於紹興十八年省試側翅歸後之作，作品約紹興十八至二十年間，而紹興十一、二年十朋尚有「次韻潘先生寒食有感詩」，則潘翼亡於紹興十一至二十年間。十朋作「潘岐哥」詩時，潘氏年已長，故推測潘翼中年得子，享年約五十餘。

高宗紹興四年，甲寅（西元一一三四）二十三歲

【時事】

正月，帝在臨安。八月，以岳飛爲湖北荆襄潭州制置使討湖賊。九月，以趙鼎爲尚書右僕射同中書門下平章事兼知樞密院事。十月，與趙鼎定策親征。十一月，始下詔聲劉豫逆罪，諭親討之旨，以厲六師。

【生活】

是年仲冬望日，十朋睹舅公釋處嚴之詩「醇重典實不尙浮靡」而其文「文詞雄偉，膾炙人口」，故爲之推揚而作文集序不使淹沒。季冬，十朋讀高宗親征詔書，哀痛切骨，胸中輾轉難已，作詩抨諸將之專橫無功，憂國雪恥之念意氣奮發。是歲好友孫嵩有浙西之役，而舉遷家太湖之濱，從此孫郎不見。

【作品】

有「潛澗嚴闍梨文集序」、「讀親征詔書二首」、「送子尙如浙西」等。

高宗紹興五年，乙卯（西元一一三五）二十四歲

【時事】

正月，帝在平江府。詔群臣各條上攻戰備禦措置綏懷之策。六月，岳飛急攻湖賊水砦，湖湘悉平，得戶二萬七千，悉遣歸業。九月，賜禮部進士汪洋以下二百二十人及第、出身。十月，詔川、陝類試合格第一人依殿試第三人例推恩，餘並賜同進士出身。

【生活】

樂清縣學新建落成，祀事既畢，賢大夫與邑之多士講鄉飲酒禮，一時魯泮偉觀也。十朋爲作五言律詩百韻，歷敘縣學源起、董斯役之功德、新學之新氣象及力學者之有志竟成等諸端㉑。

㉑ 參見徐炯文王忠文年公譜。

【作品】

有「縣學落成百韻」詩。

【備考】

樂清縣學紹興元年燼於火，此為新建，卜地於邑之隆儒坊，今歲落成。（林季仲竹軒雜著卷六，溫州樂清縣學記）

高宗紹興七年，丁巳（西元一一三七）二十六歲

【時事】

正月，帝在平江，下詔移蹕建康。二月，以岳飛為太尉、湖北京西宣撫使。己未，帝發平江。三月，次丹陽，韓世忠入見，命世忠扈從，岳飛次之。辛未，帝至建康。岳飛乞併統淮西兵，以復京畿、陝右，許之，命飛盡護王德等諸將軍。既而秦檜等以合兵為疑，事遂寢。四月，以張浚累陳岳飛積慮尋在併兵，奏牘求去，意在要君，遂命兵部侍郎張宗元，實監其軍。六月，改上惠恭皇后謚恭皇后。岳飛引過自刻，詔放罪慰諭之。丙辰，岳飛復職。

【生活】

韓世忠退保浙西丹陽，州縣議結鄉兵。因而閭巷少年貫弓走馬，而面帶得色，十朋有感捷報不多，

征戰連連，少年不知國愁，甚憂之。是年，表叔賈如規赴省試，且鄉人自宣和三年罷三舍法後，已歷紹興元年直言極諫科，二年禮部進士科，三年博學宏詞科，五年禮部進士科，均無占名者，故十朋作詩送之，以預祝高中。

【作品】

有「聞韓師世忠退保丹陽，遠近憂，……感而有作」；「送表叔賈元範赴省試（附序）」等。

高宗紹興十年，庚申（西元一一四〇）二十九歲

【時事】

二月丁卯罷史館，以日曆歸秘書省，置監修國史官。五月，金人叛盟，兀朮等分四道來攻。金人陷拱州、南京、西京、永興軍、趨鳳翔。六月，以韓世忠太保、張俊少師、岳飛少保並兼河南、北諸路招討使。壬子，兀朮及宋叛將孔彥舟等帥眾十餘萬攻順昌府，劉錡率將士殊死戰，大敗之。九月，秦檜專主和議，諸大帥皆還鎮。

【生活】

今秋，十朋敗舉，欲廢春秋經而用賦。觀「述懷」一詩，十朋廢於舉業已者有多次。

高宗紹興十一年，辛酉（西元一一四一）三十歲

【時事】六月，加秦檜特進。七月，秦檜上徽宗實錄。八月，罷岳飛。十月，下岳飛、張憲大理獄，命御史中丞何鑄、大理卿周三畏鞫之。十一月，兀朮遣審議使來，始定議和盟誓。十二月，賜岳飛死于大理寺，斬其子雲及張憲于市，家屬徙廣南，官屬于鵬等論罪有差。

【生活】宣和三年方臘犯溫州，十朋家廬遭焚，迄今已二十年。十朋閒居賦詩「幽居三詠」，其一即黃楊，乃兒時封植，劫後之餘，蓊鬱可愛。今年縣尉曾汪易任青田，曾氏乃十朋縣學之恩師。十朋述懷場屋失利心幾折，心緒愁亂，且友好孫皜、姜大呂、劉鎮等俱不在眼，愈益失意，惟是年十月十六日生長子聞詩。是年再送叔父賈如規，友劉鎮劉銓赴省試，劉銓明年中進士，餘皆不中。

【作品】有「幽居三詠」；「縣學別同舍」；「次韻曾尉易任青田留別」；「述懷」；「送元範赴省」；「送劉政孫」；「送劉全之」等。

【備考】

姜大呂，號渭叟。負逸才，豪氣者也。而不修細行，惡有所不掩[22]。姜氏乃十朋深交八叟之一，年疑與十朋相當，有聲名而無功名。紹興十一年以後似魚雁不繼，未見消息，人生眞如斷線箏。十朋初期詩風，有經其指導者。

高宗紹興十二年，壬戌（西元一一四二）三十一歲

【時事】

四月，賜禮部進士陳誠之以下二百五十四人及第、出身。七月，福州簽判胡銓除名，新州編管。八月，帝易緦服，奉迎徽宗及顯肅、懿節二后梓宮至。是月鄭剛中分畫陝西地界，割商、秦之半畀金國，存上津、豐陽、天水三縣及隴西成紀餘地，棄和尚、方山二原，以大散關爲界。

【生活】

今年二月八日因錄舊稿，念及孫皓、劉鎭、姜大呂、劉銓等諸友。是歲十朋父親（諱輔字安民）即世，十朋居喪盡禮，後因十朋故，追恩贈朝散郎。後五十日，十朋入四友室（十朋有四友堂記，歷記父親生平高潔志趣，作於其父在世時）睹父親平生所遺經史事業，深念年來未能一第報親，不禁哀號痛哭，絕而復蘇。

---

[22] 見梅溪前集卷十九「雜說」，頁一九九。

【作品】

有「懷劉方叔兼簡全之用前韻」；「讀孫子尙舊所寄書」；「悼僧德芬」；「次韻潘先生寒食有感三首」；「先君子去世五十日，孤某入四友室……書四十字以寄罔極之思」等。

高宗紹興十三年，癸亥（西元一一四三）三十二歲

【時事】

正月，增建國子監太學。復兼試進士經義、詩賦。二月，立太學及科舉試法。八月，遣鄭朴等使金賀正旦，王師心等賀金主生辰。十二月，建秘書省。增太學弟子員二百。

【生活】

今年仲春，至友孫皜傳書，謂將從伯氏於天台，必命駕來尋。不意，「望車音兮杳杳，鬱吾懷兮不舒。」孫氏不果來，而後竟終身分袂。癸亥秋，十朋謀生計，遂闢家塾於大井之南，衆徒薦從者十人。至紹興二十年，作育學生人數已逾一百二十二人。

【備考】

徐炯文王忠文公年譜以爲紹興十四年「公……學成行尊，授徒梅溪，遠近從遊者率知名士」此誤矣。十朋自癸亥秋已授徒，梅溪題名賦可証，茲不贅述。徐氏此條注云：「公孝友天性，進退取

予必以義下逮，燕笑無一不軌於正，所學自孔孟下，惟韓文公、歐陽公、司馬溫公是師，通六經，尤長於春秋。」此段文字能察微知著頗可取，且附此焉。

高宗紹興十五年，乙丑（西元一一四五）三十四歲

【時事】

正月，御大慶殿，初行大朝會禮。己未，分經義、詩賦為兩科取士。二月，增太學弟子員百人。四月，賜禮部進士劉章以下三百人及第、出身。辛丑，復增太學弟子員二百。十一月，罷明法新科（原去年七月立明法科兼經法）。

【生活】

今年，先父之友陳景公過逝，十朋挽詞有：「三年落盡思親淚，今日登門又滿襟。」乙丑冬，十朋書齋之館罷會，諸生各自歸家，而十朋乘閒遊黃巖，宿妙智院、慶善寺，又遊天台山，過新昌、觀石佛、觀曹娥廟，又遊靈峰，出雁山、於關嶺遇雪，復過鑑湖，獨酌月夜，一路緣遊賦詩，有千里蝸角爭浮名鄉心孤寂之感。旋赴太學補弟子員。

【作品】

有「陳景公挽詞二首」；「次韻萬喬年、李唐英二絕」；「送章生端武」；「送羅生少陸」；「送

茹生履」；「乙丑冬龍會呈諸友」；「江上遇風二絕」；「宿黃巖妙智院」；「過黃巖」；「宿慶善寺」；「過天台」；「過新昌」；「觀石佛」；「戴溪亭」；「曹娥廟」；「宿驛奥」；「題靈峰三絕」；「出鴈山」；「關嶺遇雪」；「過鑑湖二絕」；「月夜獨酌」；「太學寄夢齡、昌齡弟」等詩。又有「祭孫子尚文昭」（昭字疑衍，及涉陳景韶之韶字而衍，疑原編此二文先後相承）；祭「陳景韶文」。前卷五「乙丑冬西游觀南明石像作詩一絕……」証明前卷三「觀石佛」前後諸詩確係紹興十五年作品。

【備考】

(一) 孫皜嘗與十朋聯席於縣學金谿讀書，當年白雪陽春頻相和。一別十年，孫郎家益貧，徘徊太湖，少壯而困死。孫皜，開封人，家於會稽，生於西元一一一四年，卒於一一四五年（紹興乙丑年孟夏四月）。其頗影響十朋終身之詩風。

(二) 陳景公。乃十朋父執。與十朋乃通家之好。平生大量而重諾，風義尤高，鄉人敬服。逝於紹興十五年。家業幸有桂兒承。家之園有怡顏亭，今卜葬其上。

(三) 叔父賈如規今年中鄉貢進士（說見紹興十七年）。

【時事】

高宗紹興十六年，丙寅（西元一一四六）三十五歲正月，增太學外舍生額至千人。二月，割金州豐陽縣、洋州乾祐縣畀金人。建秦檜家廟。三月，建武學，置弟子員百人。造秦檜家廟祭器。七月，張浚上疏論時事，落節鉞，連州居住。十月，帝觀新作禮器于射殿，撞景鐘，奏新樂。

【生活】

十朋赴補太學。是歲，十朋生幼子孟丙。

高宗紹興十七年，丁卯（西元一一四七）三十六歲

【時事】

四月，詔：趙鼎遇赦永不檢舉；昔貶所潮州錄事參軍石恮待趙鼎厚，除名，潯州編管。十一月，復賜進士聞喜宴。

【生活】

秋，十朋赴太守鹿鳴宴。今年春柳時離家，秋菊時返家。不久，又整裝赴省，過雁山去鄉八百里外。紹興十六年、十七年十朋皆在太學讀書。

【作品】

有「丁卯秋赴鹿鳴宴次太守趙殿撰韻」；「赴省治裝有感」；「再過鴈山三絕」；「別太學同舍」等。

【備考】

㈠八年之間，十朋如臨安赴補太學弟子員凡五次。估計此五次乃自乙丑冬始首次（紹興十五年），紹興十六年第二次，紹興十七年第三次，紹興十九年第四，紹興二十二年第五次。十朋在賢關共十二年（至紹興二十六年止，二十七年中進士）

㈡表叔賈如規前此已高中鄉貢進士（疑紹興十五年及第）。今年樂清令即趙敦臨字庇民，四明人。（林季仲竹軒雜著卷六溫州樂清縣學記）

高宗紹興十八年，戊辰（西元一一四八）三十七歲

【時事】

四月，庚子，秦熺乞避父子共政，以爲觀文殿學士、提舉萬壽觀，兼侍讀、提舉秘書省。壬寅，命秦熺恩禮視宰臣班次，亞右僕射。甲辰，賜禮部進士王佐以下三百三十人及第、出身。是夏，浙東、西、淮南、江東旱。

【生活】

紹興十八年，十朋春官落第，至會稽復返太學追補，孟夏與萬大年等分手。七月萬先之歸，八月萬申之歸，閏八月十朋始歸。途中觀舊題（紹興十一年）幽居三詠詩句有「時時助我毫端興，宜與江山共策勳」眞感慨萬端。十月十九日雷，二十一日雪。十一月七日至東山省墳，感弔先府君，尙記舊時題壁詩有「山光水色兩依依」之句。十一月十一日過萬橋，是夕會飲先之家，同銜杯者四人，大年、先之、申之、十朋。酒醉，誦昌黎贈張秘書詩，仲冬二十二夜，讀韓詩永貞行，感慨柳子厚之少躁飛騰，身陷醜黨，士之妄進者宜戒之。仲冬二十三夜，十朋坐六行堂，對短檠誦昌黎詩，思友人劉長方。孟冬，雷聲大振，三日飛大雪，天頃刻變凜冽。通家萬先之送巨礪百房，十朋和韓詩以謝。黃岩施生來從夢齡游，施生善撫琴，於季冬之朔，初夜，坐南窗撫之，十朋和韓詩以贈。夢齡弟，感微恙，十朋和韓詩，以抒其鬱抑。友人周光宗，去年曾與十朋共西征，今冬又赴補太學，十朋和韓詩送之。季冬十六日，和韓詩寄曹夢良，以解思念。

今年，好友劉鎮之岳父翁府君及表叔陳景韶先後俱逝。十朋叔父寶印師，居止庵。今年十朋題詩西軒壁，令甲乙二子研墨捧硯，幼子僅三歲孟丙嬉戲於側，十朋笑問：「汝十年後能詩乎？」孟丙稚聲曰「能。」，餘二子顧父而笑。

【作品】

有「戊辰閏八月歸臨安觀舊題脩竹楊丁香慨然有感，後書三絕于後」；「次韻寶印叔題止庵三絕」；「翁府君挽詞」；「十月十九日雷二十一日雪」；「次韻表叔余成示兒」；「表叔陳景韶挽詞二首」；「詠述師葡萄」；「十一月七日東山省墳……因成一絕」；「寄萬大年」；「萬季梁和詩留別再用前韻」；「將過萬橋用前韻寄大年先之」；「種蘭有感」；「再用前韻」等。

自紹興十八年起十朋和韓詩，作品有「和秋懷十一首」；「和符讀書城南示孟甲孟乙」；「和醉贈張秘書寄萬大年先之申之」；「和縣齋有懷四十韻」；「和桃源」；「和永貞行」；「和短燈檠歌寄劉長方」；「和苦寒」；「和南食」；「和聽潁師琴」；「和憶昨行示夢齡」；「和燕河南府秀才送周光宗」；「和答張轍寄曹夢良」；「己巳元日讀送楊郎中賀正詩，因和其韻」；「人日過雷山，隨行有昌黎集，因讀城南登高詩，遂次韻，留別孫先覺」；「和李花」；「和答柳柳州食蝦蟆」；「和韓退之晚菊贈喻叔奇」；（以下後卷三）「夜讀書于民事堂，意有所感，和韓公縣齋讀書韻」

【備考】

㈠翁府君，翁萬春之父，有婿劉鎮。詩禮傳家，教子有方，子與婿俱登科，故場屋收功不在身。

㈡陳景韶，十朋表叔。有甥毛宏。其卒於紹興十八年，享年五十。陳氏昔在少年父兄早亡，孑然一身，奮力有成，家既富饒，襟義彌篤。遺有二子，俊秀有餘，詩書三世，當有後福。十朋嘗受知最深，故爲作挽詞二首，祭文一篇。

㈢劉長方。約自建炎三年以來與十朋游。二人平日偃蹇之跡大略相似，鄉校共牢落，大學同淒涼，紹興十七年秋，二人同與上庠薦，次年春，劉氏登士乙科，可爲七十老父壽。紹興二十七年十朋客幕於會稽，劉氏官豫章司戶。紹興三十一年，劉氏尚自豫章寄書稱砮焦蠣房之美味。而後不見二人酬唱詩文，疑十朋詩原有佚篇。劉氏嘗作燈銘，有「空洞其腹，其方其形。室焉斯道，晦焉斯明」之句，有深味焉。（前九、和短燈檠歌寄劉長方，後二、次韻劉長方司戶見贈；後六、劉長方自豫章寄書稱砮焦蠣房之美，恨未知味，書一絕以寄之。）

高宗紹興十九年，己巳（西元一一四九）三十八歲

【時事】

六月，茶陵縣丞王庭珪作詩送胡銓，坐謗訕停官，辰州編管。九月，詔繪秦檜像，仍作贊賜之。十二月，金岐王亮弑其主亶自立。

【生活】

三月三十日，十朋與學生送春於梅溪，誦賈島詩，賦別離之苦。今年梅溪同舍生徒三十人，九人乃舊生；酌別之夕，獨五人。其中周仲翔、李大鼎、許輝先，謝鵬且歸家，僅謝與能尚留。七月九日夜，同大弟夢齡宿湖邊莊（疑二人與萬先之同赴補太學）。次夜，十朋宿湖之南，夢齡仍宿湖邊莊。繼而，沿路宿靈山院，登姚奧嶺、丹芳嶺，過雁山，過仙人渡，又過百度嶺、關嶺、望天台赤城山，感慨秦皇富貴猶貪生，世人無仙骨焉能登仙山。夢齡未過雁山，遂歸。十朋至剡溪作詩云：「歉歲爲行客，清秋別故園。……」以寄夢齡、昌齡。十朋於今春升上舍生，秋試第一，諸儒猒服無異辭㉓十朋母夫人卒於今年九月甲子㉔，夢齡未過雁山而返，應爲此事。十朋亟欲榮

㉓ 王之望漢濱集卷十五「故萬氏夫人墓誌銘」

㉔ 王之望漢濱集云：「紹興十九年秋遂試上舍爲第一……俄而母夫人病，以九月某甲子卒」則知卒於紹興十九年九月。徐尚文王忠文公年譜云：「紹興二十年庚午……母贈碩人，萬氏謝世，公居喪盡禮」非是。

親，試上舍後歸。十朋鼓笥去家而母親謝世，病不嘗藥餌，斂不視衣衾，星奔而歸，堂已闔棺，號叫已不聞矣。

【作品】

有「三月晦日與同舍送春於梅溪……遂以齒序分韻」；「己巳梅溪同舍三十人……而四人者且去矣，遂各以其姓賦詩送之」；「爲麥析實」；「次韻萬先之讀莊子」；「送黃巖三友四首」；「別余諧」；「別余璧」；「別周濬」；「後七夕二夜同夢齡宿湖邊莊二首」；「次夜予宿湖南，夢齡猶在別業再和前韻寄之二首」；「宿靈山院」；「登姚奧嶺望家山有感」；「與萬先之登丹芳嶺……記以一絕」；「題石梁」；「過雁山」；「次先之過雁山韻」；「張施二生自黃岩拏舟別于台城，贈以二絕」；「過仙人渡」；「過百度嶺」；「關嶺旅邸觀林同季野去秋題壁」等。

【備考】

（紹興十一年）幽居三詠詩句有「時時助我毫端興，宜與江山共策勳」眞感慨萬端。十月十九日雷，二十一日雪。十一月七日至東山省墳，感弔先府君，尚記舊時題壁詩有「山光水色兩依依」之句。

高宗紹興二十年，庚午（西元一一五〇）三十九歲

【時事】

正月，秦檜入朝，殿前司軍士施全道刺之，不中。六月，加秦熺少保。禁民結集經社。十月，秦檜有疾。庚午，命執政赴檜第議事。十二月，檜始朝，命肩輿入宮門，二孫掖升殿，不拜。

【生活】

季夏二十五日之夕，僕夫於大井汲水而歸，告井有光，十朋往視之，隱隱熒熒，如燈如螢，如光芒之星，或疑爲魚鱉之鱗甲，或疑螺蚌之產珠，皆不能細究。井水清而甘，冬溫夏寒，雖大旱而泉脈不枯。季夏二十八日，十朋自述，貧而好作文，以桌爲紙，以肺腑爲書，日日作無盡之書，極言自己之努力。六月，十朋憩於書齋，作四友錄，示筆硯紙墨，於數年之間陪十朋於上庠之功匪淺。七月上澣日（十日），十朋於會趣堂讀東坡大全集，暢論韓柳歐蘇文之優劣。七月十四夜，因鞋穿，十趾不能自藏，有蛙乘罅而入，蟄於鞋頰，蓋貧甚矣。七月十六夜，山月初吐，有長虹見於西，厥光色白，逾時而滅，十朋以爲影月而現於夜，是異象也。七月二十日，因作文寫字兩俱不佳，故略述鄉人說已乃舅公賈伯威之後身事。七月二十二日，十朋讀韓愈之進學解，感慨己二十年間，跋前疐後，無韓愈之職而有其窮，特無怪筆作一奇文焉耳。七月二十六日，十朋率生徒李大鼎等十二人觀水於巨溪，巨溪在梅溪之南，與梅溪一源而東歸者，故俗曰前溪。諸人涉流而南。是溪，有驚濤拍岸之勢，壯哉。十一月十朋合葬父母于先塋之側，白巖之原，將葬特遣門生鄭遜志，至太學博士王之望宅，乞作母夫人萬氏墓誌銘。王氏既器重十朋，又爲孝心感動頷首應允。今年爲歉歲，十朋仍過錢塘赴進士試。

【作品】

有「井光辨」；「大井記」；「代笠亭記」；「觀水記」；「四友錄」；「讀婁師德傳」；「題桌」；「論文說」；「讀蘇文」；「雜說一則」；「靈烏說」；「夜虹見」；「待士說」；「雜說五則」；「讀進學解」；「三不能戒」；「書歐陽公贈王介甫詩」；「大舜善與人同說」；「論語三說」；「書富家翁逸事後」；「記蛙」；「記人說前生事」；又有「望天台赤城山感而有作」；「柘槎道傍有斑竹百餘挺，瀟灑可愛，與先之賞翫移時……」；「代婦人答」；「題劉阮祠用過仙人渡韻」；「至剡溪寄夢齡昌齡」；「剡溪舟中有感」；「前中秋一日舟過山陰晚稻方熟忽動鄉思呈先之」；「十月二十八日母劬勞之日也哀痛中書二十八字」等。

【備考】

好友姜大呂（渭叟）似於此年去逝（見前集卷十九雜說四則）。

高宗紹興二十一年，辛未（西元一一五一）四十歲

【時事】

二月，遣巫伋等爲金國祈請使，請歸淵聖皇帝及皇族，增加帝號等事。四月，賜禮部進士趙逵以下四百四人及第、出身。

【生活】

今年，十朋又落第。其過萬橋，憶及潘翼先生投老西游志不成，益覺傷悲，爲潘先生一哭，亦自哭者也。四月晦日，有野人攜岩松至梅溪，十朋製成盆景，置之小成室，然諸生愛之，十朋遂移置於八齋會聚之會趣堂。十朋弟子錢萬中爲祖母築追遠亭，祈十朋作記。十朋幼子孟丙六歲能品藻生徒之優劣。今年冬孟丙欲覓栗，十朋作淵明詩責之。

【作品】

有「過萬橋哭潘先生」；「次韻昌齡游白石二詩」；「再和昌齡游白石二首」；「贈萬序」；「夏伯虎贈雙鯉」；「巖松記」；「追遠亭記」等。

【備考】

潘翼，紹興初年得子潘岐哥，時潘氏應已中年，故得子喜甚。次年命十朋贈詩潘岐哥，紹興十一年十朋有「次韻潘先生寒食有感詩」，紹興二十一年十朋作「過萬橋哭潘先生詩」。據上文推測潘氏生於哲宗末年，卒於紹興二十餘年，享年約五十餘歲。

高宗紹興二十二年，壬申（西元一一五二）四十一歲

【時事】

五月，襄陽大水，容州野蠶成繭。七月，虔州軍卒齊述殺殿前司統制吳進，江西同統領馬晟據州叛。十一月李耕入虔州，盡誅叛兵，虔州平。

【生活】

十朋家連歲蠶荒，今年尤甚。致使妻孥有號寒之患，欲以酒自寬，酒惡，竟不能醉，而羨慕通家萬大年家蠶熟酒醇，有足樂者。五月二十四日，幼子孟丙聰慧而病逝，十朋老淚縱橫，有無窮之悲。八月中秋生徒解散後，有不期而會者鄭遜志、夏伯虎，因小聚玩月。重九，聚生徒於會趣堂，把酒者陳元佐、周仲翔等十九人，和詩者數人耳。今年重九昌齡弟不在家，游雁潭。今年冬，十朋如臨安赴補太學。十月四日再觀南明石像。

【作品】

有「貧家連歲蠶荒，今年尤甚……表弟萬大年家，蠶熟酒醇有足樂者，……遂和以寄之。」；「大年和詩再用韻」；「李梗和詩復用前韻」；「用前韻寄周光宗」；「送李梗」；「壬申中秋，交朋解散，……二子各以詩贈，依韻酬之二首」；「書小成室」；「哭孟丙六首」；「家童拾栗因念亡兒作數語以寫鍾情之悲」；「林知常惠白酒六尊仍示酒法作十韻謝之」；「九日飲酒會趣堂者十九人，老者與焉，既醒，念不可以無詩，因用贈林知常韻示諸友」；「陳元佐和詩贈以前韻」；「周仲翔和詩贈以前韻」；「陳獻可、宋孝先、萬孝傑、夏伯虎和詩復用前韻」；「九日把酒十九人……還用前韻發一笑」；「宋孝先示讀自寬集後用前韻」；「再用前韻述懷并簡諸友」；「鄭遜志胡叔成……和詩復用前韻」；「九日會飲，予爲唱首，……未作重九詩也，今再和一篇，每句用事而不見姓名，末聯外餘皆略存對偶，必有能和之者」；「九日寄昌齡弟」；「萬叔永誕日在孟秋，乃以重九開燕，俟佳節也，予不獲與稱觴之列，作詩以賀」；「九月十二夜，獨步梅溪翫月，人跡俏然，……偶得四句，蓋心境中靜時語也。歸小成室對短燈檠，索紙書之」；「前日寓邑，偶值乍寒，陳劉二生濟我以衣，童生濟我以衾，既別，爲二詩以贈」；「萬先之生兩男作洗兒歌賀之」；「黃府君挽詞」；「予自乙丑冬如臨安赴補逮今凡五往矣，是行也，痛慈親之不見，傷幼兒之蚤死，登途泫然，因成是詩」；「初擬過雁山既而取道烏石寄夢齡昌齡」；「過白溪」；「過盤山宿旅邸」；「登皇華亭」；「宿浮橋」；「與鄭時敏登樓把酒書二絕」；「途中見早梅」；「乙丑冬西游觀南明石像作詩一絕，至壬申十月四日復往觀焉和前韻并書于佛閣」；「西征」；又「祭孟丙文」等。

【備考】

(一) 紹興十五年冬至二十二年冬，十朋自云八歲五行役。徐炯文所作年譜以爲乙丑、丙寅、戊辰、己巳、壬申五度如臨安赴補。然則丁卯年，十朋嘗赴鹿鳴宴，庚午冬十朋仍過錢塘赴試。似乎八年間十朋僅紹興二十一年未在太學耳。

(二) 王孟甲（王聞詩，字興之），生於宋高宗紹興十一年十月十六日，卒於慶元三年十二月，卒年五十七，葬於東山，夫人孫氏後公十年卒。有子夔宣教郎知某縣，另子虬及一女皆早卒，孫某某官。夫人孫氏乃姑之女。

王孟乙（王聞禮，字立之），生於二月二日，卒於開禧二年六月十九日，十二月辛酉葬於白巖。宜人萬氏先卒，再室張氏。子曰仲龍，迪功郎，江淮宣撫司，准備差遣。另子曰驛，某官。另子曰驌。二婿曰朱蘊厚，曰薛師謙[25]。

王孟丙，十朋幼子。生於紹興十六年，三歲甜酸學語兒，能來西軒壁下看父親題詩，四歲從十朋學生謝與能啓蒙，六歲從周誠叔學，能誦蒙求孝經，且論及五言詩，父親書院生徒近百人，類能道及姓第名字，或能優劣品藻之，於所親之前，父親每說書則與二兄待立於側。惜七歲而死，卒於紹興二十二年五月二十四日[26]。

(三) 孟丙生之時長兄孟甲已六歲。紹興十八年，孟丙三歲能觀題壁詩，而二兄則能研墨捧硯矣[27]，據此則孟甲八歲，孟乙理應五、六歲以上，是可推知孟乙生於紹興十四年以前，距開禧二年，有六十二年，則孟乙，享壽當在六十二至六十四歲間。

高宗紹興二十三年，癸酉（西元一一五三）四十二歲

【時事】

二月，帝幸玉津園，遂幸延祥觀。磔虔州軍賊黃明等八人于都市。改虔州爲贛州。三月，金主亮徙都燕京。七月，禁諸軍瀕太湖壇作壩田。十月，詔郡守年七十者聽自陳，命主宮觀。十二月，詔州縣稅額少者，罷其監官。禁民車服踰制。

---

[25] 葉適水心集卷十六、十七王公墓誌銘。

[26] 梅溪前集卷五「哭孟丙」六首，頁九五。

[27] 梅溪前集卷五「哭孟丙」詩之十朋註文。

【生活】

三月十日十朋離家赴補，八月始歸。三月二十五日至剡溪旅舍，觀好友曹逢時題壁詩遂起鄉思。在剡溪與周德遠、周世修等游，並登周府淵源堂、細論堂。又游明心院、圓超院。七月二十三日回自剡中，宿石佛摩雲閣。八月二日，至白若（岩）遇水，以小舟從石門渡。十月十六日孟甲生日，十朋訓以「勉修愚魯質，詩禮稱家傳」。又孟甲、孟乙好蓄古錢，十朋訓以「更宜移此力，典墳讀三五，縱未到聖賢，定可過乃父。」

　　十一月十七日十朋內兄賈循合葬父母於邑之左原，循之父母即十朋岳父母如納夫婦。

【作品】

有「癸酉三月十五日至剡溪旅舍觀曹夢良題壁……因次其韻」；「剡之市人以崇奉東嶽爲名設盜跖以戲，先聖所不忍觀，因書一絕」；「周德遠植瑞香於窗前戲成一絕」；「游明心院」；「游圓超院登挾溪亭次盧公天驥韻」；「寄夢齡昌齡弟」；「高和叔生日」；「天子始絺」；「淵源堂十二詩」；「書院雜詠三十四首」；「剡溪雜詠八首」；「書院掛額展筵雅會也，戲集諸堂軒齋名作詩」；「別周德遠諸友」；「宿石佛」；「白若（若疑岩之誤）遇水以小舟從石門渡勢危甚因書數語示圖南文卿時八月二日也」；「孟甲生日」；「孟甲孟乙好蓄古錢因示以詩」；「周光宗贈蠣房報以溪蓴」；「劉府君（銓之父）挽詞二首」；「賈府君（岳父）挽詞」；「陳夫人（岳母）挽詞」；「納涼偶成」；「悼演述二老僧」；「黃楊二首」；又「賈府君（岳父）行狀」；「周府君（周瑜）行狀」；「潛潤嚴闍梨塔銘」。

高宗紹興二十四年，甲戌（西元一一五四）四十三歲

【時事】

正月，初詔郡國同以八月十五日試舉人。三月，賜禮部進士張孝祥以下三百五十六人及第、出身。秦檜以私憾捃摭知建康府王循友，詔大理鞫之。六月，王循友貸死，藤州安置。七月，勒停人王趯坐交通李光，下大理獄。張俊薨，帝幸張俊第臨奠。十一月，進秦熺少傅，封嘉國公。通判方疇通書胡銓及他罪，除名，永州編管。十二月，故龍圖閣學士程瑀有論語講解，秦檜疑其譏己。洪興祖嘗爲序，魏安行鏤版，至是命毀之。興祖昭州、安行欽州編管，瑀子孫亦論罪。

【生活】

今年，十朋又見黜於春官，益厭虛名。於孟夏與林下十二竹梅蘭桂等游。十月二十九日弟夢齡舉男，猶子之生日僅遜十朋生之日一日耳。仲冬，十朋將書閣之東隙地理成小小園，杖藜日涉其間，得花徑之樂。歲暮雨雪連作，頗阻往賈元識府上會集之遊興。

【作品】

有「林下十一子詩并序」；「昌齡闢園植花索詩於老者，戲作數語，兼簡夢齡」；「西園新闢，昌齡索詩，予以其未開尊也，戲作數語，既飲，復用前韻。」；「予與二弟連日賦詩飲酒，詩成命二子書之，亦居家之一樂也，復用前韻」；「昌齡和詩以不得志於賢關，有欲退隱之語，復用

前韻，勉其涵養俟時，未可眞作休休計也」；「昌齡頻開尊再用前韻」；「夢齡得男老者喜甚，湯餅會中出詩以賀」；「予有書閣……吟詠謾賦十一小詩……時甲戌仲冬也」；「梅花次賈元識韻」；「歲暮雨雪連作稍阻會集賈元識有詩次韻」。

【備考】

十朋紹興十年，敗舉。紹興十一年送叔父賈如規赴省試，則十朋不得躬試。紹興十五年冬十朋赴臨安補太學，紹興十八年第一次春闈落榜，紹興二十一年第二次落榜，紹興二十四年第三次落榜，卒於紹興二十七年高中狀元。（參閱本書一八八頁第四行十朋補太學弟子員條）

高宗紹興二十五年，乙亥（西元一一五五）四十四歲

【時事】

二月，通判常州沈長卿，仁和縣尉芮燁作詩譏訕，除名；長卿化州、燁武岡軍編管。五月，前知泉州宗室令衿譏訕秦檜，遂坐交結罪人，汀州居住。六月，禮部侍郎湯思退簽書樞密院事兼權參知政事。以言者追謫岳飛，改岳州爲純州，岳陽軍爲華容軍。九月，秦檜上紹興寬恤詔令。十月，復置鴻臚寺。命大理鞫張祁附麗胡寅獄。乙未，幸秦檜第問疾。丙申，進封檜建康群王，熺爲少師，並致仕。命湯思退權參知政事。是夕，檜薨。十一月追封檜申王，謚忠獻，賜神道碑。以敷文閣直學士魏良臣參知政事。甲子幸秦檜第臨奠。乙丑，復洪皓官，釋張祁獄。封叔趙士㒟爲崇

慶軍節度使。嗣濮王，令褭爲利州觀察使、安定郡王。十二月，詔曰：「臺諫風憲之地，比用非其人，黨於大臣，濟其喜怒，殊非耳目之寄。朕今親除公正之士，以革前弊。繼此者宜盡心乃職，毋合黨締交，敗亂成法，當謹茲戒，毋自貽咎。」命胡寅、張九成等二十八人並令自便，仍復其官。以敷文閣待制沈該參知政事。復張浚、折彥質、趙汾、葉三省、王趯、劉岑官。移胡銓衡州。

【生活】

春、表兄璐、挺二道人贈山茶歲寒種，又贈抹利及東山蘭。又壽昌教院文郁師贈以海棠一株；三月，淨慧師囑作舫齋記。三月占巳日十朋以詩索山丹花於札上人。又向表兄弟季仲權、仲達覓取碧桃、酴醿。暮春，寶印叔有送春詩。兄弟鄰里率會有餘歡，十朋目擊其事，乃左原紀異也。

【作品】

有「表兄璐挺二道人以山茶一根見贈……因成小詩」；「又覓沒利花」；「二道人以抹利及東山蘭爲贈再成一章」；「覓海棠」；「郁師贈海棠酬以前韻」；「札上人許贈山丹花，……以詩索之」；「表弟津上人有瑞香抹利戲覓之」；「覓季仲權碧桃」；「覓季仲達酴醿」；「和寶印叔送春二絕」；「族兄文通贈山茶」；「兄弟鄰里日講率會，因書二絕，且戒其早納租稅也」；「萬府君（叔永）挽詞三首」；「張廷直挽詞」；「左原紀異」；又舫齋記；「東平萬府君行狀」等。

【備考】

(一)昌壽教院淨慧師，少游錫異，方潛心佛隴，志識學問出人一頭，業成爲緇林推服，始傳教於永嘉開元寺，再傳於福聖寺，既而以疾求還故山，住壽昌教院，後年齒愈尊道德愈隆，未嘗一日不以退居養老爲懷，世緣挽之而莫能自脫也。故退老，居於舫齋。紹興五年十朋與淨慧師有舊交，故爲作退老之舫齋記，喻意即「以無形之舫，行無量之析。……假有形之舫，藏無量之析也。」

(二)張端弼，字廷直。樂清人。資質俊邁，好學問，慷慨喜議論，敦尚氣節，偉然男子也。舍法行，嘗肄業泮宮，以行藝職學事，領袖諸生，曄曄有聲。會更科，學子解散，因仕養不能兩全，另經晝生事，遂富甲鄉邑。張氏好賓客，樂賑窮民，又喜教子姪。感疾卒於紹興二十四年十二月五日，享年六十六。子張攄、張挺，皆業儒。女三人，長歸進士宋翰，餘未嫁。張氏學有經術，尤邃於易，好商榷文史，工詩鐘，語逸意新，有大家風。十朋爲晚輩，初識於柳川，後受顧遇不薄。紹興二十五年十二月十一日葬于里之桂峰祖塋之側，特爲作行狀。

高宗紹興二十六年，丙子（西元一一五六）四十五歲

【時事】

三月，以万俟卨參知政事。丙寅，詔曰：「講和之策，斷自朕志，秦檜但能贊朕而已，豈以其存亡而渝定議耶？近者無知之輩，鼓倡浮言，以惑衆聽，至有僞撰詔命，召用舊臣，抗章公車，妄議邊事，朕甚駭之。自今有此，當重置典憲。」五月，以沈該爲尚書左僕射，万俟卨爲右僕射，

並同中書門下平章事。湯思退知樞密院事。六月，罷諸路鬻戶絕田。以端明殿學士程克俊參知政事。八月，革正前舉登第秦塤、曹冠等九人出身。程克俊罷，以吏部侍郎張剛參知政事。九月，翰林學士陳誠之同知樞密院事。詔成都、潼川兩路漕臣同制置、總領、茶馬司審度甲川財賦利害，其實惠得以及民。十月，詔許秦檜在位之日，無辜被罪者自陳釐正。以張浚上書論用兵，依舊永州居住。十一月，命吏部侍郎陳康伯，戶部侍郎王俁稽考國用歲中出納之數。

【生活】

二月二十五日，十朋會友，託跡於明慶寺懺院，意有所感，作詩仍有事業未容閑，頗欲仕進之志。四月初八浴佛日天時無雨，暮夏水枯秧老老農急。孟夏十一日，時雨初霽。十朋作詩云「書生事業無雨晴。」以勉諸友。七月十四日，郡守張九成訪孝義，得橫山連氏妻，侍姑甚謹，姑死刻木像事之，十朋披牒至其家，獲觀木像，感慨不已。冬，十朋適臨安赴補，五度雁山，十年太學。臘日（十二月初八）與太守、太學同舍約往西湖探春賞梅。今年初十朋居懺寺院佛閣讀書半年，重九將近，鐘魚厭聽，歸去故園。

【作品】

有「孫先覺母夫人正月四日生，時年八十（丙子）」；「法燈俊上人惠杜鵑花」；「法燈聞上人和杜鵑詩酬以前韻」；「明慶懺院上方，地爽而幽……意有感觸，遂借其韻（二月二十五日）」；「懺院種蘭次寶印叔韻二首」；「次濟上人韻」；「元鳥至」；「陳希仲贈山茶」；「酴醾次賈元節韻」；「覓海松贈僧希月」；「浴佛無雨」；「喜雨用前韻」；「雨止復用前韻」；「孟夏十月一日時雨初霽，……復用前韻」；「再用前韻勉諸友」；「穎；師贈榧栽」；「月上人以拳石……以爲梅溪之野人贈，兼惠詩章，因與酬唱凡四首」；「懺院種紅蕉用寶印叔韻」；「題佛閣三絕」；「題郭莊路」；「率飲亭二十絕」；「橫山連氏妻……時紹興，丙子七月十四日也」；「登姚奧嶺望家山有感」；「題驛奧張店思周光宗」；「度雁山」；「度謝公嶺」；「臘日與守約同舍賞梅西湖」；「同舍再約賞梅用前韻」。前日探梅，李元翁以疾不往……復用前韻約同賞」。

【備考】

(一) 李元翁，太學同舍生。冬臘日同舍二十五人往西湖賞梅，李氏以疾不往，作詩自惱，有「玉華野人多病惱，獨守寒爐煨芋魁」句。以是十朋，再約同賞。十朋謂此子「人如西湖有涵養，句與和靖爭奇瑰」，是雅正士也。

(二) 「題郭莊路」詩卷九：「十年太學志未遂」；「度雁山」詩云「雁山五經眼」；「度謝公嶺」詩云：「十夫九行役，履經此山中。」；「次韻陳大監掞見贈」（後二）詩云：「虀鹽太學浪十載」。此中，存有二問題。其一，太學十年，究指何年？其二，十年中何年未赴補？據「和秋懷十一首」（前集卷九）之序，十朋乃紹興十七年冬赴省試臨安，明年暮春下第，東歸至會稽復還太學追補，至閏八月告歸。此十朋第一次與省試。入太學之年前云紹興十五年冬爲初次赴補，至二十六年冬，凡十二年，其中紹興二十四、五年並未赴補。

高宗紹興二十七年，丁丑（西元一一五七年）四十六歲

【時事】

二月，復兼習經義、詩賦法。以御史中丞湯鵬舉參知政事。三月，賜禮部進士王十朋以下四百二十六人及第、出身。詔焚交趾所貢翠羽于通衢，仍禁宮人服用銷金翠羽。万俟卨卒。六月，湯思退爲尚書右僕射，同中書門下平章事。八月，湯鵬舉知樞密院事。復置提領諸路鑄錢司行在。九月，張綱罷。吏部尙書陳康伯參知政事。十一月，湯鵬舉罷。

【生活】

春，送王司業元龜守永嘉，禱「入境願問民疾苦，下車宜誅吏奸贓」。大筆之後，春遊西湖。二月二十一日，天子於集英殿賜十朋冠群士及第。十朋對策萬言，初授左承侍郎，僉書建康軍節度判官聽公事。又詔王十朋係朕親擢第一人，欲試以民事何得遠闕，可特添差紹興府僉判㉘。十朋於臨安周旋會合逾月，十朋歸心匆匆，於歸途得寶印叔二詩，因以次韻，詩意云常念親恩，惟嫌遲來功名耳。旋至家，冬即赴官會稽。途宿雁蕩羅漢寺，經大龍湫、靈岩寺，過天台國清寺、大慈寺，入鑑湖至會稽。十二月在會稽，憶及高宗帝叮嚀到任宜知民事，故十朋榜所寓廨舍曰民事堂。臘月望日出郊探春，游告成觀謁大禹祠，至龍瑞宮觀禹穴，近暮始返。頃，嘗登釆蕺山、秦望山，思禹之績而哀秦之過也。

㉘ 徐炯文王忠文公年譜紹興二十七年條。

【作品】

有「送王司業元龜守永嘉」；「春日遊西湖（丁丑）」；「丁丑二月二十一日集英殿賜第」；「遊天竺贈同年」；「贈閻同年安中」；「閻和詩敘別再用前韻」；「贈梁同年介」；「次韻陳大監掞見贈」；「次韻劉長方司戶見贈」；「陳大監用賞梅韻以贈依韻酬之」；「大監復贈詩尾有留飯語再用韻以謝」；「謝榮帥蕤贈御書孝經用陳大監韻」；「陳監餞別用前詩字韻以謝」；「陳郎中公說贈韓子蒼集」；「章季子贈端硯」；「次韻陳大監赴天申節宴」；「謝李侍郎琳贈御書」；「途中得寶印叔二詩次韻」；「次韻寶印叔題壁二絕」；「萬府君挽詞（泳中）」；「致政宋承事挽詞」；「張德惠挽詞」；「宿羅漢二絕」；「游大龍湫和前韻」；「游靈岩輝老索詩至靈峰寄數語」；「題瑞岩」；「題天台國清寺」；「題大慈寺」；「題石橋二絕」；「萬年贈鄉僧賁老二首」；「過鑑湖」；「民事堂」；「臘月望日出郊探春，游告成觀，謁大禹祠，酌菲飲泉，遂至龍瑞宮觀禹穴，薄暮而還」；「采蕺」；「秦望」等。

【備考】

王大寶，字元龜。其先由溫陵徙潮州。政和間貢辟雍，建炎初，廷試第二，授南雄州教授，以祿不逮養，移病歸。閱數年，差監登鼓院、主管台州崇道觀，復累年。趙鼎謫潮，從講論語。王氏指切時務言激昂，因權臣用事，明哲自將，即如申棖亦當滅平生剛。歷知連州、袁州，直敷文閣，後就國子司業，出知溫州。溫州乃故鄉也。十朋在太學，受知殷切，顧摳衣太晚未獲執經請益。及十朋及第來歸，猶蒙禮遇異常。其後，大寶居諫省而十朋在臺綱（紹興二十九、三十年十朋任秘書郎、著作郎），互為呼應，人稱二龜兩王。乾道元年大寶致仕，復召為禮部尚書，旋受劾致仕。乾道四年十朋把麾泉州，近大寶所居之潮州，稍可通氣。乾道六年卒，年七十七。高宗末，孝宗初，張浚、王大寶、王十朋、胡銓、閻安中……諸剛正君子廢，早見主上庸懦不進取，政策搖擺不穩，係南宋立國不長之隱憂。

高宗紹興二十八年，戊寅（西元一一五八年）四十七歲

【時事】

正月，申禁三衙疆刺平民爲兵。以陳誠之知樞密院，工部侍郎王綸同知樞密院事。三月，責秦檜黨宋樸、沈虛中。六月，增浙西、江東、淮東沙田蘆場租課，置提領官田所掌之。七月，命取公私銅器悉付鑄錢司。復鬻沒官田。命戶部侍郎趙令讓提領諸路鑄錢。九月，中書舍人王剛中爲四川安撫制置使。封叔建州觀察使趙士輵爲昭化軍節度使、嗣濮王。蠲平江、紹興、湖州被水民逋賦。十二月，復李光官，放自便。

【生活】

今年元日同去年，俱不在家。十朋在越州，元日，冒雪赴天慶觀朝拜，既而趨府拜表。還舍後，飲屠蘇酒，作詩有「孤負吾廬溪上梅」之句。春，與莫濟教授、朱縣丞、朱司理同游西園，時春色未濃，心賞未酬。上丁日釋奠，十朋備數獻官，顧念去載游上庠於杏壇側觀禮，今年則居俎豆職，殊有感慨。又作會稽三賢（吳孜、唐琦、蔡定）祠詩，並序獎忠孝勸風俗之意。今年二弟赴補，偶遺昌齡，夢齡則留赴。紹興水患，詔書發廩周飢荒，使君減價糶黃粱，然有吏米中雜糠構

索民錢，十朋作糴米行，一吐官小職卑不得訴民怨之苦。今年曹夢良和韓愈贈張徹詩來寄。中秋賞月於蓬萊閣，有月，既而陰蔽，誦東坡「良天佳月即中秋」句以寬同官。九月初四，夜夢與昌齡弟傳先人游家之南。九日登蕺山，因帽落而驚鬢髮已斑。十朋有辭官歸興，九日昌齡弟來書勉之。十月朔日，和夢齡詩，云已每以五更趨府，而性怯寒苦痰。十月十六日欲與夢齡弟及二子、同年喻叔奇游蘭亭，會天氣不佳，出門而止。十月夜讀暑于民事堂，和韓詩云：「丈夫固有志，寧在官與金」以明志。（今冬和同年好友喻叔奇游天依寺，意氣如飄虹。今秋，紹興大水，丁壯流離。）

【作品】

有「元日冒雪赴天慶觀朝拜，既移府拜表，還舍，飲屠蘇酒，因思去年元日亦不在家，感而作」；「迎春遇雪」；「賀何正言用蔡君謨韻」；「寓小能仁寺即事書懷」；「同莫教授朱縣丞朱司理游西園」；「次韻濮十太尉賞梅」；「題壽樂堂用東坡韻贈楊元賓僉判」；「元賓贈紅梅數枝」；「廨舍有脩竹數竿瀟洒可愛」；「龍瑞道士贈蘭」；「吳秀才克家以壽樂蓮洲中千葉梅花為贈，酬以詩」；「上丁釋奠備數獻官，書十二韻呈莫子齊教授趙可大察推」；「會稽三賢祠詩三首并序」；「某比緣職事朝拜殯宮，瞻望松柏，愴然悲涕，遂成小詩」；「鑑湖行」；「禹廟歌」；「與趙安撫乞疏獄」；「次韻濮十太尉詠知宗牡丹七絕」；「送僧游徑山」；「三月晦日邵憲大受宴僚屬于西園，某與焉，趙提幹濬即席賦詩次韻」；「送昌齡弟還鄉兼簡夢齡」；「糴米行」；「送會稽林簿日華棄官還鄉」；「戊辰歲嘗和韓退之贈張徹詩寄曹夢良至今十年夢良方和以寄因贈一絕」；「送趙可大如浙西」；「中秋賞月蓬萊閣呈同官；「中秋見月方以為喜，既而陰蔽，意殊不滿，東坡云良天佳月即中秋，不以日月斷也。諸君有醵會之約復用前韻」；「記夢」；「士人僧道俱贈岩桂」；「府吏有以老求退者……有感而作」；「觀習水勝」；「龍瑞道士贈岩桂」；「九日登戴山」；「夢齡九日有詩兼懷昌齡次韻」；「贈莊童子」；「送朱丞」；「贈夢齡兼懷昌齡」；「和夢齡十月朔日書懷」；「贈喻叔奇縣尉」；「贈王吉老縣尉」；「十月望日買菊一株頗佳」；「聞詩生日十月十六日」；「十月十六日欲與夢齡弟及聞詩聞禮同游蘭亭……出門而止兀坐終日懷抱殊惡」；「和喻叔奇集蘭亭序語四絕」；「和韓退之晚菊贈喻叔奇」；「夜讀書于民事堂意有所感和韓公縣齋讀書韻」；「李資深贈古瓦硯及詩」；「喻叔奇惠川墨」；「戴夫人挽詞」；「和趙可大四絕」；「送黃機宜游四明」；「盧仁及縣丞挽辭」；「贈術者」；「游天衣寺」；「次梁尉韻」；「酬陸宰用梁尉韻」；「和喻叔奇游天依四十韻」等。又「妙果院藏記」；「夢庵記」；「雁蕩山壽聖白岩院記」等。

高宗紹興二十九年，己卯（西元一一五九年）四十八歲

【時事】

正月，禁諸州科賣倉鹽。蠲沙田蘆場爲風水所侵者租之半。三月，除州縣積欠錢三百九十七萬緡有奇及中下戶所入官錢物。除湖州、平江、紹興流民公私逋負。六月，陳康伯兼權樞密院事。閏六月，罷江、浙、淮東沙田蘆場所增稅課。七月，權吏部尚書賀允中參知政事。以四川經、總制及田晟錢糧錢共百三十四萬緡充增招軍校費。九月，湯思退爲尚書左僕射，陳康伯爲右僕射，並同中書門下平章事。皇太后韋氏崩。十月，冊謚皇太后曰顯仁。十二月，王綸知樞密院事。

【生活】

經年游宦，十朋鄉思更長，甌越相望雖僅數百里，魚雁不能常往來；於春日，寄詩夢齡、昌齡。春，至亡友會稽山大禹寺之側墓前酹酒並植柏十株。今春，紹興不雨，農事失時，府帥王師心決獄廩飢，不久，霈然而雨。閏六月，府帥率幕僚祀范文正公祠堂；范公嘗治越。府帥於中秋宴客蓬萊閣，並與幕僚分茶賞月於清白亭。重九與同官游戒珠寺，菊花爛漫，十朋鬢髮已斑。冬，代王師心尙書作顯仁皇后挽詞三首。臘月七日，十朋解官離越。十九日至家，途經雁山雙峰寺，又宿靈岩而歸。

【作品】

有「懷喻叔奇（己卯）」；「和昌齡弟見寄」；「次韻周堯夫贈睡香」；「送陳元佐游四明」；「聞禮生日（二月二）」；「次韻趙觀使鴛鴦梅」；「亡友孫子尙　葬會稽山大禹寺之側，某至官八日出郊訪其墓不獲，明年春被命祀禹，訪而得之，又明年春再往酹酒，因植柏十根，哭之以詩」；「子尙墓種柏」；「鄭夫人挽詞」；「錢夫人挽詞」；「連月不雨農事失時府帥決獄廩飢，德政動天，霈然而雨，某吟成律詩一章之賀」；「次韻濮十太尉喜雨」；「叔父寶印師往永嘉妙果院……庶幾他日或蹈其高躅云」；「寄黃簿文昌」；「次韻濮十太尉題禹穴」；「薛師約撫幹召飯于圓育寺主僧淪茗索詩」；「潘知縣甸弟撫幹疇和詩復用前韻」；「酬富陽張叔清縣尉」；「周德貽得子以錢果爲貺，僕不獲爲湯餅客賀之以詩」；「喻叔奇迎侍赴桐川榜其堂曰戲綵，書來求詩寄題一絕」；「女子生日（五月十二日）」；「范文正公祠堂詩并序」；「次韻梁尉古風」；「府帥王公中秋宴客蓬萊閣分茶賞月于清白亭某以幕僚與焉坐上成二絕」；「又和趙仲永撫幹二首」；「再和二首」；「又用看字韻酬趙仲永」；「故參政李公挽詩三首（光字太發）」；「九日與同官游戒珠寺用去年韻」；「顯仁皇后挽詞三首（代安撫王尙書）」；「胡氏挽詩（婺女人，嫁陳氏，王尚書弟婦也？王作墓志）？」；「次韻喻叔奇追感去冬天衣之游」；「次韻劉判官大辨見贈」；「趙仲永以御茗密雲龍薰衣香見贈，仍惠小詩次韻」；「仲永再和三絕復和以酬」；「寄題周堯夫碧梧軒」；「留別民事堂」；「題雙峰資深堂五首」；「宿靈岩贈長老敏行」等。又以下諸詩疑本年之作品，故今置此：有「州宅」；「蓬萊閣」；「清白堂」；「清白泉」；「觀風堂」；「望月臺」；「秦望閣」；「望海亭」；「臥龍山」；「種山」；「競秀閣」；「蕺山」；「八松」；「右軍祠堂」；「鵝池」；「硯池」；「題扇橋」；「雷門」；「曲水閣」；「西園」；「望湖亭」；「吳先生祠」；「賀知章祠」；「鑑湖」；「禹廟」；「菲泉」；「禹穴」；「馬太守廟」；「吳越王廟」；「望秦山」；「少微山」；「梅梁」；「窆石」等。

高宗紹興三十年，庚辰（西元一一六〇年）四十九歲

【時事】

正月，吏部侍郎葉義問同知樞密院事。募人墾淮南荒田。二月，詔立普安郡王瑗爲皇子，更名瑋。進封建王。三月，復館職召試，然後除擢。賜禮部進士梁克家以下四百一十二人及第，出身。如因平郡王璩開府儀同三司、判大宗正。始稱皇姪。四月，以賀允中兼權同知樞密院事。七月，葉義問知樞密院，翰林學士周麟之同知院事。御史中丞朱倬參知政事。八月，賀允中使還，言金人必畔盟，宜爲之備。淮東總管許世安奏，金主亮至汴京，起重兵五十萬，屯宿、泗州謀來攻。十二月，湯思退罷。

【生活】

正月二日十朋受命除秘書省校書郎，卜以八日行。四月十朋兼建王府小學教授；十月二十二日皇子建王生日，十朋賀詩有「誠存性盡萬善圓，身與國壽俱千年。」秘書省後園有脩竹不俗，滋味長向靜中長。十二月除著作佐郎㉙仍兼建王府教授。

【作品】

有「己卯臘七日解官離越，十九日至家。明年正月二日被命除秘書省校書郎，卜以八日行，書二十字」；「次韻馮員仲正字湖上有作」；「次韻趙仲永悠然閣」；「次韻皇子建王題明遠樓」；「劉韶美辭試館職」；「再用前韻贈韶美」；「次韻韶美送劉夷叔二詩」；「皇子建王生日（十月二十二日）」；「寄新曆日與夢齡昌齡弟」；「送查元章二首」；「秘書省後園脩竹可愛胡正字憲有詩次韻」；「魏邦式通判挽詞二首」「曹夢良贈炭戲成一絕」等。

【備考】

㈠ 劉儀鳳字韶美。蜀之佳士。紹興二十八、九年在越，十朋與儀鳳二年同官游。紹興二十九年二人分手於鑑湖，今年儀鳳辭試館職不就。

㈡ 劉望之，字夷叔。蜀地人。紹興二十一年進士，遷秘書省正字。昔在賢關與十朋游。十朋鎩羽東歸，曾拜言贈。至十朋在秘省，夷叔已入鬼錄。

㈢ 查籥，字元章。今年冬，勸帝以虜情未測，淮甸應防，因言語激昂而去國。

㉙ 南宋館閣錄卷八頁四。王十朋「三十年二月除（除書郎），十二月爲著作佐郎」。又見中興百官提名東宮官，新文豐公司叢書集成本二五四冊四五頁。

(四) 魏邦式，魏公之後，官通判，死於越；生年不長。張闡曾為作行狀。惜張闡無詩文集傳世，則魏氏資料不全矣。

(五) 馮員仲今年初官秘書省正字，與十朋同游西湖。

高宗紹興三十一年，辛巳（西元一一六一年）五十歲

【時事】

正月，放張浚、胡銓自便。秦熺卒。三月，兵部尚書楊椿參知政事。奪秦熺贈官及遺表恩賞。以陳康伯為尚書左僕射，朱倬右僕射，並同中書門下平章事。五月，金使王全揚言無禮並以欽宗皇帝訃聞。詔以王全語諭諸路統制、帥守、監司，隨宜應變，毋失機會。以吳璘為四川宣撫使，仍命制置使王剛中同處置軍事。殿中侍御史陳俊卿言，內侍張去為竊權撓政，乞斬之以作士氣。七月，命兩浙、江東濱海諸州預備敵兵。詔諸路帥臣教閱士兵、弓手。是月，金主亮徙都汴京，命其臣由唐、鄧瞰荊襄，據秦、鳳窺巴蜀，另路由海道趨兩浙。九月，給事中黃祖舜同知樞密院事。是月，金主亮造浮梁于淮水之上，遂自將來攻，兵號百萬，遠近大震。十月，詔將親征。金主亮入廬州，王權退保和州。帝聞王權敗，召楊存中同宰執議于內殿，陳康伯贊帝定議親征。復張浚觀文殿大學士，判潭州。殿中侍御史杜莘老劾內侍張去為，帝不悅，去為致仕，出莘老知遂寧府。十一月，遣權吏部侍郎汪應辰詣浙東措置海道。張浚判建康府。丙子，虞允文督建康諸軍拒金主亮于東采石，戰勝，連卻之。金主亮焚其舟而去。乙未，金人弒其主亮于揚州龜山寺。戊

戌，金議和。十二月，命諸路招詩司率兵進討，互相應援，沿江諸大帥條陳恢復事宜。戊申，帝發臨安，建王從行。金主褒既立，且知金主亮已死，遂趨燕京。

【生活】

正月，在省中與程泰之正字、洪景盧編修多所游從唱酬。正月初七人日臨安大雪。上元日雷雪併作，十朋論災異諫，上不悅。春，時史館考試，同舍惟程泰之、馮員仲與十朋（十朋係狀元出身，免試入館）任館。四月四日十朋祀赤帝于慈雲嶺淨名寺。寶印叔寄詩，云將十朋偶留雁山資深堂題壁之詩刊傳到浙西。五月曾除大宗正丞。五月十八日，十朋罷館職（著作佐郎）去國。十九日宿富陽廟山，過宿永康縣黃塘店，游雁山石門洞。途中寄詩同舍有「去國懷明主，離群念舊游」句，七月朔日，泮宮老友林季任自梅嶼拏舟召昔日舊游諸友丁道濟、道揆、張思豫共飲芰荷香裡。十朋家藏碑刻滿屋，寶印叔寄詩索碑刻，十朋寄以南明山「紫芝岩」、「隱岳岩」六大字，叔侄二人同有此嗜好也。好友曹逢時自瑞安許峰來訪，盤桓數日，賦詩數十章。秋，十朋歸自武林，省東山先人隴墓，重葺山亭且濬舊溪；時十朋游宦三年已兩度歸家。十月，十朋在家剪拂花木，小小園杜鵑花先春而開，有共蒂雙頭之異。十一月二日，自金谿訪錢朝彥兄弟，同游白石岩、屑玉泉及白石三峰下之東際。十朋在家，與弟昌齡和詩頗多。十二月五日，並同二弟省墳於如存亭壁題詩。

【作品】

有「次韻程泰之正字雪中五絕」；「泰之用歐蘇穎中故事再作五絕勉強繼韻」；「趙仲永和東坡

汝陰雪詩並舉趙德麟賑濟故事見示遂示其韻」；「次韻洪景盧編修省中紅梅」；「李德遠寺簿敢言勇退……賦詩以高其行」；「省中黃梅盛開同舍命予賦詩戲成四韻」；「送王嘉叟編修」；「送陳阜卿出守吳興」；「次韻程泰之酴醾」；「送胡正字憲分韻得來字」；「四月四日祀赤帝于慈雲嶺淨名寺，祀畢游易安齋，至江次送黃子升通判還鄉」；「送太學生徐易歸天台」；「章季子教授惠顧渚茶報以宣城筆戲成三絕」；「趙仲永和胡正字竹詩見贈用韻以酬」；「張閣學挽詞（宗元）」；「寶印師刻予舊題以寄因書二絕」；「五月十八日去國明日宿富陽廟山懷館中同舍」；「寄馮員仲」；「釣臺」；「嚴州龍門院滿散天申節」；「宿永康縣黃塘店觀稼有感」；「永康有嶺名花錦被」；「舟中偶題」；「游石門洞」；「林明仲自梅嶼拏舟招……七月朔日」；「次韻昌齡樂齋讀書」；「寶印叔示詩且索碑刻以南明山六大字爲獻仍次韻」；「寶印叔辯上人各贈瑞香花」；「曹夢良自許峰來訪……見贈次韻」；「某辛巳秋歸自武林省先隴遂修亭宇濬溪流因思先人舊詩已隨屋壁壞矣尙能記憶遂追和」；「送萬先之赴清湘教官」；「送曹夢良赴桐廬戶椽三首」；「十月朔日偶書」；「剪拂花木戲成二絕」；「小小園十月杜鵑花盛開有共蒂雙頭之異因以數語記之」；「題月師桂堂」；「十一月二日自金谿訪錢用章于白石覽山川景物之奇以東道之姓爲韻」；「用錢用明用章游白石岩」；「又書堂曰雙植因書三絕」；「劉長方自豫章寄書稱砮焦蠣房之美恨未知味，書一絕以寄之」；「寶印叔得小假山以長篇模寫進士欽逢辰和之某次韻并簡欽」；「次韻昌齡西園十詠」；「題如存亭壁二首」；「劉義夫欲與先隴植蘭寄數根」；「義夫許贈丁香蠟梅」；「義夫以趙清獻諫垣集易柳文次其韻」；「雁山僧景暹求文記本覺殿」；「又六言」；「書不欺室」等。

【備考】

(一) 李浩，字德遠，臨川人。時紹興三十一年官太常寺簿，因言語激烈見忌，遂於是年春急流退歸，十朋等於江頭送別。

(二) 王秬，字嘉叟。是年春王為樞密院編修，上書薦張和公，請外則得洪州倅（南昌別駕）。

(三) 陳之茂，字阜卿。自察院遷郎官，今年遭讒人陷害，出守吳興。

(四) 胡憲，字原仲。晚年起用，在位僅半年，紹興三十一年在秘書省官正字。曾上書薦張和公（即張浚）等，疏入求去，詔改秩與祠歸。憲與十朋、馮方、查籥、李浩相繼論事，太學士為五賢詩以歌之，卒於紹興三十二年，年七十七㉚。

(五) 張宗元，南渡後之遺老，以散文閣直學士知洪州。在南昌日，遭奇禍，受謗下獄。卒於今年。宋人資料索引頁二三八三所云方城張宗元淳熙初年猶存，甚怪。

(六) 十朋泮宮舊友林季任，字明仲，五十六歲。丁康臣，字道濟，五十四歲。康臣之弟小道揆，五十三歲。張孝愷字思豫，五十二歲。五人今年共游。

(七) 十朋年少與曹逢時（字夢良）筆硯游，至今已二十四餘年（約紹興六年初游），今年逢時官桐廬椽。曹王酬唱詩實多，然今不傳。十朋至交詩文多不傳，難以明瞭十朋於時人中之地位，正類此惱人事也。

(八) 萬庚，字先之。乃十朋之學侶，又係通家，早年名滿上庠，今年始赴清湘教官。

㉚ 梅溪後集卷五頁二九〇「送胡正字憲分韻得來字」及宋史四五九卷隱逸下。

(九) 劉義夫，家居東山。能孝親；與十朋為林下友。家種桃花、丁香、蠟梅，欲為先隴植蘭，十朋寄與蘭中數根。紹興三十一年義夫以趙清獻諫垣集易十朋之柳子厚文。

(十) 四月四日送黃子升通判還鄉，十朋是年五月亦是去國之行人。

(土) 章季子。官教授。紹興二十七年曾贈十朋端硯。季子家藏萬石，其為人剛正，是時似初識之客。今年其惠渚茶二兩，云山中絕品，十朋報以宣城筆。

(圭) 李大鼎，字鎮夫。十朋學生。家中闢圃築堂養親；堂名雙植。大鼎乃表兄李克明之子。表兄日得涉園之趣，琴書有眞樂。十朋已數載不至表兄家，故云待衣冠掛林下時復到其園游㉛。

高宗紹興三十二年，壬午（西元一一六二）五十一歲

【時事】

正月，帝在鎮江。帝至建康府，張浚入見。壬午，金人復犯蔡州，趙撙力戰卻之。乙酉，權知東平府耿京遣其將賈瑞、掌書記辛棄疾來奏事。丙申，楊存中為江淮荊襄路宣撫使，虞允文副之。給事中金安節，中書舍人劉珙繳奏再上，乃改命存中措置兩淮。二月，虞允文為兵部尙書、川陝宣諭使，措置招軍市馬及與吳璘議事。王宣、金人再戰于汝州，金人全師來攻，宣敗績棄去。金人復犯順昌府，孟新拒卻之，尋亦棄去。乙卯，帝至臨安府。金人二犯蔡州，趙撙連敗之。閏，

㉛ 參見梅溪後集卷七頁三〇三「再至雙植堂呈表兄李克明」詩。

金人破河州，屠城。丙戌，給張浚錢十九萬緡造沿江諸軍戰艦。辛卯，楊椿罷。三月，命陳俊卿、許尹經畫兩淮堡砦屯田。四月，御史中丞汪澈參知政事。是月，大雨，淮水暴溢數百里，漂沒廬舍，人畜死者甚衆。五月，命張浚專一措置兩淮事務兼節制淮東西、沿江州郡軍馬。禁諸軍互招郢亡。詔立建王瑋爲皇太子，更名昚。加鄭藻、成閔、李顯忠爲太尉。詔皇太子即皇帝位，帝稱太上皇帝。孝宗即位。帝以龍大淵爲樞密副都承旨，曾覿帶御器械。詔中外士庶陳時政闕失。復除名勒停人胡銓官，知饒州。七月，以張浚爲少傅、江淮宣撫使，封魏國公。以參知政事汪澈視師湖北、京西。遣劉珙使金告即位。以四川宣撫使吳璘兼陝西河東路宣撫招討使。追復岳飛元官，以禮改葬。以黃祖舜兼權參知政事。詔李顯忠軍馬聽張浚節制。八月，翰林學士史浩參知政事。起居舍人洪邁、知閤門事張掄坐奉使辱命罷。追復李光資政殿學士，趙鼎、范沖並還合得恩數。九月，川陝宣諭使虞允文以論邊事不合罷。以總領四川財賦軍馬錢糧王之望爲戶部侍郎、川陝宣諭使。詔虞允文赴吳璘軍議事。以吳璘爲少師。十月，史浩兼權知樞密院事。葉義問罷。官岳飛孫六人。以資政殿學士，張燾同知樞密院事。十一月，史浩免權知樞密院事。十二月，以陳康伯兼樞密使。

【生活】

正月初七（人日）有雪。正月，通家張思豫主簿來贈丹桂蠟梅，學生（亦表弟）余璧贈菊十二品。二月二日，遇覃恩，用黃紙繕制書一通，祭告先人，焚於雙親墓次。十朋父母之封贈，疑始於今年。閏二月十六日，成小詩一首，記先人於大井所植雙桂香氣遠逸，木陰盛茂，可懷先人遺德矣。三月，十朋作左原詩三十二首并序，殫記鄉居風光及先人瑣事。七月戊申，大風，飛屋斷木，十朋所居弊廬兩廡受摧壓，是以寄寓從姪莊共兩旬，八月己巳始還舍。六月十一日孝宗即位，二十一日除十朋知嚴州，九月二十一日召赴行在。旋，任國子監司業。今年十一月以司封員外郎兼國史院編修㉜再任職史館。好友程大昌以詩覓省中梅花，十朋和詩有佳句云：「壓倒屋簷斜入枝」；胡銓同館中諸公來訪，因留小酌，見上句詩稱賞不已，特贈詩美十朋詩句可比韓愈。

【作品】

有「人日有雪竹間種蘭」；「張思豫主簿送丹桂蠟梅二首」；「余全之贈菊栽十二品并示三十絕走筆二絕酧之」；「二月二日焚黃天色開霽賓游並集存沒有光，悲痛之餘因成鄙語」；「送陳元佐游剡」；「雙桂」；「東籬」；「左原詩三十二首并序」；「小小園納涼」；「贈甥萬膺」；「萬孝傑用韻見寄酬之」；「題從侄莊」；「萬孝全惠小龍團」；「赴召」；「宿學呈同官」；「某去年五月罷館職還鄉……今以史職復至道山訪舊……因成短篇」；「馮員仲赴闕奏事士君子咸欲其留，聞爲魏公所辟勢不可奪遂成鄙語，兼簡查元章」；「程泰之郎中以三絕覓省中梅花因次其韻」；「胡秘監贈詩一絕某依韻奉酬」等。

【備考】

㈠張孝愷，字思豫。永嘉人。張煇之子。紹興三十年進士，官主簿。思豫乃十朋通家，泮宮同舍。

㉜南宋館閣錄卷八頁十三。

紹興三十一年七月朔日曾同游梅嶼，泊舟於思遠樓下。今年思豫送丹桂、蠟梅，十朋喻之馨德如人，且憶及昔在越幕卻人送蠟梅之事。

(二) 余壁，字全之。表叔余䕶之子，即十朋表弟也。十朋闢館時來游。今年贈菊栽十二品，並示詩三十絕。詩品直與菊花爭芳。

(三) 陳元佐，字希仲。今年游剡，去訪舊同襟，以收斅學相長之功。

(四) 張闡，字大猷。紹興十二年十朋父卒。闡時爲秘書，嘗作挽詞云：「玄卿隨釣誠養親」，張後爲工部尚書。十朋今年作左原三十二詩，於「孝感井」詩記此事。

(五) 今年馮方爲江西運判，查籥爲機宜赴闕奏事，皆爲魏所知而辟用；此事嘗受小人嫉妒。

(六) 程大昌以三詩來覓省中梅花，其末詩云：「花中結子酸連骨，正味森嚴衆苦之。待得和羹渠自會，如今莫管皺人眉。」十朋和以「更將正味森嚴句，壓倒屋簷斜入枝。」

(七) 胡銓（胡秘監），頗欣賞十朋「壓倒屋簷斜入枝」句，及贈十朋一絕，云：「南山舊說王隱者，北斗今看韓退之。不須覓句花照眼，行見調羹酸著枝。」於十朋甚恭維。

孝宗隆興元年，癸未（西元一一六三）五十二歲。

【時事】

正月，以史浩爲尚書右僕射、同中書門下平章事兼樞密使，張浚進樞密使、都督江淮東西路軍馬。詔禮部貢院試額增一百人。詔吳璘軍進退可從便宜。璘棄德順，道爲金人所邀，將士死者數萬計。

御史中丞辛次膺同知樞密院事，葉義問落端明殿學士，饒州居住。四月，張浚入見，議出師渡淮。賜禮部進士木待問以下五百三十八人及第、出身。王之望罷。張浚命邵宏淵師次盱眙。命李顯忠帥師次定遠。是月，金人拔環州，守臣死之。五月，史浩罷。辛次膺參知政事，洪遵同知樞密院事。李顯忠、邵宏淵軍大潰于符離。乙卯，下詔親征。以張浚兼都督荊、襄軍馬。六月，張浚乞致仕，不許。以觀文殿大學士湯思退爲醴泉觀使兼侍讀。召虞允文。以兵部侍郎周葵爲參知政事。張浚自盱眙還揚州。李顯忠罷軍職。以太傅、同安郡王楊存中爲御營使，節制殿前司軍馬。癸酉，下詔罪己。詔楊存中先詣建康措置營砦，檢視沿江守備。辛次膺罷。右諫議大夫王大寶入對，論移蹕。敷文閣學士虞允文爲兵部尚書兼湖北京西宣諭使、制置使。七月，湯思退爲尚書右僕射，同中書門下平章事兼樞密使。詔徵李顯忠侵欺官錢金銀，免籍其家。戊午，給還岳飛田宅。八月，張浚復都督江、淮軍馬。金紇石烈志寧又以書求海、泗、唐、鄧四州地及歲幣。復以龍大淵知閤門事，曾覿同知閤門事。九月，楊存中罷。十月，帝曰：「四州地、歲幣可與，名分、歸正人不可從。」十一月，遣王之望等爲金國通問使。盧仲賢擅許四州，大理寺奪三官。以胡昉等爲使金通問國信所審議官。十二月，陳康伯罷。以湯思退爲尚書左僕射，張浚爲右僕射，並同中書門下平章事兼樞密使。是歲，以兩浙大水、旱蝗、江東大水，悉蠲其租。

【生活】

春日，十朋好友胡銓與館中同舍賞酴醾，胡有酴醾詩。十朋因官司業，與私試鎖宿，不獲雅會，遂次其韻。三月晦日（最後一日）館中聞鶯，挑起十朋故園之思。四月，十朋除起居舍人，兼侍讀從駕詣太上皇於德壽宮，與諸公會食和樂樓。時議欲乞移蹕建康，侍從諸公有異論者，十朋以爲「聖主英姿同藝祖，諸君何苦戀湖山。」㉝孝宗賜侍講侍讀建茶，十朋以說書與焉，則以十餅分贈太學同舍芮煇。十朋與左史胡銓同奏史職廢壞者四事，上皆從之。越月，除侍御史。十朋排棄和議，論用兵事宜薦張浚。劾史浩八罪，並及其黨史正志、龍大淵、林安宅；志在恢復中原。及符離少挫，張浚貶，湯思退用，十朋遂自劾，然詔權吏部侍郎，十朋不拜。六月十九日十朋去國返鄉。於婺女，與同年王夷仲、黃萬頃，鄉人華子周會飲於雙溪樓。沿路游仙都、看鼎湖、游洞谿、同重游石門洞。孟秋，自武林歸家，小小園荒蕪，乃植蔥蔬菜子，今冬可無饉餒矣。秋，表弟萬大年、親戚孫先覺、林大和等見訪，與之奕棋，十朋連勝之。今年六月十五日大風水，七月朔日又作。七月不雨，浙西飛煌蔽天。八月二十一夜地震，二十六日太白星晝見，有兵起人流亡之憂。術者謂十朋命犯元辰，每仕輒已，十朋笑答死生窮達端有命。

中秋，就家賞月。重九寄詩表叔賈如規，憶及十七歲時，與潘先生（名翼）、賈太孺、劉謙仲、覺闍梨（釋覺無象）賦詩共登鹿岩舊事。頗感慨三十六年眞一夢。今年九日，兄弟鄰里欲同登高，十朋苦於多病止之，就弊舍用陳少曾所寄錦石杯飲菊花酒。連續三秋不雨，僕夫浚井得雙鯽一鰻，藏之泥水間，十朋見而放之。張闡尙書來書，云每與胡銓共以十朋罷去前激切之言進對。

十朋還自武林，嘗修葺先人弊廬，晨起焚香讀書，興至賦詩，客來飲酒下棋。家藏書數百卷，晴日親曝之。於小小園，與兄弟鄰里把酒敘歡，惟以老來脚無力而蒼顏白髮爲憾。今年昌齡弟欲游白石，使十朋思前年於洞府曾宿一夜。冬，未臘而雪，有豐年之兆。雪中，將梅溪之梅，分贈鹿

㉝ 梅溪後集卷七「四月從駕詣壽德宮……遂於樓中足之」，頁三〇一。

岩朋友萬清之、賈大老。今年十朋在家守歲。

【作品】

有「次韻胡秘監酴醾詩」；「館中三月晦日聞鶯，胡邦衡有詩用東坡酴醾韻，有居側無讒人發口不須婉句，某次韻」；「上賜講讀官建茶某以說書與焉以十餅分贈太學同舍芮大博煇有詩次韻」；「四月從駕詣德壽宮與諸公會食于和樂樓，……遂於樓中足之」；「用登和樂樓韻酬胡邦衡送別兼簡劉韶美秘監」；「去國」；「重游釣臺二首」；「過婺女同年王節推夷仲黃教授萬頃鄉人華主簿子周會飲雙溪樓」；「游仙都」；「游洞谿」；「重游石門洞」；「寄題喻叔奇亦好園」；「種蔬」；「予素不善棋孫先覺萬大年林大和見訪戲與對壘偶皆勝之因作數語」；「大年和棋詩復次前韻」；「太白晝見」；「荊婦夜績」；「術者謂予命犯元辰，故每仕輒已，予笑曰有是哉，戲作問答語」；「再至雙植堂呈表兄李克明」；「九日寄表叔賈司理并引」；「九日不登高與兄弟鄰里就弊舍飲菊」；「仙居陳少曾寄錦石杯，書至乃九日也。方與坐客把菊，遂用以勸酒」；「僕夫浚井得雙鯽一鰻未及烹也，藏之泥水間，予見而放之，因作數語」；「得張大猷尚書書云……獨見佑二公，因讀邦衡和和樂樓詩，復用前韻」；「次韻題寶印叔蘭若堂」；「藤杖」；「予還自武林，葺先人弊廬……作小詩十五首」；「汲水」；「澆花」；「賞月」；「采菊」；「覽鏡」；「浚井」；「酬林明仲寄書并長篇」；「昌齡欲游白岩與盡而止予亦思前年之游遂次其韻」；「洪丞不負軒」；「周承奉挽詩」；「黃岩趙十朋賢士也，……遂用趙君詩意成一絕」；「陳商英挽詞」；「陳商霖挽詞」；「萬清之有詩三絕呈司理覗丈并簡某，因次其韻」；「再用前韻三首」；「未臘而雪豐年兆也大老有詩次韻二首」；「雪中寄梅花與清之大老」；「題夢齡五桂堂」；「寄鯉魚與萬大年」；「梁府君挽詩」；「永嘉盧仲脩永年袖文見訪酬以短句」；「林明仲和詩復用前韻」；「張器先和詩復用前韻」；「寄蒲墨與明仲」；「寄沈敦謨」；「送謝任之三首」；「題雙瀑」；「癸未守歲」；「張器先復和詩作五言以寄」；「萬孝全贈金華洞石名雪西遙峰，作進退詩次韻」等。

【備考】

(一) 胡銓，今年春，官秘監，嘗作酴醾詩。三月，於史館中聞鶯，其用東坡酴醾韻作詩有「居側無讒人，發口不須婉。」句。四月，胡爲起居舍人兼左史與十朋同奏史職廢壞之四事。六月十朋去國胡仍在史館。九月，張大猷尚書有書與十朋，言二人每進對，皆舉十朋去國前之激切言語爲說，二公直是十朋之知己也。

(二) 四月，洪遵亦從駕詣德壽宮，十朋與洪邁之兄洪遵尙有往來，與他兄洪適似全無交情。

(三) 紹興三十一年五月十朋至婺溪，原與王夷仲等有登雙溪樓之約，已而，忽聞欽宗諱，罷約。今年十朋再過婺女，重登雙溪樓，聚會者有同年王節推夷仲、黃教授萬頃，樂清人華主簿子周等。

(四) 今年，孫先覺、萬大年、林大和來拜訪，同十朋奕棋。

(五) 表兄李克明家有雙植堂。今年十朋至表兄家游。

(六) 今年九月與賈如規（賈司理）、賈大老、萬清之往來和詩。大老乃如規之子，清之則如規婿也。

(七) 今年與叔父寶印師詩作往來。

(八) 同年周敏卿之父周承奉去逝。

(九) 黃岩趙十朋，狷介之士，有石公弼、李先等有名之內兄，然不倚賴之。家軒植雙桂，人稱雙桂隱士；北宋末南宋初人。有詩云：「四枚豚犬教知書，二頃良田儘有餘；魯酒三盃棋一局，客來渾不問親疏」十朋賢其志節欲學之，故云：「王十朋如趙十朋」。

(十) 十朋昔日鄉校舊友陳商英、陳商靈兄弟相繼過逝。昔在招仙館有八叟，商英號秀野翁，商霖號可叟，十朋亦其中之一，餘待查。

(十一) 梁惠（字民懷），麗水人。善劍學，方臘亂起能保全地方。有子梁安世，紹興二十四年進士。梁惠今年即世。

(十二) 冬，永嘉盧永年（字仲脩）袖論八篇來訪。

(十三) 林季任（字明仲），梅嶼人，筆力豪健。十朋舊游。今年寄十朋長篇及和詩。十朋寄蒲墨以助文采。

(十四) 鄉人張器先和詩，詩作有憂國意、有溫和氣。器先暮年登第，嘗官福清丞。

孝宗隆興二年，甲申（西元一一六四）五十三歲

【時事】

正月，命虞允文調兵討廣西諸盜。二月，胡昉使金不許四郡，不屈，金主命歸之。三月，詔張浚視師于淮，又詔王之望等以幣還。以戶部侍郎錢端禮爲淮東宣諭使，吏部侍郎王之望爲淮西宣諭

使。六月，命虞允文棄唐、鄧，允文不奉詔。七月，召虞允文。以戶部尙書韓仲通爲湖北、京西制置使。以周葵兼權知樞密院事。八月，資政殿大學士賀允中爲知樞密院事兼參知政事。張浚薨。九月，王之望參知政事、權刑部侍郎，吳芾爲給事中兼淮西宣諭使。金人犯邊。以久雨，出內庫金糴米賑貧民。命湯思退都督江、淮東西路軍馬，辭不行。復命楊存中同都督；錢端禮、吳芾並爲都督府參贊軍事。十月，賀允中罷爲資政殿大學士致仕。周葵兼權知樞密院事，王之望兼同知樞密院事。十一月，金入連陷數州。湯思退罷都督，以尹穡、晁公武論之，未至永州而卒。召陳康伯。太學生張觀等七十二人上書，請斬湯思退、王之望、尹穡，竄其黨洪适，晁公武而用陳康伯、胡銓等，以濟大計。戊戌，陳康伯爲尙書左僕射，同中書門下平章事兼樞密使。遣兵部侍郎胡銓等分浙措置海道。十二月，以錢端禮爲參知政事兼樞密院事，虞允文同知樞密院事兼權參知政事，禮部尙書王剛中簽書樞密院事。

【生活】

歉歲還鄉，時遇凶年。元宵日，鄰里具豆觴就十朋家，且張燈以慶，十朋辭之不獲。自去秋七月不雨，至今春二月十九日僅得雨，旋又止。社日有雨，簷間不斷，令人喜。今年十朋家有飯不足憂，肇因於居官常去國，水陸窮囊橐，妻云「子耕我當耘，固窮待秋熟。」

四月十九日昌齡弟得男，十朋命之曰暹。六月，十朋受命除集英殿脩撰，起知饒州。六月離家，遇旱災。七月三日至鄱陽。十朋甫入境，天雨，老友何騏（子應）賀詩云：「人間正作雲霓望，天半忽驚霖雨來。」

在郡，十朋爲政師法范仲淹，就郡圃之慶朔堂朔顏魯公、范文正像；降聖節詣天慶觀，因謁顏、范公祠堂。十月望日與同僚共論文於薦福寺。閏月初四、初八、二十五日三雪，明年禾麥當宜。已而又雪，臘盡日又雪，凡五雪矣。十朋郡齋有不欺室，此三字乃張浚所書，筆力勁健如端人正士，蓋書以人貴矣。暮冬，寄詩二弟，有「夢魂夜夜尋兄弟」句。年底，十朋牙落。

【作品】

詩有「元宵鄰里攜具就弊廬張燈辭之不獲因成一絕」；「祈雨不應」；「自秋七月不雨至於春二月十九日僅得雨昌齡作賀詩予未及和而雨止矣遂次韻以閔之二首」；「社日喜雨復用前韻二首」；「家食遇歉有飯不足之憂妻孥相勉以固窮因錄其語」；「聞小使胡昉抗虜不屈……昌齡有詩次韻」；「昌齡四月十九日得男請名於予，命之曰遲」；「山丹花」；「七月三日至鄱陽」；「次韻何憲子應喜雨」；「登綺霞亭用喜雨韻」；「追和范文正公鄱陽詩－郡齋即事」；「游芝山寺」；「登綺霞亭用碧雲軒韻」；「降聖節詣天慶觀因謁顏魯公范文正公祠堂，用贈御賜名道士韻」；「觀文正像用贈傳神道士韻」；「移竹植郡齋之東用懷慶朔堂韻」；「十月望日同官會飯薦福送酒」；「生日示聞詩聞禮」；「木蘊之即席和文字韻詩酬以二絕」；「觀郡守題名再書一絕」；「項服善知縣和詩酬以三絕并簡林致一教授」；「題薦福寺莫莫堂」；「哭馮員仲」；「陸居士挽詩」；「洪帥陳阜卿寄筍」；「次韻何子應題不欺室」；「郡齋對雪」；「子應和詩再用前韻」；「祠顏范二公」；「題何子應金華書院圖」；「閏月三白三首」；「又和項服善三首」；「和。洪景盧用三白韻作四白詩二首」；「臘盡日又雪洪復作五白詩再和二首」；「次韻何子應得宣城筆」；「聞捷報用何韻」；「不欺室三字……因成古詩八韻」；「出郊遇雪」；「何子應以蜀中文房四寶分贈洪景盧王嘉叟某與焉因成一絕」；「送翁東叟教授二首」；「和寶印叔見寄二首」；

「用韻寄二弟二首」；「送蔡倅」；「齒落」；「次韻李懷安贈何憲五絕」；「李懷安擁麾入蜀道，出鄱江，見贈二詩，依韻奉酬」等。文有「天香亭記」；「顏范祠堂記」等。

【備考】

(一) 胡昉使金抗虜不屈，孝宗嘉之，命右揆撫師，仍有和不可成之語。昌齡弟有詩，十朋次韻云：「行見車馬混天下，豈容南北分三光」，此十朋主戰之可證也。

(二) 木待問，字蘊之。今年十月來賀十朋生日，即席和詩，十朋亦酬詩云臭味相投，可擬兄弟，似大小馮君也(大小馮君疑指宋馮行己、伸己兄弟)。

(三) 鄉人項服善，鄱陽令，爲人清白，有惠政。與十朋及鄉人林致一教授友善。今年與十朋互有和詩。

(四) 陸居士去逝，有子六人，其一子九齡在太學，疑居士即陸九齡、陸九淵之父也。然十朋云「撫州人」，此點不同於九齡之籍金溪。

(五) 洪州帥陳之茂(字阜卿)寄筍。

(六) 何麒(字子應)有題不欺室詩，十朋引何麒爲同志，故十朋和詩云：「公如憂國房玄齡，我如鄭公思批鱗」。何氏家有書院，作有金華書院圖，十朋題以詩，二人即今年邂逅鄱江涯。何氏與洪邁、王秬熟識，何曾贈文房四寶與王(十朋)洪(洪邁)、王(嘉叟)，則見洪、王二人與何氏之交情早在王十朋之前。

(七) 七月，十朋至饒州郡而雨，畏友何麒(字子應)賀雨。今年，何君有「題不欺室」詩，十朋則次韻。何君獲詩且再次韻[34]。十朋作郡齋對雪，子應和詩。而十朋有題何君金華書院圖之詩。

㉞ 香山詩卷四頁二「次韻王龜齡侍御不欺室」。

(八) 今年洪邁與十朋仍有詩酬唱。

(九) 翁東叟，樂清人，係十朋三十年前舊友。惟此當爲紹興四年前後之友，疑係鄉校筆硯友，今年官湖北教授，乾道二年已調知縣。今年十朋爲郡饒州，翁君自湖北來，不期而遇。二人攜手登樓，賦詩篇章擬蘇李，翁君吐語清絕。

(十) 項服善，樂清人，林致一，樂清人。十朋因同鄉之故與項、林二交往。項君鄱陽令，清廉有惠政。

(十一) 洪帥陳之茂（字阜卿）寄筍來。

(十二) 馮方（字員仲），一代奇男子，爲多才所誤，遭讒謗，死於今年（十月以後）。

(十三) 李懷安今年擁麾入蜀道。

孝宗乾道元年，乙酉（西元一一六五）五十四歲

【時事】

正月，詔兩浙賑流民。三月，虞允文爲參知政事兼同知樞密院事，王剛中知樞密院事。五月，詔璘措置馬綱、水路。六月，王剛中薨。八月，虞允文罷。洪適爲參知政事兼知樞密院事，吏部侍

郎葉顒簽書樞密院事兼權參知政事。甲戌，以端明殿學士汪澈知樞密院事，洪適兼同知樞密院事。十一月，遣龍大淵撫諭兩淮，措置屯田，督補盜賊。十二月，以洪適爲尚書右僕射、同中書門下平章事兼樞密使，汪澈爲樞密使。以葉顒爲參知政事與同知樞密院事。

【生活】

今年初，十朋官饒州，能愛民如子，抑強扶弱。正月二日，十朋得嫡長女孫。七日，雨。元夕，十朋在鄱陽思家。郡圃有百花樓，十朋公餘謾栽花。二月朔日，同王嘉叟，木蘊之訪景盧別墅野處園。十朋在饒州郡作州宅十二詠，細寫州之堂、軒、亭、樓等。二月，至靈芝門外之芝山勸民農事。二月十五日祈晴不期十七日雷雨再作，已而天朝陰暮晴。端午前一日與同僚會飲鄱江樓。五月二十日百穀皆長，十朋盼雨澤霈然淋下。五月二十五日，十朋餞張孝祥（張似易任饒州守）于薦福寺，洪邁、王秬來作陪。六月伏日（庚日），與十客登四望亭小飲。七月九日，十朋易任夔州，臨行同僚送別四十里而饒人遮道、斷橋，顧猶挽留不得，眞見循吏之受民愛戴也。赴夔，途中宿何山孫氏竹軒，宿章田、經都昌，過五柳灣，四宿棲眞寺，經湖口羅家渡，過湖口驛，至江州。續行，宿太平興國宮，宿東林寺，遊圓通寺，過康王觀，宿歸宗寺，經簡寂觀，游開先寺觀香爐峰瀑布，知廬山之勝盡於斯。續游萬衫院、飛橋、三峽橋、五老峰、宿於棲賢寺。又游楞伽、南山、入康谷、石鏡溪；十朋總記廬山之游作詩四十韻。是時，十朋力丐祠，初不欲入三峽，故於此徘徊，又惦念二子，且行且住，尙有所待也。

中秋前一日別廬山。中秋佳節宿瑞昌縣瀼溪驛（元次山舊隱處），思兄弟各分東西。蜀路超遠，續前行，宿多福院。過金城觀、石田驛，宿興國軍灤泉山眞如寺，至興國軍。八月二十六日十朋二子離太學不赴秋試，來侍雙親入蜀。前行至湖北，宿大冶縣。經東方寺，大冶縣鐵山宋武帝廟，宿武昌縣。前游西山寺，遇雨兩宿西山縣驛；游樊山吳大帝廟，過樊口，宿華容寺。朝離華容，暮宿孟橋。得官場友人莫濛借以八百料船，可濟川而西矣。至鄂渚泊報恩寺游一覽亭。重九，在鄂渚，登高懷故鄉，客魂黯然，作詩有「詩隨眼界添，酒逐年華減」平實中雋永無倫比。

九月十日自鄂渚易舟，晚泊江口（即南浦，在鈔渚之南）。自離南浦，逆長江而前。過金口市、鯉魚甲，遇風阻，進甚慢。沿津渡舟行，宿通濟口，思湖口，至漢水；宿王家村，至魯家洑。二十五日，乃十朋先母忌辰，以魚蔬橙桔祭於舟中。續前行，宿下涉步，夜浪如潮，舟撼，然星月皎潔，天籟不號。舟行，過石道縣宿劉郎洑。二十六日，江與風背，停舟。前行，過公安寇萊公祠，宿黃壇。十月四日宿沙市，鄉思淒然；六日，家書自臨安來，兩月到荊州。九日，向江陵換蜀舟。過虎牙，至峽州夷陵登至喜亭謁歐陽修祠，登爾雅臺、楚塞樓。離夷陵，移舟，因霧迷，至四面山，山青景佳。至桃花鋪飯食，宿於覆盆。登峽州大望山，宿千石，夜眠聽得誦書聲，五更又聞夔州鼓角聲。過九盤嶺，飯周平鋪，南北山峰巒，遇雨爲雲爲霧，類巫山之狀。至歸州，夜宿報恩寺，過秭歸。二十四日，十朋視帥印於歸州之大拽鋪。入巴東縣宿，以詩示邑官巴東寇準祠宜復。入巫山，霧開。登得勝崗，謁關雲長廟。過巫山風口，登巫山燕子坡。於十一月朔日至夔府。自十一月望日後，在蜀，與查元章、周行可多所酬唱，戲云可編夔府集。至夔之初，即飭官吏善護聖訓之戒石，以自警。十二月十八日送虞允文於西城竹亭。

【作品】

文有「思賢閣記」、「瀟灑齋記」；「跋溫公帖二篇」；「送葉秀才序」等。詩有「國娘生日」；

「陳阜卿書云聞詩筒甚盛……戲用竹萌韻以寄」；「次何憲韻」；「金華先生有奇石……因和二公詩頗起卿思寓意斷章」；「嘉叟宗丞得郡喜成一絕」；「人日雨次何憲韻」；「子應贈蜀中石刻十卷詩以謝之」；「次韻嘉叟讀和韓詩」；「元夕次何憲韻二首」；「送何憲行部趣其早還」；「種金沙花戲呈景盧」；「郡圃栽花」；「二月朔日同嘉叟蘊之訪景盧別墅……即席唱和二首」；「還舍復用前韻以寄」；「景盧嘉叟各和詩五首復用前韻」；「用韻懷何卿」；「喜叟和詩至七篇，……某鄉心友切，復用韻」；「州宅十二詠」；「景盧贈人面竹杖」；「鄉人項服善宰鄱陽……遂和以送之四首」；「予向年少不自量，因讀韓詩輒和數篇，……近因嘉叟見之，不能自掩，且贈以長篇，蒙景盧繼和，用韻以謝」；「次韻陳阜卿讀洪景盧追和玉板詩二首」；「次韻何憲倏途倦游懷鄱陽唱和之樂」；「次韻何憲太平道中書事」；「次韻何憲題魯池州通隱堂」；「芝山勸農」；「二月十五日祈晴十七日雷雨再作」；「喜晴再用前韻」；「數日天氣朝陰暮晴復用前韻」；「哭何子應二首」；「同官會飲鄱江樓送谷簾泉二尊戲成小詩」；「名郡之東門曰永平書一絕」；「主簿程同年和永平門詩再賦四絕因以贈別」；「送春」；「州院獄空贈知錄孫聽」；「鄱江樓分韻得月字」；「前端午一日會飲鄱江樓十有六人既分韻賦詩又戲成短篇」；「五月二十日閔雨」；「次韻葉樞密（葉顒）言別」；「洪景盧以郡釀飲客于野處園賦詩見寄次韻」；「剡紙贈嘉叟以詩爲謝次韻」；「伏日四望亭分韻得月字」；「次韻趙通判喜雨」；「徐孺子亭」；「張安國舍人以南陵鄱陽雨暘不同示詩次韻」；「又次韻閔雨」；「次韻安國讀楚東酬唱集」；「安國讀酬唱集……復用前韻」；「次韻安國讀薦福壁間何卿二詩悵然有感」；「五月二十日餞安國舍人于薦福寺……坐間用前韻」；「再用韻送安國」；「易芝山五老亭名曰五峰安國書之因成短篇」；「次韻安國題餘干趙公子養正堂……」；「次韻安國題清音堂」；「郡齋舊有假山…

……予既以瀟灑名齋因鐫二字于石戲成古風」；「予自饒易夔……提點何德獻相追不及以詩見寄……因次其韻」；「同官酌別」；「途中寄何德獻」；「宿何山孫氏竹軒觀張安國題壁因用其韻」；「望廬山懷鄱陽同官」；「夢觀八陣圖」；「讀喻叔奇送行六詩」；「都昌道中望廬山思故鄉」；「過五柳灣」；「宿栖眞四宿，時二兒寓上庠，未知去留，又祠命未下，頗以爲懷」；「望大孤山」；「題湖口驛」；「至江州」；「和叔奇見寄」；「讀趙果州詩」；「讀王文正遺事」；「題庾樓呈唐守立夫」；「宿太平興國宮二首」；「宿東林贈然老」；「白公草堂」；「蓮社」；「題東林聰明泉」；「游圓通」；「贈訥老」；「題至樂亭二首」；「勝書記蜀僧也，和予游玄通二詩，用贈訥老韻酬」；「次韻唐立夫以日者命狀見寄」；「趙果州致羊酒走筆戲酬」；「題訥庵」；「題康王觀」；「湯泉」；「宿歸宗寺」；「簡寂觀」；「游開先寺觀香爐瀑布諸峰……記以十韻」；「游萬杉院三首」；「飛橋」；「三峽橋二首」；「五老峰」；「玉淵」；「宿栖賢」；「游楞伽三首」；「游南山入康谷……戲成一絕」；「石鏡溪」；「廬山紀游四十韻」；「歸宗椶老言廬山有對云……戲成一絕」；「開先僧贈石菖蒲」；「別廬山」；「題天華院」；「中秋宿瀼溪驛二首」；「瑞昌李宰贈元次山集」；「中秋思鄉用瀼溪韻」；「宿多福院」；「昨日飯金城觀今日飯石田驛」；「瑞昌永興道中作」；「宿眞如寺二首」；「至興國軍二首」；「題懷坡閣贈王景文國正二首」；「贈陶永州」；「次韻王景文贈行四絕」；「題謀野堂」；「聞詩聞禮不赴秋試……喜其來也因作是詩」；「途中遇雨」；「宿大冶縣」；「東方寺」；「宋武帝廟」；「宿武昌縣」；「游西山寺」；「遇雨兩宿縣驛」；「吳大帝廟」；「望黃州」；「過樊口」；「宿華容寺」；「朝離華容……得莫漕子蒙書以八百料船見借遂可鼓楫而西矣」；「至鄂渚泊報恩寺」；「題一覽亭」；「莫漕以尊羹薦杯」；「九日懷故鄉」；「登壓雲亭贈趙都統撙」；「九日陪諸公登高」；「十日解舟，晚泊江口，望鄂渚漢陽」；「解纜南浦，初泝長江……」；「過金口市江中有渚名鯉魚甲……成四絕」；「食蝦」；「宿通濟口」；「蘆花二首」；「夜宿思湖口……終夕爲之不寐」；「舟中作」；「漢水」；「宿夏郡口」；「九月十五夜」；「宿高牙」；「亡姊之葬在九月……詩以寓哀」；「買魚行」；「過八疊有小舟賣蝦……」；「過三義」；「泛泛江漢水」；「宿網步時已午夜……是夕有月不飲」；「過畢家池有姓陳者送香橙八顆……三首」；「晚過沙灘有漁人舉網得鯿魚二百餘頭……三首」；「舟中懷鄱陽趙倅公懋及諸同官用九日登高韻」；「宿紫微」；「二十一日至福田院留建聖節」；「宿金雞渡」；「宿王家村三首」；「讀楚東倡酬集寄洪景盧王嘉叟」；「寄題鄱陽一江亭」；「早至魯家洑復入大江見石首山」；「舟中記所見」；「二十五日先妣遠忌祭于舟中」；「天晴風順舟行過石首縣宿劉郎洑」；「予自鄂渚登舟近兩旬……二十六日風駛甚……江與風背……停舟不行復用前韻」；「再讀楚東集用前韻寄景盧嘉叟」；「寇萊公祠」；「宿黃壇」；「讀于公堂記寄孫錄聽伯」；「十月四日宿于沙市……足成一篇寄二弟」；「初九日離南用夔州船」；「過虎牙」；「至峽州登至喜亭謁歐公祠」；「爾雅臺」；「楚寒樓」；「離夷陵……有山名四面頗佳」；「飯桃花鋪宿覆盆二首」；「上大望州鑽天三里二首」；「宿千石聞誦書聲」；「枕上聞鼓角」；「過九盤嶺」；「飯周平鋪南北山峰巒皆奇……遇雨爲雲霧所蔽不盡見」；「至歸州宿報恩寺」；「題屈原廟」；「過秭歸」；「二十四日視帥印于歸州大拽鋪」；「宿巴東縣懷寇忠愍」；「初入巫山界登羅護關雲霧晦冥默禱之因成一絕」；「霧開復成一絕」；「登得勝崗謁武安王關雲長廟……」；「過風口望巫峽……經行峽煙霞障」；「登燕子坡前有一岩在江之旁如天台赤城名烏飛岩」；「巴東之西近江有夫子洞……詩以辨之」；「自鄂渚至夔府途中所見一百十韻」；「初到夔州」；「查漕元章生日」；「周漕行可和詩復用前韻並簡元章」；「又用行可韻」；「行可再和用其韻以酬」；「又酬元章」；「行可元章再賦二詩依韻以酬……二首」；「元章贈餘甘子用前韻」；「行可骨肉自西州來用門字韻贊喜」；「州縣有戒石飭官吏……詩以自警云二首」；「出郊送虞參政……」等。

【備考】

(一) 王秬，今年春得郡爲守。

(二) 王秬、木待問、王十朋與洪邁游，十朋在鄱陽，地近洪之別墅野處園，數人恒往來唱酬。

(三) 鄉人項服善，原宰鄱陽，與十朋半年同事，今春易任歸鄉。

(四) 二十年前（約紹興十五年）十朋曾和韓詩一、二百篇，近日蒙好友王秬、洪邁欣賞，詩以謝王洪二人。

(五) 何麒，字子應，似罷去而卒於二月二十二日。何又號金華子，金華先生。

(六) 程大昌，原官主簿，適與十朋同事，今年春盡時易任而去。

(七) 葉顒，除知樞密院事，未拜，進尚書左僕射兼樞崇使。首薦十朋、汪應辰、陳良翰、陳之茂、芮曄……等。是以十朋今年作詩有「九重側席念公深……乾坤整頓須元老……」句。

(八) 今年楚東酬唱集刊行。前集有王十朋、何麒、陳之茂、洪邁、王秬、李懷安六人之作品。

(九) 張孝祥，官舍人，今年讀楚東酬唱集，云：「平生我亦詩成癖，卻悔來遲不與編」，十朋欲編後集，允編入孝祥之作品。

(十) 何德獻，爲十朋守鄱陽時之提點，爲政與十朋甚相得，時二人俱爲老翁。十朋易夔，德獻追之不及，以詩寄云：「斷橋截鐙亦堪憐，始信林間別有天。微見兵機第一義，朱轓暫席廣文氈。」不久，德獻易任而東行。

(十一) 江州唐守立夫。今年十朋赴夔過江州，結識唐立夫，雖屬有緣，未必深交。今觀梅溪集相關「唐立夫」之詩二首，皆十朋倦悔名利，只慕高鴻不羨官業之自白，無深交之語，想二人交情泛泛也。

(十二) 趙不拙，字若拙。今年十朋赴夔途中，至江州而結交不拙，不拙時為江州添倅。初識面，十朋便傾心，云：「眉宇胸襟兩不塵，唾成珠玉更清新。」繼而十朋游廬山十日，不拙致羊酒詩篇以慰，漸已深交。

(十三) 王質，字景文，十朋行至興國軍，遇質，時質罷歸在鄉。十朋赴夔，質有贈行四絕，十朋次韻云：「孜孜相勉惟名節，官職何須校有無。」其時質年方壯而十朋已老，故勉以忠臣公論在人心者也。

(十四) 十朋十一月至夔，查元章、周行可俱為漕在夔，三人交往日密。

(十五) 劉侍郎韶美尚在道山，十朋寄詩託故人上呈執政欲歸山林作散人之心願。

孝宗乾道二年，丙戌（西元一一六六）五十五歲

【時事】

二月，賑兩浙、江東饑。三月，賜禮部蕭國梁以下四百九十三人及第、出身。罷洪適右僕射。魏杞同知樞密院事兼權參知政事。四月，汪澈罷。五月，葉顒罷。魏杞參知政事，林安宅同知樞密

院事兼權參知政事，蔣芾簽書樞密院事。八月，林安宅劾葉顒之子受金失實罷之。溫州大水。魏杞兼同知樞密院事，蔣芾權參知政事，召葉顒。十一月，密詔四川制置使汪應辰，如吳璘不起，收其宣撫使牌印，權行主管職事。十二月，葉顒爲尚書左僕射，魏杞右僕射，並同中書門下平章事兼樞崇使。蔣芾參知政事，吏部尚書陳俊卿同知樞密院事兼權參知政事。

【生活】

十朋官夔州，爲政有免費給水，修壘補城，勸農簡訟，奏請馬綱復行舊路㉟，又種柳二千本等諸端。正月六日與行可、元章出遊至峽水臨流踏磧，且細看六陣圖㊱。正月十五上元節遇晴，山中百姓出游，十朋勸農游罷歸去，勉力耕桑且早輸租稅。二月二十四日作詩記長子聞詩在鄱陽日夢熊入書院，遂於去年十二月十九日生長孫，名阿夔。二月戊子，爲崇明祀，買地易路，築屋增壇，於州西新建社稷。四月初，清明前四日，十朋與行可、元章載酒遊臥龍山，時涷雨初霽，風日清美，遊興正酣，且飲且以觀音泉瀹茗，且兼懷諸葛武侯。五月四日與同僚十六人登南樓觀灩澦堆

㉟ 梅溪後集卷十二有「聞馬綱復行舊路，聖主之恩，諸公奏（諫之力）也，元章用前韻，喜而和之」詩，此篇疑聞詩聞禮所補，甚或明朝時所補，故文字郭公夏五，且詩既置此，依編書例應屬乾道元年冬之作品。然其時十朋方就任，尙無閒暇論奏馬綱之事，則以篇置此殊屬不當也。又徐炯文年譜載茲事於乾道二年，或有所見，當可爲旁證。再者，宋會要載周時、查籥、十朋三人同奏此，事均指明乾道二年，直可爲確論無疑。今移置於乾道二年之作品之列。後十二，頁三四〇。

㊱ 梅溪後集卷十二「正月六日游磧呈行可元章」與「呈同官」，頁三四一。

邊之龍舟競渡。五月，劉韶美來巫山又過夔留半月，而查元章改漕成都。六月朔日，登靜暉樓觀漲潮；是月樓前荔枝一株方熟。伏日，與同官於瑞白堂觀跳珠且小飲。立秋，夔人習俗簪秋葉，十朋年衰有怯意。七夕，微雲掩月，作詩云：「夫耕婦織莫辭勤」。七月，落齒。七月十五日中元，得雨苗蘇而暑氣滌除。七、八月旱，七月間禱之得雨，八月十二日未及禱而雨。中秋，佳客十五，對月飲酒，作詩用昌黎贈張功曹韻。九月六日遇雨，不得登高，明日放晴再擬重九與客攜壺登臥龍山。十月㊲連日至瞿唐謁白帝祠，登三峽堂，覽古成詩十二絕。十月九日夔州初雪。十日，十朋買黃菊二株，如南山在眼。十月，同年閻安中、梁介得郡還蜀，聯舟過夔訪十朋於郡齋。旋與二同年觀雪於八陣臺，趙不拙來會，遂酌酒論文煮茗誦少陵江流石不轉之句。十月二十六日十朋生日，兒輩觴壽酒盡是祝歸期。至日（十二月二十二、三），驚鬢絲漸短，得命下還鄉。臘日，與同僚小集八陣臺，觀新成之武侯祠。十二月十八日迎虞允文於西城竹亭。十朋於夔州已兩過除夕矣。

【作品】

文有「夔州新修諸葛武侯祠堂記」；「寇忠愍公巴東祠記」；「唐質肅公祠記」；「臥龍山記」㊳等。詩有「立春」；「寄劉侍郎韶美」；「正月六日游磧星行可元章」；「呈同官」；「買山」；「給

㊲ 梅溪後集卷十三「瞿唐」一詩首句云：「七日重來白帝城……」，應為十月七日。前詩有九月九日，後詩有十月九日，故推知。頁三五一。

㊳ 見全蜀藝文志六十四卷「臥龍山記」。

水」；「修壘」；「種柳」；「江月亭二絕」；「登眞武山」；「上元山中百姓出游作三章諭之」；「題諸葛武侯祠」；「登詩史堂觀少陵畫像」；「送參議吳郎中」；「夔州祀社稷于州之西……詩以記之」；「游臥龍山呈行可元章」；「聞詩得男名之曰夔」；「甘露降于宅堂竹間凡半月……記以二絕」；「元章贈蘭」；「臥龍山有武侯新祠再用前韻」；「寄書與二叔二弟二首」；「題臥龍山觀音泉呈行可元章」；「元章贈筆戲成一絕」；「再酬元章」；「又答行可」；「酬行可惠白酒」；「同行可元章報恩寺行香登佛牙樓望勝己山」；「五月四日與同僚南樓觀競渡因成小詩四首，明日同行可元章登樓又成五首」；「劉韶美至巫山寄詩因次其韻」；「送元章改漕成都」；「次韻元章留別」；「夜與韶美飲酒瑞白堂秉燭觀跳珠，分韻得跳字」；「次韻韶美失舟閔書」；「韶美歸舟過夔留半月語離作惡詩二章以送」；「元章至雲安用送韶美韻見寄次韻以酬」；「靜暉樓前有荔子一株木老矣……至六月方熟」；「行可和詩再用前韻」；「行可再和思前日與韶美同飲計臺……復用前韻」；「又用韻呈行可」；「元章至萬州湖灘……六月朔日登靜暉樓……次韻寄元章」；「韶美至雲安寄詩二首再用詩字韻以寄」；「伏日與同官小飲瑞白堂觀跳珠分韻賦詩」；「伏日懷鄱陽同僚」；「餘干翁簿以予去饒之日郡人斷橋見留畫圖賦詩見寄，因次其韻」；「贈裴童子」；「行可生日」；「王嘉叟和讀楚東詩復用前韻以寄」；「嘉叟和黯字詩再用前韻以寄」；「和喻叔奇宿大木寺」；「用讀楚東集韻寄元章」；「納涼」；「立秋」；「七夕」；「懷鄱陽」；「齒落用昌黎韻」；「十六坊詩」；「制勝樓」；「中元日得雨」；「夢覺偶成」；「題無隱齋寄交代張眞父舍人」；「漕臺賞荷花……呈行可」；「再用前韻」；「張主管攝郡姊歸贈以三絕」；「蒲萄」；「寄趙果州」；「寄閻普州」；「八月十二日雨」；「中秋對月……呈同官」；「盤古廟」；「趙果州之子……因贈以詩」；「送如上人二首」；「州宅雜詠十六首」；「前輩有滿城風雨近重陽句……因為足之，招同官分韻」；「又用前句作七絕」；「九日登臥龍山呈同官」；「又一絕」；「送何希深舍人赴召」；「至瞿唐關戲用山名成一絕」；「連日至瞿唐謁白帝祠……共成十二絕」；「題無隱齋」；「送喻令」；「十月九日雪」；「食柑」；「十日買黃菊二株」；「采菊圖」；「梁彭州歸自道山……因次其韻二首」；「梁彭州與客登臥龍山送酒二尊二首」；「閻普州、趙果州舟中唱和以巨軸見寄酬以二首」；「丙戌冬十月閻惠夫梁子紹得郡還蜀聯舟過夔……」；「與二同年觀雪于八陣臺果州會焉……復用前韻」；「惠夫子紹二同年懷章過夔宗英趙若拙聯舟西上賦詩二首……次韻……」；「與惠夫若拙小酌郡齋……」；「三友堂」；「生日」；「觀畫像」；杜殿院挽詞三首」；「會同僚于郡齋煮惠山泉烹建谿茶酌瞿唐春」；「同僚和詩復用前韻」；「蠟梅」；「子紹至雲安復和前韻見寄酬以二首」；「趙若拙卓爾不群……作思堂詩」；「題朱鈐幹無喧室」；「糟蟹薦杯」；「至日寄二弟」；「懷二叔」；「連日鵲喜東歸之祥也，詩寄二弟」；「白雲樓赴周漕飯追念行可」；「哭陳阜卿四首」；「夢人贈范文正公集」；「食筍三首」；「寇萊公取韋蘇州野渡無人舟自橫之句……」；「夔硯」；「聞韶美侍郎易任廣漢二首」；「蠟日與同官小集八陣臺觀武侯新祠」；「梅雪」；「十八日迎虞參政于西城竹亭……」；「讀東坡詩」；「除日」。

【備考】

㈠ 今年七月，與趙不拙於三峽相逢。

㈡ 今年閻安中，在朝廷因直言而有危機，十朋寄詩勸早歸蜀。

㈢ 吳景偲，巴陵人，官郎中、參議。景偲人物非常，吏事尤高，詩品異等，十朋在蜀，因邂逅

(四)論交，旋景偲易任洞庭，似不再交往。

(五)今年二位叔父皆八十高年，清明寒食日寄書二叔二弟。

(六)劉韶美因私鈔秘閣書，放歸，至巫山寄詩與十朋（昔在越及著庭十朋與韶美已舊識）。韶美行至狼尾灘失舟而壞書籍。五月至夔府，與十朋飲酒瑞白堂，留半月而歸家。

(七)張震，字眞父，官舍人。與十朋有故人之誼。疑今年震官紹興。

(八)何逢原字希深，十年間爲官潼川路提點刑獄，今年召赴行在，除金部郎中。

(九)喻思然，捫膝先生子，蜀人。三年爲官奉節縣令，首祠唐質肅公（皇祐中御史唐子方）。其治邑有能聲，詩篇時出楚風騷。

(十)今年十朋同年閻安中、梁介得郡還蜀，聯舟過夔，訪十朋於郡齋。時，十朋與閻俱老矣而梁介方三十九歲。

(十一)趙不拙亦西上過夔，與閻、梁聯舟會合。

(十二)杜莘老，字起莘，官殿院，卒。

(十三)陳之茂，字阜卿，卒。因近喪長子，哀毀過甚。

(十四)約十一、十二月，劉韶美易任廣漢郡。

(十五)十二月十六日迎虞允文參政於西城竹亭。虞去年今年俱至夔視察。

【時事】

孝宗乾道三年，丁亥（西元一一六七）五十六歲

二月，出龍大淵。端明殿學士虞允文知樞崇院事。五月，吳璘薨。命四川制置使汪應辰主管宣撫司事，移司利州。六月，命汪應辰權節制利州路屯駐御前車馬。復分利州東、西路為二。以虞允文為資政殿大學士、四川宣撫使。戊寅，復以虞允文為知樞密院事，充宣撫使。八月，葉等請罷，不許。以知建康府史正志兼沿江水軍制置使。四川旱，賜制置司度牒四百，備振濟。十月，以嗣濮王士輵為開府儀同三司。十一月，葉顒、魏杞並罷，命陳俊卿參知政事，翰林學士劉珙同知樞崇院事。罷川路馬船。是歲，兩浙水，四川旱，江東、西，湖南北路蝗，賑之。

【生活】

正月元日趙不拙向果州送柑送酒，致厚意也。四日山顛雪，江梅、水仙花俱放，有豐年之兆。夔俗人人好遨，人日（初七）傾城出江皋遨游。穀日（初八）逢立春。立春三日後昰雪霏霏下人間。十四日十朋登眞武山。二月朔日詣府學講堂，堂前杏花正開，芬芳遐邇，此杏花乃閻安中昔為夔府教授時所植。六月一日荔枝初熟，憶及離家時，自隆興二年六月一日離家迄今三年。

伏日（六月）小雨方過，天生微涼，與同僚共游三友亭。因戶部責逋十四萬，為民請免不得，即欲丐祠去㊴。七夕，十朋聞已易任浙西吳興，喜可還鄉矣。七月十七日十朋全家離夔州易任湖州，夔州人涕泣送之，是夜宿瞿唐。經東屯，此處溪山之勝，類鄉之左原，謁少陵祠堂。且行且遊，發古峰嶺，飲古峰驛，遇燕子坡、巫山巫峽，經神六廟，昭君村，過大拽、石門，謁清烈廟，登獨醒亭。次黃牛峽，上黃牛廟。續行經石漁翁、至喜亭、郭道山，宿灌口，過江陵。離沙

㊴ 參見徐炯文王忠文公年譜乾道三年。

市，憩公安。過三汊、塔子山、魯家洑，宿人老灣。至烏沙鎮避風，至洞庭側，阻風，繫舟岳陽之西岸。登岳陽樓，觀洞庭湖、君山。前行泊玉沙縣潛江甲。過嘉魚縣，宿通濟口。經百人磯、南浦。解舟前行，泊漢口，上黃鶴樓。前經七磯，至黃州。游東坡賦詩十一絕，歷敘東坡生平事跡。舟行至富川，次近九華山。在秋浦，識提舉李子長，知郡趙富文，並與子長遊齊山。旋泛清溪。阻風，留復州池陽清溪口十日。舟至梅根，過淮山、九華山。至銅陵縣又阻風。八月十五日至黃池，館於方大圭秀才家，月明甚，與同行朱仲文、張子是及王康侯、錢正叔同飲。往宣城，宿新豐驛；過宛陵，陪汪應辰樞密登雙溪閣、疊嶂樓、游高齊，望敬亭山。離宣城，過麻姑山，宿紅林驛。經廣德、祠山，至桐川。九月一日自道場山如臨安，舊友周德載、夏廷茂來訪。至仙林待對，九日登佛閣。十三日君上未許還家，離仙林。過東林，至湖州郡，入郡久雨初霽。

十月晦日，於湖州郡六客堂招待凌季文、沈德和二尙書及劉汝一大諫。十一月十日，會於六客堂者宋子飛等十人，皆僚屬也。晦日，壺觴共攜，六客堂中佳客十二人。臘日，重刊戒石銘。仲冬，釋奠於郡學，與同僚登稽古閣，觀并山，望太湖，閱閣壁上題名盡儒輩尙友也，且誦范仲淹詩。

【作品】

文有「夔州新遷諸葛武侯祠堂記」；「劉（銓）知縣墓志銘」；「跋二劉帖」；「跋王僉判植詩」；「跋余襄公帖」；「跋馮員仲帖」；「跋霍懷州傳」；「跋王夷仲送行詩軸」等。詩有「元日」；「趙果州送黃柑金泉酒」；「四日雪坐間有江梅水仙花因目曰三白三首」；「人日游磧」；「穀日立春」；「雙鵲」；「王撫幹蒙贈蘇黃眞蹟酬以建茶」；「予雪詩云……各用其句作三絕以贈之又以一絕自貺」；「春雪」；「十四日登眞武山三首」；「禿筆」；「二月朔日詣學講堂前杏花正開呈教授」；「泮宮杏花乃閻紫微爲教官時所植復用前韻」；「甘露堂前有杏花一株……用昌黎韻」；「送王撫幹行甫」；「郡圃無海棠買數根植之」；「哭純老」；「次韻喻叔奇松竹圖」；「寄巫山圖與林致一、喻叔奇二首」；「夔路十賢十七首」；「柏架」；「次韻林江州題高遠亭」；「登制勝樓」；「再用前韻」；「送宋山甫知縣」；「六月一日」；「食荔枝三首」；「拾荔枝核欲種之戲成一首」；「幼女生日」；「詩史堂荔枝歌」；「周行可挽詩」；「過客談梁彭州之政不容口，聞爲虛額所困，欲引去，予願其少留，以福千里，輒寄惡詩」；「食薏苡粥」；「十賢堂栽竹」；「詩史堂荔枝晚熟而佳……復用前韻以歌之」；「伏日與同僚游三友亭」；「分韻得炎字」；「制勝樓有元豐間太守王延禧……記以數語」；「雷聲」；「某二年于夔竊食而已……呈蘇教授」；「聞得吳興」；「七夕呈同官」；「別夔州三絕」；「贈牟童子」；「別同官」；「七月十七日離夔州是夜宿瞿唐」；「至東屯謁少陵祠二首」；「東屯溪山之勝似吾家左原」；「登古峰嶺望夔州」；「古峰驛小飲」；「燕子坡」；「悼巫山趙宰」；「巫峽三首」；「神六廟」；「昭君村」；「過大拽」；「石門」；「謁清烈廟登獨醒亭」；「黃牛峽」；「黃牛廟」；「蝦蟆碚水」；「石漁翁」；「至喜亭」；「至喜亭又一絕」；「郭道山」；「宿灌口」；「江陵舟中作」；「查元章自成都走書……」；「離沙市天色變舟人懼風成……默禱有應」；「望石首山二首」；「過三沱」；「塔子山」；「魯家洑」；「宿人老灣」；「烏沙鎮避風」；「維舟岳陽之西岸……示同行朱仲文張子是」；「望洞庭」；「賈岳州以予阻風致酒肉之贈」；「魚蝦」；「初欲維舟岳陽樓下適風作遂泊南津」；「岳陽樓」；「洞庭湖二首」；「讀岳陽樓記」；「君山二首」；「南津淑濟廟」；「過仙亭」；「解舟遇風暫泊岳陽城下正對君山」；「岳陽城下岸赤色亦呼赤壁」；「君山形如龍南有一小山如龜」；「燕公樓」；「道人磯二首」；「泊潛江甲」；「舟遇逆風破浪賦詩」；「舟中覽鏡」；「過嘉魚縣」；「宿通濟口」；「百人磯」；「南浦」；「南樓」；「解舟風猶未息暫止江口」；「舊詩」；「喻叔奇自鄱陽來以詩見贈次韻以酬」；「琵琶亭」；「過彭澤」；「馬當山」；「那刹石」；「池之清溪如杭之西湖……呈提舉李子長知郡趙富文」；「子長和詩復酬二首」；「富文和詩復用前韻」；「子長招遊齊山」；「富文贈桂花」；「泛清溪」；「子長見示汪樞密游齊山詩因次其韻」；「富文送鹿肉」；「朱仲文和詩用齊山韻以酬」；「李長和詩并餽飲食……」；「溪口阻風寄子長富文」；「子長和汪樞密齊山詩復用前韻」；「池陽阻風留十日」；「子長攜具至溪口復用前韻」；「寄林黃中」；「望舒山」；「出清溪」；「舟至梅根子長寄詩復用前韻」；「淮山」；「九華山……因作九絕」；「銅陵阻風二首」；「黃池對月」；「宣城道中聞雁」；「宿新豐驛」；「途中遇雨」；「過宛陵陪汪樞密……用樞公游齊山韻」；「離宣城天色陰晦望群山不見樞公和詩見寄復用前韻」；「過麻姑山」；「宿紅林驛遇交代王給事」；「廣德途中觀刈稻」；「祠山」；「桐川三絕」；「九月一日自道場山如臨安……」；「待對仙林九日登佛閣……」；「九月十三日離仙林」；「過東林」；「郡中久雨入境而霽」；「六客堂」；「送朱仲文運幹還蜀」；「讀喻叔奇遊廬山詩二首」；「十月晦日會凌季文沈德和二尚書……于六客堂」；「沈書和詩再用韻」；「凌書和詩復用韻」；「劉汝一和詩復用韻」；「十一月十日會于六客堂者十人宋子飛……酒三行予賦詩」；「汝一和十客詩語及貢院復用前韻」；「晦日會于六客堂者十二人」；「次韻張叔清見寄（名湜）」「次韻林明仲見寄」；「貢院上梁」；「諸公和詩再用韻并簡沈虞卿教授」；「寄夔州張君王撫幹（名珖）」；「送張光大（咸）赴長沙簿」；「送柑姚子才」；「過孺人挽詞二首」；「重刊戒石銘二首」；

「謁顏魯公祠」；「懷忠堂」；「放生池」；「次韻翁東叟知縣見寄并簡戴俊仲二首」；「送師教授琛」；「用貢院韻寄當塗吳給事明可」；「王夷仲校書挽詞二首」；「仲冬釋奠于學同諸公登稽古閣觀井山望太湖閱壁上題名……」「次韻錢郎中豫六客堂碧瀾堂二絕」；「錢再賦二詩復用前韻……二首」；「送柴常之赴汀州教官」；「送宋舜卿赴汀州司戶」等。

【備考】

(一) 十朋在夔，與幕客王撫幹蒙、朱鈐幹灝、陳知錄相處甚善。

(二) 純老，永嘉僧，乃十朋表叔，住福州壽山，有名行。今年得潛潤寶印叔來書，知其死於壽山。純老，性情瀟灑如晉人，見識高邁，行爲孤潔，暮年住甌閩，道價遠近聞名。

(三) 今年十朋與鄱陽舊同僚林致一、喻叔奇仍詩筒往來。

(四) 宋山甫，官佑縣，家住眉山，老來邂逅楚天涯，常和十朋詩。其官職雖不高，名滿全蜀，今年易任河陽縣。

(五) 十朋幼女六月四日生日。

(六) 去年（乾道二年）周行可生日（六月十四日）十朋尚有賀詩，且夏日二人同食新荔於白雲樓池邊，然同年十二月已有「追念行可」之詩，按此行可已死於乾道二年。若「周行可挽詩」所云：「大事同生日，佳城近故丘……傷哉葬元伯，執紼竟無由」，雖屬乾道三年所作，乃葬行可之年，非行可亡故之年也。

(七) 今年梁介，官彭州，爲政爲虛額所困，有丐祠之意。

(八) 七月，查元章官成都漕臺，有書來祝十朋易任湖州。

(九)夔州同僚朱仲文、張子是護送十朋出夔，直至湖州郡府，誠懇感人。後朱仲文客死九江，十朋同年師琛允以攜歸蜀地。觀梅溪集編年之例，似其回程（今年底）即客死九江。

(十)今年七月十朋至九江，結識潯陽守林栗（字黃中），旋栗赴召行在。栗在潯陽有惠政。

(十一)七月十朋舟近九華山。與提舉李子長、知郡趙富文、樞密汪應辰往來酬唱並同游。

(十二)十月，十朋在郡齊六客堂與凌季文、沈德和尚書、劉汝一大諫聚會酬唱。

(十三)今年十朋與太學同窗張湜（字叔清）、同舍張咸（字光大）、同舍姚梓（字子才）、僚友林明仲、張珗（字君玉），舊游翁東叟知縣，同年師琛教授有往來。

(十四)吳明可，今年官當塗。昔為尉樂清，紹興五年縣學落成，十朋嘗賦詩，即於鄉校受知於明可。今本湖山集中仍見二人之交情。吳氏頗多和陶之作，惜淺白無滋味。

(十五)同年王夷仲卒。卒年六十一歲。卒於本年六月五日。夷仲一生頓挫，窮愁老死，然為人果決能辯正，遏橫流，居貧操潔，實十朋之益友。（水心文集卷十六校書郎王公夷仲墓誌銘）。

(十六)虞庠同舍友柴常之今年赴官汀州教授。

(十七)梅溪舊生徒宋舜卿今年赴官汀州司戶。諸本宋舜卿作朱舜卿，今衡之詩文，斷定是宋舜卿無誤，據此十朋之生徒已有舉官者矣。

【時事】

孝宗乾道四年，戊子（西元一一六八）五十七歲

正月，葉顒薨。二月，詔四川宣撫史虞允文集四路漕臣，會計財賦所入，對立兵額。蔣芾爲尚書右僕射同中書門下平章事兼樞密使制國用使。觀文殿大學士史浩爲四川制置使，浩辭不行。三月，以敷文閣待制晁公武爲四川安撫制置使。六月，蔣芾以母喪去位。七月，劉珙兼參知政事。八月劉珙罷。陳俊卿請罷政，不許。十月，蔣芾起復尚書左僕射，陳俊卿右僕射，並同中書門下平章事兼樞崇使兼制國用使。十二月，蔣芾辭起復，許之。

【生活】

十朋至湖州郡，忙於吏事，其惠政有「租苗放三分……年凶米不貴，夜靜犬不聞……」，故賦詩無多，且鬚髮盡白。二月望日欲往弁山勞農，方風雨作，遂出南門，因登峴山，乘興游何山，同行有幕僚宋子飛、沈虞卿、霍從周、范文質。三、四月十朋力上祠章，得回天意，許祠。通判宋子飛攝郡事。同僚三十二人與餞席。臨行，父老送十朋，手中各一爐香敬爲使君焚。十朋舟行往浙西，經德清、金仙院，宿妙庭觀。行，宿富春舟中，是日得提舉太平興國宮。泊桐廬，經釣臺。端午日，與柳嚴州登瀟灑亭。行，宿安流亭，過老鼠岐。至蘭溪買扇題歸去來字。舟行泝婺溪而上。八月二日，十朋奉命知泉州進敷文閣直學士。暫歸又懷章，親朋殷勤送行，九月二十九日解舟赴任。舟過瑞安登觀潮閣，訪舊游多成故鬼，遇張子猷、沈敦謨，訪曹夢良。舟行，過鳳凰岩、蕭家渡，入長溪境，宿飯溪驛，宿雙岩寺。至福唐，同年孫彥忠鄉人丁鎮叔七人會酌於試院。續行，宿眞隱寺，飯枕峰，宿囊山寺，過蔡襄故居，十月至泉州郡。

在郡，宴泉州七邑之宰，勉以治民宜用「撫」。於泉結識英宗趙士參、提舶馬寺丞，話語投機，交往密切。十二月十日十朋妻賈氏卒於泉州郡，三十年間比翼成一夢。

【作品】

詩有「二月望日欲勞農于弁山……薄暮而還三首」；「勞農峴山，乘輿游何山……」；「寄沈虞卿寒夕上安定家」；「登清風樓呈通判宋子飛」；「郡僚展餞席上賦詩」；「父老」；「至德清懷送別諸公」；「金仙院」；「宿妙庭觀」；「宿富春舟中」；「泊桐廬分水港」；「小瀑布」；「釣臺三絕」；「吳明可自當塗以詩見寄因次其韻二首」；「端午日陪柳嚴州登千峰榭四首」；「宿安流亭」；「過老鼠岐二首」；「予至蘭溪買扇……」；「泝婺溪同年雍堯佐、周堯夫同王與道尙書子姪拏舟來迓」；「婺女廣文官舍舊有五柳……」；「戊子八月二日得泉州」；「解舟」；「過瑞安」；「贈沈敦謨」；「觀潮閣」；「訪曹夢良」；「鳳凰岩」；「蕭家渡」；「入長溪境」；「贈程天祐秀才」；「宿飯溪驛二首」；「宿雙岩寺」；」至福唐會鄉人丁鎭叔……同年孫彥忠，草酌試院」；「宿眞隱寺」；「飯沈峰」；「宿囊山寺二首」；「過蔡端明故居」；「謁七邑宰」；「送赴省諸先輩」；「次韻夔漕趙若拙見寄二首」；「知宗生日」；「哭令人」等。文有「跋杜祁公帖」等。

【備考】

(一) 湖州同僚有宋子飛通判，沈虞卿教授，霍從周、范文質等。

(二) 吳明可自當塗來詩，也欲求祠。是年明可仍爲當塗守（吳芾湖山集卷十姑溪集序）。

(三) 端午日，嚴州守柳某，偕十朋登千峰榭，千峰榭亦名瀟灑亭。

(四) 暑天，十朋泝婺溪欲歸樂清，於雙溪，遇同年雍堯佐、周堯夫、王與道尙書子姪拏舟來迓。

(五) 又周堯夫復婺女廣文官舍之五柳堂，並復植五柳。

九月，十朋赴泉，過瑞安，梅溪生徒張仲遠（子猷）扁舟來聚。又逢泮宮舊友沈肴皋（敦謨），三十年前（紹興八年）壯年別，相見皆素髮。

(六) 今年十朋赴泉途中至許峰訪好友曹逢時（夢良）。

(七) 赴泉至福唐，鄉人丁鎮叔、張器光、甄雲卿、項用中、趙知錄、薛主簿皆來會。與會者又有同年孫彥忠。彥忠會稽人，紹興二十七年、八年十朋仕越嘗與彥忠共事而最契。

(八) 趙不拙今年移漕成都，來書云欲記十朋去夔後數事。

(九) 趙氏英宗，趙士㒓（悅中），乃十朋在越舊識，今重逢最契合。

孝宗乾道五年，己丑（西元一一六九）五十八歲

【時事】

二月，命楚州兵馬鈐轄羊滋專一措置沿淮、海盜賊。贈張浚太師，謚忠獻。給事中梁克家簽書樞密院事。王炎參知政事兼同知樞密院事。三月，王炎爲四川宣撫史，仍參知政事。召虞允文赴行在。罷利州路諸州營田官兵，募民耕佃。四月，梁克家兼參知政事。六月，虞允文爲樞密使。七月，召曾覿入見，陳俊卿、虞允文請罷之，不許。覿至行在，俊卿、允文復言其不可留，詔覿爲浙東總管。六月，俊卿爲尚書左僕射，虞允文爲尚書右僕射，並同中書門下平章事，兼樞崇使兼制國用使。十月，賑溫、台三州被水貧民、以守臣、監司失職，降責有差。十一月，爲岳飛立廟

于鄂州。

【生活】

二月，十朋新建泉州貢院，築基塞沼，先將魚鼈活之別沼。春耕，十朋出郊勸農，且已上祠章求去。三月，夜聞子規痛念亡妻，續有悼亡之作。三月，南宮揭榜，泉州（溫陵）十六人及第。在泉，與趙士夔多所酬唱。去冬表兄賈岩老（疑表叔賈如規之子賈大老，因賈氏之死來弔）四月雪來，留十朋鈐齋兩三月，暮春始東歸，十朋送客出北門。曹夢良自樂清寄柑來，聞詩聞禮憶及去冬母親方共嚐，今日竟取以祭母，哭泣不已。四月八日貢院上梁，得雨。四月旱不雨，將禱，雨忽沛然大作。炎炎夏日，十朋害痰。因送客出東郊而游東湖小飲。五月，同趙士夔游郭外東湖，又同登二山亭、二公亭。五月晦日趙知宗、馬提舶、通判聚會納涼於雲榭。六月，郡庭戒石痺陋，十朋遂修戒石（內刻聖訓十六字）；州治原有忠獻堂，因韓琦而得名，廢於俗吏，二十五日復之。十朋就郡圃之庵立爲韓琦之新祠，八月戊子率同僚祀之。八月十五日，貢院落成，把盃邀月，十朋以科第要從勤苦得勉士子。九月八日馬提舶送菊酒，撩起鄉情。九日登雲榭望泉山。十日同趙知宗馬提舶游九日山延福寺，登御書閣、思古堂、善利王廟、秦君亭、姜相峰。今年十朋三乞祠，稟以入境苦痰及腳腫且妻棺期年未還，仍不允祠。十月二十日買菊一株，值於郡齋松竹之間，自比歲寒三友，足慰淒涼。北樓於八月重修，十一月丁卯訖工，望日與郡僚同登此樓銷憂。

十一月二十七日亡妻生辰，十朋哭以小詩。臘月二十八日與趙知宗啜茶于北樓，賞梅於忠獻堂。除日，思二弟，寄詩告以祠章三上，試掃茅廬以待。

【作品】

文有「興化軍林氏重修旌表門閭記」；「泉州新修北樓記」；「跋蔣元肅夢仙賦」；「跋張侍郎帖」；「跋嚴伯威墨蹟」等。詩有「貢院水車築基諸公懼魚鼈活之別沼」；「出郊勸農四首」；「題靈秀峰禪院」；「送九座訥老二首」；「崔肅之（雍）自湖至泉遷二親喪歸葬詩以送之」；「夜聞子規痛念亡者」；「南宮揭榜溫陵得人爲盛……」；「諸公廷對甫邇復用前韻」；「次韻知宗春陰」；「次韻知宗游北山」；「悼亡四首」；「次韻知宗酴醾」；游承天寺後園登月臺贈潛老二首」；「送賈岩老還鄉三首」；「送岩老出北門二首」；「送傅興化」；「曹夢良寄柑……」；「四月八日貢院上梁」；「諸公和詩復用前韻二首」；「悼亡」；「薛士昭主管母夫人加封……」；「送吳憲知叔」；「祈雨未應提舶知宗道觀焚香……」；「次韻知宗賀雨」；「次韻陸倅賀雨」；「夏四月不雨守臣不職之罪也……五首」；「次韻蔣教授喜雨」；「知宗游延福有詩見懷次韻以酬」；「提舉（定國案舉應作舶）延福祈風道中有作次韻」；「病中食火山荔枝」；「諸公和詩再用前韻」；「漳州石教授寄火山荔支」；「東湖小飲」；「東湖」；「愛松堂」；「食瓜呈知宗」；「題節推納涼軒」；「州宅即事」；「修鷹爪花架」；「鷹爪花」；「長生草」；「榕木」；「安靜堂」；「中和堂」；「雲榭」；「二山亭」；「清暑堂（後復名忠獻）」；「貢院納涼分韻得湖字」；「知宗游東湖用貢院納涼韻見寄次韻奉酬」；「再和」；「比和知宗詩牽於押韻以招虞爲戲……」；「游湖值雨薛士昭衣巾霑濕意氣自若戲用前韻」；「次韻知宗游二公亭」；「提舶示觀楚東集用張安國韻……」；「五月晦日會知宗、提舶、通判（定國案通判疑指薛士昭）納涼雲榭……」；「知宗提舶即席贈詩……并簡通判」；「提舶欲移廚過雲榭示詩次韻」；「提舶攜具過雲榭知宗出示和章復用韻」；「知宗即席和端字韻三首……」；「知宗送玉友酒」；「林漕世傳贈莆中荔子……」；「提舶送荔支借用前韻」；「州治有忠獻堂……今復之」；「六月二十五日會同官于貢院……分韻得相字」；「新第先歸者五人……即席贈詩」；「寫眞自題」；「士昭贈寸金魚子」；「贈第二人石察判」；「荔支七絕」；「貢院垂成雙蓮呈瑞……」；「陳賀州賦雙蓮詩不言祥瑞次韻次酬」；「郡圃有荔支名白蜜者……」；「送王提幹涗」；「觀貢院畫春景圖」；「韓魏公生于泉南州宅故未有祠……」；「陳提刑永仲以清名室志先德也詩以美之」；「樸鄉釣隱圖」；「八月十五日貢院落成……以勉多士」；「送薛士昭二首」；「愛松堂前有綠竹一叢……」；「提舶送菊酒有詩次韻」；「九日登雲榭」；「十日同知宗船游九日山延福寺」；「御書閣」；「思古堂」；「善利王廟」；「晉時松」；「秦君亭」；「姜相峰」；「無名木」；「姜秦峰（定國案峰應祠之誤；「峰」乃沿前詩姜相峰之誤刻）」；「陳公祠」；「蔡端明詩」；「石佛」；「聚秀閣」；「提舶送岩桂」；「寄南安鹿宰」；「貢院圖」；「去年」；「不求人」；「興化簿葉思文吾鄉老先生也……」；「送陸通判二首」；「觀郡守題名」；「龍眼」；「金橘」；「清源夫人趙氏挽詞」；「食薑」；「食芋」；「夢二叔」；「懷胡侍郎邦衡」；「悼汪舍人養源」；「悼張舍人安國」；「黃花」；「飛蚊」；「夫子泉」；「立高桂坊」；「洛陽橋」；「移庖貢院知宗即席賦詩次韻」；「知宗贈金桔報以香橙」；「乞祠不允三十韻」；「次韻陳賀州題姜秦二公祠二首」；「薛士昭寄新柑分贈知宗提舶知宗有詩次韻」；「知宗柑詩用韻頗險……續賦一首三十韻」；「林主簿明仲挽詞三首」；「擬賦江南寄梅花詩」；「十月二十日買菊一株頗佳……」；「重修北樓十一月望日與郡僚同登因書十二韻」；「諸公和詩復用前韻」；「哭萬先之」；「胡邦衡……知漳州……賀詩以志喜」；「馮員仲復元官與致仕恩澤」；

「次韻提舶見招」；「令人生日哭以小詩」；「知宗生日」；「喻叔奇采坡詩一聯云……酬以四十韻」；「題徐致政菊坡圖」；「次韻吳明可見寄」；「沈敦謨和詩見寄復用元韻」；「曹夢良教授寄柑一百顆報以乾荔支戲成二絕」；「懷夢齡昌齡弟」；「臘月二十八日與知宗提舉分歲郡中」……「；曾潮州到郡未幾首修韓文公廟……」；「送柯教授赴官四明」；「寄崔肅之」；「燭花」；「次韻表叔賈元範見寄二首」等。（定國案據次韻賈元範見寄詩之注文有「……今有悼亡之戚故云。」而斷此二詩作於令人生日十一月二十七日左右，故列於今年。）

【備考】

(一) 廬山九座訥庵之納老，今年來泉州留半月。

(二) 傅自得（字安道），今年出守泉南，與十朋爲鄰郡。

(三) 曹夢良自永嘉許峰寄柑寄書來。

(四) 吳知叔、職司憲、至郡，十朋送之。嘗薦孤寒士，且以錢助建貢院。

(五) 陸濬，字次川，官倅，十朋泉州僚屬，有賀雨詩。

(六) 陳知柔，字體仁。十朋守泉，識二陳，大陳陳孝則，小陳陳知柔。知柔曾知賀州，有賀雨詩、題姜秦二公祠等，與十朋唱酬頗投機。

(七) 蔣雝，字元肅。官教授，十朋泉州僚客。好古能文能詩，尤能講禮行聖人之禮，而削其不合時者。

(八) 丁康臣，字道濟，今年爲惠安令，惠政冠於溫陵。其乃十朋同鄉，二人曾共泛舟，約卜築退隱。十朋嘗推薦之。

(九) 林孝澤，字世傳，職漕官，嘗贈十朋莆中荔子狀元紅。

(十) 薛士昭，字伯宣。鄉人，今年自故鄉寄柑、寄金魚子來。士昭爲人豪放，遊東湖遇雨，衣巾盡濕猶自若也。與十朋於紹興十七年時識面，今年相逢泉州益慰十朋，乃十朋之良朋。其詩篇清新俊逸。

(土) 鹿何，字伯奇，南安宰。今年復建姜秦祠，修姜秦墓。

(圭) 葉思文，鄉之老先生，爲興化簿。其來訪十朋，十朋酬詩望其痛革近世作異端詩文之弊。

(圭) 陸之望通判，即十朋充越時同僚，近二年在泉，爲官清廉，今年十朋送其歸鑑湖。

(茜) 今年十朋懷胡邦衡侍郎，乃有寄詩。十一月邦衡以集英殿修撰知漳州。

(去) 汪養源舍人，紹興三十年與十朋曾同考於殿試，應是同赴史館試（然十朋以狀元身分，依例係免試入館，則此殿試不知爲何試）。其卒於今年。

(夫) 張安國舍人，卒於今年。

(七) 林明仲主簿，鄉人，白頭出仕，卒於今年。

(大) 十朋太學之侶友萬庚（先之），卒於今年。

(九) 馮方（員仲）今年復原官並賜致仕恩澤（馮方已死於隆興二年）。

(干) 喻叔奇寄十詩譽十朋爲當今文壇盟主。

(三) 徐壽（子由），乃偃王後裔，詩之風味類淵明，又善丹青，今年來訪，十朋曾爲之題菊坡圖。

(三) 今年十朋樂清舊長官吳明可有詩來。

(亖) 十朋故友沈敦謨今年來會同。

(亖) 十朋恩師曾汪，知潮州，首修韓文公廟，次建貢闈。

(三五) 饒州同僚崔雍（肅之），乃懷州別駕之子，盤谷先生之外甥。今年與十朋有詩筒往來。

(三六) 表叔賈元範，今年有詩來，十朋次韻以寄，詩云表叔之清德，雖屢招不官，再言平生受知遇之恩，昔妻以兄女而今妻已亡，眞無限感慨矣。元範稟賦素強，不近醫藥，而壽考康寧。

孝宗乾道六年，庚寅（西元一一七〇）五十九歲

【時事】

正月，雅州沙平蠻寇邊，四川制置使晁公武調兵討之，失利。四月，罷鑄錢司歸發運司。張震知成都府。賜發運使史正志緡錢二百萬為均輸、和糴之用。吏部尚書汪應辰三上疏論發運司。以應辰知平江府。五月，陳俊卿罷為觀文殿大學士，知福州。知潮州曾造犯贓、貸命，南雄州編管，籍其家。閏月，梁克家參知政事兼同知樞密院事。九月，賜蘇軾謚曰文忠。范成大使金還。十二月，罷發運司，以史正志奏課不實，責為楚州團練副使，永州安置。是歲兩浙、江東西、福建水旱。

【生活】

正月，元日至人日天候晴朗。元宵於貢院張燈會客。十朋來泉，與趙知宗、馬提舶過從最密而詩作唱和尤多。春，出郊勸農，時正二麥青黃，然天雨失時，十朋飯蔬於法石寺。同僚葉飛卿贈筍蕨，作羹甚美。尚未夏，蚊已成雷，麥既枯且死，中夜忽聞簷溜響，殊喜雨也。春三月辛酉出郊

迎客，至石塔院憩劉公亭，眼界頗嘉。清源郡城西有石筍溪，會江水深而險，陳提刑孝則倡議建石橋以易舊浮木，其弟陳知柔協其謀，梁樞密克家亦力助之，自紹興三十年迄乾道五年完工，費時十年，今出郊見之，甚偉壯也。今年夏日表弟萬大年游清源，宿郡齋，爲鼠、蚊、蚤所苦，目爲三害，十朋勸以「宴安生鴆毒，疾患資壽考」此天助其早起力學者也。端午，前年去年均病不得飲酒，今日獲馬提舶贈玉友酒，則引觴來澆未能投閑之愁懷。清源號稱佛國，天申節且將魚鱉放生於十畝池中。五月夜坐郡齋遙聞水車聲，擬想農民今年久旱之悲。閏五月因老病罷官，二十日出州宅，寓清源驛。郡有安靜堂舊額乃蔡襄之子蔡橚所書，鐵畫銀鉤堪留遺芳，爲老兵據爲寢床，今滌清塵土恢復懸之。閏二十六日有大風，瓦爲之飄上天，山川失色，疑似今之龍捲風者矣。十朋去泉，越境送別至楓庭驛者有蔣元肅等七人。九月初六，重九前一日作挽令人詩三首，有句「知汝莫如我」憶舊日鰜鰈情深也。九月乙酉，十朋葬妻於左原白巖而祔姑之側。時十朋新知台州。十朋以病力辭且乞致仕，乃復提舉太平興國宮。十朋既辭歸故里新闢梅溪草堂，獨缺花木，然無錢買花乃以詩覓之名園，效法少陵故事也。

【作品】

文有「跋孫尚書張紫微帖」；「日義堂銘」；「令人壙誌」等。詩有「人日喜晴」；「元宵貢院張燈會客知宗即席賦詩次韻」；「送丁惠安」；「知宗示提舶贈新茶詩……因次其韻」；「知宗贈驢肉以膰肉酬之」；「次韻贈新筍」；「曾潮州萬頃增闢貢院以元夕落成寄詩次韻」；「題並玉堂」；「出郊勸農飯疏于法石僧舍時方閔雨有無麥之憂因成八絕」；「食筍蕨」；「悼陳提刑」；「聞胡邦衡改知泉州復用前韻」；「次韻何興化德揚閔雨」；「喜雨再用前韻」；「次韻龔實之正言見寄二首」；「出郊迓客至石塔院憩劉公亭……即事有作」；「用喜雨韻呈龔實之」；「石筍橋」；「林黃中少卿出守吳興芮國器司業以詩送之……用韻寄二公二首」；「題蔣元肅蘊仁堂」；「李伯時贈英石」；「送潛老赴東禪二首」；「陳提刑挽詞」；「送陳元龍赴封州教官」；「提舶生日」；「得葉飛卿書因寄貢院碑」；「萬桂堂」；「表弟万大年宿郡齋爲鼠蚊蚤所苦……諭之以詩」；「薦新荔支」；「大年獨步郡圃即事有作次韻」；「早起」；「刺桐花」；「大年游延福寺」；「提舶贈玉友六言詩次韻酬二首」；「郡齋夜坐聞水車聲二首」；「末利花」；「次韻傅教授景仁馬綠荔支」；「再次韻」；「三次韻」；「四次韻」；「五次韻」；「六次韻」；「七次韻」；「得雨復用聞水車韻二首」；「吳宗教惠西施舌戲成三絕」；「貢院食新荔觀雙蓮因成六言」；「分韻得雨字」；「雲榭納涼」；「分韻得宜字」；「罷官述懷」；「出州宅」；「寓清源驛」；「諸公餞別分韻得人字」；「枕上聞雨聲」；「聞角聲」；「復安靜堂舊額」；「次蔣元肅韻」；「贈李宜之運幹（誼）」；「記風」；「蔡端明祠堂」；「別傅教授景仁」；「贈陳教授正仲（讜）」；「挽令人」；「贈陳體仁」；「贈林尉致約」；「臨行至貢院觀桂贈致約」；「宿寂光院」；「陳德溥以百韻詩送別因贈一絕」；「越境送別者七人蔣元肅黃少度鹿伯可趙元序陳德溥葉飛卿林致約……」；「別蔣元肅」；「題莆田林氏雙闕」；「過頭陀九嶺宿天玉樓林二招提因成三絕」；「宿五峰院」；「贈亮首坐」；「王成之太博寄詩病中未能和謾書二十字以酬」；「司理叔丈和過万橋詩復用前韻」；「挽令人三首」；「梅溪草堂新闢缺少花木效少陵故事覓之以詩二首」；「夢齡弟生日」；「可公禪老住泉之九日山二十年矣……酬以一絕」；「黃伯厚得蒲墨折而爲三，以書來易，戲成二絕」；「姚宰行可和詩索墨酬以元韻」；「松筆」；「題淨名院二絕」等。

【備考】

㈠ 丁惠安治邑嚴明而濟以廉平，且催科不擾而明辦，其吏治爲溫陵七邑之冠，今年易任，邑民懷德，爲立生祠，繪像而祀之。

㈡ 曾汪在潮州，方至郡即建韓文公廟，增闢貢院，貢院於今年元月十五落成。

㈢ 十朋同年李伯時教授居泉州之北門，家有並玉堂，用以養親，每於綵衣戲罷看山色，十朋爲詩賦之。

㈣ 陳孝則提刑，嘗倡建石筍橋，卒於今年元夕後十日，其有年有德而留愛清源郡。

㈤ 興化守何德揚有詩閔雨。

㈥ 十朋史館同僚，龔茂良（實之）右正言，興化人，爲人謹厚和氣，今年有詩來。其乾道三年得郡廣州乾道五年召還，乾道七年初爲江西帥。

㈦ 林栗（字黃中）少卿出守吳興。十朋太學同舍芮燁（國器），今年官國子司業。

㈧ 蔣雝（字元肅），十朋泉州同僚，與十朋友善，常唱和。元肅家有蘊仁堂（乃其宰德化時作），十朋爲題詩。閏五月十朋罷泉州，求祠而去，元肅送之越境。

㈨ 乾道五年十朋游承天寺後園登月臺結識潛老。潛老駐清源郡十五年，今年赴駐東禪。

㈩ 同年陳元龍，今年赴職封州教官。

⑪ 去年十朋泉州貢院工程即聘葉主簿飛卿、陳節推德溥董之。今年十朋罷去，送越境者亦有飛卿、德溥。

⑫ 今年表弟萬大年來游泉州，宿郡齋。

(十三) 陳良翰大諫，今年居言路，十朋寄詩勉其力爭天聽。
(十四) 趙士篯今年奉祠還越。據詩句「轉頭十載已陳跡，會面二山俱禿翁」則二人應屬舊識。
(十五) 十朋在泉，贈詩李誼運幹、陳讜教授、林致約縣尉，並與傅景仁教授唱和。
(十六) 十朋回鄉。賈如規有和過橋詩，十朋酬和，詩意備載受叔父知遇之經過。
(十七) 學生黃伯厚，今年猶有書信來往。

孝宗乾道七年，辛卯（西元一一七一）六十歲

【時事】

正月，虞允文復請建太子，帝命允文擬詔以進。二月，詔立子惇爲皇太子。三月，起復劉珙同知樞密院事。以明州觀察使、知閤門事兼樞密都承旨張說簽書樞密院事。左司員外郎兼侍講張栻言說不宜執政。禮部侍郎鄭聞、工部侍郎胡銓、樞密院檢詳文字李衡、秘書丞潘慈明並罷。虞允文乞留銓，乃以爲寶文閣待制兼侍講。五月，劉珙起復同知樞密院事，爲荊、襄宣撫使，珙辭不拜。七月，王炎爲樞密使、四川宣撫史。

【生活】

正月，爲昔史館同事龔茂良作廣州重建學記。三月，除太子詹事，詔旨敦趣，十朋力疾造朝。上特御選德殿，而十朋足弱不能趨，詔給扶，減拜，且賜坐，又詔權刪朝參，又遣使以告及金帶就

賜。十朋三上章乞致仕，乃詔以龍圖閣學士致仕，命下而薨。時，七月丙子。

十朋即世，孝宗聞，嗟悼，賻恤有加，令兩浙漕臣興喪事。十朋積階至左朝奉郎，封樂清縣開國男，至是贈左散大夫謚忠文。十朋遺戒喪事毋得用佛老教，諸孤行之，十二月丙子葬於樂清縣之左原白巖，與妻賈氏合祔焉㊵。

十朋在仕，兩遇郊祀恩，奏其弟夢朋、百朋，故二子皆未仕。長子聞詩次子聞禮俱太學生，後以恩補官。聞詩官至江東提刑，聞禮官終直秘閣大學士㊶，並清正強毅能守家訓。聞詩治光州時，與聞禮同編輯其父之廷試策、奏議、詩文共五十四卷，刻以傳世，即今之所見傳世本。

㊵ 參考汪應辰撰王公墓誌銘、徐炯文王忠文公年譜及梅溪集。

㊶ 見葉水心文集卷十六提刑檢詳王公墓誌銘及卷十七運使直閣郎中王公墓誌銘。頁十八及頁八。

資料來源
（刘思源绘）
宋詩鑒賞辭典
上海辭书出版社出版

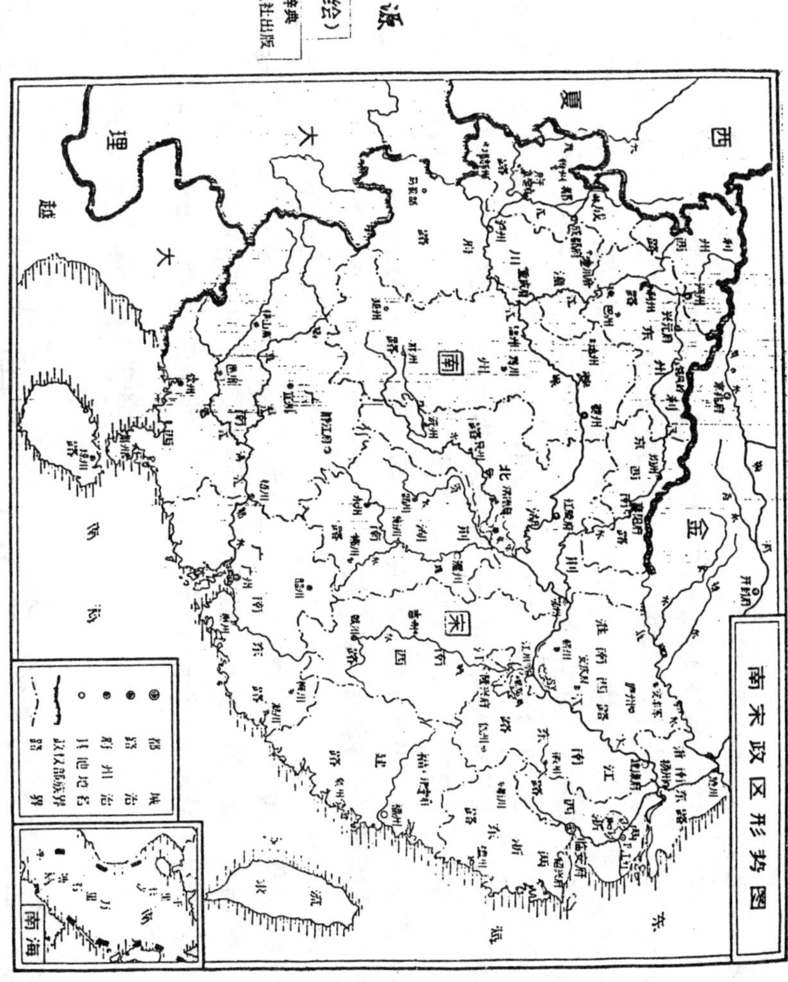

第四章　王十朋之文學背景及文學觀念

第一節　宋朝文學理論之概況

宋初，集權中央，係王權極力擴張之專制封建時代。北宋百六十年，久無干戈之亂，促使士農工商蓬勃開展，經濟亦高度繁盛，東京夢華錄所述非虛。倏爾，金兵南寇，徽、欽帝蒙塵，政治、社會頓時騰生波濤。南渡之後，宋、金時有會戰，然主和之勢漸成，南宋又得百餘年之苟安。都此三百年，宋文學創作之活躍盛有一代矣。

文學創作與文學理論恆互為依存。肇初時，先有文學創作活動，繼而發生文學理論；久之，理論引導文學創作而創作又影響文學理論，旋彼旋此，因循不息。北宋太祖、太宗、眞宗間文學理論家較重要者，計有柳開、王禹偁、智圓，首倡破除形式主義之文風。仁宗以降，穆修、尹洙、蘇舜欽、孫復、梅堯臣、石介、歐陽修者，又續揭詩文革新，遂繁榮北宋文學創作徑途。歐公而後，文學理論趨勢竟道分多支。是時，周敦頤、邵雍、程頤兄弟、楊時諸君行道學之文，詩淪為押韻之語錄，文輒出入載道之應用。仁宗、神宗後，李覯、王安石、司馬光，擅揚政治思想文學，論言重詔誥、奏議、史傳之類，略無文學獨立之認識。同此之時，三蘇光芒萬丈，而蘇軾之文學理論雖遭時人貶為離經叛道，卻殊能留心詩文藝術特徵，是以往往涉及為文之匠心、趣味、感受，使文學獨立性遞增焉。此後，曾鞏、劉弇、呂南公諸君子皆尊崇為文之獨立作用。北宋間，設以專門論詩法之詩論家而言，允推黃庭堅第一。黃氏強調以瘦硬風格矯革晚唐詩風與西崑體之靡弱，且變化俗雅新故取以標新立異，所謂「奪胎、換骨法」尤爲宋人、後人樂道潛學，此雖曰不過「剽竊之黠者」，實已體會文學獨立之可取。北宋末年，呂本中作江西宗派圖，其中陳師道、韓駒、呂本中輩非惟承襲江西派之師法，且能補弊黃氏之缺失者矣。

宋室南渡初，或云文壇無珠光燦爛之文學理論家，若有之，則曰張戒是也。其歲寒堂詩話，倡以「言志抒情爲本，含蓄蘊藉爲貴」稍有新意（四庫全書本）。而此時另有隱然雄峙天下爲文壇祭酒者，王十朋是也。惜世人忽略，近千年來，沈淪不彰，然其承先啓後之跡，可按詩文作品索得，甚或南宋大儒朱熹亦在其籠罩中，此點專文再述，今暫略過。朱子之學，簡括而言，能融合歷代儒學，匯入佛老莊學，獨抱客觀唯心主義思想系統，以爲「文從道中流出」，重視文學源流與文學內容合一，使文學既有思想內容，又有藝術形式，而主張以「魏晉以前的作品爲詩之根本準則」❶。然與朱熹同源二程之陸九淵，主倡心學，轉趨主觀唯心主義。另有陸游、楊萬里出入江西派而卓然自立。至南宋中葉，有永嘉學派，即陳亮、葉適者反對思想束縛，反對尊古陋今，此二子觀點有可取之處。同時之永嘉四靈，以纖巧取勝，苦吟過於郊島，而氣魄境界並皆狹隘，葉適嘗深惜之。又有姜夔者，多抒發情感，不步武前人，能自出機軸，故恆妙悟自得。南宋後期道學家眞德秀、魏了翁並立。眞氏墨守朱熹之說，魏氏上溯六經，旁搜諸家，立論格局較閎闊，然二者仍難跳出道學家論文學之局限。即缺乏文學藝術生命之表達者也。南宋後期尚有包恢能針對宋詩枯槁之弊，鳴出情性作品，深美有味焉。又有劉克莊折衷諸家之說，舉三百年宋詩弊病端在詩者經義策論之押韻耳。劉意詩歌非爲藝術而作，乃受宋世特重經學、道學（或稱理學）之影

❶ 見成復旺等著中國文學理論史第二冊第四編頁二八一起宋元部分，北京出版社。

響。南宋末年，嚴羽承襲宋文學獨立之呼聲，此與南宋初年王十朋有呼應互動之因果。「嚴格的把盛唐詩和晚唐詩區分（定國案此係以爲盛唐詩波瀾壯闊，實仍以流爲源，宋詩無源之因猶未除也），用禪道來說詩，……開了所謂神韻派，那就是以『不說出來』爲方法，想達到『說不出來』的境界。他的滄浪詩話在明清兩代起了極大的影響……」❷，宋朝道學家（周敦頤、朱熹）、政治家（王安石、司馬光、范仲淹）、文學家（歐陽修、蘇軾）三派文學思想路線，確是宋文學思想史倍受爭議之所在。南宋初期，歌詩理論早已邁出黃庭堅江西派之陰影，至嚴羽遂使文學獨立解放，提升詩文審美藝術境界，詩文固有自己之價值矣。

若易以另一個角度再細言之，宋世文學思想，大致可均分二路，其一即蘇軾、楊萬里、包恢所領導之莊老佛學思想；其二即陸游、葉適、劉克莊所領導之傳統儒家思想。前者重審美藝術，後者重社會功能❸。宋末，四靈派、江湖派雖名爲矯正江西之蔽，然規模、氣勢、見解寒蹇微弱，難伸詩律藝術昇華之自然特徵，基此之故，蔑無大成。延至嚴羽則雜揉諸說，匯成一家之言，卒令宋末詩歌文學理論有其圓滿結果，而此雜揉思想王十朋自有先導之功。流風所及，直至明代前後七子之強調趣味，袁宏道之主性靈說；甚至清代王士禎主神韻說皆源於此者也。

第二節 王十朋文學創作背景

❷ 錢鍾書選註之宋詩選註（一九八九年台北重印本），新文豐出版公司。

❸ 同第二六五頁❶；第二冊頁四九九。

一、個性與出身

十朋一生能飲酒，有酒可樂，無酒亦寬。其個性率然，自云狂如靈運，甚且家有亭曰率飲焉。平日交游，不願泛結，游從謹慎，然所游亦往往聚散無端，噫！人生眞有如飛蓬者矣。雖然，有客過門，不問親疏無不熱腸接應，待人誠摯全無勢利。唯其能率意如此，久處貧困卻甘之若飴，其心以爲萬事由緣，不必勝得。王家有兄弟三人，十朋爲長，彼此友愛逾於鄉里他戶，可謂善守古風。十朋家有薄田頗能知耕，後爲宦方能體會民飢民溺而勸農勤耕愛民如子焉❹。

自北宋過渡於南宋，十朋身歷徽宗、欽宗、高宗、孝宗四朝，而以高宗、孝宗朝爲其主要發展期。十朋少年時，處於動盪，且鄉居僻壤，故年及十八始外傅就學樂清邑金溪招仙館，二十餘齡已名震縣學，然至二十九歲仍屢敗於舉，三十四歲方補太學弟子員。直至年四十六卒高中進士第一，惜乎少壯光陰久已飄逝矣。因其成名已晚，少作散佚約十之七、八，十朋云少欲盡和韓詩古律三百首，而今集僅存十八首，即可推知遺篇數量之梗概。建炎紹興初，宋金或戰或和，飢民爲盜者時有所聞，旋秦檜當權，忠良貶竄殆盡。十朋此時年尚少壯，覲集中少壯作品雖極少，猶見議論時政憤慨而直抒者，雖其出仕後秦檜已死，但作品業不復激動，而時政依然反覆，豈其因之而多毀少作，期免牴牾時政者歟？

二、文學淵源

---

❹ 前集卷八頁一一四率飲亭二十絕。（前集、後集指梅溪前集、梅溪後集，後仿此）

㈠源出六經諸史

六經諸史乃十朋詩文之淵源。其於論、孟、春秋皆殷習之，今集存論語、春秋講義，文主浩然剛氣，且以春秋經廷對第一。又於屈原離騷、史遷史傳殊有心得。今引據文集之語以證。

……六經眞有味，奚用食馬肝。……❺

……凡我同志，勉思六經。……❻

……六經變離騷，日月爭光明。❼

問秉史者眾矣，司馬遷爲之宗。……❽

案：此段文字雖指仲默，卻可說明十朋亦留意史學。

……仲默姿不凡，好學喜觀史，寄我新詩章，我驚欲掩耳……❾

㈡嘗習晉宋陶潛、謝靈運、鮑照詩

爲學源流宜遠而工夫欲深，此十朋切身體會，大抵得之於創作經驗，故其詩上源六經諸史，近漬師友唱和，自秦漢屈原、相如之作至晉宋陶謝詩文皆素習有年。其自說如靈運之狂，深服淵明之清靜，而或日十朋「才如鮑昭（即鮑照）」，且批評文學亟稱晉宋味（取其簡遠靜明意境），

---

❺前集卷四次韻萬先之讀莊子，頁九〇。

❻前集卷十一會趣堂燈銘，頁一三四。

❼後集卷十一題屈原廟，頁三三六。

❽前集卷十三問策，問策頁一五一。

❾前集卷一次韻季仲默見寄，頁七四。

故知其人深研晉宋詩者也。今羅列文集之語以爲說明。

淵明修靜不談禪，孔老門中各自賢……⑩

回首白蓮社，姑作陶淵明。⑪

東坡文章冠天下……暮年海上詩更高，和陶之詩又過陶……⑫

南浦陳臺卿……採陶淵明之賦以名室……⑬

我狂似靈運，此志那能投。⑭

謝客篇章似春草，分得家傳才一斗……⑮

少年詞賦客……君才如鮑昭（鮑照）……⑯

叔奇之詩清新雅健，有晉宋風味……⑰

予嘗以行者而喻學者，竊謂學之源流甚遠，固非一日可至，苟能自進不已，積一日之

⑩ 後集卷十蓮社，頁三二四。

⑪ 後集卷十趙果州致羊走筆戲酬，頁三二四。

⑫ 後集卷十四讀東坡詩，頁三五七。

⑬ 前集卷十一止堂情話室銘，頁一三四。

⑭ 前集卷二寄僧覺無象，頁七九。

⑮ 前集卷五鄭遜志……鄖一唯和詩復用前韻，頁九七。

⑯ 前集卷二覺無象和；釋宗覺之作品，頁七九。

⑰ 後集卷二十七送喻叔奇尉廣德序，頁四六二。

力以至千萬日，超乎遠大之域矣。……⑱

(三)嘗習唐人李白、杜甫、韓愈、柳完元、賀知章、元微之、白居易、賈島詩

宋詩雖較傾向言理說事，然雕琢典實並不避，故杜韓之作輒成模擬對象。若東坡之流，卻期許李白，尚不多見；喜李白者每以才氣、創作自由爲師法目標。至於十朋，直以李白爲師，極可留心。十朋少年時個性不屬拘謹，豈其性近太白之浪漫也耶（與劉謙仲爲摯友是可爲旁證）！

十朋於唐詩鍛鍊功深，學韓之跡千折萬挫，卓然有成，尤長於韓詩古律。柳宗元與韓齊名，山水之篇殊勝，故兼習之。至於賀知章、元微之才氣，甚吸引十朋，而白居易句法天然圓熟亦爲所喜。此外，若盧仝、劉禹錫、杜牧、李商隱輩亦頗涉習。

太白徉狂喜盃酒，元龍豪氣恥求畝……白也吾師登可友。……⑲

……君馬何大駛，追蹤謫仙流，錦繡滿腸胃，詞人孰能儔？……⑳

……新詩句必豪，寧容杜陵老……㉑

君不見杜陵野客老更狂，浣花溪上結草堂，又不見謫仙世人皆欲殺，匡山讀書頭如雪；二公同時鳴有唐，文章萬丈光艷長。……㉒

---

⑱ 前集卷十七，劉方叔待評集序，頁一八〇。

⑲ 前集卷五，再用前韻述懷井簡諸友，頁九七。

⑳ 同第二六九頁⑯。

㉑ 前集卷五，九日寄昌齡弟，頁九七。

㉒ 後集卷八，題何子應金華書院圖，頁三一一。

正仲（陳讜）贈予詩云：『淵源師老杜，體制陋西崑』……㉓

……韓公生有唐……餘事以詩鳴……我本韮鹽生，久供筆硯課，幽香摘天葩，光豔拾珠唾，後公三百年，杖屨無從荷……㉔

……平生願學昌黎伯……㉕

予少不知學古難，學古直欲學到韓。奈何韓實不易學，但覺晝夜心力殫。……學文要須學韓子，此外眾說徒曼曼。……㉖

……平生爲雪牽詩興……寒江獨釣句思柳……㉗

予自少喜讀柳文……㉘

……句法天然自圓熟，長慶詩豪今有後……㉙

……昔元微之作州宅詩，世稱絕唱。……㉚

㉓ 後集卷二十贈陳教授正仲詩之註文，頁四一〇。

㉔ 後集卷八次韻嘉叟讀和韓詩，頁三一四。

㉕ 後集卷六小小園納涼，頁三〇〇。

㉖ 前集卷一答毛唐卿虞卿借昌黎集，頁七三。

㉗ 後集卷八郡齋對雪，頁三一一。

㉘ 前集卷九和永貞行，頁一一九。

㉙ 同第二六九頁⑮。

㉚ 後集卷一蓬萊閣賦並敘，頁二六四。

胸中萬頃元才子，方外孤標賀季眞……風流何止兩唐人。㉛

……細觀元白詩，丘壑羅胸中。……㉜

(四) 嘗習宋人歐陽修、蘇軾、王安石詩，又兼及寇準、林逋、梅堯臣、范仲淹、黃庭堅、韓駒諸詩人

十朋於宋人詩學習認眞，尤熟悉宋近人詩，且時有批評。王氏心中以爲宋之歐如唐之韓，乃斯文大才，文宗地位。又以爲蘇軾、王安石諸大家俱出歐門，而特欽服東坡。論及東坡之影響力直如唐之韓愈，而東坡詩風卻集李杜、退之、元白、淵明衆長；十朋萬分仰慕坡之爲人，甚且曰願爲執鞭，蓋性情語也。昔日，歐公推許王安石詩爲退之再世，十朋不以爲是，然對王介甫自有觀察且潛習者，今查十朋詩註屢引王介甫詩固可知矣。十朋亦淺視江西派，未許佳評，其不欲歸附江西派，然對黃山谷、韓駒則多所瓣香禮敬，其又評擊西崑體極其嚴厲，觀此數項，當曉十朋詩風所適。又十朋顯然揉合人格、詩格、事功三類合一，成其詩風之另一特色。

……陸贄議論，韓愈文章，李杜歌詩，公無不長。當世大儒，邦家之光。㉝

斯文韓、歐、蘇，千載三大老。㉞

㉛ 後集卷四鑑湖，頁二八一。

㉜ 後集卷三和喻叔奇游天依四十韻，頁二七八。

㉝ 前集卷十一歐陽忠文公，頁一三六。

㉞ 後集卷十九喻叔奇采坡詩一聯……，頁三九九。

東坡文章，百世之師。……我讀公文，慕其所爲，願爲執鞭，恨不同時。㉟

作詩必坡老，作文必歐公。欲知鳴道心，端與二公同。㊱

東嘉老先生，文字繼坡、谷。……㊲

翰林風月三千首，吏部文章二百年。老去自憐心尚在，後來誰與子爭先。此歐公贈介甫詩也。……由今日觀之，介甫之所成就，與退之孰優孰劣，必有能辨之者，予謂歐公此詩可移贈東坡……㊳

越中自古號嘉山水，而蓬萊閣實爲之冠。……近代張公伯玉三章膾炙人口，好事者從而和之。……㊴

詩似西湖處士詩，十篇三絕鬥清奇。……㊵

詩不江西語自清……㊶

近來江西立宗派，妙句更推韓子蒼（韓駒）。非坡非谷自一家，鼎中一臠曾已嘗。……

㉟ 前集卷十一蘇東坡，頁一三六。

㊱ 喻良能香山集卷十二懷東嘉先生……作十小詩奉寄，頁十三，四庫全書本。

㊲ 香山集卷一侍御王公去饒……，頁十四。

㊳ 前集卷十九書歐陽公贈王介甫詩，頁二〇一。

㊴ 後集卷七程泰之郎中以詩三絕覓省中梅花因次其韻，頁三〇一。

㊵ 後集卷一蓬萊閣賦并敘，頁二六四。

㊶ 後集卷八送翁東叟教授，頁三一三。

……此公固足貴……韲生幸脫場屋累，老境欲入詩門牆。古詩三百未能學，句法且學今陵陽。42

學江西詩者謂蘇不如黃，又言韓歐二公詩乃押韻文耳，予雖不曉詩，不敢以其說爲然……。43

三、創作意識

思接千載，故能神遊。雕鏤篇章，必耗神勞情，雖形求外貌，實應於心44。心動則情動而無所不動，意興所至手舞足蹈，遂發爲歌詩文章矣。十朋苦讀有成，少壯鑽研五經古文，尤愛韓詩。每發爲文，因與時俗悖違，故屢敗於場屋。幼雖乏名師指導，然蒼天厚賜結識益友之際遇，所交劉光、潘翼、孫皓、劉鎮、僧宗覺、寶印師等均屬無名大詩家。或云其出自紫巖門下，此係出仕後之事。十朋嘗云：「……古文如金城，偏師詎容擣。小詩時自遣，句法未知造。……」45已盡道學習歷程之寂寞艱辛。十朋多才藝，善長賦篇、議論、尺牘、記文，於翰墨、繪事亦頗能品評鞭辟入裡，甚或有詩餘之作。今本全宋詞尙存二十一闋，可睹其大材一截。今觀梅溪集知其積極

42 後集卷二陳郎中公說贈韓子蒼集，頁二六七。

43 後集卷十四讀東坡詩，頁三五七。

44 參見文心雕龍卷六神思篇，頁一。

45 同第二七二頁33。

而自覺用心爲之者詩也，其晚年，刻意出入詩門，尤重造境㊻，乃南渡初最大家也。

十朋詩欲以險語救西崑之蔽，又以古樸清婉力矯江西詩不當人意之失，蓋其欲破除杜、韓、歐、蘇、黃所籠罩範疇是極可明曉者也。下文試逐項析論十朋創作旨意之趨向，以約觀其作詩之心理狀態。

(一) 憂患家國之昇華

十朋少時曾遭方臘匪亂、靖康國變。至隆興二年赴饒州上任詩猶有離亂痕跡㊼，可謂四十年間家國憂患刻骨銘心。王氏家業窮困，十朋頗有一第收報親兼報國之用心，然權門當道，時命不濟，落第連連，故徒憂時事長懷明主，卻無由致身，難展壯心，積此鬱抑，惟發之歌詩，故特別沈痛㊽，梅溪集畎畝十首、觀國朝故事、感時傷懷、送曹大夫赴行在云云，皆此類也。得官後，尚有「聞捷報」詩激情如昔㊾。此後則移轉關心，昇華於民政，且建立文學理論及文學創作，而暮年小詩，頗有造境，非胸臆庸俗者可比。

(二) 關愛親情之流露

人子之道，非惟孝親榮親，尤貴乎事親之外能移易風俗，善以事親而事國政。十朋一生，行

㊻ 同第二七四頁㊸。

㊼ 後集卷八郡齋對雪，頁三一一。

㊽ 參見宋詩鑑賞辭典頁九〇二王十朋夜雨述懷。上海辭書出版社。

㊾ 後集卷八聞捷報用何韻，時十朋五十齡，頁三一二。

事忠順不失(50)，家庭安和，待弟恩慈，接友有情，子弟恭敬，實不愧宋朝名臣楷範。文集有侍父重陽登高，有親亡後思親、憶鄉，有懷二叔寄二弟及悼亡、示子諸詩，細檢此類詩作近二百首，可知十朋重視親情，此當爲其創作意識之一端也。十朋詩云：「雙親不見不勝悲，銜恨何曾有住時。二叔尙存俱白首，歸來猶足慰衰遲。」(51)見其榮親不及，親恩罔報之無窮憾恨。又詩云：「夢魂夜夜尋兄弟」、「他日三人老兄弟，結廬相共保松楸」(52)，此兄弟間至情至性也。類此之詩抒發自然，圓融而不矯情，味在酸鹹外，是可取作品。其中悼亡十數首，類陶詩況味，清麗哀婉，鍊字耐咀嚼。

㈢ 掙扎出仕之痛苦

此部分可作兩點說明。其一，爲官前，拘於現實未能出仕，或屢試又落第，皆痛苦也。十朋金溪鄉校友，若劉鎭（紹興十八年登第）、劉銓（紹興十二年及第）、毛宏（紹興十五年進士）輩並早十餘年中進士，職是之故十朋壯年志氣之窮愁至顯，其詩云：「虀鹽到處只酸辛」(53)即老困文場心多挫折之憾恨是也。其二，出仕後，身有職守，而官場詭變，每有孤忠難伸，一仕輒已之情況，又年老體力不支，感於爲政多勞，故苦不堪言，是以常到職即請祠，然亟不得辭，無論如何，只得蹉跎晚景。

(50) 孝經卷二十章。
(51) 後集卷二途中得寶印叔二詩次韻，頁二六八。
(52) 後集卷八用韻寄二弟之二與後集卷三贈夢齡兼懷昌齡，頁三一三及二七六。
(53) 前集卷二寄潘先生，頁八二。

(四) 師生情誼之往來

紹興十三年秋，十朋闢家塾以授徒，至二十年，計前後八年，收有學生百二十人。其中吳翼、萬庠、徐大亨並試紹興十五年禮部考，則師徒年齡、道業相去不遠，故情誼殊深。觀集中師徒共論文墨，齊品茶酒，同看盆景，聯袂觀水，處處樂融融者矣。直至隆興、乾道年間，猶有弟子之來鴻，師生情誼固已可知。學生中若宋孝先、萬大年、陳元佐、鄭遜志輩才華亦高，常能啓發十朋，其師徒情誼本在友生之間。屬本類之詩，集中存數十首，當爲創作動機之一。

(五) 所交益友之互勉

未第前十朋所交諸友，泰半係金溪讀書縣學之鄉校友，彼此多能互勉，共修燈火事業。尚有親戚、良友，及邂逅之畏友（若劉光、潘翼、僧宗覺之屬）。至於官場中人則罕有深識，集中尋得數人。有曹大夫、凌知監、昝務監、鄭丞，均不詳來歷，想其交亦泛泛；有樂清縣尉曾汪者，乃縣學恩師，嘗獎掖十朋，後爲十朋仕途友。上述十朋少壯期所交益友畏友，直與十朋早期詩風、文風大有影響。紹興二十七年十朋及第，雖每官輒罷去，後仍得急速擢升。初授左承侍郎，僉書建康軍節度判官廳公事，特添差紹興府僉判遷大宗正丞，請祠歸。三十年除秘書省校書郎，兼建王府小學教授，後除著作佐郎。三十二年以司封員外兼國史院編修。孝宗立，起知嚴州，旋改起居舍人，除侍御史，轉國子司業。隆興二年六月，受命除集英殿修撰，起知饒州、歷任夔州、湖州、泉州。其短短七年宦途，已登五馬之守，擢拔之速不可謂不快矣。官場生涯易生護愛恨憎，十朋爲人剛腸誠懇忠義直言，亟獲主政者護持，雖然如斯，尚因幾次任職中央，以言語激越觸犯天顏及權吏，只得出爲地方官。總言之，十朋以爲死生之交無所憾，且強調朋友推揚之功，云：「古之隱者逃名而名益彰，晦身而身益顯，是無他，有賢士大夫推揚而夸大之也。」[54]觀此，足見友朋乃十朋詩興原動力之一端也。又十朋以爲交友之道在於「常道其善，不道其惡」[55]可謂善交益友。

(六) 晚年田園生活之響往

晚於出仕而急於勇退，正十朋仕途之寫照。所謂「未報國恩嗟老去，不逢人傑恨生遲」[56]正是此說。十朋饒州任上云：「扁舟便合相隨去，薄有田園正可耕」[57]、「送君撩我思鄉意，薄有田園歸去休」[58]；夔州任上云：「我已上祠章，歸歟老田疇」[59]、「懸知年非永，早悟仕當已，……但願早還鄉，俯育三百指，婚嫁畢兒女，松楸依怙恃，弟兄飲眞率，故舊忘汝爾。……」[60]；湖州任上云：「萬里東歸如倦鳥，不知飛過只知還」、「故舊相逢倘相問，爲言老欲乞殘骸」[61]；守泉州時云：「到官即有乞，行將返耕桑」、「……老病餘生厭宦游，已上祠章即歸去……」[62]。

---

[54] 前集卷十七潛澗嚴闍梨文集序，頁一八〇。
[55] 前集卷十九雜說，頁一九九。
[56] 後集卷八郡齋即事，頁三〇九。
[57] 後集卷八送翁東叟教授，頁三一三。
[58] 後集卷八送蔡倅，頁三一三。
[59] 後集卷十二送元章改漕成都，頁三四四。
[60] 後集卷十二齒落用昌黎韻，頁三四七。
[61] 後集卷十六讀喻叔奇遊廬山詩之一及朱仲文運幹還蜀之二，頁三七五。
[62] 後集卷十七解舟與出郊勸農兩詩，頁三八一及三八三。

綜閱上文，合知十朋鄉心殷切，其間也曾暫歸，終未能偕妻兒兄弟悠遊園林。痛乎，乾道七年公致仕之命下而薨矣。今集中所詠田園鄉居小詩可視爲嚮往致仕田園生涯之延伸作品。

㈦ 結交禪僧以託寄心靈

梅溪思想闢老莊而不入佛[63]，然功名遲滯，慰親無門，己志不悰，心靈實苦悶難堪。且因舅公（嚴闍梨）、叔父（寶印）既出家爲僧，則僧緣屢結，是以所交遊僧人數竟多逾五十人。其間往來，思想不免交互影響，惟十朋儒根深種，受佛教思想影響極微，作品僅是詩篇唱和，花草贈受，廟寺記文之類焉耳。蘭若之所在多名山叢林，讀書吟詠既能得趣，且取資山水之供，十朋此類詩作亦多。吾人已確知十朋於佛儒兩道界畫分明，然若云其不受影響則曰未必。姑拈一例說明，如：「月臺無屋有空壇，空處觀空眼界寬，不惹世間塵一點，冰輪心鏡兩團圓。」[64]，此詩即以佛說爲多，故云類此之詩，爲十朋心靈託寄，創作之又一源泉也。

㈧ 以詠史詠物寓寄深遠

十朋詠史詩逾一百五十九首，詠物詩（含詠花、詠茘枝、詠筆燈銘、祠廟山亭、左原地理、街坊齋堂園林……）凡二百二十七首有奇，總此二類共四百首之多。其寫詠史詠物之動機何在？蓋或寄情花草，或品評史傳人物，或藉物抒意，或歷敘自傳，或談論風俗者也。其風貌雖不一而足，總不出借外事外物一吐衷腸之深意者哉。此類詩佳者容或不多，卻頗見其文學觀念及肺腑之言。

---

[63] 前集卷四次韻萬先之讀莊子，頁九〇。

[64] 後集卷十七游承天寺後園登月臺贈潛老，頁二八四。

(九) 惻愴民生疾苦

關愛民生作品，於十朋文集中亦夥。唯其人多情至性，故能愛民惜物；集中常見勸農、勞農、祈雨、放生、摧科不擾、賑災、論馬綱、糴米之作，甚或有關風教之興正祠、建貢院，均可視爲依此觀點衍生而爲者，若其嘗建議開鑑湖廢田耕作亦根植茲念而伸展者也。

第三節　王十朋文學觀念

張健先生所編南宋文學批評資料彙編錄有王十朋文學理論九十五則，然吾人就梅溪集尋得已逾一百四十則，於南宋文人中僅次於陸游、朱熹、劉克莊，而略多於楊萬里。今每見世人多舉朱子後村輩之文學理論，卻絕少提及南渡初年文壇大家王十朋者，惜哉可歎也。

值十朋弱冠，有方外高僧宗覺云：「君文已造妙」；出仕後同官王秬、胡銓比之如宋之韓退之，可見其詩作功深。十朋數十年浸淫於唐宋詩，尤致力於韓杜、蘇軾詩，自云晚作勝過少作，斯非精於創作者不能道此也。十朋同年喻叔奇縱觀南宋初年文壇並無巨擘，故推崇十朋爲當代第一，叔奇云：「今誰主文字，公合把旌旄[65]。時十朋帥夔州，傳播有會稽三賦及楚東酬唱集四集，聲名日隆，是以喻氏規勸其主天下文字，挽回大雅不作之狂瀾。

[65] 香山集卷十二懷東嘉先生……，頁十二。

永嘉自元祐後士風浸盛，至建炎、紹興間人才輩出[66]。溫州永嘉郡永嘉、瑞安、樂清、平陽四縣謂之浙東，於南宋有所謂浙東派，浙東派源出北宋三派（即二程道學派、王安石經術派、蘇軾議論派）[67]，而王十朋係其主要人物。羅根澤中國文學批評史以爲浙東派雜揉北宋三派，今舉梅溪集作印證，大致不差，惟十朋之學非僅如此耳。今將梅溪集有關文學觀念者彙觀之，並爲剖析如次：

一、文章均得江山助[68]

文章均得山水助，此論兩漢魏晉人早言之，而晉宋山水文學且能實踐焉。十朋此處所言「文章」固屬廣義，含詩、文而言。然十朋提出山水之助，乃助文氣焉，此爲新論。其寇忠愍公巴東祠記（後集二十六卷）云：

巴東故祠廢而復興，殘編斷稿散而復集，江山增氣，如公更生。

文中所指增氣，即就文氣與人格並稱。十朋游東坡十一絕謂東坡詩因遷謫而更瑰奇肇因於江山之助，實存有詩窮後工之理。其作岳陽樓詩及燕公樓詩云：

江山何獨助張說，收拾清暉（暉字據四庫薈要補）上筆端。[69]

---

[66] 後集卷二十九何提刑墓誌銘，頁四八三。

[67] 羅根澤中國文學批評史六篇八章頁一九一浙東派事功文學說，學海出版社。

[68] 後集卷十五游東坡十一絕，頁三七〇。

[69] 後集卷十五岳陽樓，頁三六八。

燕公郡事暇，詩興滿滄波；粉飾開元治，江山爲助多。(70)

又和喻叔奇游天依四十韻詩云：

同年妙詞章，況有山水供；古詩如古琴，山高水溶溶。……(71)

觀上文三例如十朋於山水與文學互動之影響能有正確之看法。

二、文主剛氣定名世

十朋詩文苦學蘇軾兄弟。蘇轍上樞密韓太尉書云：

以爲文者氣之所形，然文不可以學而能，氣可以養而致。

此點後爲十朋承受而發爲剛氣說。其蔡端明文集序：

文以氣爲主，非天下之剛者莫能之。古今能文之士非不多，而能傑然自名於世者亡幾，非文不足也，無剛氣以主之也。孟子以浩然充塞天地之氣而發爲七篇仁義之書，韓子以忠犯逆鱗，勇叱三軍之氣而發爲日光玉潔，表裡六經之文。故孟子闢楊墨之功不在禹下，而韓子觝排異端，攘斥佛老之功又不在孟子下，皆氣使之然也，若二子者非天下之至剛者歟！……然竊謂文以氣爲主，而公（蔡公）之詩文實出於氣之剛。入則爲謇諤之臣，出則爲神明之政，無非是氣之所寓。學之者宜先涵養吾胸中之浩然，則發而爲文章事業庶幾無愧於公云。……（後集二十七卷）

(70) 後集卷十五燕公樓，頁三六九。

(71) 同第二七二頁㉜。

此段文字分明為文學事功說之基本理論之一，遂為永嘉派所氤氳[72]。十朋文學理論中所謂「韓公之豪」[73]、「凜然正直之氣見於詞翰」[74]、「筆端妙語出離騷，酒後剛腸吐名節」[75]皆此類者也。十朋心眼，以為「古」境最高，曾云：「文當氣為先，氣治古可到。（前集四卷）」，此見較剛氣說尤新，亦可輔助剛氣說。

三、忠不忘君句有神[76]

「忠君」與「句有神」之間，原無干係，今牽連一塊，令人驚愕，斯乃文學事功說之擴張。

十朋跋溫公帖（後集十四卷）云：

> 孟子曰：欲為君盡君道，欲為臣盡臣道。[77]

此為所本歟？又梅溪和永貞行與歐陽文忠公詩云：

> 退之鯁直憤不勝；詩篇史筆兩可徵……（前集九卷）
>
> 賢哉文忠，直道大節。……陸贄議論、韓愈文章、李杜歌詩，公無不長。當世大儒，

---

[72] 同第二八一頁[67]。

[73] 後集卷二七送喻叔奇尉廣德序，頁四六二。

[74] 後集卷二十七跋張侍郎帖，頁四六六。

[75] 同第二七八頁[57]。

[76] 後集卷十五至東屯謁少陵祠詩，頁三六五。

[77] 孟子離婁篇規矩方員之至也章（取首句為章名）。

邦家之光。（前集十一卷）

皆爲此種觀念之說明。所謂詩品出自人品78，十朋已著鞭在先矣。

四、語當人意為佳句79

標榜「語當意爲佳句」之意有二層，首先以爲語辭當合今作者之立意，今作者立意有無出新，是作品成敗關鍵，不論有否引用他人成文。其次，立意當合作者事功，不合者不佳，合者即佳。奪胎換骨法名雖起自江西派，實早有之。十朋不曾指摘江西派，然亦無好感，嘗提及黃山谷名，略稱許山谷卻未加深論，惟大力推許江西派能自成一家之韓駒。韓駒作品果然通貫靈活而不拘用典，且句法極出色也80。今查此處之所以贊成詩文用奪胎，乃強調寇公相業正合「舟楫巨川」81之意境，否則不過爲詩人之詩耳，此仍屬文學事功說之一端。

五、詩篇勉我毋趨時

梅溪嘗大力評擊南宋初年文人蔽於時文而往往損害「道」，此道指儒道。細言之，即指韓愈、歐

78 劉熙載藝概詩概之語，頁八二，漢京文化事業公司本。

79 後集卷十四寇萊公取韋蘇州野渡無人舟自横之句……，頁三五六。

80 參見錢鍾書宋詩選註韓駒篇、上海辭書出版社宋詩鑑賞辭典及梅溪後集卷二陳郎中贈韓子蒼集。

81 後集卷二十六寇忠愍公巴東祠記，頁四五七。

陽修復古爲政之道，或關於文學獨立發展之命運，或關係事功成就之興衰。十朋酬叔寄四十韻云：

……詞人巧駢儷，義理失探討。書生蔽時文，習義未易藻。著述豈無人，紛紛謾華藻。有如分裂時，僭僞各城堡。……（後集十九卷）

茲段文字固見十朋深惡痛絕於時文，時文之大病即在僵化、破碎。然時文乃時勢所成，欲移易風氣，非韓愈、歐陽修有道有位者不易奏功。十朋嘗言輕視時文，久親韓詩爲昔落第之因，可見十朋早有批判時文之心。當代詩人陳掞也嘗勉勵十朋爲詩要毋趨時，見地竟同，頗堪留名。

鑒於時文之蔽，十朋於前集卷十四策問提出時人二元論，此羅根澤兩宋文學批評史已言之。今舉十朋原文如左：

問唐人劉禹錫嘗序柳宗元之文章與時高下，……果如禹錫言，則文之高下，實係乎時也！及先翰林蘇軾記韓文公之廟，其言則曰……公起布衣談笑而麾之，天下靡然復歸於正。果如軾言則文之興衰又在乎人也！……是果時耶？人耶？二者若兼有之，與劉蘇二子之說又皆不同，何也？願與諸君辯之。

羅氏以爲此段文字用以解釋文學潮流，然吾人以爲十朋欲以文學發展繫乎時繫乎人抨擊當代文學之弊端，即南宋不僅爲詩經學反動之時代[82]，亦是詩文革新之轉捩時代也。

六、文必法韓柳歐蘇

82 黃忠慎南宋三家詩經學第四章、台灣商務印行，頁二九〇。

以韓柳歐蘇四人相提並論，是十朋新解。十朋雜說云：

> 唐宋之文可法者四：法古於韓；法奇於柳；法純粹於歐陽；法汗漫於東坡。餘文可以博觀而無事乎取法也（前集十九卷）

吾人若依此四家為限，以探討其品評四家之特色，可得下列看法。

(一) 韓愈

愈之文可法者古。（案此古指「意古」）[83]

愈之文雄健過司馬子長。[84]

愈之文粹然一出於正。[85]

愈之詩「詞嚴意偉。」[86]

愈之文蓋深於道。[87]

(二) 柳宗元

子厚文可法者奇。（案此奇指「語奇」）[88]

---

[83] 前集卷五宋孝先示讀自寬集復用前韻，頁九七。

[84] 前集卷十九雜說五則之四，頁二〇〇。

[85] 前集卷十九讀蘇文，頁一九九。

[86] 後集卷四次韻梁尉秦碑古風，頁二八四。

[87] 同第二七二頁[33]。

[88] 同第二八六頁[83]。

子厚文溫雅過班固。

子厚文好奇而失之駁。

子厚文工而才美。

㈢歐陽修

歐陽之文可法者純粹。

歐陽之文兼長「陸贄議論、韓愈文章、李杜歌詩」。[89]

歐陽之文粹然一出於正。

歐陽詩如「李謫仙……。詞無艱深非淺近，章成韻盡音不盡，味長何止飛鳥驚……渾然天成無斧鑿……。」[90]

歐陽之文蓋深於道。

㈣蘇軾

東坡文可法者汗漫。（案：汗漫則通篇流暢）

東坡文好奇而失之駁。

東坡詩「胸中萬卷古今有，筆下一點塵埃無。武庫森然富摛掞，利鈍一從人點檢，暮年海上詩更高，和陶之詩又過陶。」

東坡之文蓋深於道。

---

[89] 前集卷十一歐陽文忠公，頁一三六。

[90] 後集卷十四讀東坡詩，頁三五七。

綜言之，十朋以爲韓愈之作品意古而文雄健，純正而載道；十朋喜模擬愈之作品，慨然有承繼之意，豈其著眼於開新邪？柳文語法奇妙，十朋喜誦之，愛柳之才美而詩文工巧溫雅，然痛惜子厚年少躁進，致使家聲崩毀，冀世人當以名節自重。宋有歐公實如唐有韓愈，文純粹而才兼衆長，且於斯文號召之功洵不多讓韓愈焉。大蘇才博而文奇，惜汗漫駁雜，處處驚人而不精，惟暮年作品高過前時，蓋晚年深得古道也（作品回歸拙樸）。十朋將斯四子並論相提，乃欲指出初學詩文宜留意於此，基此可上攀六經、屈宋、史遷、相如，下可援引古今大家及宋之近人，如此源流貫通，學無不得矣。十朋愛近人不棄古人，洵善學者也。

四家之外，攻司馬相如賦詞多夸而不實91；許李白大鵬賦、司馬長卿賦，有詞新意古，超出翰墨蹊徑外者92；論李漢不知賦篇93；以爲兩漢文古而離騷詩工94；論晉宋詩風清新雅健95；喜淵明修靜不談禪96；許謝靈運夢春草句尤神97；評楊炯、盧照鄰只可爲杜甫前驅98；論張說詩清

91 後集卷一會稽風俗賦敘，頁二五四。
92 後集卷二十七跋蔣元肅夢仙賦，頁四六六。
93 前集卷十九頁一九九論文說。
94 後集卷二十三答章教授，頁四三二。
95 後集卷二十七送喻叔奇尉廣德序，頁四六二。
96 後集卷十蓮社，頁三二四。
97 後集卷十六用貢院韻寄當塗吳給事明可，頁三七七。
98 後集卷十四詩史堂荔枝歌，頁三六二。

暉99；品李白杜甫文章萬丈光焰長，而子美夔州三百篇可高配風雅頌100；評杜甫詩豪滂沱，長慶詩豪（卻以為白俗郊寒1；評孟郊詩豪健險怪，筆力略似退之2；論張籍、皇甫湜、賈島、夢郊輩遠遜於韓愈3；十朋亦曾品評劉夢得（禹錫）之作豪邁4；評論韋應物所作不過詩人之詩而已，而寇準詩作卻存濟世之心5；美梅聖俞詩氣韻悠長6；許林逋詩清奇7；抨擊曾子固篇章不工8；嘗極力攻擊子固，不知何因？或以為子固見解較遜，如鑒湖說中評論子固為政之失；或以為子固與江西派有淵源；品韓駒非坡非谷句法出色自成一家，出江西派之上9；抨擊西崑派詩無老杜文

---

99 後集卷十五岳陽樓，頁三六八。

100 後集卷八題何子應金華書院圖與後集卷十四少陵先生，頁三一一及三六〇。

1 前集卷五，九日寄昌齡弟及鄭遜志……和詩復用前韻，又後集卷八陳阜卿書云聞詩筒甚盛……，頁九七及三一四。

2 同第二八八頁95。

3 後集卷八次韻嘉叟讀和韓詩，頁三一四。

4 前集卷二用前韻贈劉全之，頁七八。

5 同第二八四頁81。

6 後集卷十二，元章贈餘甘子用前韻，頁三四〇。

7 後集卷七程泰之郎中以詩三絕……因次其韻，頁三〇一。

8 前集卷五宋孝先示讀自寬集復用前韻，頁九七。

9 後集卷三送黃機宜游四明及送翁東叟教授之二，頁二七八及三一三。

無韓⑩。總評上下古今犖犖大觀，而評論時人者尚不在此討論之範疇，蓋可明十朋勇於批評，乃實學博觀者也。至於討論王氏作品之優劣，當於梅溪詩文內容研究一文再行論定。

七、句法嚴於細柳軍

學詩重妙悟，讀詩愛妙語。十朋以爲作詩宜「超出翰墨蹊徑外」，是以類似此之「無心學淵明，偶與淵明契」⑪、「見聞一知十之學」⑫，均表示「悟」之重要，然十朋並未鄙棄用韻、遣字、鍊句、謀篇，其中，尤著意於鍛鍊句法。試舉左例以明。

嗟我最不才……小詩時自遣，句法未知造。⑬

我久事章句，滋味一盃水。⑭

賀州賀雨句如何，不減夔州夢得歌。⑮

知前輩作詩一言一句皆有來歷。⑯

---

⑩ 後集卷十四讀東坡詩，頁三五七。

⑪ 後集卷十九題徐致政菊坡圖，頁四〇〇。

⑫ 後集卷二十三答姚子才，頁四三二。

⑬ 後集卷十九喻叔奇釆坡詩一聯云……，頁三九九。

⑭ 前集卷一次韻季仲默見寄，頁七四。

⑮ 後集卷十七夏四月不雨……次韻以酬，知柔字體仁，頁三八五。

⑯ 同第二八四頁(79)。

試將武事論詩筆，句法嚴於細柳軍。……⑰

更將正味森嚴句，壓倒屋簷斜入枝。⑱

句法且學今陵陽。⑲

句法天然自圓熟，長慶詩豪今有後。⑳

搜我枯腸鬚鬢皓，吟公佳句齒牙寒。㉑

十朋既踵事雕琢，自不能推辭句法之深究，而句法特不過為詩之一面耳。劉熙藝概卷二詩概有言：「少陵寄高達夫詩云：佳句法如何？可見句之宜有法矣。然欲定句法，其消息未有不從章法篇法來者。」此說極是。此外十朋喜用險韻，此宋人之習，宋詩之異於唐詩者亦在茲，用韻險則可兼及鍊字鍊意，且易使意境深沈焉。今舉梅溪集二例如後：

知宗柑詩用韻頗險，予既和之，復取所未用之韻續賦一首三十韻（後集十九卷，案此舉逞險韻之技巧）

……予於是採二賦之餘意，變聲律而古之。（梅溪題名賦引；案變聲律者已兼音、韻，且通篇意境亦丕變矣）

---

⑰ 後集卷十二又答行可，頁三四三。

⑱ 同第二八九頁⑦。

⑲ 後集卷二陳郎中公說贈韓子蒼集，頁二六七。

⑳ 前集卷五鄭遜志……鄖一唯和詩復用前韻，頁九七。

㉑ 後集卷十七知宗即席和端字韻三首……錄呈二家，頁三八九。

八、先器識而後文藝

王十朋送表叔賈元範赴省試序有段文字倡為天理說，其云：

某嘗謂古之取士先德行，後之取士尚文藝。……以德行取士人事固與天理合……且謂士之致遠先器識後文藝。……某既著為天理說，且拭目以待，欲驗斯言之不妄云。㉒

此文頗具載道精神，而其來有自矣。何以說？十朋既自擬且為時人所推比為韓愈，作品益趨向載道、事功，其詩言及忠君、民情、政情者均未輕易放過，讀其詩猶讀杜甫、白居易社會詩之重現，特不故意誇張耳。其主張先器識後文藝者猶有「忠不忘君句有神」之觀念，只不過忠君向他人說，器識於自身言，此觀點係十朋創作態度之一。所謂「研磨媚權貴，揮染勞精神，茲我所不敢」㉓，又所謂「……忠言嘉謀，聳動冕旒，橫身政府，不避怨仇。……器識俱優。」㉔，皆表示德行器識優先於文藝才華，其抨擊柳宗元躁進者，正為此故。

九、新詩一出花價長

十朋肯定時人所作「新詩」（宋詩）之價值。宋詩久不盛，非惟明人鄙陋之，宋人且自棄也，所謂自棄者即習於唐以前詩而不致力於時代風格焉。宋之豪邁大家，固能嶄然自現，脫離前人華藻，

㉒ 前集卷十七送表叔賈元範赴省試序，頁一八一。

㉓ 後集卷三李資深古瓦硯及詩，頁二七七。

㉔ 前集卷十一蘇穎濱，頁一三六。

而大多文人習焉而不覺，以宋代詩人約三、四倍於唐㉕，然今猶未有全宋詩文集，至於諸本宋詩選註所選亦偏頗過甚，皆肇因宋詩集散佚紛紛之故。十朋心中自覺新詩之價值極偉，此觀念當可大力稱揚，其作品以唐宋對言，顯然不諂於古，又簡習宋初作品及時人作品，是以晚年能跳出韓蘇風格之外。前文已知其斷不欲趨時附會西崑派、江西派，又不欲食古不化，有超出前人籠罩之決心，壯哉！今略載數文，以見十朋不棄宋作之不虛也。

吾友劉方叔，……今春訪予又示予以待評集，其間詩、賦、小詞無慮百篇，體兼古律，愈新愈奇。至前日又見其集益增新製於其間，比今春所見又加數等。予三年間方叔之進如此，日進不已，將何所不至也。……㉖

……師名處嚴字伯威，其詩重典實，不尚浮靡……㉗

……孫子往從西北來，……文辭翰墨兩奇絕，世上群兒徒碌碌。……我昔風期一相遇，欣然握手論心腹……長篇短韻迭賡唱，明月清風共斟酌。……㉘

……寄我新詩章，我驚欲掩耳。……㉙

㉕ 杜松柏評論錢鍾書宋詩選註文（見台北新文豐本宋詩選註卷首）。

㉖ 前集卷十七劉方叔待評集序，頁一八〇。

㉗ 前集卷十七濳澗嚴闍梨文集序，頁一八〇。

㉘ 前集卷一送子尙如浙西，頁七五。

㉙ 前集卷一次韻季仲默見寄，頁七四。

……詩壇予與盟，文會公爲伯，豪詞肆滂沛，淡語入幽寂。心匠巧雕斲，物態窮搜覓，壯哉五言城，卓爾萬仞壁。……新篇又拜嘉，開緘光豔射，藏之比明珠，長使夜照席。……㉚

梅溪野人眞野哉，老眼長爲寒梅開。……同行二十五佳客，一一盡是離騷才。新詩一出花價長，糠秕桃李奴玫瑰。……㉛

少年下筆已如神，文到黃州更絕塵。我宋人才盛元祐，玉堂人是雪堂人。㉜

十、文章能與年共進

少陵戲爲六絕句云：「庾信文章老更成」，實則少陵晚作亦當如此。十朋謂東坡「暮年海上詩更高」，而自云「每閱舊文背必汗焉耳」㉝均示少年所作學未逮，故暮年每悔少作。此見無甚新意，惟言下意頗有史學家看法，可爲後日永嘉派史學傾向之先聲。

㉚ 前集卷一次韻謙仲見寄，頁七三。

㉛ 前集卷八同舍再約賞梅用前韻，頁一一五。

㉜ 後集卷十五游東坡十一絕，頁三七〇。

㉝ 前集卷十九論文說，頁一九九。

結語

十朋之文學觀念固有其多樣化色彩，而中心思想趨向載道、事功、史學，其欲扮演北宋歐陽修（即唐之韓愈）扭轉時蔽之角色極爲顯然，其文學審美獨立觀較前人進步之傾向似可察覺，吾人若檢視南宋初年歷史背景及十朋之事業，眞見十朋努力已卓然有成，惜其爲政十四年，仍有用之不盡之憾，倘其位居中央要津，則明道之旨與文學獨立殆可更擅揚矣。十朋以積學根基作會稽三賦名揚天下，平生尙專擅簡牘、翰墨；簡牘常代人爲大作手，翰墨則鑑賞精明，能品第北宋第一流大書家蔡襄及蘇軾、黃山谷、范仲淹等作品。舉秦碑則殊許李斯小篆，而斥俗篆作肥皮之可厭，言深而有見也。十朋又喜作小令、中調、遺句清麗，通闋渾圓，有不同其詩之風采。其詞題多擬花草，然似含寄託，如「子美當年游蜀苑；又豈是無心眷戀。」、「謫仙去後，風月今誰有。」、「花間歌舞。學箇狂韓愈。」、「靈均千載。九畹遺芳在。」、「學仙疏謬。有似西河老。」云云，均別見用心。總之，斯人眞爲才華縱橫風流士，只爲晚第磨去許多精神。今日如何爲斯人於中國文學史上重新定位，是觀本文後令人省思之所在焉。

參　王十朋詩之內容研究

第一章　王十朋詩之語言特徵

林師景伊云：「詩必人人能道、能解，而又能言人之所不能言者方謂之好詩。」❶此言詩爲最精緻之語言，脫離詩語無以論詩之好壞，正如無建材豈能構屋？詩之作品既然使用語言，自不能摒棄語言要素與語言所形成繪畫藝術美世界、音聲藝術美世界。好詩即美詩，好詩乃美之化身，美之想法產生者❷。詩固有其藝術美，然寫詩解詩亦難遁出現實之環境，否則有血有肉之作品即化爲烏有，惟在現實環境陶鑄錘鍊與淨化下，方易建立詩歌不朽之生命❸。

語言於生活中傳播，形諸歌詠，而後舒文載實，乃完成爲紙上作品—詩，是知語言與文字皆

❶ 林師景伊六十七年於台灣師範大學國文所講授詩學研究時之講義。

❷ 參見「詩學」頁二八〇，西協順三郎著，杜國清譯。五十八年版，田園出版社印行。

❸ 參見「詩與詩人」之作詩四要，頁二至三，孫克寬著，學生書局印行。六十年再版本。另參考葉嘉瑩「中國古典詩歌評論集」、「關於評說中國舊詩的幾個問題」頁一一四，「在讀中國舊詩時，則對某些作者之生平及其時代背景之瞭解，卻是非常重要的一件事」。

符號紀錄也，則詩語即符號矣。然欲以符號之詩語直指人之內心，道出劉勰之極貌寫物、窮力追新之態❹，實難矣哉。是故吾人欲尋覓詩語之審美觀念，追企如司空圖之文盡意餘，嚴羽之興趣入神，竟陵公安之性靈，王士禎之神韻，甚或王國維之境界；除非深入探討詩語之特徵，若捨此途徑恐難有獲，是以吾人欲從王十朋詩之語言特徵入手，覓求了解王十朋詩之內容。

或曰，詩歌與音樂、舞蹈是三位一體同一流之藝術，如此言來，音樂是詩之特徵之一。洪炎秋文學概論引廓索普（Courthope）之言曰：「詩是用有韻律的語言，依靠富有想像的思想和感情的、恰當的表現，來產生快感的藝術。」❺是以音樂節奏性，亦可援引爲說明王十朋詩特徵之另一主題。

繪畫、雕塑、舞蹈之美，乃形諸思想之創造，其美感自是透過思想之再現始能認識及把握。此種社會生活之反映❻，詩歌亦相似，詩人取如畫如舞之平面或立體，甚且超越立體空間之表現手法，以表達創作，此方法，司空圖謂之「意象」，而心理學家謂之「心象」，內容一致，具有直指心靈浮現之如畫如舞之藝術美感，故可稱之詩之美感，或易言爲意象之浮現。葉嘉瑩氏以爲「所謂意象不一定限定爲視覺的，它可以是聽覺的，也可以是觸覺的，甚至可能是全部屬於心理的感覺。」❼吾人然之，故取列爲王十朋詩語之特徵，今吾人欲分析其詩之美感方面有視覺如

---

❹ 文心雕龍註卷二明詩篇。開明書店印行。民國六十七年台十四版。

❺ 參見文學概論頁一三三及頁一二九，洪炎秋著，華岡出版部五十七年三版。

❻ 參考藝術美與欣賞一書之緒篇。戚廷貴著。丹青圖書公司出版。

❼ 見迦陵談詩第二集頁二四二「從比較現代的觀點看幾首中國舊詩」。葉嘉瑩著。三民文庫本，三民書局印行。

畫，有聽覺如歌，有觸覺如雕塑、舞蹈，凡一切心理活動亦均包含之，不亦美哉。

黃師永武近年著力詩學與美學之匯通，除著有「詩與美」一書外，尤以中國詩學設計篇羅織美感細目最富，吾不能追企，故小取江海一瓢飲之，略採其佳處參考耳。

何謂美感？蘇國榮氏引用羅丹之語云：「在藝術中，有性格的作品，才算是美的。」續而蘇氏曰：「美，就是性格和表現。」❽依此，詩人作品反映之性格及構成性格之一切表現技巧，即屬之美感。或可易言，美感源自詩人作品之獨創表現，抄襲之作品不具美感。此一藝術美感，不當以邏輯理念爲規範，乃因其屬於心靈領域❾，詩人與讀者皆需透過心靈活動，方可肯定作品之價值。詩人如何創造美感？當以意象塑成之。

張春興、楊國樞合著之心理學云：「在思惟時，個人必須運用學得的符號與概念，在想像中作適當的安排與處理。符號與概念，多半是代替事物的，所以在運用它們的時候，它們所代表的事物，就不期而然的浮現在個人的意識之中。」此段文字所說極是。又云：「在意識中浮現的事物，並非由感官所得的印象，故稱之爲意象（image）（或稱心像）。」這段文字闡釋較不周全，其中「其非由感官所得的印象」❿其實仍有可能原係「感官所得的印象」之重現，是故意象之浮現仍以葉嘉瑩氏所云包括視覺、聽覺、觸覺或其他心理（如象徵、暗示、矛盾、

---

❽ 中國劇詩美學風格頁二二六，蘇國榮著。丹青圖書公司印行。

❾ 「美學㈠」頁一二七藝術美的理念或理想之序論。黑格爾著，朱孟實譯。里仁書局。

❿ 見心理學頁二一九，心像作用。張春興、楊國樞著。三民書局印行。

移情……等）意象之重現較周全。意象如何浮現方可造成美感？意象所及，不止有繪畫性而已，正如人類全部感官活動不止限於視覺，是理易曉，然意象之浮現，最初可能即視覺引起之繪畫效果，所謂「詩中有畫」的是無誤。黃師永武云：「大凡一首詩，能令意象逼眞、栩栩欲動、玲瓏透徹、一層不隔，就是一首有神韻的好詩。」⓫此言雖短，卻已歸納前達之研究成果，說明可利用意象，將美化之意境、物象清晰重現，使讀者身受體會，即擁有此一整體之美感，因之詩若局部經營可能危及整體⓬，然而研究論文勢必著重於分析。今不得已，爲解析王十朋詩之美感，特剖析其詩語，或可追尋其詩「美」如何耶？

一、語法動人

語言要素有三，即語音、詞彙、語法⓭。詞彙表達單一概念；語法則可擴及許多概念之聯絡，而表示事物間之關係。語法之研究可以說明詩語之特徵，故優先探討。中國字乃單音節，每當組字爲詞，則前後語法變生錯綜排列，茲正係詩人匠心所在，而詩之搖盪情性遂自語法中浮現。語法一詞，近人許世瑛先生稱之爲「文法」；分析語法易於了解王十朋詩句結構及詞性安排，並可觀察其構成之意象。即如黃師永武曰：

⓫ 參見中國詩學設計篇「談意象的浮現」。黃師永武著。巨流圖書公司印行。

⓬ 參考現代詩導讀批評篇頁四一〇。余光中「新現代詩的起點」一文。張漢民、蕭蕭編著，故鄉出版社出版。

⓭ 中國文法講話頁三。許世瑛著。台灣開明書店印行。六十三年修訂十一版。

中國的舊詩，雖然在字數押韻上，早已形成固定而浮淺的定型。但是在這定型中，詩人仍能發揮其無限的機能，譬如五言七言的提煉，詞字的省脫、詞性的轉用，意外的語詞聯接等等，以新鮮的創造，點化那通俗而實用的語言，來改變習慣性的結構法，使語句的組織活潑。⑭

吾人亦見詩歌或多利用獨立名詞及詞組造成意象疊合之美及倍增暗示性之手法，此法王十朋詩句中有之，惟不多見。譬如：

梅花十里眼，竹葉一杯腸　（前集卷三　過黃巖）

江東渭北客　（前六　細論堂）

春風桃李花　（前九　人日過電山……留別孫先覺）

小園青徑梅溪老，綠水紅蓮越幕賓　（後二　寓小能仁寺即事書懷）

人家數點火，風物一川雲　（後十　宿大冶縣）

夔子黃柑老杜詩　（後十三　食柑）

郵亭燈火一尊酒　（後十五　宿紅林驛遇交代王給事）

月斧雲斤天上手　（後十八　八月十五貢院落成……）

究上文形成之現象，楊文雄氏以為：

……兩個意象並列通常會有進一步關係，不是意象之間具有類似性就是彼此有明顯的對照。⑮

---

⑭ 詩與美頁十二，黃師永武著。洪範書店出版。

⑮ 李賀詩研究頁一三〇，楊文雄著。文史哲出版社印行。

所言是也，猶有補充者，因每一獨立語詞所造心象各自不同，其思想距離愈遠則重疊空間愈廣，張力倍增，故美絕，如黃山谷寄幾復（黃介）詩「桃李春風一杯酒，江湖夜雨十年燈」之類即如此也。然此非王十朋語法之重點。

古人論詩有所謂詩眼（即五言以第三字爲眼，七言以第五字爲眼），此即語法中最動人處，有以爲驅遣動詞造成動態意象者⑯，詩人玉屑卷三則主張眼當下以活字、響字、實字、拗字，（聲雖拗，仍屬實字虛字之範圍），所言泰多指動詞；動詞，形容詞乃屬虛字。然亦有眼非動詞者，如「遠帆春水闊，高寺夕陽多」，句中「闊」字「多」字係形容詞，且眼也非在五言之第三字。又如「沙頭宿鷺聯拳靜，船尾跳魚撥刺鳴」，句中「靜」字、「鳴」字，係表態句詞，鳴雖屬動詞，仍具表態意味，且此三字亦非七言之第五字。再如詩人玉屑卷八記載江西派韓駒嘗改曾幾之詩云：「白玉堂深曾草詔，水晶宮冷近題詩」，韓氏所改「深」字「冷」字，非第五字也。或云詩眼有時是名詞代名詞，即實字也。又以爲實字要挺，虛字要響，不可用以不常見之字與不易解釋之字⑰，然此即屬動人語法之特徵，與鍊字不異，並不限用動詞（述詞），亦不限句中第幾字，若句中落字能靈活⑱，使心象意境全出，用字又穩妥不虛軟⑲，則古之詩眼，即今之語法

---

⑯ 李賀詩研究頁一三二。

⑰ 古典詩歌入門與習作指導頁二一三。莊嚴出版社出版。

⑱ 朱光潛詩論頁九一「紅杏枝頭春意鬧」一段。漢京文化事業公司印行。

⑲ 詩人玉屑卷六頁一三九「陵陽論下字之法」。魏慶之撰。九思出版公司出版。

最動人者也。王十朋苦吟不遜韓愈、孟郊、賈島，但氣骨若韓，尤學老杜於鍊字處變化莫測，今將十朋二千首詩作中精擇詩例以探討其運作手法，試舉例分析：

㈠ 鍊動詞

群芳避路放梅開，奔走遊人滿砌苔（前一　次韻咎監務早梅）

胡馬今猶飲河洛，京國有家歸未得（前一　送子尚如浙西）

傷時淚泣鮫人珠，揮毫寫憑風雨驅（前二一　戲酬毛虞卿見和）

縈牽別恨絲千尺，斷送春花絮一亭（前三　詠柳）

明朝一笑江山隔，望斷日邊鴻雁飛（前二一　縣學別同舍）

去隔關山共明月，歸逢魚雁寄新詩（後十六　次韻張叔清見寄）

逢春尚擬風光轉，過眼忽驚花片飛（後十七　悼亡四首之三）

寶相石間湧，鐘聲雲外飄（前六　宿石佛）

夜靜雙瀑喧，遙聞疑雨來（前二一　夜聽雙瀑……）

今宵對嬋娟，莫放酣歌絕（前二一　對月……）

日落江東暮，山歸冀北空（前二　送陳商霖）

聊棲明月枝，勝逐西風梗（前九　和秋懷十一首之六）

支頤看山色，破浪出詩篇（後十五　舟遇逆風破浪賦詩）

蟬噪景如夏，鳥鳴山似春（後十五　宣城道中聞雁）

竹看金影碎，菊擷霜風破（後九　予向年少不自量因讀韓詩……）

孤燈耿漁舍，一犬吠江村（後十一　宿網步……）

以上乃鍊字著重於動詞者，因十朋著力於此，例子自然眾多，今不克一一列明，然已見十朋欲以動詞凸顯靈動之心象。譬如：「湖邊懷劉謙仲」詩，乃十朋紹興三年作品，時劉謙仲已物化，十朋緬懷昔日交遊，徘徊日昨邂逅之湖邊而爰作此詩。詩云：

湖山如畫水如藍，杖履湖邊酒半酣。

往事蕭條誰共說，舊游零落我何堪。

炎涼世態從他變，生死交情祇自諳。

詩客有魂招不得，秋風依舊滿江南。

詩之首句寫景，次句抒情。前二句由景入情十分自然，均說現況。次二句導入懷舊。劉謙仲才高志豪，善五言詩，卻困於文場，後酗酒愁死。時十朋雖祇二十歲，而卻是劉氏之忘年交，此一老少友情，既吸引人又令人難忘者，於十朋而言除知己之情外，猶有父執之情；此時政局未穩，亦令十朋慨歎。劉氏落魄無他友，故「炎涼世態」二句正是十朋之心語，旁人難以理會，惟其如此，末二句方顯感慨萬千矣。「詩客有魂招不得」，指劉氏客死橫陽，於此湖邊焉可招魂？情既發抒，末句以景收場，使餘韻裊裊，情無盡矣。「招」字使魂魄游動，「滿」字令秋風盪漾，則湖邊淹徊招魂之畫圖心象可得矣。斯乃運用動詞語法之靈活效果也。

㈡　鍊非動詞（形容詞、名詞、副詞、代詞……）

塵襟不用頻△揮塵，自有清風爲△掃除（前一　和方叔見贈二絕之一）

腸枯謾△有書千卷，腰瘦難△勝帶十圍（前一　次韻李刑曹病起書懷）

衰頻迎醉生嫩△紅，饞腹隨餐失飢△吼（前五　九日飲酒會趣堂者十九人……）

虛窗文字遮眼暗△，短檠燈火育宵明△（前八　再用前韻勉諸友）

孤山大小各△嶄絕，鍾石上下相△舂撞（後十　題湖口驛）

花枝法雨潤△，心地佛燈光△（後七　次韻題寶印叔蘭若堂）

詩成天作紙△，簾捲月爲鉤△（後十一卷　十月四日宿千沙市……）

勁節老△方見，清陰寒△欲藏（後五　祕書省後園修竹可愛……）

盛夏綠△遮眼，茲花紅△滿堂（前七　紫薇花）

夢斷吳江冷△，魂歸蜀道難△（後八　哭馮員仲）

松風清△入耳，山月白△隨人（後十七　宿飯溪驛二首之二）

嗤衣恣△掀翻，聒耳倦△揮掃（後二十　表弟萬大年宿郡齋）

以上例子就語法而言係用形容詞（所謂詩眼之虛字，性質作為一如動詞）、副詞（修飾動詞，所謂詩眼之實字），甚或名詞、介詞……等，用使美化詩句，達至表意輪廓明晰而筆觸動感，或狂放，或雄偉，或細膩，或柔婉，均賴此種語法之變化，問所鍊字是何種詞性，似乎不屬重點，重要者乃能映襯其鮮活主題耳。

劉熙載藝概云：

總之所貴乎鍊者，是往活處鍊，非往死處鍊也。夫活，亦在乎認取詩眼而已。詩眼，有全集之眼，有一篇之眼，有數句之眼，有一句之眼；有以數句為眼者，有以一句為眼者，有以一、二字為眼者。

劉氏所言可知詩眼並非一句詩僅一字也，詩眼應著力第幾字，詩人自知，讀者亦可體會，非有固定。至於一句以上猶有詩眼，此批評家分析詩文往往用之，殆無定見。劉氏所論猶未詳析詩眼何以活為？活在何處？「活」，即語法動人者也。若公認之名句「仕宦而至將相，富貴而歸故鄉」，句中「而」字係連詞，能令詞意露顯，佳句永傳，此即語法變化使然也，故凡屬佳句、名句，皆依此種作為而「活」。而衆人摒棄之句子，斷無「活」理，因其中並無鍾鍊字眼也，語法之動人與否，正詩人錘鍊功力大小之處也。清人張實居云：「字字當活，活則字字皆響」[20]吾然之。王十朋能利用字詞之間詞性變化造活句子，乃其成就者也矣。

茲舉「宿浮橋」（前集五卷）一例解析之：

落日丹丘下，西江十里西。
浮橋通古道，逆旅傍清溪。
夜靜水聲細，曉陰山色迷。
吾鄉在何處，天遠白雲低。

本詩作於紹興二十二年，十朋四十一歲。十朋父亡於紹興十二年，七年後母親去逝，而今年喪幼子，是以此情最不堪。十朋年已逾壯，赴太學候補，拋妻別子別兄弟，是以此行最斷腸。今觀宿浮橋一詩當念及清景背後之鄉情。全詩自落日投宿至次曉思鄉，寫一日之景，表無限之情。首二句描寫西行歇腳地之景（自溫州如臨安，往西北行）是定點紀錄。次二句由景入情，由定點向前延伸，說明行役之希望。五、六句一刻畫夜趣，一沈醉曉色。「細」字使水聲、靜夜有蘊藉味，是畫家工筆手法；「迷」字見拂曉山色濛籠，有潑墨畫淒迷淋漓鈍趣。末二句情景交融，如說以一問一答作結，不如說自問自答，此「鄉思」且爲綿綿親情之渲染矣。本詩設與王維千塔主人詩[21]、孟浩然永嘉上浦館逢張八子容詩[22]互較，有何所得哉？王維詩云：「逆旅逢佳節，征帆未可

---

[20] 清詩話頁一三六，師友詩傳錄蕭亭答。丁福保編。明倫出版社印行。

[21] 見全唐詩第二冊，卷一百二十六，王維二，頁一二七九。盤庚出版社印行。

[22] 見全唐詩第二冊，卷一百六十，孟浩然二，頁一六五四。盤庚出版社印行。

前。窗臨汴河水，門渡楚人船。雞犬散墟落，桑榆蔭遠田。所居人不見，枕席生雲煙。」孟詩云：「逆旅相逢處，江村日暮時。衆山遙對酒，孤嶼共題詩。廨宇鄰蛟室，人煙接島夷。鄉園萬餘里，失路一相悲。」二人詩與十朋之作趣味頗類似，見十朋本詩有開元氣象。但若論手法，全篇流動感覺，以爲較近淵明之自然。

綜言之，詩句之語法影響詩句之心象化、美化。歸納王十朋詩例，則見十朋所鍊字在七言句之第一、二、三、四、五、六、七字，在五言句之第一、二、三、五字，幾乎每一字皆可作語法之變化，且詞性之分析有動詞、名詞、形容詞、副詞、代詞。凡此足證十朋是善長此種語法技巧者也。

二、色彩鮮明

詩畫同理，綺麗妖艷之刺目色彩固足以動人心魄，幽冷玄暗之晦慄光影亦有出人意表之色感。魏慶之詩人玉屑云：「苟不當理，則一切皆爲長語。」㉓實然，文質彬彬而彩素相顧者也。戚廷貴有段「色彩」觀點云：

> 色彩運用得好，能夠表現人物複雜的思想感情、物體的色調層次，展示人物性格、物體性能的豐富性和多樣性。……色彩的明暗、強弱、遠近、冷暖、深淺等方面不同，能夠引起人們不同的審美感受。如暖色(紅、橙、黃色)會引起人們的熱烈、歡快、興

㉓ 見詩人玉屑十，綺麗，頁二二二。九思叢書本。

奮、運動、輕快的審美感受；冷色（藍、紫色）會引起人們的冷靜、沉著、優雅、理智、高貴的審美感受。因此，巧妙地運用色彩，是繪畫形式美的一個重要方面。色彩，是畫家感情的語言。[24]

吾人言色彩亦詩家感情之語言也，然畫家之塗布色彩之顏料乃有形者，詩家之性靈色彩，尚有在顏料之外者也。潘天壽談及用色另有可取見解，茲援引云：

> 吾國祖先，以紅黃藍白黑爲五原色……萬有彩色，不論原色、間色，濃淡淺深，枯乾潤濕，均應以吾人眼目之感受爲標準，不同於科學分析也。……東方民族，質地樸厚，性愛明爽，故善配用對比強烈之原色。……設色須淡而能深沉，艷而能清雅，濃而能古原，自然不落淺薄……。[25]

潘氏強調黑、白兩色足以合成萬彩。素乃繪之底色，絢之增彩。則留白之美書畫家殊覺喜愛，而詩人往往以空靈蒼茫作結句，亦有此意。是以詩人之設色鮮明，不盡指暖色，便冷色、白色、玄色（濃紅濃青之間色）並稱明艷焉。尤須留心經營全篇顏色所引人異同感受之情調、氣氛。

王十朋詩於色彩之關鍵字眼及其附近輔助字眼既能烘托強烈情感，且又能營造形成立體空間動靜效果，使讀者內心更具圖畫心象之具象感。十朋常用色彩字有紅、青、白、黃、金、綠（碧、翠），其次喜用蒼、黛、銀，最少使用紫、黑，據此知十朋頗喜愛用彩色字，而所喜愛之色彩，

---

[24] 藝術美與欣賞上篇，頁九六—九七。戚廷貴著。丹青圖書有限公司出版。

[25] 潘天壽美術文集「用色」頁八一，潘天壽著。丹青公司印行。

趣向於暖色、中間色，其用紅色具有健康、忠誠、光明傾向，故常丹心表貞。其用黃色、青色、碧色具有嘗事農園而後追懷桑麻鄉居之傾向，而金、銀色又有追求功名之痕跡，青、蒼、黛、黑、紫不免具有憂心家國親友之現象。今略分十朋喜用色彩種類、色彩變化，設色次第逐項討論之。

㈠ 色彩種類

明年荔子爲誰丹△　（後二十　次韻傅教授景仁馬綠荔支七次韻）

惟有紅△蓮幕中客　（後四　西園）

郡齋清夜擁爐紅△　（後八　用韻寄二弟二首之一）

定從三級上青△雲　（後六　三井）

青△山遮暮盤千匝　（前五　過盤山宿旅邸）

只將青△眼對青△山　（後十五　過彭澤）

白△蓮流水兩淒然　（後十　蓮社）

西風蔌蔌黃△葉飛　（前五　家童拾栗因念亡兒……）

萬頃黃△雲平　（前四　前中秋一日舟過山陰晚稻方熟……）

黃△雲萬頃空　（前九　和秋懷十一首之一）

買得巴陵金△鯽魚　（後十五　魚蝦）

天高雲散懸金△餅　（前五　壬申中秋……因小飲玩月……）

此梧長向人間碧△　（後四　寄題周堯夫碧梧軒）

雙溪眼中碧△　（前六　游圓超院……）

銀△鈎勢欲翻　（前六　書院掛額……）

滿堂爛銀△袍　（後十四　泮宮杏花乃闍紫微……）

六客堂逢舊紫△髯　（後十九　林黃中少卿出守吳興……）

行矣歸持紫△荷橐　（後二十　提舶生日）

園林綠△樹成陰後　（前八　酴醾次賈元節韻）

清和時節綠△陰滿　（後四　周德貽得子……）

他年黛△色參天處　（後四　亡友孫子尚藁葬會稽山大禹寺之側……）

△蒼顏一任蘚苔侵　（後六　人面岩）

以上色彩、種類例子不勝枚舉，每種簡擇兩、三例而已，顯示十朋詩中色彩繽紛，現實生活裡應亦異動頻繁，光彩奪目（非干風月，多屬交友及職位變換）。再者，十朋運用之色彩字達十餘種，遑不論色彩移動之變化，即是字面已彰明十朋於色彩之認知極高。

(二) 色彩變化（含冷暖、明暗、輕重、遠近、新舊……）

壓頂花枝紅欲燎（色暖）　（後六　西高山）

苦雨冷朱夏（色冷）　（後十六　宿富春舟中）

皎皎丹心惟望日（色明）　（後九　鄉人項服善宰鄱陽……四首之三）

青燈績深夜（色暗）　（後七　荊婦夜績）

池寒綠初抽（色輕）　（後二　同莫教授……游西園）

地上紅多蝶尚貪（色重）　（前四　三月晦日與同舍送春於梅溪……）

滴翠凝不乾（色乾濕）　（前九　和秋懷十一首之九）

野花深淺紅（色深淺）　（後十　途中遇雨）

湖山浮野色（色遠近移動）　（後七　再至雙植堂呈表兄李克明）

眼中風物一番新（色新舊）　（後六　李鎮夫闢圃……三首之一）

逼眞冷焰奪春芳（色感矛盾）　（後五　秦之用歐蘇穎中故事再作雪中五絕之四）

黑白未分明（色覺不定）　（前六　花鴨）

以上色彩字，深受句內其他字眼之修飾，呈現色彩遞漸轉變，或冷熱，或明暗，或輕重，或深淺，或遠近浮動，或新舊交感，或色覺搖晃，或色感產生矛盾張力，凡此乃十朋敏銳觀察體會方能與人尖新感受，蓋多關才氣者矣。

㈢　設色次第

青紫酸甜孰味優　（後十三　蒲萄）

閱人老眼能青白　（後二十　贈亮首座）

滿眼黃茅仍白葦　（後十一　宿王家村三首之三）

麥黃桑綠蠶欲晴　（前八　雨止復用前韻）

願付銀筆書青編　（前八　左原紀異）

紅雲照綠波　（前六　荷花）

以上設色有混合現象

運用設色混合之現象，係十朋有意造成視覺集中，主題集中之表現手法。如例中「青紫蒲萄」集中於酸甜味，「青白眼」集中於閱人，「黃白茅葦」集中於滿眼，「黃綠麥桑」集中於雨止天晴，「紅綠雲波」集中於荷花，「銀青筆編」集中於紀錄，此乃色彩凸出主體之作用。

攜手丹梯語話長，不知身到碧雲鄉　（紅、綠）　（前四　與萬先之登丹芳嶺……）

蒼松溜雨大十圍，綠水浮荷深一股　（蒼、綠）　（後二　題壽樂堂用東坡韻……）

靈根頻灌蒼如玉，黛色初抽軟似茸　（蒼、黛）　（前八　月上人以拳石……於几案間……四首之二）

白鹽照日一峰古，烏帽吹風雙鬢班　（借對白、黑）　（後十三　九日登臥龍山……）

邊庭未靜尚赤甲，鼎鼐欲調須白鹽　（借對紅、白）　（後十二　至瞿唐關戲用山名成一絕）

星火燒空一夜丹，來禽青李覺無顏　（紅、青）　（後十二　行可再和因思前日與韶美同飲計臺……）

惟有青山知此意，晨昏長戴白雲巾　（青、白）　（後六　某辛巳秋歸自武林……三首之一）

白齒新芽不出山，青囊誰遣到人間　（白、青）　（後五　章季子教授惠顧渚茶……三絕之二）

案上忘機有黃卷，眼中得趣是青山　（黃、青）　（前八　明慶院上方地爽而幽……）

白雲初盈樹，黃金忽滿籃　（白、黃）　（後十九　薛士昭寄新柑……）

以上設色上下句不同

上下二句設色不同，則形成某色配某色現象，十朋詩中以「青白相次」是循明快對比之感覺；「紅綠相次」是景緻心境繽紛之感覺；「黑白」相次，是色彩中強烈對比，心情與風景均有強烈反映；「紅白」相次，為色彩上尋求明亮，而心境上似有訴求光明傾向㉖；「紅青相次」效果近似「紅綠相次」；「青白相次」、「黃白相次」色感柔悅；「黃青相次」，因色素近，更形柔和；「蒼黛」、「蒼綠」相次，則感受厚重濃郁。

整體言來，十朋詩之色澤感覺不出中國人歡喜光明愉悅之特性，表現視覺之明快，然青色蒼色使用過多，遂自輕快走向憂鬱。尚有十朋詩中往往使用一種模糊之色覺語，如「初淺」、「春色」、「丹青」、「蓮」、「穗」、「竹」、「明珠」、「燭光」、「火燒腸」、「錦江」、「衰顏」、「石砧」、「落日天」……凡此字眼頗能現出部分模糊色彩，當肯定其色彩作用。陳香氏嘗論「蘇軾詩中的色澤美」曰：

> 在蘇軾遺留的一千多首詩中，不但時常用顏色渲染境界，而且時常用顏色反映印象；不但時常用顏色標揭人事，而且時常用顏色形貌器物；不但時常用顏色指喻食品，而且時常用顏色顯示時地；不但時常用顏色抒述感慨，而且時常用顏色襯托景致。

此種大量運用色彩，以為詩作鮮明之喧染手法，蘇軾之前李賀有之，蘇軾之後王十朋有之，而歷代詩人皆似有意無意皆從事之。李、蘇、王三人因內心世界迴異，是以使用色彩之方向大有不同㉗。繪畫之設色係可見性之色彩，詩作之設色，乃反映心靈之色彩，意象上之繪畫，決非全同於

㉖ 右書頁一二至一六。

㉗ 參見讀詩劄記頁一五八至一七七，「蘇軾詩中的色澤美」。陳香著。台灣商務印書館印行。與楊文雄先生「李賀詩研究」頁一三七至一四四，「李賀詩內在研究─色彩」，文史哲出版社印行。

眞正繪畫之色彩。譬如十朋夜雨述懷詩：「澆腸竹葉頻生暈，照眼銀釭自結花」句中以竹葉青酒澆入愁腸臉上頻生暈紅，而照眼銀釭所結燈花閃爍爆光，二者紅之層次不同，燈花與臉紅流動變化頻頻，詩人病後澆愁心情亦在流動，其色彩與心境之複雜變化，十分動人。近人馬祖熙批評本詩滲有作者時事之憂慮及胸懷之感慨，極確切。惟言詩人酒未入愁腸已臉泛酒暈之解釋疑有不當，又云秦檜死后，詩人才出而應試，亦屬未必㉘。

三、詞意曲折

宋詩之表現法，多用硬語，黃庭堅尤好硬語，蘇東坡引街談市語入詩㉙。然沈德潛表示晉以後始有佳句可摘，道出銳意追求藝術，以華藻美詞烘托意境鮮美朗遠是所有詩人不辭者。早期王十朋詩深受韓愈詩影響，韓詩盤空硬語一反唐詩承自六朝之唯美文藻，然美文是一種雕琢，硬語又豈非另一種雕琢，二者於華藻之定義容或相異，於詞意之苦思並無兩樣用心，宋詩遣字用詞之尖刺令人撼震。況十朋尚承襲陶謝、李杜、元白、歐蘇、韓駒諸家之影響，何能棄雕琢於詞藻牆外哉？四庫全書梅溪集批評十朋「全集淳淳穆穆，有元祐之遺風」元祐乃哲宗年號，此指說十朋作品蘊涵北宋末年蘇軾、黃山谷等詩風。南宋之朱熹，評十朋詩云：「渾厚質直」。明之黃淮評

㉘ 宋詩鑒賞辭典頁九〇二。王十朋「夜雨述懷」，一九八七年十二月上海辭書出版社印行。

㉙ 宋詩概說頁五一，宋詩的表現法。吉川幸次郎著，鄭清茂譯。聯經出版社印行。

曰：「詩歌率皆渾厚雅淳，和平坦蕩」㉚準上述之意，則知「厚」與「質」亦爲十朋詩之風格。然杜甫之「厚」，陶潛之「質」非其文飾邪？所以知十朋之「厚質」正其詞藻錘鍊之工也。茲試舉十朋詩例，以見其錘鍊詞意之鮮朗曲折，由此可推敲其欲以詞藻塑造意象之一斑。

靜對忘憂萱（後九　洪景盧郡釀飲客……）

人有憂而萱草不憂，面對此花者元是心靈喧鬧，以祈忘憂，但下「靜」字，卻強抑心情，此出人意外，故不得不服遣字之曲折。

空處觀空眼界寬（後十七　游承天寺後園登月台贈潛老）

句中連下兩「空」字，並雙關語。空處或指月臺空壇，或指方寸；觀空之「空」，可曰視界所及之無窮空間，亦可曰大千世界外之空間。兩「空」字涵意極廣，令人聯想無窮。

人生一笑難開口（後十二　韶美歸舟過夔……二首之二）

一笑至易也，說其難開口，已令人大感詫意，此無理之妙。再思之，許多事確是難啓口焉，惟多一時難啓口者也，若加上「人生」二字，則讓時間、空間倍增，而密度稠厚矣。又一笑與開口意相稱，中夾「難」字，挑起兩頭，字之韌力驚人，妙哉！馬祖熙氏注此詩云：「人生句，語本杜牧齊山詩：人世難逢開口笑。」㉛吾以爲杜牧原句之密度、韌力遠遜十朋此句。

柳不待春先起絮（前一　宣和乙巳冬大雪次表叔賈元實韻）

此詩是十朋早期詩，風格及落字深受唐詩左右。「柳絮」借指雪，意爲雪尚不待春已紛紛，非如

㉚ 以上皆見梅溪集四庫全書序。

㉛ 書同第三一六頁㉘，頁九〇四。

杜甫漫興詩「顛狂柳絮隨風舞」之意，本句詩字面次第原是「柳絮不待春先起」與下句意一貫，下句「梅非因笛自飛花」原意作「梅花非因笛自飛」，二句皆以拆字安排而刻意取勝。然意複略有合掌之嫌。下二句「牧羊大窖人何在？駐馬藍關路更賒」當指北地諸郡陷於金兵之苦況。

以上僅四例，已可察微知著，感覺十朋詞藻之特色不在字面之華美，而在詞藻之曲折變化。其錦繡肺腸所蘊藏之詩句，蓋馳騁「詩出語驚世」者耶！

且再舉十朋所遺用之奇字（意外字）、硬字（多指俚字，十朋少用僻字）作爲其詞藻確實曲折一文之結束。

枕上微△聞點滴聲　（後二十　枕上聞雨聲）

糟糠情味飽△相諳　（後二十　挽令人）

招△邀△春色上詩篇　（後二十　梅溪草堂新闢……二首之二）

山色元來本無競△　（後四　競秀閣）

一夕花妖△世已非　（前七　張廷直挽詞）

塵慮脱△心境　（前二　秋日山林即事二首之二）

山禽語晝寂△　（後十　題至樂亭二首之一）

月與江無約△　（後十二　江月亭）

濁酒醅初潑△　（前三　毛虞卿見過）

以上奇字

且向田間置幞頭△　（後六幞頭岩）

家家呼△牛△逐△耗△鬼△　（前九　己巳元日讀送楊郎中賀正詩……）

剛腸如轉△軥△　（前二　寄僧覺無象）

懼如驢△與△豬△　（前九　和符讀書城南示孟甲孟乙）

與世交疏類孔△方△　（前五　書小成室）

貽臭千古如蛆△蟲△　（後二　旌忠廟）

以上俚字

四、用典自然

用典即用典故之謂也，合用事、用辭二者而言焉。用辭指點化成辭，古人多視為用事之一端，是以古但言用事不言用辭者也。文雕事類篇主貴用事，以為才情與腴學表裡相資乃成鴻采。詩品不以爲然，評吟詠情性何貴用事？王十朋詩浸潤杜甫、韓駒詩頗深，杜甫老於用典，陵陽巧於「事自我使，不可反爲事使」[32]，則十朋善於用典當可曉知。王十朋嘗云：

知前輩作詩一言一句皆有來歷[33]

是爲顯證。今首先討論運化典故之妙。小詩常藉隱涵故事使詩中世界益形豐實，而心象塑造愈能呈現電影時空移位之心象技法。因爲多重鏡頭曝光則景物已非原景，多層情感之交錯，又另生情感矣。用事往往可達故事中套有故事之美，則辭則點化變作，多半令人脫離成辭之感受，且有點鐵成金之工巧，設未能妙化成辭則早外於用典之林矣。李商隱錦瑟詩用蜀帝杜鵑啼血事，使詩意更具內涵，於句末「此情只待成追憶」才深知應如是觀。杜甫客夜詩首二句「客睡何曾著，秋天不肯明」，「不肯」二字用陶淵明「晨雞不肯鳴」、「日月不肯遲」句子之成辭，然絕勝原句之心象靈動，如是才算用辭之原意[34]。

前云十朋詩善用典，非欲掉書袋也。綜觀梅溪全集極少用僻典僻字，此當爲其用典特色一斑。容有用典則多係熟典，又從而變化，不肯匆匆襲取，是爲其用典特色之他面。十朋運典自然渾然如自口出，古人云用典要用其意，用無跡、用親切、隱其語、俗變雅，證之十朋詩若合符節，十朋詩風正是醇雅、自然。且略舉十朋詩例以說明其用典之自然，此又其另一用典特色者也。

---

[32] 魏慶之詩人玉屑頁一五六「陵陽論用事」。

[33] 梅溪後集卷十四寇萊公取蘇州野渡無人舟自橫之句……，頁三五六。

[34] 參見黃師永武之詩心頁六八「客夜詩」，三民書局印行。

今所舉之例不欲強分用事、用辭、明用、暗用、因用事用辭難分而明用暗用有並合者之故。

何曾富貴已危機（後十二　詔美歸舟過夔留半月……）

句用東晉末諸葛長民之事。晉書諸葛長民傳「諸葛長民被劉裕殺害時，說：貧賤常思富貴，富貴必履危機，今日欲為丹徒布衣，豈可得也。」

正是剛腸九回處（前一　寄方叔）

剛腸、剛直強志也。文選嵇康與山巨源絕交書「剛腸疾惡，輕肆直言」。白居易哭孔戡詩「平生剛腸內，直氣歸其間」。十朋熟悉白詩，或典出白詩；此句未云用典，旁人也極易曉。

白雲滿袖眠禪窟（前二　秋日山林即事……二首之一）

禪窟，僧房也。本句「禪窟」一辭，典出史書。十朋既熟史事，故出辭自然。北史，周、皇甫遐傳「於墓南作一禪窟，陰雨則穿窟，晴霽則營墓。」

茅舍迫窄吳儂家（前二　游西岑遇雨）

吳人自稱曰儂，見南部煙花記。吳儂家猶言吳人家。蘇軾書林逋詩後詩「吳儂生長湖山曲」。此句活用成辭。

窗几吟餘山色好，軒齋夢覺日華舒（前七　次韻昌齡西園即事）

日華，日之光華。謝朓和徐都曹詩「日華川上動，風光草際浮」。江淹山中楚辭「日華粲於芳閣，月金披於翠樓」。杜甫暮春題瀼西新賃草屋詩「波亂日華遲」，此句「日華」係詩人常用熟辭。

客況飽牢落，時光負氤氳（前九　和醉贈張秘書寄萬大年先之申之）

牢落，寂寞也。文選左思魏都賦「臨菑牢落，鄢郢丘墟。」氤氳，猶言抑鬱不散也。李白鳴皐歌「望不見兮心氤氳」。此二句用典出處不屬冷僻。

酷愛此味眞，不假薑桂橙（前九　和南食）

薑桂，指薑及肉桂，性辣，爲食物之調味劑。橙，此處指橘皮，切絲亦可助調味。如此，薑、肉桂、橙皮，共爲食物之調味劑。此用典極活。禮記檀弓上「曾子曰，喪有疾，食肉飲酒，必有草木之滋焉，以爲薑桂之謂也。」又三國志魏志倭人傳「有薑、橘、椒、蘘荷，不知以爲滋味。」則薑桂橙即典出薑桂、薑橘之合用。

早使夫差誅宰嚭，不應麋鹿到姑蘇（前十　吳王夫差）

麋鹿一句用史記淮南衡山傳，傳曰「臣聞子胥諫吳王，吳王不用，乃曰，臣今見麋鹿遊姑蘇之臺也。」此典史事文辭並用，且變化原意也靈活。

興來端欲乘風去，不怕瓊樓玉宇寒（後四　府帥王公中秋宴客蓬萊閣……二絕之二）

此二句明明襲語蘇軾水調歌頭「我欲乘風歸去，又恐瓊樓玉宇，高處不勝寒。」然語意反用，自然中有變化也。

更將正味森嚴句，壓倒屋簷斜入枝（後七　程泰之郎中以詩三絕覓省中梅花，因次其韻三絕之二）

此二句及點化友人詩句爲己用。是爲宋詩人習性，十朋亦喜爲之。十朋此詩自注「程末篇云：花中結子酸連骨，正味森嚴衆苦之，待得和羹渠自會，如今莫管皺人眉。」十朋將詩句喻作酸梅之正味森嚴，有滋味哉。再將詩句震憾力喻作梅枝斜入屋簷壓倒屋簷之狀，是以令人愛賞不已。

僧喚我爲嚴首坐，前生曾寫此橋碑（後二　題石橋二絕之二）

嚴首坐指十朋舅公嚴伯威（俗名賈處嚴），少年出家。十朋自注云：「天台石橋記乃永嘉僧嚴伯威書，菴僧有說前生事者，戲及之。」僧喚寫碑二句，乃以自家之事爲典，眞善用典也。

禹跡茫茫千載後，疏鑿功歸馬太守（後三　鑑湖行）

禹跡，即禹統治疆土之舊跡。左氏傳襄四「芒芒禹跡，畫為九州」。上句辭出此處。疏鑿，猶開鑿。郭璞江賦「巴東之峽，夏侯疏鑿」又杜甫禹廟詩「早知乘四載，疏鑿控三巴」。故知疏鑿係用辭，然「疏鑿功歸馬太守」全句則用史事。馬太守，指漢順帝永和年太守馬臻。十朋詩言及鑑湖者不少。鑑湖，在浙江省紹興縣南，亦名鏡湖、太湖。湖本甚廣，舊納山陰、會稽二縣之水，而東接曹娥江。漢太守馬臻時，環湖築塘瀦水，溉田至九千餘頃，又界湖為二，曰南湖屬山陰。曰東湖屬會稽，自宋以後漸淤為田。唐賀知章，嘗求湖為放生池，亦名賀監湖。」觀上文則知用典之妙，雖句中之史事定能豐富讀者之想像矣。

世間何歲無風雨，鐵鎖無端誤見殃（後四　梅梁）

鐵鎖，鐵製之鎖。此二句意指梅梁成材可造舟，世人原欲以鐵鎖毀舟，卻引來鐵鎖無端被毀，而舟之能否完存尚未可卜知。詩中暗引吳地流傳之鐵鎖橫江之故實。晉書王濬傳「晉大舉伐吳，杜預出江陵，王濬下巴蜀，吳人於江險磧要害處，並以鐵鎖橫江截之……乃作大筏數十……又作火炬，長十餘丈，大數十圍，灌以麻油，在船前遇鎖，然炬燒之，須臾融液斷絕……」。又劉禹錫金陵懷古詩云：「千尋鐵鎖沉江底，一片降旗出石頭。」十朋或又暗用此事耶？則意又深入一層，既嘆息梅梁、鐵鎖成材成器不易，又感慨金陵投降之往事，意極深沉，耐尋味。本首詩在可解不可解間，似乎轉折過遠有以致之。

前人用典注意貼切，所用典實方能具飽滿之意象。俞允文編名賢詩評引苕溪評王維山中送別之善用事，以為「春草年年綠，王孫歸不歸」用楚辭「王孫遊兮不歸，春草生兮萋萋」，辭意貼順自然，胡苕溪云善用典。又評古人詩「楊柳青青著也垂，楊花漫漫攪天飛。柳條折盡花飛盡，借問行人歸不歸？」不善用古樂府折楊柳典。折楊柳云「曲城攀折處，惟言久別離」又云「攀折思爲贈，心期別路長」，原意是寄相思，不涉歸不歸。因用意脫離，故原欲藉用故實中壓縮之深意落空，是謂不善用典㉟。觀此，當知用典之貼切自然，實需才學兼具。十朋苦學數十年，於詩早有會心，既欲用典，又不欲傷之匠意，故處處苦心經營，使渾然不覺用典，渾然不覺則文心獨運者也。今舉一首全詩爲例作此節結束。

崢嶸高閣聳雲端，萬壑千岩坐上看。
八百里湖寒鑑瑩，二千年國臥龍盤。
金風吹面掃殘暑，明月入懷生嫩寒。
見說神山正相偶，醉中端欲駕仙鸞。

（後四　再和趙仲永撫幹二首之一）

首二句眼前景，由景入情。「聳雲端」與「坐上看」上下形成極端，空間之張力已達滿弦。首句指無情之閣，次句點有情之人，有趣味。頷聯總說鑑湖蓬萊閣古今形勢，使詩題穩妥有著落。腹聯乃詩人細膩情感之映現，眼前時間由傍晚之金風吹至夜半之明月入懷；吹面是觸感，入懷是心領，而生嫩寒則是內外體受矣。尾聯用兩典。神山，神仙所棲之山，典出史記封禪書「乃益發船，令言海中神仙者數千人，求蓬萊神山。」用事正指蓬萊，出處明白貼切。相偶，猶相親成偶也。仙鸞，用湯惠休明妃曲「驂駕鸞鶴，往來仙臺。」之句而合成新辭，又暗用簫史弄玉事，手法如此自然，著實艱辛。尾聯二句乃醉中之神往頗有酣酣醉翁搖曳生姿之美。

㉟見名賢詩評卷九，頁四〇四，明俞允文編，廣文書局古今詩話續編本。

第二章　王十朋詩塑造意象之技巧

十朋詩風有柔婉之一面，有拗深之一面，亦有氣勢磅礡之一面，決非渾厚質直所能含糊籠蓋，前章四種塑造意象方法，雖可爲研究十朋詩之發端，猶未直指十朋內心之世界也。諺曰：繪虎繪皮難繪骨，吾人何不尋其骨之所在哉？詩中有畫與意象顯映二者表面略同，骨裡不似，畫有實物範疇可言，詩之賞析萬端，面面具可，面面不到，是故相似而不相似者也。

胡應麟詩藪云：「麗語必格高、氣逸、韻遠、思遠乃爲上乘。」又：「宋人謂『老覺金腰重，慵便玉枕涼』爲乞兒語，而以『樓臺側畔楊花過，簾幕中間燕子飛』爲富貴詩」❶此「金腰」、「玉枕」所顯畫面俗氣，而心理感覺層次低調，故宋人鄙之。「楊花」、「燕子」未必高明，惟襯以樓臺、簾幕詩格稍高，是眞富人之語，然以心理具象而言仍未高調，當知心理意象之重要。眼、耳、鼻、舌、身、意形成色、聲、香、味、觸、法，即五官感覺之外尚有思想之心象活動，總此謂之心理意象。此心理意象技巧即爲本文之第一部份

韓愈南山詩注：「晁說之晁氏客語曰：「韓文公詩號狀體，謂鋪敘而無含蓄也。……」❷所謂鋪敘即賦比興之賦。十朋首學韓詩，作賦之手法，當亦爲十朋塑造心象技巧之一。十朋古

❶ 詩藪第一冊頁二九八，內編近體中七言，明朝胡應麟撰，廣文書局印行。

❷ 韓昌黎詩繫年集釋卷四，頁二〇一，錢仲聯集釋。世界書局印行。

風寫景敘事率多鋪陳，此種形象化手法。可刻畫生動之藝術形象，且可發抒個人深切感受❸，於心象技巧而言，有探討價值。為鋪陳氣勢，或以形式相同、意義相似之文句，聯貫揮灑而下，使文氣壯盛，此方法謂之疊敘。若同一語句反覆其辭，以強化感觸，謂之重複。若連綴若干句，句意並比，以強調同一範圍之事象，謂之排比。此疊敘、重複、排比等手法並與鋪陳有關，可並歸本類討論。黃師永武在字句鍛鍊法中已將手法詳解❹，今僅就十朋詩句有鋪陳意象部分提出研究析論。此鋪陳意象之技巧乃本文之第二部分。

傳統詩、新詩均講求含蓄之美，溫柔敦厚者也。十朋詩乏李賀詩之冷艷，無義山詩之晦澀，又無李白詩之奔放，而能顯現其意義者，或以婉轉含蓄意象技巧出之。而含蓄意象技巧，即運側筆是也。側筆之用，可烘雲托月，可言外見意，且可示現以其他手法❺，今依此略述之。則含蓄意象技巧列為本文之第三部分。

第四部分將討論十朋詠物詠史詩之意象示現手法。第五部分並討論十朋詩中意象組合之立體感覺。總此，本文將研究十朋塑造意象之技巧有五：

1. 心理意象，含視覺、聽覺、味覺、嗅覺、觸覺、思想六類感官意象，及其意象之間之變換交替。
2. 鋪陳意象，含疊敘、重複、排比之意象手法。

---

❸ 參見韓愈詩選前言，頁十一，止水選註。源流出版社出版。

❹ 字句鍛鍊法頁九九至一一一，「怎樣使文句有力」之疊句、重複、排比三小節。黃師永武著，洪範書店印行。

❺ 鷗波詩話頁十四至十八。張師夢機著。漢光文化事業公司出版。

3. 含蓄意象，含烘雲托月，象外見意，象徵暗示手法。
4. 十朋詠物詩、詠史詩之意象示現手法。
5. 詩中意象之立體感。

一、心理意象之技巧

論感官所生之心理意象，非即感官之本身。如音樂之美，不純爲旋律故，有時乃音樂引起視覺之歡愉，他類感官亦有如此現象。然而亦有感官自身所生意象者。前者如：文藝心理學所引白居易琵琶行「大絃嘈嘈如急雨，小絃切切如私語，嘈嘈切切錯雜彈，大珠小珠落玉盤。閒關鶯語花底滑，幽咽泉流水下灘。」❻此例中視覺意象猶勝於聽覺。後者如，蘇軾赤壁賦「白露橫江，水光接天。縱一葦之所如，凌萬頃之茫然。」此例純爲視覺感官所生視覺意象也。後文逐條列舉十朋詩例以示現其心理意象。

(一)各種感官浮面意象

萬點白鷗家浩渺，一聲赤壁酹嬋娟（後十　題庾樓呈唐守立夫）

本詩作於乾道元年，十朋移官夔州，路經江州，與江州守唐立夫共登湓浦江畔庾公（庾信）樓所作。庾信留西魏長安不得南歸，作哀江南賦有飄泊之感。十朋求祠章奏已上而徘徊廬山，心境同

❻ 文藝心理學頁八九「……音樂所喚起的聯想而不是音樂本身……」台灣開明書店六十一年重五版。

庾，鄉思黯然。詩人借溢浦水萬點遠揚之白鷗勾起家鄉之遠懷，此是訴諸視覺之心象。思路在赴家途中奔波，不意竟被嬋娟歌妓一聲赤壁詞所驚破，茫然中持杯酹祭，無奈神情絲絲入扣。句中「一聲赤壁」是聽覺感官，「酹」是觸覺感官。上下二句視覺、聽覺連續進行，溶合一體，畫面優美而相接，而心靈憔悴已幾度轉易，示現意象之手法，十分上乘。然畫面仍在浮面層次，而未交錯重疊。

蝶夢驚回聽殘雨，鳥聲喚起欣初晴（前八　孟夏十有一日時雨初霽……）

此首詩描述雨過天晴之氣象，作於紹興二十六年孟夏。詩中作者生氣朗暢，山川形勢壯闊，尤以末四句齊天俟地，最具雄渾（窗明几淨日漸永，天開地廓陰不爭；俯視滄浪堪濯足，遙看扶桑觀日浴）。此例「聽殘雨」、「鳥聲喚起」應是聽覺感官之演奏效果，惟上句由夢思至聽覺，下句自聽覺達視覺，其情景次第雖有先後，卻僅有多種感官浮面變化，而仍未進入感官移位立體渲染效果。

(二) 感官移位複雜意象

樵漁欸乃霧中出，舟楫蕩漾田間行（前八　孟夏十有一日時雨初霽……）

斯二句句意清爽，動人憐惜。「樵漁欸乃」是一意象單位（聽覺），「霧中出」是另一意象單位（視覺），下句「舟楫蕩漾」、「田間行」亦然。上下二句無分先後同時示現其音樂性、圖畫性又「欸乃出」、「蕩漾行」尚兼有視覺意象，如此四方八面擴張之新心象造成讀者目不暇給，耳難閑放之困難，此即多重心象交互移位之美妙。是故斯二句字面平凡而意象效果驚人。柳宗元「一聲欸乃山水綠」之感官刺激極強烈，與此感官刺激之平和至臻共美者也。

道心隨眼明（前六　游明心院）

如此詩句斷非純一之視覺感官，其與思想感官同步共生。依其如此視界廣大，思界廣大，則心象之漫漫可知。因此下文有句「無雨竹亦淨，有風松更清」，使視界聚合明朗，又一句「誰名上方閣，撩我欲歸情」使思界著落肯定，放收移情之間，十朋塑造心象之手段眞可令人歎服也邪！

二、鋪陳意象之技巧

古詩之作，長篇最難，雖曰貴有變化之妙，然鋪敘功夫亦勢有需要，不然力單勁失，乏爲佳作。十朋五古、七古作品頗多，因熟讀韓、杜、蘇、黃古風，故落筆自然挺順。今依其古詩鋪陳所生意象而論研。如：

別宋孝先（前集卷四）

楚臺風騷客，遙遙有奇孫。
去歲始識面，未遑叩淵源；但見眉宇間，一點陽春溫。
琴書忽來游，文字獲細論。經術有根蒂，詞章富波瀾。
時時戲翰墨，動輒千萬言。
子固予所畏，語蒙子推尊。予嘗語所學，文當氣爲先。
氣治古可到，何止科第間。
子賢且樂善，服膺每拳拳，臨行出新詩，殷勤記諸篇。

好學見雅志，予言未應然。

惜哉有離別，後會何寅緣？男兒各自勉，事業無窮年！

今分本首詩五段，每段句數大致相當，古風篇法如此。第一段首二句金槍實發，有震撼力。後四句鋪敘首二句，設若無後勢之人物形貌之鋪陳，首二句頓失靠依。次段六句補充首段，令騷客、奇孫之言益形具體。第三段針對次段詞章、翰墨作鋪陳。第四段又針對第三段鋪敘。四段、三段、次段皆回應首段，章法嚴密無倫。末段點明題旨總收全篇。本詩鋪陳之目的端在勾勒十朋第一號弟子宋孝先之溫和樂善才氣高人之氣象，十朋出語誠摯典雅，語辭吐吞師生之情，妙不可言。於人物刻畫功不唐捐。此等手法於長篇某種意象之塑造大有必要。又如：

餘干翁簿以予去饒之日郡人斷橋見留畫圖賦詩見寄，因次其韻（後集卷十二）

我慕鄭子眞，躬耕老岩谷；不慕蘇季子，腰金詫宗族。

（鄭子眞，即鄭谷。家於谷口，修道守默。蘇季子，即蘇秦。）

失腳落塵網，回頭念幽獨，向來鴛鷺行，進退慚碌碌。

把麾鄱君國，飲水清灣曲，緬懷九賢人，痛閔千里俗。

（鄱陽有九賢堂，祠顏眞卿、范文正、歐陽修等）

奉揚乏仁風，黎庶因炎燠，疇能政有成，敢望諾無宿。

厚顏叨祿廩，汗背擁旌纛，命下忽變門，諸公孰推轂？

水陸三千里，湖重嶺仍複，至喜謁文忠，秭歸懷李矗。

（李矗，無此人，疑指李白之高風。十朋自鄂諸至夔府途中記詩有「杯思太白邀、文忠遺勁節」）

鄱人憐老守，去類楚臣逐。出門橋已斷，擁道頞爭蹙。

初無龔黃政，濫繼秦侯躅。仇香舊同僚，別寄兩竿牘。

賦詩仍畫圖，開卷宛在目，清音滿千越。餘韻到巴蜀。

（千越，古饒州所在。明朝天順本如是。四庫及薈要作「於」，四庫珍本兩宋名賢小集作「于」，並非。）

我有二頃田，荒蕪雁山腹。願畫歸去來，芒鞋事耕育。

此首五言古風，節奏流利，如前首，均極富感性。吾分十段，每段句法排比相當。前五段氣勢若後浪翻前浪，層層前逼，鋪敘奔先。十朋自庶民而仕宦，後去饒州至夔州因果了然，作詩以賦之手法好處在斯。六至末段變化大，七、八、九段蕩開第六段，文氣接前五段，末段上接前六段，再連上第九段，遂能全篇貫串。前五段及七、八、九段之鋪陳手法，使老守飄泊四處爲官而饒州軍民斷橋截留老知州之情節歷歷在眼。詩中亟言愧無善政，然鋪敘得法，愈使清廉形象刮目。本詩句法、用典、遺詞風味大類陶詩歸園田居初首，見十朋擬陶之居心。

縣學落成百韻是十朋有意逞其五言古詩之作，鋪述之功歎爲觀止，惟用典太過，情趣斲傷，至可惜也。五言自鄂諸至夔府詩、廬山紀遊詩，並已時見高妙。七言古風西征之作尚未成熟，至買魚行，讀東坡詩，石筍橋諸作氣勢奔放驚人，得杜詩之險要，有李白之流暢，是擲地鏗鏘佳作，鋪陳技巧輒有助促之功。

再參考黃師永武字句鍛鍊法一書中之疊敘、重複、排比、層遞手法以闡釋十朋詩中鋪陳技法。❼

㈠ **疊敘手法**

清有濯纓水，白有漱齒石，悠然水石間，官情聊自適（前一　送凌知監）

此例前後文「水、石」疊敘連用，使官情自適心象流露。

山從何來石無根，水從何來山無源……石工貌愚性機巧……名山不見典刑存，何止茲山與茲水。（後九　郡齋舊有假山……）

本詩「山、水、石」不斷疊敘，有意標明主題，故假山、假水、澗石形象縷縷可按，次第井然。

㈡ **重複手法**

罪已不罪水……書著子劉子（後十二　次韻韶美失舟閔書）

句中分別重複「罪」字、「子」字，使語勢加強而劉子之愛書惜書，甚至仁心皆在言外，劉韶美儒生風采之心象躍出紙面。

守臣失其職，閔雨腸空摧；不待雨摧詩，卻以詩篇催（後十九　次韻何興化德揚閔雨）

詩中「催」、「詩」重複，頓然覺出摧雨急迫而詩人閔雨情深矣。

古詩如古琴，山高水溶溶（後三　和喻叔奇游天衣四十韻）

---

❼ 字句鍛鍊法頁九九至一二七黃師永武著。洪範書店出版。

此二句詩，分別重出「古」字、「溶」字。溶字重複乃表態水柔；古字重複刻畫琴詩之雅柔，上下句溶合使詩之風格如山水具象。

(三) 排比手法

穎川丈人賢矣哉！青眼喜爲清流開，詩章翰墨兩奇絕，筆下一字無塵埃，品題人物獎後進，搢紳樂善公爲魁。（後二　陳大監用賞梅韻以贈，依韻酬之）

連下六句，全爲陳大監人品作註腳，意象盡出。此以文義排比，當留心句意連貫、筆力遒勁而不斤斤計較文字異同。此種方式賦篇古詩多用及之。

太史採詩儻見取，願付銀筆書青編，將見大書、特書、屢書不止此，史筆芬香此其始（前八　左原紀異）

詩中「大書」、「特書」、「屢書」排比而來，句意並立，欲以氣勢令史筆所記芬香功德遠揚。原詩句「銀筆書青編」尚未引人駭怪，故用「大書、特書、屢書」強化句意。

(四) 層遞手法

先王法爲秦所負，負秦況有秦有司（後四　次韻梁尉秦碑古風）

詩句前後涵意輕重序列，有層遞效果。本詩「先王法」、「秦」、「秦有司」輕重有序，是以能使「秦有司」之罪罄竹難記。

去歲秋大水……今春又不雨（後四　次韻濮十太尉喜雨）

茲首詩以大水起句，乍視，正應大喜方是，然非也。大水即洪水，水患方使民人苦於流離，今又不雨，民輒無以賴生，勢尤危矣。去歲，今春，時日緊湊，無喘息空暇，民生苦況益增冰霜形色，斯乃絕妙層遞手法之運籌。本篇之後段轉入祈雨，是正面想法，而篇末竟以速速歸耕體恤民情作結，跌蕩出閔雨喜雨窠臼，洵爲佳作也。

十朋古詩之鋪陳法所造就心象，手法殊多，上文僅舉數例，約略詮釋，所示現之技巧固未周全，而後若有機會尚待專篇研究。

三、含蓄意象之技巧

情物交感，形諸心象，詩歌之主旨所在焉。是以詩歌意象蘊涵飽滿者，其觸發之聯想定然豐碩。惟傳統詩以含蓄爲貴，張師夢機鷗波詩話嘗舉含蓄之側筆兩法，一是烘雲托月，一是象外見意。余於此外尚增以喻詞意象。茲分別論述如后：

(一) 烘雲托月

老欲投閑尚未成，膠膠擾擾厭餘生。
方成枕上游仙夢，忽聽窗前喚起聲。（後二十　早起）

烘雲托月手法，乃以側面襯托正面之法。本詩前三句不循常理點說題旨，反說閒，有俗事擾人，正成夢中，全無早起之意，末句意一轉，聽到喚起聲方知過早起。前三句之不欲起，正爲末句之起蓄勢，以見早起之殊不願也。詩中含蓄甚深，疑作者有公事繁重之嘆也。

出守江湖日念還，又扶衰病入巴山。

不能早作歸田計，愧過淵明五柳灣。（後十　過五柳灣）

前三句皆爲愧過五柳灣張勢。出守爲官大愧淵明，扶病爲官進一步加大愧意，不能早作歸計，殊屬非是，再一次擠壓愧念，如此愧過五柳灣之密度已達飽和，衷心之愧對淵明心象，悶然爆發自如炸彈般強大，卻有難言處，孰教不早作歸計邪！爲官受拘之詩意含蓄吐出矣。

小院藏修竹，柴門傍曲江。
繫舟楊柳岸，詩句落僧窗。（後十一　二十一日至福田院留）

此詩句句畫意濃郁，若非末句，則儼然高士雅居。前二句說景，第三句景中有情，末句情中有景。全詩以前三句幫襯，點醒雅居原係僧院。詩中「繫」字、「落」字使人物若無似有，眞神來之筆。

簾捲見山近，窗開聞竹香。
訟庭公事少，靜坐納微涼。（後十二　納涼）

本詩第四句是主意所在，而納涼之徹底舒適，端賴前三句之蓄勢助襯。

(二) 象外見意

官居到處郵傳，歲月驚人電飛。
惆悵同來德耀，故鄉不與同歸。（後二十　出州宅）

詩人欲藉句意中之意象，示現出詩句外之意象，謂之象外見意。司空圖二十四詩品含蓄品云：「不著一字，盡得風流。」即是此說。本詩首二句寫飄泊歲月，腳不著鄉土之感受。三、四句借同鄉之口說同來不同歸之遺憾。全詩不說任一「愁」字，而十朋出州宅依依之愁情自在言外也。

燕寢焚香老病身，細君相對坐如賓。

而今一榻維摩室，唯與無言法喜親。（後十七　悼亡四首之一）

首句講自身老病，次句說妻子如賓，此二句皆亡妻往昔景況。後二句乃眼前事。言今日常孤單，惟以聞佛法爲喜爲親，將妻棄世後之百日法事情節活靈活現。全詩既無「悼」字，又無「亡」字，然句句見老病孤獨，句句有悼亡之實，此即通過物象、心象獲其言外意，又自言外之音生出言外意象焉。

審美觀點中尚有以味覺者，味覺之感官經驗，若與文學經驗結合，可得司空圖「酸鹹之外」或「味外之味」之概念❽。此味外味者，即指言外之餘韻也王十朋跋同年蔣元肅夢仙賦云：「詞新意古，超出翰墨蹊徑外」（後二十七卷）此處詞新意古究竟作何解耶？詞新指遣詞尖新意較明白，意古則稍難解釋。十朋酬元章贈餘甘子用前韻詩嘗引東坡詩、歐公詩以說明梅聖愈詩氣韻長。十朋詩原引曰：

東坡橄欖詩云：待得餘甘回齒頰，已輸崖蜜十分甜。歐公讀梅聖愈詩云：譬如食橄欖，其味久愈在。

觀此，吾疑「意古」者，殆指詩中愈陳愈久之滋味者也。這種滋味蓋滄浪所謂「言有盡而意無窮」者，而宋詩於此頗能照顧乃「平淡中求眞味，初看未見，愈久不忘」❾，故醞釀烹鍊之功甚致力也。吾人以爲王十朋詩於此象外見意亦有卓異成就，願再闡釋之。

---

❽ 參見中國文學理論頁二二九至二三〇「審美主義和感官經驗」，劉若愚著，杜國清譯。聯經出版公司印行。

❾ 丁福保清詩話頁一四四，師友詩傳錄（郎廷槐編）張實居答唐司空圖教人學，須識味外味之條。明倫出版社印行。

然此「滋味說」歷來諸家有異議者，如王漁洋以菜肴酒宴喻歷代之詩，此尚不失言外滋味原意。而袁枚則以飲食之「甘而能鮮，苦能回甘」及「新采菱筍魚蝦」爲喻，其去象外見意已稍遠矣⑩。然則言外之味義究何如邪？吾人以爲字面之義一層，一層之外容有多義、雙關義、影射，則此詩便難落言詮，因之滋味回環，似食橄欖，味久餘香，有令人返魂者矣。以下見十朋詩例：

林下自全幽靜操，縱無人採亦何傷（前七　蘭子芳）

直形空腹舊時燈，牆角未應容易棄（前九　和短燈檠歌寄劉長方）

下自成蹊直虛語，誰肯顧盼留香車（前九　和李花）

詩客不知花韻別，卻言空結雨中愁（前三　戊辰閏八月歸自臨安觀舊題……慨然有感……三絕之三）

欲向靈岩移卓筆，與君同掃萬人鋒（前四　次先之過雁山韻）

張儀舌在知何用，莫莫休休且勿言（後六　曹夢良自許峰來訪……四絕之二）

青山滿眼森高木，正爲人稀免斧柯（後十　瑞昌永興道中作）

繫纜中流忽相對，江湖心亦不忘君（後十五　解舟遇風暫泊岳陽城下正對君山）

春風情不世，紅紫一般開（前七　牡丹）

勿爲花所留，興盡要知返（後七　次韻胡秘監酴醾詩……秘監攜具道山……）

浚教泥淨盡，何患不逢原（後七　浚井）

芳姿等蘭蕙，摧折更芳香（後五　送查元章二首之一）

⑩ 司空表聖研究頁一〇二論詩文思想，江國楨著，文津出版社印行。

平生不行險，到此即回頭（後六　游東際）

知心有杜鵑，勸爾故園返（後七　館中三月晦日聞鶯，胡邦衡有詩……）

何必登高山，清歡自無涯（後七　九日不登高與兄弟鄰里就弊舍飲菊）

十朋詩思致含蓄微婉，意象令人魂返，故其詩較不顯露粗陋，類似上例尚有許多，無法窮舉。十朋詩所以深取此法表達者，乃畫像在心中，固可使意象之浮動多樣重疊，反覆深入，倍感動人，但仍有他種緣故，其一出仕前壯懷難伸，暗自傷也。其二出仕後，罷官去職，言欲謹愼也。其三同事胡銓等言語激越，勸諸君子去國求外也，其四晚年不欲爲官，頻以倦鳥自況也。綜上諸理由，當知十朋屢用屈原香草美人之意之苦心焉。十朋作品中又有頗具趣味性者，若「要令坐上生清風，須使心中似明月（後六　題月師桂堂）」、「回頰已輸崖蜜味，返魂終共雪芽香（後十二　元章贈餘甘子用前韻）」「風薦幽香襲酒盃（前一　次韻昝監務早梅）」、「莫把剛腸慕粱肉（前三　前詩送三鄉丈雖各獻芹……）」等詩句，意雖不必在言語之外，而咀嚼之間趣味橫生，然心賞之餘恐漫無標準，遂無法再作詳細歸類，遺憾矣哉！

㈢　喻詞意象

詩文有所謂以本質不同而相類似之甲事物比擬爲乙事物思想者，名曰譬喻。譬喻之語詞，稱喻詞。喻詞或用明喻，或進用隱喻。此二者以明喻最淺解，隱喻較費解。陳望道氏修辭學發凡云：

明喻在形式上只是相類的關係，隱喻在形式上卻是相合的關係。⑪

---

⑪　見修辭學發凡頁八十一。陳望道著，香港一九六四年大光出版社出版。

其意明喻主客體分明，即正文與喻體分明，隱喻則受喻之客體欲喧賓奪主。又見詩文有用擬人、夸飾、矛盾語等手法示現喻詞者，今一併討論。左列詩例乃十朋以喻詞呈現意象者，解析如後：

開眼睛光如虎視（前一　潘岐哥）

王十朋如趙十朋（後七　黃岩趙十朋賢士也……）

理郡端如理亂絲（後八　郡齋即事）

喚起新愁似亂麻（前二　夜雨述懷）

湖水如天冬亦涸（後十五　君山二首之二）

鮮鮮如可餐（後十三　十日買黃菊二株）

竹能有面如人面，人亦虛心似竹心（後九　景廬贈人面杖）

百幹同根，森如弟昆（前六　黃楊）

明喻之法意易流於淺顯，本非作詩良法，因其塑製意象亦有此法，設若使用貼切，仍可為佳句者也。如「開眼睛光如虎視」句，以虎視之雄明，喻兒童明眸，十分警醒。又如「入眼端如入夢時」句可想見夢中景重現之吃驚，動人無倫矣。再如「更喜無心似獸心」句，此人心多詐偽之暗示，意但婉轉耳。再如「鮮鮮如可餐」句，遣詞動人且鮮活，令人垂涎。再如「湖光青似磨」句，言湖光水面如青磨石般，慧心乍現，雋句永傳。

以上明喻

可正宜頻覽，無塵亦自磨（後七　覽鏡）

此二句已人鏡融為一體，顯然是以人喻作鏡，詩人欲將鏡之光明特性以喻己之人格。

四友共文房，蒲君最異常（後七　寄蒲墨與明仲）

詩中以筆墨紙硯喻作四友，蒲君即喻蒲墨，十分親切之隱喻法。

坡名燕子燕思歸，岩號烏飛烏倦飛（後十一　登燕子坡……）

此詩直把燕子坡喻作燕子，烏飛岩喻作烏鳥飛，思惟眞活潑，而鄉心眞急切。

雲陣潑墨暗，電光搖幟催（後十九　用喜雨韻呈龔實之）

雲陣喻作潑墨，電光喻作搖旗，有色彩，屬視覺感官。暗與催俱爲動詞，有動作，乃觸覺感官，似乎尚有聽覺效果，則此例雖是隱喻，卻有多種感官心象移位作用。

雨膏碧葉剪琉璃，風薦幽葩噴龍腦（前二　丁香花）

以澤潤之碧葉喻爲剪出琉璃，以風中幽葩喻作龍腦噴香，心象之精微，欲奪人魂魄乎？

仰視青天紙盈幅（前七　昌齡和詩以不得志……）

茲句詩將青天喻爲盈幅紙，將青天濃縮至密，正與眼界擴大至弗遠一意，景雖眼下即得，思往往艱難始獲。

詩思湧成泉（後十六　小瀑布）

此句詩思極抽象，泉湧眞明白，以泉湧喻爲詩思，意象十分清晰。

以上隱喻

十朋二千餘首詩中，以明喻，隱喻呈現意象技巧者俯拾便得，無法一一例舉，然其苦吟深思爲塑造新意象新詞藻之成就當爲吾輩肯定。左文另略舉其他婉轉含蓄修辭手法數例，以見其擬人、替代、夸飾、矛盾語、象徵方面之遣詞運句技巧。

岩花笑我烏催歸（擬人）（後六　杜鵑岩）

節目尚餘兒女態（擬人）（前四　柘溪道傍有班竹……）

花笑水迎山自闢（擬人）（前四　望天台赤城山感而有作）
欲與春爭媚（擬人）（前六　海棠）
蟹眼煎新汲（替代湯）（前三　毛虞卿見過）
明珠遙吐臥龍頭（替代月）（後四　望月臺）
堆盤馬乳釀青春（替代葡萄）（後六　葡萄）
銀海光搖人憶坡（替代眼）（後八　郡齋對雪）
遙碧峰尖如削（夸飾）（後十二　元章至萬州湖灘……次韻寄元章）
放出山光接海光（夸飾）（後十九　出郊勸農八絕之八）
天鵝亂眼似楊花（夸飾）（後十五　泊潛江甲）
峰類夏雲多（夸飾）（後九　易芝山五老亭……）
更喜無心似獸心（矛盾語）（後六　人面岩）
白雲夜向原中宿，幾度隨人過嶺頭（矛盾語）（後六　左嶺）
斥去權臣力，生還聖主恩（矛盾語）（後四　故參政李公挽詩三首之三）
今日苧羅山下魂，猶向人間吐妖艷（矛盾語）（後三　詠知宗牡丹七首之四）
竹有君子節，青青貫四時（象徵）（前一　畎畝十首之七）
炎炎畏日愛濃陰，穆穆清風愛好音；
不獨愛松兼愛竹，此君亦有歲寒心（象徵）（後十七　愛松堂）
人間正炎熱，雲榭獨清涼。
如欲慰黎庶，諸君宜奉揚（暗示）（後二十　雲榭納涼）

九月不肅霜，十月猶飛蚊，不知從何來，乘昏動成群。
嘴利巧能嘬，類多非可熏。青蠅與白鳥，自古常紛紛（暗示）（後十八　飛蚊）

以上其他含蓄修辭法

四、詠物、詠史詩之意象

十朋詠物、詠史詩近四百首，蓋阮籍詠懷、郭璞游仙之類，言固非激憤，旨尚同遙深，文亦隱避，意仍可測。詠物詩以詠花居多，今惟探討其詠梅之作。十朋家住梅溪，心企梅花，梅之清白耐雪，其自況也，故費心研究頗有價值。而詠史之作，不以字句爭長，欲以實事夾敘夾議，有可諷規者也。下文討論仍就著眼意象塑造觀點，兼掘其內容所在。

△園林盡搖落，冰雪獨相宜。預報春消息，花中第一枝（前六　江梅）

△桃李莫相妒，天姿元不同，猶餘雪霜態，未肯十分紅。（前六　紅梅）

△非蠟復非梅，梅將蠟染腮。游蜂見還訝，疑自蜜中來。（前六　蠟梅）

△菊以黃爲正，梅惟白最佳，徒勞染千葉，不似雪中花。（前六　千葉黃梅）

△山行初逢建子月，始見寒梅第一枝。遙想吾廬亦如此，誰能千里贈相思。
梅花發後思家切，竹間水際出橫枝。暗香疏影和新月，自是離情禁不得。
觸物那堪此時節，春前臘後定歸來，要看溪上千株雪。（前五　途中見早梅）

△群芳避路放梅開，奔走遊人滿砌苔。半樹溪邊衝雪破，一枝頭上帶春回。
月移瘦影供吟興，風薦幽香襲酒盃。剛被西湖都道盡，至今詩客句難裁。（前一　次

韻昝監務早梅）

△竹外溪頭手自栽，群芳推讓子先開。好將正味調金鼎，莫似櫻桃太不才。（前七　梅子先）

△北陸寒未半，南枝春已回。方於雪中種，便向雪中開。（前七　早梅）

△南枝昨夜暖先回，壓盡群芳獨自開。仙客風中飄素袂，玉妃月下試新栽。未憑驛使殷勤寄，首辱新詩特地來。明日雪晴須共賞，爲花拚卻飲千杯。（前七　梅花）

△西湖處士安在哉，湖山如舊梅花開。見花如見處士面，神清骨冷無纖埃。不將時節較早晚，風味自是花中魁。暗香和月入佳句，壓盡今古無詩才。武林深處景益勝，十里眼界多瓊瑰。北枝貪睡南枝醒，杖屨得得攙出來。旅中茲游殊不惡，況有佳友銜清杯。手折林間一枝雪，頭上帶得新春回。（前八　臘日與守約同舍賞梅西湖）

△梅溪野人眞野哉，老眼長爲寒梅開。竭來西湖探春色，濡毫一洗胸襟埃。卻將梅花比和靖，花與人物俱奇魁。同行二十五佳客，一一盡是離騷才。新詩一出花價長，糠秕桃李奴玫瑰。湖山已槁處士骨，風月未厭吾儕來。欣聞好事約重賞，準擬餐玉嘗春盃。預辦長牋收白雪，載取十里清香回。（前八　同舍再約賞梅）

△江梅孤潔太絕俗，紅杏酣酣風味薄。梅花精神杏花色，春入蓮洲初破萼。膽瓶分贈兩三枝，醒我沉痾不須藥。願公及早辦芳樽，酒暈冰飢易銷落。（後二　楊元賓贈紅梅數枝）

△東君次第染群芳，更與南枝別樣妝。水漲春洲浮鴨綠，日烘花臉帶鵝黃。雪中瓊蕊不多瓣，酒後玉飢無此香。玉潤冰清總佳士，驛筒相繼贈春光。（後二 吳秀才以壽樂蓮洲中千葉梅花爲贈……）

△不爲怕寒貪睡遲，東君妙意端可知。雪英零落眼界寂，放此孤瘦紅南枝。蓬萊更向逸遠地，草木寧有夭饒姿。冰容戲作桃杏色，醉臉雅與神仙宜。江兄蠟友已前輩，黃生後出非同時。丹心獨與勁節侶，疏影共浸清漣漪。騷人相顧最不惡，何用車馬紛蚩蚩。典衣莫惜共攜酒，對華一展思鄉眉。（後五 次韻洪景盧編修省中紅梅）

△照眼非梅亦非菊，千葉繁英刻琮玉。色含天苑鵝兒黃，影蘸瀛波鴨頭綠。日烘喜氣光燭鬚，雨洗道裝鮮映肉。此梅開後更無梅，莫惜攀條飲醽醁。（後五 省中黃梅盛開……）

△拂雲修竹遶吾家，竹裡仍栽第一花。好句更同林處士，月黃昏後影橫斜。（後六 梅）

△蓮幕何人送此花，不容一痾污貧家。歸來自覓清河種，馨德如人最可嘉。（後六張思豫主簿送……蠟梅）

△我向梅花溪上家，幾看清淺浸橫斜。手栽木已如人老，雪鬢蕭疏對雪花。（後六 梅溪）

△天花除惱臘前雪，香蕊報春溪上梅。分贈鹿岩龍穴友，異時俱是百花魁。（後七 雪中寄梅花與清之大老）

△天工著意點酡酥，不與江梅鬥雪膚。露滴蜂房釀崖蜜，日烘龍腦噴金爐。

萬松張蓋黃尤好，三峽藏春綠不枯。題品倘非坡與谷，世人應作小蟲呼。（後十三蠟梅）

△孤標相對焚天涯，寒不能威意自佳。消得廣平公援筆，此花眞是鐵心花。（後十四四日雪坐間有江梅……）

△蔚宗居隴首，陸凱在江南。手折梅花寄，人逢驛使堪。吳都尋半吐，楚岸摘新含。雪裏開纔一，樓頭弄未三。情深殊折柳，意重勝題柑。溪上千株玉，歸歟待自探。

（後十九　擬賦江南寄梅花詩）

△同僚文字三杯酒，臘日江山八陣台。冷有人嫌吾似雪，清無塵染客如梅。（後十四梅雪）

十朋筆下梅花之色有白、紅、黃、十朋心目以白色爲尙，貴其冰清玉潔焉耳。十朋所詠之梅，有江梅，花色白，小而香；有紅梅，葉如杏，花桃杏色與江梅同開，紅白相間。又有蠟梅，又稱黃梅，然非梅類，因其開與梅同時，香又近似，色如黃蠟（蜜蠟），故謂之黃梅。江梅先開，紅梅略次，黃梅殿後，此後再無梅花。梅花之孤標、勁節、耐寒，十朋譽爲百花魁。若賦梅以生命，其花瓣如雪膚，清無塵埃，骨冷心鐵，堪擬馨德之人矣。是十朋人格之象徵。今總觀十朋所作詠梅句，句句堪傳其梅花精神，世人或嫌其正味醇厚，然刻骨孤芳何懼君子無賞乎哉？吾人透過詠梅詩於十朋心中梅花意象已得具體風貌，類此研究尙待發掘，願勉旃。

下文探討十朋詠史詩之文心何在？王氏詠史詩聚有一百五十九首。因其範圍遼闊，無法一一分論，僅擇其若干觀點析論，雖不得全鳳，或可擁一亮麗翬翟之紋羽也。

懷沙爲誰死？翻媿是男兒（前三　曹娥廟）

神龍流沫生尤物，赫赫宗周一笑亡　（前十　幽王）

貴妃一笑天顏喜，不覺胡塵暗兩京　（前十　明皇）

四朝天子寄安危，寡婦孤兒豈忍欺　（前十　晉宣帝）

不知尤物能爲禍，卻爲驪姬寢食安　（前十　晉獻公）

西施未必解亡吳，祇爲讒臣害霸圖　（前十　吳王夫差）

觀此數例於十朋尊敬節烈，不欺孤寡之心態可知，十朋從未歧視女性。抨擊禍國紅顏容或有之，然十朋並不刻意諉過。何況十朋嘗云：「人爲鍾情故生愛，夫婦相思乃常態」（前四代婦人答），其言極然。

能以堯事君，遂令詩不朽　（後十四　韋處厚）

將軍頭可斷，詎肯以城降　（後十四　嚴顏）

大夫楚忠臣，哀哉以讒逐　（後十四　屈原）

區區祭仲何爲者，賣國容身豈足賢　（前十　祭仲）

小節區區何足羞，功名未顯分纍囚　（前十　管仲）

久與君王共苦辛，功成身退肯逡巡　（前十　范蠡）

獄興羅織陷忠良，公亦幾遭虎口傷　（前十　徐有功）

功高不得封侯賞，祇爲當時殺已降　（前十　李廣）

誰能唾面自令乾……方服婁公度量寬　（前十　婁師德）

春秋死難止三人，皆欲求仁未得仁　（前十　孔父）

千古共傳箕子操，一時難悟狡童心　（前十　箕子）

穎谷封人雖賤士，卻能純孝至今聞（前十　穎考叔）

諫君不聽盍亡身？豈忍求生卻害仁？（前十　比干）

君之一言能興邦能廢邦，若不正身難以正國，禍由自取，功亦由自立，此十朋評爲君者之觀點，其於爲臣者有何看法？其以爲臣要忠要仁要建樹，能大忠大勇大仁則尤佳，能孝能功成身退，有度量有節操均佳，以賣國求命求榮者最令人不齒，然於忠臣屢遭陷害亦有反擊。嗚呼！自古君臣之相得鮮矣哉！綜上文可知詠史微言之所焉。

五、詩中意象之立體感

詩之遺興、表情、鋪陳恆是低徊往返而一唱三嘆者，職是之故忌直率，諱無餘，往往詩情溢於詩辭，以纏綿不盡爲其自然呈現常理。意象之結構，即令含蓄情意轉成心象浮現，進而聚諸多意象彙成總體具體之氣象，是以每賞詩歌，目觸心會，層次分明，色彩調和，節奏中耳，全面美感電光頓現，讀者內心早已千迴萬轉，諸多感官亦應接不暇，斯乃詩人意象組合之神妙也。

強烈之詩歌情感，既需統一又需變化，惟賴依高度之形式美中和統一，因之意象之統合，有類高樓大廈之建構，吾人將詩人表達綜合心象之具體再現性，擬之爲建築物立體曲線之呈現，如斯眞切，如斯動人，試問何詩不銷魂？又如何不令人搖蕩性情？曲心深處意契心會似重相見者矣。而況詩人所創造之意象，諸多感官尚有奔會而不及領受，渾然覺佳，而不知佳者在何處，此時意象叢生，又超出空間之現象者也。以下將十朋早期晚期詩作各一篇爲例，且銓釋其運遣意象技巧而淺釋其文心：

次韻謙仲見寄（前一）

湖山藍黛青，湖水琉璃碧。我時湖邊游，山水正秋色。
詩翁偶乘興，來作湖邊客。談鋒兩初交，意氣已相得。
詩壇予與盟，文會公爲伯。豪詞肆滂沛，談語入幽寂。
心匠巧雕斲，物態窮搜覓。壯哉五言城，卓爾萬仞壁。
初疑公腸胃，百怪所窟宅。吐氣干雲霄，直欲聞霹靂。
妙奪解牛術，奏刀聲砉劃。
我才寸莛微，洪鐘詎能擊。又如鳴蟋蟀，啾然和金石。
未窺學藩籬，敢語詩奥賾。繆爲馬慕韓，浪作赤效白。
獎拔非所蒙，猖狂固宜責。新篇又拜嘉，開緘光豔射。
藏之比明珠，長使夜照席。
惜哉不遇時，豈爲臧倉隔。儒冠五十年，世路疲行役。
操矛赴文場，戰藝輒敗北。書劍兩無成，泥塗困蹤跡。
龍鍾似東野，窮愁攪懷臆。空吟三百篇，高視古無敵。
霜風剪林木，黄葉滿澤國。
我思公不見，羸馬未能策，恨無神僊術，安得生兩翼。

因召管城穎，免冠加拂拭。書帛寄征鴻，心目兩俱極。

此首詩係十朋早期五言古詩，代表其早期詩風。詩中運用心象技巧之手法，比比皆是。此時十朋如璞玉方琢，光艷耀眼，而蘊藉不足，狂放有餘。其不拘藩籬，憤世慨俗之意興、才華並待淬厲磨鍊，從此而後其詩風逐漸轉變，七律五律七絕五絕作品遞增漸佳。故其早期作品多以五、七言古風爲重。或與其少年心性有關。或與宋世好習作古風有關。

首段頭二句即入眼視覺感官意象，且是多種視覺重疊。以「藍黛」修飾青，以「琉璃」修飾碧，此爲極複雜之光影色彩並發，色澤有流動之感覺，美甚。「我時湖邊游，山水正秋色」是畫圖意象。山水秋色偶見人物，詩中有畫者也。

次段「豪詞」二句，全屬喻詞意象。豪詞、淡語已屬隱喻，再以「肆滂沛」、「入幽寂」之觸覺、聽覺、視覺綜合移位心象相融合，使劉氏之詩風十分具象矣。「心匠」二句已進借喻，直喧賓奪主，不見詩句，只見詩句之千奇百怪。再進以「城牆」、「萬仞壁」視覺、觸覺之夸飾意象，使知劉氏詩之壯偉。繼而，以「百怪」描繪其「才思」，以「干雲」、「霹靂」移位心象敘說其氣勢，以「解牛術」觸覺意象、「奏刀聲」聽覺意象，刻畫其創作技巧，有如剎那之間經歷身立聲電影光效，十朋筆下之緊湊已駭人心魄已哉。

第三段以「寸莛」與「洪鐘」矛盾意象作對比，使詩人崇拜劉氏之意態擴張。開緘光豔射是隱喻意象，藏之比明珠是明喻，交錯爲文，立體心象遂生。「馬慕韓」、「赤效白」爲典故意象，係將仰慕之情意壓縮，使詩情濃縮更具含蓄之美。末句「長使夜照席」進入思想意象，即佛家六識之一，詩人掏心探肺之豐沛情感，令人心折也。

第四段「操矛」二句亦屬矛盾意象，詩人有意夸飾劉氏文場屢挫之悲慘。「空吟」與「高視」同屬矛盾意象，同段連用，使本詩韌力達至極限，眼看便有斷弦之虞，是以下二句以極感性之動詞隱喻濃縮、定住已達爆破邊緣之情感，使情入景，悠悠蕩蕩，眞有滋味哉！「剪」與「滿」是動作、觸覺，霜風是聽覺、觸覺，黃葉是視覺，如此混合意象，自可具體化一切意象焉。

末段聯想力極強，「神僊術」、「生兩翼」、「召管城潁」乃一種比擬之隱喻，詩人有心將現實歸諸於空洞之幻想，此固現實之迫逼也。末二句元曲風味，語雖平常，境界開闊，可見詩人胸襟人品之高尙，亦可見志向之遠大，非斤斤爲小筆調者也。覽畢上文，譬十朋意象結構爲立體感之具體再現，應可無疑歟？茲再一例闡明，請試觀如后：

溪口阻風寄李子長趙富文（後十五）

風知主人意，吹浪留客舟。客子念行役，形留心不留。

回望月峽月，坐悲秋浦秋。從今懷人夢，飛遶清溪樓。

本詩乃十朋晚期詩風。此時之詩人已不在意詩句之綺麗，甚或刻意使字面淡眞，然意象之塑造進入深沉之層次，意豐文淡，大抵可概之十朋晚期作品。詩人看淡一切世事，惟一難忘者竟是詩人誠摯關心世人之情感。

首二句依然是作者慣用之喻詞意象，風雖客體，喧賓奪主，詩意活潑輕靈。三、四「形留」句，連落兩「留」字，以重複字製造矛盾心象，使詩味雋永，令人沉吟踟躕，是以味外味橫生。五、六句表面重出月、秋，然意不連，峽之月、浦之秋是詞組，回望月、坐悲秋是句子，上下文句字詞跳脫，遂令秋月鬱抑之情聚合於夔州之月峽。益以浦地係南北旅人銷魂黯然處，愈使悲秋意加厚，此二句詩意密度最高，故末二句且將情意飛去夢中，遙寄懷念之友人。清溪樓係詩人去夔南返途中，與李子長、趙富文泛溪遊玩之處所，前詩題已見，算是現成典故意象。如此一首小詩，十朋費心經營之心象，依然飽滿，其內涵縝密早非往昔可比，故十朋晚年小詩娟好深味，是其鍊意謀篇之成就，亦是企追「韻外之致」媚力之展現。

十朋意象結構，以爲塑造全篇之意象尤重於字句之意象。因字句之意象尚需多方組合才能建構立體具象之意象，而全篇意象之建立直是詩意之本身，無需另謀斟酌於用事意象，不必再覓感官意象，十朋晚年作品有鑒於斯，殊擅長此道。今依十朋意象結構之完整，則其謀篇構思之完整亦可了然也。

今總結十朋塑造心象之方法全文。語言之表達恆與意念有隔，意象者其間塡充料也，複雜之意象尤能令塡充料彩色繽紛。當此之時，詩之美感、快感往往浮現，此詩之語言與意象結合，已達意盡之境，然欲持續捕捉完美之詩境，尚需有道心、禪心，定當得象忘言，否則空有心象卻無意境也耶。王弼易略例明象篇云：「得意在忘象，得象在忘言」此言極是，凡評賞詩文者當三覆其言哉⓬。

⓬ 周易略例，王弼著，四庫全書本，台灣商務印行。又參見中國詩歌藝術研究「言意與形神」章，頁七六。袁行霈著，五南圖書公司印行。

第三章　王十朋詩之音樂性

詩歌者語言藝術也。是以詩歌不僅示現其文字視覺效果，亦呈現其自然節奏音樂效果。文字視覺效果，多賴塑造意象而得。或曰整體之意象固含音樂效果，此乃移情作用之音樂感，並非訴之吟詠諷誦之音樂節奏。詩人苦心經營之詞句，力謀文學效果與音樂效果兩者合一，苦吟正有助於此項成就。

音樂有自然之節奏，亦有非自然之節奏；節奏感，適足以形成音樂快感、美感之泉源。詩中音樂節奏，即詩之快感、美感之來源。有云韻書之前，詩人皆自抒性情，求音調相協而已，故詩篇渾厚自然。沈宋而後，始定四聲，詩之斲傷性靈莫此爲甚焉❶。然此說未周全也。自然節奏，其音樂效果固美，非自然節奏，其音樂效果卻非一定不美。何以言之？詩人苦吟本非自然，且其欲創造強烈、響亮，具有抑揚頓挫之字句以符合情感需求，往往居心刻意，眞非自然矣。然詩歌又如何中乎吾耳，悅樂乎吾心哉？此無他，追求和諧之音樂節奏也。非自然之節奏，若能求其統一、諧調，文辭節奏協調，予讀者最大感染，則已接近自然之音樂節奏，不亦快哉！但有韓詩以拗口險韻怪字改變節奏，其音樂性特別，節奏怪異，自生不快之感，惟其已匠心安排，故不快中尚有他種快感在焉。總之，詩之經營音樂節奏，實有必要，設若詩之音樂節奏全被析離抽出，則

---

❶ 東泉詩話評詩上，馬星翼撰。（在清清話訪佚初編第三冊）新文豐公司印行。

詩之吟詠性情便屬子虛，詩不成爲詩矣。全首失去音樂節奏快感之詩，自非詩作，定可測知也。

楊鴻烈氏中國詩學大綱歸納前人有關中國詩之組合之原素爲：內容方面有感情、想像、思想；形式方面有文字、格律（含用韻、平仄、音節……等）❷。因其持論不定，定義模糊，今歸納爲平仄、用韻、節奏、句法四類，以探究十朋詩之音樂性。十朋之詩多不用冷澀字、生僻典，但愛用險韻，喜和人韻，又不避重韻，凡此有否影響詩之音樂節奏感，且於後文仔細析論：

一、平仄

平上去入四聲構成漢字讀音之重要而基本之聲調。上去入總稱仄聲，因之平聲仄聲即組成詩歌之聲調。平仄規律化之重複當有助於抑揚頓挫之變化，使聲調自然和諧優美矣。

傳統詩歌分古體詩與近體詩。古體詩平仄較自然，故其抑揚頓挫（指聲音長短、強弱、高低）、節奏（指全首詩聲調之組合），皆隨詩句意義而上下起伏，其聲調之配合，正合古代詩歌藝術之自然表達方式。黃師永武云：「隨著詩意中情緒的轉換，各有它動人的音節」❸是也。近體詩之平仄，多半拘於格律。近體格律表面複雜，而實可歸納爲若干法則。袁行霈氏於此點及近體詩聲調和諧有明確之說明，其云：

❷ 參見中國詩學大綱頁一二〇至一六四。楊鴻烈著。人人文庫本，台灣商務印行。

❸ 黃師永武中國詩學鑑賞篇作品的詩境頁一六八從音節上欣賞。

它的基本規律只有四條……

一句之中平平仄仄相間，一聯之內上下兩句平仄相對，下聯的上句與上聯的下句平仄相粘，句末不可出現三平或三仄。

概括起來只有一條原則，就是寓變化於整齊之中。

文心雕龍聲律篇有「同聲相應」、「異音相從」的話，同聲相應是求整齊，異音相從是求變化。整齊中有變化、變化中有整齊，抑與揚有規律地交替和重複著，造成和諧的音調。和諧的音調對於思想內容的表達，無疑會增添藝術的力量。❹

袁氏所言有理，然古體詩自然之平仄和諧原具有藝術表達力量存在，而近體詩因限於格律，於聲調和諧變化需求尤甚，勢有不得不然者也。且古詩平仄之規律仍有可尋之跡，惟不刻意耳。清人翁方綱云：

詩家爲古詩無弗諧平仄者，無弗諧則無所事論已。古詩平仄之有論也，自漁洋先生始也。夫詩有家數焉，有體格焉，有音節焉，是三者常相因也而不可泥也，相通也而不可紊也。先生之論古詩，蓋爲夫諧者言之也。紊亦失也，泥亦失也。……❺

翁氏、漁洋之論雖後起，然亦可爲古詩仍留意聲調和諧之說明。音義欲和諧，除依賴平仄外，尚可求助於雙聲、疊韻、疊字，狀聲字詞之運用（此部分擬寫句法一節時討論），近人作新詩完全

---

❹ 中國詩歌藝術研究頁一二〇中國古典詩歌語言的音樂美，音調。袁行霈著，五南圖書出版公司印行。

❺ 小石帆亭著錄卷一翁方綱按語（百部叢書聲調三譜內），藝文印書館印行。

摒棄押韻及平仄，應非智舉❻。今就上文所述重點以十朋詩例分析之。

題郭莊路（前八）

南山有井名黃花，我卜別業臨其涯。酌泉漱石思往事，天遣景與名俱嘉。
東籬採菊隱君子，悠然凝望南山賒。茲人高躅已千古，三徑蕪沒堪咨嗟。
我生本抱丘壑尚，誤涉塵世爭浮蝸。十年太學志未遂，歸來隴畝躬桑麻。
草莊新築亦不惡，青山遠近光交加；會須移住效杜老，終賦歸去師陶家。
新涼入郊九日近，西風漸欲吹烏紗；龍山風俗有故事，撩我清興凌煙霞。

此首七言詩，乃首句押韻，平韻到底之七古。梅溪集中七古有二百首，大抵以氣勢見長。本詩單數出句之第二字皆用平聲，第五字多用仄聲，名、丘、思三字除外，然丘、思之下第六字即用仄聲，故平仄參雜，以增聲情。落句第四字仄聲、第五字平聲，且三平落腳故第二字以仄聲，如此平仄既可參伍相諧，又可避免律句之發生❼。大體而言，十朋古詩之平仄，抑揚參用，頗能令音響華美。此詩作於紹興二十六年，是年十朋讀書於明慶寺懺院約半年；冬，赴臨安補太學員額。本詩以作於此二者間。詩中借陶潛、杜甫、諸葛事，反映作者掙扎仕隱之心境。本詩節奏往往揚中間抑，時流省思之情。結句平聲落底，音調悠揚，而氣勢飛拔，蓋平仄諧和之作。

---

❻ 同註❹。又朱光潛詩論頁一七五中國詩的節奏與聲韻的分析上，論聲。漢京文化公司印行。

❼ 說見黃師永武中國詩學鑑賞篇頁一七〇「七言古詩也有平仄參伍的規則」之一段文字。

齒落用昌黎韻（後十二）

我來饒與夔，三載墮兩齒。懸知年非永，乎悟仕當已。
要須未落時，猛效二疏止。胡爲一再落，不已良可恥。

慨然懷古人，古有長不死。因思年非少，輩行多勝己。
顏紅齒牢潔，往往同逝水。吾衰況如許，寧復老彭比。
覽鏡視顏色，今昨不相似。行年五十五，萬事可休矣。

功名與富貴，磨滅何足紀，但願早還鄉，拊育三百指。
婚嫁畢兒女，松楸依怙恃，弟兄飲眞率，故舊忘汝爾。
齒牙任搖脫，肉食吾不視。有身久爲患，無齒實堪喜。
始憂笑韓公，可惜陋子美。未必傷我心，茲言聞柳子。

以首係押仄韻之五言古詩，一韻到底，氣意溜順。五古平仄仍以避免律句爲宜。吳紹澯曰：「古詩句法，本無定格，恐其平也，故不可入以律句，欲其古也，故必出以拗峭。……」❽。本詩語氣極暢，即不雜律句之故。五古以第三字爲關鍵，仄韻古之平仄寬於平韻古❾大抵上下二句第三

❽ 說見聲調譜說，清、吳紹澯纂訂，新文豐公司清詩話訪佚初編第十冊。

❾ 說見廣聲調譜說，清、李汝襄輯，清詩話佚初編第十冊頁三六二，新文豐公司出版。

字平仄參雜，若二句三字皆平，則第四字多仄，又落句以仄聲，第三字多仄聲又詩係仄韻則上句須多平尾⑩總以音節瀏亮爲尚。本詩雖用昌黎韻，然音節殊不類。韓詩節奏奔快，文義驚詫似之。本詩節奏往復，文義憂喜如之。

十朋詩二千餘首，五古合七古，凡四百餘首，佔五分之一。四古有三首，雜言詩一首，六言詩五首，餘皆近體詩。近體以七絕八百餘首最多，其次七律三百餘，五律、五絕約各二百首，其中以五絕工力最差（五絕字簡韻長，本屬難作），而七絕好壞參半，七律、五律水平齊整，今各舉七律、七絕一例，以觀其作品之合律與否？如：

九日與同官游戒珠寺用去年韻（後四）

九日重登古蕺山，勞生又得片時閑。菊花今歲殊不惡，蓬鬢去年猶未斑。
藍水楚山詩興裏，鑑湖秦望酒盃間。醉中同訪右軍跡，題扇橋邊踏月還。

此首七律係仄起首句押韻格式。七言每句凡第一字不合平仄者可不論，是以「菊」、「蓬」、「藍」、「鑑」、「醉」、「題」皆可不計較。第三句「今」字本應仄聲，由下句「去」字拗救之，「去」字亦救本句之「猶」字，此雙拗也。第五句「楚」字不合平仄，以下句「秦」字救之。第七句「同」字、「右」字平仄當句拗救。又不合平仄之「菊、蓬」、「藍、鑑」、「醉、題」於上下句各自拗救，平仄則諧和矣。今觀此詩，見十朋欲以險古方式取勝，其效杜老之跡隱約可見。

⑩ 東泉詩話卷一，清詩話訪佚初編三冊頁四五九、「近自學者株守四聲，幼習帖……」所云係批評，然一般習慣如此，未可爲非。

洞庭湖（後十五）

江山好處未經眼，人道岳陽天下無，入筆波瀾自今闊，胸中已有洞庭湖。

此詩爲平起之七絕；首句未押韻。詩中不合平仄之處有「未」、「人」、「岳」、「天」、「自」、「今」諸字。首句「未」字以下句「天」字拗救之。次句「人」、「岳」互拗。三句「自」字救「今」字；「今」乃第六字，爲聲律之節奏點，適因文意轉折，一經拗，便使意高調古。凡四句，各句無犯孤平，聲調自然諧和。

綜上所論，十朋極重視聲與聲之協調（有拗則救），亦重視聲與情之配合（以平仄製造文義效果），不論古體、近體皆如此。十朋間或有試以吳體、禁體物之作，雖欲拗字使骨骼峻峭以取勝，或以限某詠題取勝，然此均類遊戲之作⑪，非其常體。

二、用韻

用韻險巧，係十朋詩音樂性之明顯技法。其古體詩有押數十韻，甚或百餘韻者；其次韻之作亦達七次之多者，凡此已足證明其精於用韻，然清人馬星翼以爲「次韻詩雖東坡大才亦有湊泊不穩處。」⑫又名家詩法彙編卷三云：「次韻，依他人所押韻和詩，詩家最爲害事，始於元白，極

⑪ 參見作詩體要頁三一二，明、楊良弼選述之吳體、體物體，廣文書局印行。

⑫ 東泉詩話卷二，見新文豐公司出版之清詩話訪佚初編第四冊。馬星翼著。馬氏指評王龜齡注蘇詩最古，但多闕誤，然該書實非王氏所注也，說詳四庫全書之考證。

於東坡，諸古人不如此，但和其意爲詩耳。」又南濠詩話亦有類似之論。⓭。是以十朋類此之詩亦頗有湊泊之句在焉。

十朋古體長詩用韻變化如何？曰，大抵一韻到底。譬如：

縣學落成百韻詩（五言，二句一韻，其間重韻二字）前二

和縣齋有懷四十韻（五言，二句一韻，無重韻）前九

和答張轍寄曹夢良（五言，五十韻，二句一韻，無重韻）前九

和喻叔奇游天依四十韻（五言，二句一韻，重韻一字）後三

盧山紀遊四十韻（五言，二句一韻，無重韻）後十

自鄂渚至夔府途中所見一百十韻（五言，二句一韻，無重韻）後十一

會同官于貢院用前絕分得相字（五言，四十韻，二句一韻，無重韻）後十八

興化簿葉思文寄詩二十八韻次韻以酬（五言，二句一韻，無重韻）後十八

乞祠不允三十韻（五言，二句一韻，無重韻）後十九

酬喻叔奇四十韻（五言，二句一韻，無重韻）後十九

石筍橋（七言，二十二韻，二句一韻，無重韻）後十九

次韻梁尉秦碑古風（七言，二十六韻，二句一韻，重韻一字）後四

西征（七言，三十七韻，二句一韻，無重韻）前五

⓭ 見名家詩法彙編卷三，明、朱紱編，廣文書局印。又見藝文印書館編印之續歷代詩話頁一六一五、南濠詩話，都穆撰。

然而若「讀東坡詩」（一句一韻）、「詩史堂荔枝歌」（二句一韻，且有逗韻）……等作品，則有換韻現象。下文歸納王十朋古詩用韻現象：

1. 押韻多以二句一韻，此古詩常例，即用一句一韻亦屬常法。
2. 大抵一韻到底，宋人古風習尚如此。
3. 古詩韻腳仍宜儘量避免重出。百家詩話總龜後集卷二十四押韻門載：「孔毅夫雜記云：退之詩好押狹韻累句以示工，而不知重疊用韻之爲病也。」⑭此說是也。
4. 上文吾人雖未統計王詩四聲迭用情形，然檢核其詩平、上、去入迭用情形亦普遍。今其詩雖多用一韻到底，卻知四聲參雜，則並非不注意聲情變化者也。
5. 十朋詩有用啞韻者，惟佔全體比例不多。名家詩法彙編載：「押韻不可用啞韻，如五支二十四鹽，啞韻也。」⑮此言未必全是；韻本與文義相生，押韻啞亮與否，當視文義聲情而定，不必拘泥可也。

至於十朋近體詩用韻有何特色，今舉詩例說明：

月夜獨酌（前三）

月色撩人不忍眠，杖頭獨掛百青錢。一杯竹葉那能醉，澆起鄉心更黯然。

此詩之韻「眠」、「錢」、「然」分別係明母字、從母字、日母字。此類字蓋表達憂鬱、柔弱、

---

⑭ 見詩話總龜第四冊，頁一三二四押韻門。宋，阮一閱撰。廣文書局印行。

⑮ 見名家詩法彙編卷一。頁二八。

黑暗之想法⑯，使鄉心呼之欲出。然詩之字面故作「撩人」、「澆起」搖蕩心情語，反使鄉愁更黯然矣。

游圓通（後十）

夾徑森森鬱老公，煙霞深處忽聞鐘。虎溪水隔侯溪水，馬耳峰聯石耳峰。

遺像人猶思後主，開山僧不畏先鋒。明朝杖履山南去，噴沫發流看玉龍。

此首詩韻腳爲「公」、「鐘」、「峰」、「鋒」、「龍」。韻出鍾韻，係屬悠揚之寬韻，合於表達清遠之思想。首句「森森」以齒音字疊用，令人有林木陰森之尖銳感受。次句煙霞，牙音字，有雲煙繚繞之感覺。又「深」、「聞」、「處」、「忽」各疊韻，造成鐘聲綿綿之效果。三、四句各以重出「溪水」、「耳峰」字，連續疊音形成水隔峰聯之感官意象，極貼切。七句「去」字，噏口，因有遠離之意，八句「噴」字發聲送氣故噴沫觸覺感官意象佳，而「飛」、「流」二字一明母一尤韻，是以有玉龍上下飛行流動之移情作用，甚靈動。總之，聲情文義兼顧，十朋應屬詩中妙手。

三、句法

詩句詞藻結構之安排，謂之句法。句法與上一節用韻往往異曲同工，有相通之妙。黃師永武

⑯ 參見中國詩學設計篇頁一七六。黃師永武著。

字句鍛鍊法一書首列鍛句之方法細目繁多，可作參考。今僅擇十朋詩中常用之句法約略示例。

(一) 頂眞句

1. 游宦二年樂事違，岩花笑我鳥催歸，歸來又被岩花笑，笑我登岩何太稀（後六杜鵑）

黃師永武曰：「中間歸、笑二字作頂眞，而詞序又迴環生情，頗覺韻味橫出。」⑰所言極是。以岩花擬人形象生動。催字穿母，催歸二字又疊韻，故催意尖銳。「岩花」、「笑我」重複回環，使文意生情效果更佳。

2. 文字亦宿業，復生魚蠹書，蠹書仍食蔬，苦淡味有餘。（後七種蔬）

句中「蠹書」二字頂眞，用意強調食蔬之命來自前身。書與蔬疊音，更生聲情文義相生之效果。

3. 無喧室對山頭雪，雪照無喧室湛然。高潔似人人亦似，不能下乞俗人憐。（後十四予雪詩……）

雪字頂眞，首次二句文意頓生連環。第三句當句「人」字頂眞，使人品高潔似雪宛如所見。

4. 見師忽起廬山夢，夢向舊時游處游（後十七送九座訥老）

夢字頂眞，令上下句語語氣連貫，因而使夢之趨向交待清楚，文義緊湊矣。

5. 泉人豈思我，我意自思泉（後二十罷官述懷）

二句文意環生，皆因「我」字頂眞造成。下句之氣勢如波濤疊上，情意殊重。頂眞於音節而

---

⑰ 說見字句鍛鍊法頁一三五，黃師永武著，洪範出版社印行。

言，有疊音之妙。十朋詩中頂眞之句法使用頗多，可知其擅長運用此種音樂性效果之句法技巧。

(二)疊字句

1. 香異竹間吹細細，韻如堂上出盈盈（後十七　次韻知宗酴醿）

細細與盈盈，皆是疊字。疊字者既雙聲又疊韻。疊字因在同句中連續出現，所造成聲情效果極佳。上句以「細細」模擬花之香味，下句則刻畫花之韻味，極傳神。

2. 船船漁曬網，岸岸稻烘芽（後十六　郡中久雨入境而霽）

因久雨初霽，漁人農人皆忙於整理。上句船船，既狀船多，又狀忙態。下句岸岸既凸顯岸邊之廣大，又形容農人鬧烘烘之狀態。皆十分逼眞。

3. 綵舟兩兩鼓鼙鼙（後十二　與同僚南樓觀競渡）

「兩兩」狀舟之隊形。「鼙鼙」狀鼓聲。一句中竟出現四字疊字，有形象有聲音，妙哉！

4. 蒼蒼涼涼紅日生：蔥蔥鬱鬱佳氣橫。（後三　鑑湖行）

此二句詩連用兩疊字，使模擬之對象益形變化。上句「蒼蒼」狀紅日之蒼茫氤氳。「涼涼」狀紅日初升之溫度，是以矛盾現象生情之法。下句「蔥蔥」表現佳氣之密度高，「鬱鬱」顯示佳氣之色度濃，皆有新意。

5. 大廈垂垂就，嘉蓮得得開。雙雙戴千物，兩兩應三台。歡意重重合，香風比比來。人人宜自勉，擧擧有廷魁。（後十八貢院垂成，雙蓮呈瑞，因成鄙語勉士子）

通篇各句均用疊字，此係遊戲之作，疊字之用貴出新穎，又重變化，如此首詩易使此法滯泥，缺乏神妙，非高明之道⑱。

十朋詩，用疊字最多，隨手可拈來百例，當知其本有意遣字如此，且係作賦高手，遂擅長此法。

(三) 重複句

1. 月河月滿燕慶賡，佛國佛生虹掛霄（後十七　諸公和詩復用貢院上梁韻）

「月」、「佛」重複使用，除令滿月、生佛之意更顯外，尚有音樂節奏之作用。詩意原欲妝點貢院喜慶，使熱鬧非凡。

2. 盡向中和堂上坐，中和爲治有何人（後十七　中和堂）

上下二句重複「中和」二字，一則以強化「中和爲治」之文義，一則以感慨「中和堂」守之迭換滄桑。

3. 禪心莫爲東禪起，南北東西總是禪（後二十　送潛老赴東禪）

詩中禪味綿延充滿，此乃「禪」字三出，音節上句下句皆環生，尤以末一「禪」字，深得吟誦效果，使禪意漸深。

4. 激水成珠堪一笑，劉侯自有胸中珠，不止照人兼自照（後十二　夜與韶美飲酒瑞白堂）

---

⑱ 參閱黃師字句鍛鍊法頁一七九頁，疊字部分。

上二句重複「珠」字，三句重複「照」字。句中以重複字造成不同之文意，頗有妙意。

5. **在地在山無不可，去年今年同不同**（後十四　自況）

句中重複多字，不儘造成順意效果，甚或另有逆意效果，令文意多樣化。上句重複「在」有順意效果，下句重複「年」、「同」卻有不定懷疑意味，故而形成逆意效果。重複句於十朋詩中屢用及之，詩例眞多，不遑遍舉。此種重複句尚可分為三種；本句有重複字，此一種，例如：「**今夕果何夕**」、「**似我豈真我**」之類。上下句有重複字，此又一種，即如：「**石橋容我踏長虹，橋旁方廣人游久**」、「**我來鄱君山水州，山水入眼常遲留**」之類。猶有一種間隔數句方出現重複字，依然有音樂節奏效果，惟較差，而文意幽邃效果卻未必減遜。如，「**春淺花未都**……**更期春色濃**」、「**雙鵲喳喳首向東**……**主人只欲東歸去**」之類。

四、節奏

論及詩中音樂節奏，定須歸納前文所言平仄、用韻、句法之結果，同時亦需尋覓詩句句式之音節，二者配合音樂節奏成效較為周全。人類語言本有其自然本質之節奏，同時此一節奏亦能充分象徵出某種思想，即某種思想藉聲音而表達⑲。

詩中音節之安排謂之句式。音節與音節組合生成節奏感，此種句中音節起伏變化時有停頓，為便利吟詠也，此之謂頓，七言、五言、甚或四言詩均有數頓。若其主要頓處又謂之逗，仗一句

⑲ 參考詩學一書頁八十三—六，西脇順三郎著，杜國清譯，田園出版社印行。

詩分爲主要之二部分，以形成四言二二，五言二二三，七言四三之固定節奏⑳。音節所表現之聲情何在？李重華貞一齋詩說：

> 詩之音節不外哀樂二端。樂者定出和平；哀者定多感激，更辨所關巨細，分其高下洪纖，使與會胥合，自然神理胥歸一致。即樂者使人起舞；哀者使人泣下，所謂意愜關飛動也。㉑

此種說法仍示意音節與哀樂文義有關聯。朱光潛云：

> 清朝桐城派文學家學古文，特重朗誦，用意就在揣摩聲音節奏。劉海峰談文，曰：學者求神氣而得之音節，求音節而得之字句，思過半矣。㉒

此雖論散文節奏，可通於詩理。然上文均未言及音節之變化，今分析十朋詩音節安排如后：

太學寄夢齡昌齡弟（前三）

東望—家山—幾—斷魂，白雲—飛盡—路—漫漫。
須知—太學—虀鹽—味，不似—親闈—菽水—歡。
事業—未應—孤—鐵硯，弟兄—猶喜—盡—儒冠。
行飛—直待—秋風—便，好作—排空—鷹字—看。

⑳ 參見中國詩歌藝術研究頁一一五至一二七，中國古典詩歌語言的音樂美。袁行霈著，五南圖書公司出版。

㉑ 貞一齋詩說之詩談雜錄七〇則，見清詩話頁九三四，明倫出版社印行。

㉒ 談文學頁一〇四至一〇五，朱光潛著，弘道文化事業出版社印行。

此首詩，每句以二、二、一、二或二、二、二、一為音節之頓，第二音節為逗，形成四、三之節奏，此係常用之七言節奏。

關嶺遇雪（前三）

路近—剡溪—春雪—深，此行—有媿—子猷—尋。
驅馳—千里—爭—蝸角，孤負—扁舟—自在—心。

此首詩音節、節奏同上例。

楚懷王（前十）

懷王—誤與—虎狼—親，身死—咸陽—一—旅人。
見說—國人—懷—舊德，楚雖—三户—亦—亡秦。

此首詩音節、節奏亦如上例，雖然，固定中猶有不同之變化。

讀書（後七）

入政—慚—無學，還家—更—讀書。翻同—小—兒輩，相共—惜—居諸。

此詩每句以二、一、二為音節之頓，第一音節下作一逗，形成二、三之節奏，此乃五言常見之節奏。

曝書（後七）

秋日—更—可畏，所宜—惟—曝書。反身—還自笑，均是—蠹書魚。

此詩首二句爲二、一、二音節，後二句爲二—二—三音節。是以依舊如前首詩，於二、三節奏中尚有變化。

徐孺子亭（後九）

一室—不暇—掃，心期—掃—天下；一榻—不妄—設，所待—必—賢者。
南州—傑出—士，林泉—事—瀟灑，閉門—謝—弓招，道合—不—吾舍。
誰云—性—少通，得一—不爲—寡，豫章—豈—私交，端欲—重—宗社。
漢廷—無—此賢，忍使—遺—在野。交章—薦—天闕，聘禮—備—車馬，
高人—竟—不屈，清風—凜—華廈。……

此首詩，音節爲二、二、一或二—一—二，皆爲五言音節之常例。詩中音節迭換變動，極有節奏感。

綜合上例，歸納十朋五、七言詩音節多合古詩五、七言之常例，其句式於常例中仍依文義需要變化，故節奏頗能符合美之旋律（其四言詩三首，六言詩五首，例少，則不勞分析也）。漢語語音長短、輕重較不明顯，職是之故平仄於節奏影響不大。可注意者在於句法之律動，如頂眞句、重複句、疊字句，皆因於句中生雙聲、疊韻之關係而生成節奏變化，此時文義之激動，舒緩，柔婉……隨之起伏，相生相成，此點頗值得另文深入研究。句法之雙聲、疊韻乃非韻腳之重複變化，而押韻則是於句中固定處之韻母重複變化，茲於節奏大有干係。爲將渙散之聲音組合成整首節奏規律之旋律，押韻則形成要素之一，若配合音節句式及句法變化，大約可得詩歌聲音美之全豹。近人袁行霈氏云：

押韻是同一韻母的有規律的重複，猶如樂曲中反復出現的一個主音，整首樂曲可以由它貫穿起來。中國詩歌的押韻是在句尾，句尾總是意義和聲音較大的停頓之處，再配上韻，所以造成的節奏感就更強烈。㉓

袁氏所言極有理由，頗值參考，惟仍未籠罩詩歌節奏之全面，當配合非押韻部分之音樂節奏變化，方屬周全之道。

㉓ 中國詩歌藝術研究頁一一四至一一八。

第四章　王十朋詩中褒貶人物所顯示之思想

詩文中援引人物，往往能反映作者思想所在，於褒貶人物中尤顯。若能於同類褒貶人物之語義並列參酌比量則尤可觀察作者此中思想之心象。陳香先生於「讀詩劄記」一書云：

……詩中提及的古人古事，例如一家或一集，對某古人某古事有所褒貶的話，則不管爲當時或既往，都必定涉到作者思想觀念問題。❶

十朋詩褒貶古人達四百餘，其中有多人而屢現，總合已千人次以上。人物重出五次以上者，計有羲皇、稷、公孫弘、柳宗元、蜀漢昭烈帝（劉備）、舜、禹、周公、伊尹、孔子、孟子、屈原、宋玉、西施、司馬遷、賈誼、晁錯、諸葛亮、孔融、王羲之、王徽之、謝安、謝靈運、謝惠連、陶淵明、杜甫、韓愈、李白、劉禹錫、元稹、白居易、盧仝、楊玉環、柳宗元、孟郊、賀知章、顏眞卿、范仲淹、歐陽修、蘇軾、黃山谷、蔡君謨等四十餘位。

農政與民政乃古代循吏優先施政之目標，是故十朋於、堯、舜、禹、稷、棄、神農、商湯、伊尹、成王、周公之豐功偉業多予推許。如

禹稷起躬稼　　　　　　（前九　和縣齋有懷四十韻）

那知士穀利無窮　　　　（前十　神農）

---

❶ 讀詩劄記頁八六至一五七，陳香著。台灣商務印行。

> 禹駕而游，夏民以休；有翼其行，稷契是謀（後二　秦望）
>
> 龍棄配社稷（後二　上丁釋奠備數獻官……）
>
> 滔天赤地興堯湯，偃禾拔木悟成王（後七　太白晝見）
>
> 如何堯舜世，能使野無遺（後九　四賢堂）
>
> 神禹昔治水，疏鑿九州別，百神各放職，僚佐力俱竭（後十五　黃牛廟）
>
> 何敢許身爲稷契，偶因論事及堯湯（後十七　次韻夔漕趙若拙見寄二首之一）
>
> 不憚勤勞馳禹會，敢忘精白奉堯言（後二　民事堂）
>
> 願懷周公心，無愧詩人言（前一　畎畝十首之六）
>
> 擎天功業勝伊周（前三　天柱峰）
>
> 他年致君堯舜上，坐使風俗俱還淳（後十八　樸鄉釣隱圖）
>
> 巍巍勳業未伊周（後十八　州治有忠獻堂……）

上文所顯示者，十朋德操固然效法明君廉士而其心克己功夫當非尋常賢人企及。

自古名士愛美人，十朋詩中獨鍾情於西施、玉環。詩中亦曾論及巫山襄王神女事，十朋抨擊頗厲，以爲子虛，毫無浪漫可言，然於西施、玉環數言之，何哉？十朋肯定西施之美色，比之西湖，比之一切之美景，又比之美味食物及美好才華，凡美好者以西子擬之也，是西施者十朋美麗心象之化身也。且用懷蘇軾者也。

例如：

> 欲比西湖及西子，品題須喚舊蘇仙（後十　至興國軍）
>
> 若把西湖比西子，東湖自合比東山（後十七　東湖）

錯認湖山作西子（後五　次韻程泰之正字雪中五絕之二）

珍庖自有西施舌（後二十　吳宗教惠西施舌戲成三絕之二）

不緣樽俎逢西子（同右之三）

美惡頗分嫫與施（後二　陳大監餞別用前詩珠字韻以謝）

胡爲以西子，國色沉嫫媼（後十九　喻叔奇采坡詩一聯……）

能將比西子，妙句有東坡（前八　春日游西湖）

西施未必解亡吳，祇爲讒臣害霸圖（前十　吳王夫差）

十朋愛西施之美且才，全無貶斥之詞。於楊玉環則褒貶兼有。貴妃艷色十朋喜之，玉環游魂十朋悲之，然十朋寫貴妃之因在於己爲宦夔州、泉州均多產荔枝，典非能避；若再深究之，則可知十朋藉玉環烘託憶思家鄉之情，又藉貴妃事暗中抨擊天顏不是。如：

仙肌帶濕眞妃澡（前二　丁香花）

妃子名園世所貴，不似詩史堂前奇（後十七　病中食火山荔枝）

貴妃游魂遭血汚，五坐悲懷何以訴（後十四　詩史堂荔枝晚熟而佳……復用前韻以歌之）

貴妃一笑天顏喜，不覺胡塵暗兩京（前十　明皇）

涪陵昔遭妃子汚，萬顆包羞莫能訴（後十四　詩史堂荔枝歌）

生晚色教妃子汚（後十二　行可再和因思前日與韶美同飲計臺，臨池摘實，復用前韻）

撩我鄉心念玉環（自注：玉環妃子名也，吾邑有玉環鄉；後十二　靜暉樓前有荔枝一株……）

宮中歸玉環（自注：楊妃凡三入宮；後八　又和項服善三首之一）

末一例且以玉環爲掌握權力之象徵，此類心象自荔枝聯想妃子，再聯想至史事，詩之張力極闊，詩之層次分明，詩之心象具象化豐腴而美。

干係女性神話人物者，十朋詩中有西王母、女媧、姮娥，疑同時可表達十朋心中出世及入世之理想。另有神女、麻姑及阿香，十朋以爲雨神之屬，蓋反射爲民祈雨之心象。例如：

欲留王母盤中核（後六　桃）

女媧石爛幾經修（後七　題雙瀑）

雷公俄喚阿香去，霖雨便隨流火來（後八　登綺霞亭用喜雨韻）

神女有靈呼即應，廓然山色爲吾青（後十一　霧開復成一絕）

爲向巫山神女首，莫將雲霧惱行人（後十一　初入巫山界……）

東君深恐成堆積，急遣雷公喚阿香（後五　泰之用歐蘇穎中故事再作五絕，勉強繼韻）

十朋詩中所載之其他女性尚有謝道韞、明妃（王昭君）、孟光、班昭、女須（屈原之姊）、孟母、曹娥、卓文君、哀姜、驪姬。班昭、女須、孟光、孟母、曹娥者，乃十朋心目中之理想女性。謝道韞者人清才高，十朋喜其清而不以其才華爲然。於明妃因詩義不明，無可討論，而哀姜、驪姬係十朋眼中之禍國尤物也。

人物之善惡非只一面，褒貶當有混合者。今觀十朋既褒又貶之人物，亦可獲知十朋心路映現之部份端倪。若勾踐、魯莊公、晉文公、漢高帝、漢明帝、蜀漢昭烈、晉武帝、宋武帝、魏道武帝者皆以帝王之尊未善用人才，爲政爲德終始不能如一也。若荀息、文種、公孫弘、劉向、劉歆、李廣、鄧祁侯、柳宗元均素有高才，然或錯失良機，或德行有虧，使名節稍損。以上爲臣爲君，並功敗垂成，令十朋遺憾者也。

十朋詩中人物提名排行榜前十名依序爲韓愈（出現六十六次），杜甫（出現五十九次），李白（出現二十九次），陶淵明（出現二十八次），蘇東坡（出現二十六次），范仲淹（出現十八次），歐陽修（出現十六次），謝靈運（出現十五次），柳宗元（出現十三次），白居易（出現十次），是十人自晉迄宋皆一代之大文豪，十朋於詩中念茲在茲，實可想見其仰慕之情焉。是十人，范氏獨以名臣行誼引導十朋從政爲人之走向。餘並以詩家家法引領十朋歷練群雄詩風，十朋詩風當在此九家中觀察便可，而其中又以韓、杜、李、陶、蘇、謝最近十朋詩作風格，有意研究王十朋詩者，於此不可不知也。

韓愈詩大抵姿態橫生，險怪萬變狀，而十朋襲揣摩，用爲奠基，職是之故十朋詩中人物提名以韓氏居首，不足詫異，然而十朋究以何觀點筆繪韓氏乎？十朋七古、五古詩風挺勁雄渾，思豐而意廣，猶帶鬱勃激憤之情調，此有否呈現韓詩面貌耶？尤須計較，韓氏句法豈助十朋於詩心象技法之表達哉？合言之，今十朋心海中韓氏爲何？下文即作探討。又李東陽麓堂詩話偶及王梅谿詩，以爲句句似杜❷，而王詩果多稱杜甫名，且杜氏、王氏在夔詩風大變，詩作頓生老辣，豈江山之助？抑心境略同？今並接上文亦共研討之。茲援舉詩例如後：

唐宋詩人六七作，李杜韓柳歐蘇黃（後二　陳郎中贈韓子蒼集）

學文要須學韓子（前一　答毛唐卿虞卿借昌黎集）

韓詩坡句聊追攀（後十三　中秋對月……）

韓子於詩盡餘事，詩至韓子將何譏（後十四　讀東坡）

士窮要使節義敦，不見韓公稱子厚（前五　陳元佐和詩贈以前韻）

---

❷見懷麓堂詩話頁二十一（在續歷代詩話下），丁仲祜編訂，藝文印書館印行。

退之鯁直憤不勝（前九　和永貞行）

詞嚴意偉法退之（後四　次韻梁尉秦碑古風）

進學思韓愈（後七　宿學呈同官）

又不見退之欲飽東海鯨，焉知家有啼飢聲（後十一　買魚行）

無人來綻韓公襖（前五　前日寓邑偶值乍寒……）

牙落遽驚韓（後八　齒落）

羨君豪邁如韓子（後四　仲永再和復和以酬三絕之三）

何當繼韓孟，相逐似雲龍（後十七　訪曹夢良）

韓公生有唐，力欲極頹挫（後八　次韻嘉叟讀和韓詩）

太山北斗仰韓子（前八　再用前韻勉諸友）

歸納詩例可將十朋心中之韓愈躍然紙上。其以爲韓公家貧力學，節義高尙，人格清白鯁直，富有仁心，雖未老而衰，卻力挽狂瀾，品端人狂，許拜太山北斗之仰。韓公人格之感召於十朋受益匪淺。繼而，以爲韓文足霸千秋，韓詩蓋出自餘力，亦領有唐風騷；韓公詩不如文，的是王十朋晚年之見，然壯年早知修正韓詩之弊。如是之細考韓公，可知十朋爲詩之意欲及風格之轉變，當裨益十朋詩作心象之凸顯。再舉有關杜甫詩例，容可明白十朋心中之杜甫。詩例：

凌雲健筆驅山丘，欲追李杜參曹劉（前二　答季仲宜）

君不見詩人以來一子美，暮年流落來夔子（後十四　詩史堂荔枝歌）

書讀萬卷破，少陵觀國初（後十三　萬卷堂）

不比少陵鞋用麻（後八　用韻懷何卿）

憶昔杜陵老，恨無千萬間（前六　恢義齋）

暮年身似杜陵翁（後十四　聞得吳興）

流落杜陵老（後十三　杜殿院挽詞三首之一）

守臣憂國願，端似杜陵翁（後十三　慶豐）

老懷如子美，到處不忘君（後十七　宿飯溪驛）

社中詩令不容寬，難追老杜風騷手（後十七　知宗即席和端字韻……予第三詩經夕方和……）

端爲先生舊吟處，不應容易上詩篇（後十五　至屯謁少陵祠二首之一）

我待還家築茅屋，作詩招取少陵魂（後十五　東屯溪山之勝似吾家左原）

無詩不和已成杜（後十四　送宋山甫知縣）

更喜詩如杜陵老（後八　次韻何憲子應喜雨）

淵源師杜眞知體（後二十　贈陳教授正仲）

十朋出仕前已知脫落韓詩籠罩，出場屋後，轉學多家，詩風多貌，而於杜詩最有心得，今舉詩例以明，知十朋以杜甫爲詩人中第一人，杜詩之佳在於讀破萬卷胸有成竹（十朋家藏書百卷，而出夔後藏書至萬卷，讀書勤苦，當可想見）。杜氏家貧，暮年流落實堪歎，但其忠貞、憂國、傷時眞爲書生典型。杜詩之體貌、用韻、節奏及風格十朋多能體認，所謂皮毛盡失精神出，乃反覆用功所得，豈捕風捉影而粘皮帶骨者可比擬（懷麓堂詩話）乎哉？杜甫影響十朋最大者，大抵是襟抱及樂天態度，自十朋求祠不忘忠君之事可稍得消息。設云十朋乃杜氏之再生，以人品言誠不爲過，以政事言猶過杜氏許多，讀者當不以吾言爲妄也哉。今細讀十朋詩作如從此心態吟會，或更曉高格，且使詩句心象具體而明朗矣。

總結上文。吾人自十朋詩之褒貶人物確能獲知其心象之流露，古人氣度在胸中不虛言也，設若持續逐一細論，或可蔚成另篇大文。

第五章　王十朋詩之境界

眞實人生反映眞實之作品，談詩之境界，豈可捨詩人之作品而他爲乎？十朋晚境愛作小詩，其云：「句法未知造」❶，此顯然係反語。其於韓駒之句法，情有獨鍾❷，願爲學詩三百篇之跳板。錢鍾書亦喜韓駒詩意之通體貫串❸，此又與十朋企追「文以氣爲主」❹之論暗合。錢氏知韓駒詩之佳處，卻未選十朋詩，多半係未深解梅溪集，抑選詩不周全之故哉！大陸方面近出宋詩鑑賞辭典選梅溪詩「詠柳」等三首，較偏向短詩及唐詩風味者，固不能知十朋詩全貌，又遑論其詩境也。歷代以還諸宋詩選本，選詩不評詩，且俟讀者諷誦而自體會，如此選詩猶若未選，如何期待導引知詩知境，就茲而言，錢鍾書之宋詩選註，於字裏行間兼評各家，殊覺高明也。

然而，十朋所欲造之句法究有何義？此問題之謎底，當從十朋詩文中贊語及評語去尋覓。十朋云：「諸聯句豪健險怪，其筆力略相當」、「詩清新雅健，有晉宋風味」❺，又云：「詞新意

❶ 梅溪後集卷十九喻叔奇采坡詩一聯云……酬以四十韻，頁三九九。
❷ 梅溪後集卷二陳郎中贈韓子蒼集一詩，頁二六七。
❸ 宋詩選註頁一二八，錢鍾書選註，新文豐出版公司印行。
❹ 梅溪後集卷二十七蔡端明文集序，頁四六三。
❺ 以上見梅溪後集卷二十七送喻叔奇廣德序，頁四六二。

古，超出翰墨蹊徑外—可謂飄飄有淩雲氣，宜與神游於八極之表也。」❻又云：「凜然正直之氣見於詞翰」❼又云：「詞源筆力不衰」、「筆下眞有神」❽又云：「詩擬騷而更工」❾又云：「謝公夢草句尤神」、點化湖山出奇語」❿又云：「梅詩氣韻長」⓫，又云：「詞無艱深非淺近，章成韻盡意不盡」⓬又云：「想像佳境」⓭又云：「意古語奇」⓮又云：「新詩句必豪」⓯又云：「良有味也」⓰，又云「詩醇，重典實，不尚浮靡」⓱，吾人歸納十朋之觀點，可得：

一、以「豪」與「神」予詩高評價，十朋心中詩之「豪」與「神」似屬同義。而「凜然正直之氣」

---

❻ 梅溪後集卷二十七跋蔣元肅夢仙賦，頁四六六。

❼ 梅溪後集卷二十七跋張侍郎帖，頁四六六。

❽ 梅溪後集卷二十七跋孫尚書張紫微帖及後集卷二十贈陳體仁，頁四一〇。

❾ 梅溪後集卷二十三答章教授，頁四三二。

❿ 梅溪後集卷十六，六客堂。又參考同卷有「用貢院韻寄吳給事明可」。頁三七五。

⓫ 梅溪後集卷十二元章贈餘甘子用前韻，頁三四〇。

⓬ 梅溪後集卷十四讀東坡詩，頁三五七。

⓭ 梅溪後集卷十飛橋，頁三二五。

⓮ 梅溪前集卷五宋孝先示讀自寬集，復用前韻，頁九七。

⓯ 梅溪前集卷五，九日寄昌齡弟，頁九七。

⓰ 梅溪後集卷九和短燈檠歌寄劉長方，頁一一九。

⓱ 梅溪後集卷十七潛澗巖閣梨文集序，頁一八〇。

之說亦屬相當語。

二、重視新詩。以爲詩語工，詩語奇，詩語艱深，詩語淺近，皆無妨，詩之最高評價「韻盡意不盡」，即「氣韻長」，亦是「良有味」，亦是「不尙浮靡」，亦是前條之「豪」與「神」之意。

三、詩語新不妨，意要古。指出詩之本源要古，即造詩之法宜出古律，造詩之詞，定要追新獨創。

四、十朋句法涵意似如右文所述，實已包含詩歌之整體美。是以十朋又云：「試將武事論詩筆，句法嚴於細柳軍」⑱此「句法」之意似偏指造詩句法，宜合古律（格律、章法等），宜嚴。而十朋又云：「句法天然自圓熟」⑲此句法之意疑偏指苦吟之後詩出新貌之韻長有味。

大抵而言，十朋深受文藝批評系統書籍（如文心雕龍、典論論文之類）洗禮，於其境界之形成，多所體會，本非襲古守舊者，可謂勇於蕩出蹊徑，是故其批評蘇東坡詩云：「想像佳境」。王國維拈出境界一說，世人譽毀參半，此說之前身爲嚴羽滄浪詩話之興趣說與王士禎神韻集之神韻說，三說大致雷同，而全有偏失。然平心而論，仍以境界說其涵蓋面較廣，說詩評詩較具象，此一詞彙已被世人常用，理可沿之，惟論詩之範疇、層次、深度尙視所論作品內容而擴張。或曰：王氏所標境界一詞涵義爲何？葉嘉瑩氏曰：「是指詩人之感受在作品中具體的呈現，如此則所謂『境界』自然便已經同時包括了作者感物之心的資質與作品完成後表達之效果而言了。」

⑱ 梅溪後集卷十二又答行可，頁三四二。

⑲ 前集卷五鄭遜志……和詩復前韻，頁九七。

[20]如此言來，十朋詩之見解並不遜於此，吾人談十朋詩之境界自可於其詩之內容析出其詩之境，而言之有物矣。今將王十朋詩中之境界，約略分作含蓄性、創意性、聯想性、悟性、自然性，以探討其神韻、格調、意象、情趣、性情，以達至全面之氣象、境界：

一、含蓄性

情隱則含蓄深永。因含蓄則詩歌之意象多富暗示，使文情變深，深於言詞之外[21]。而滋味愈湧。唐代釋皎然於詩式中曰詩有四深，其云：

> 氣象氤氳，由深于體勢；意度盤礴，由深於作用；用律不滯，由深于聲對；用事不直，由深於義類。[22]

據此，氣象氤氳、意度磅礴，用律不滯，用事曲折，皆可為詩歌含蓄之效果。唐、司空圖二十四詩品含蓄品以為「淺深聚散，萬取一收」，將所有文情於湧現之一剎那間，瞬息回收，遂現出悠悠忽忽不可捉摸之情韻，而詞意多令人深思者也[23]。且舉十朋詩例闡釋此種詩境：

---

[20] 人間詞話境界說與中國傳統詩說之關係一文，今在王國維及其文學批評一書內，頁三一三，葉嘉瑩著。七十一年源流出版社印行。另有中國古典詩歌評論集一書，亦收有此篇，又三民書局出版之迦陵談詩亦蒐此文。

[21] 參見文心雕龍四十隱秀篇，梁、劉勰撰，黃叔琳校本，台灣開明書店印行，

[22] 詩式，歷代詩話所蒐，清、何文煥輯，漢京文化公司印行。頁二五。

[23] 參見二十四詩品含蓄品，歷代詩話所蒐。又參考詩式辨體之「氣多含蓄曰思」條。

燕子歸期近，吾今亦得歸，烏棲一枝穩，何必更高飛。（後十五　燕子坡）

重日修門鬢已華，君恩猶未許還家。水魚聲動摧行李，蠟炬向人空自花。（後十六　離仙林）

門外峰如枕，宜眠清淨身，禪僧自面壁，誰是枕峰人。（後十七　飯枕峰）

右列三首詩，皆十朋題旨類似之作。比較三詩之含蓄，一首深似一首。第一首詩主意在於「吾今亦得歸」，十朋歸之前後心境若何？歸前心境，詩中借「近」字顯示盼望殷切；歸後心境未有明言，寄託烏棲之情況暗示安居即可，不願奔波矣。文意已含蓄，惟餘意不多。第二首詩主旨在第二句「君恩猶未許還家」，句意似有可還家之可能。第三句云水與魚晃動舟船似催行，示意還家已不可能。末句以燭花之報喜兆反諷未許還家之悲哀，詩境含蓄漸漸深沈。第三首詩詩題、詩之內容均未直接點明題旨。若再深入追究，則知「誰是枕峰人」是暗藏玄機處。首二句由觀山景而興起寄身山林之念。次二句藉問答之間透露自己宜爲枕峰人歟？四句詩層次循進，逼使枕峰人呼之欲出，惟仍以問句作懸疑效果。字面二十字，二十字之外猶有極大想像空間，此作最妙！此詩之含意深藏，實爲十朋詩境之一。十朋詩固有痛快明白者，然仍有蘊藉頗值再三吟詠之作，即景物與感情交融㉔之含蓄境界。

詩人須有濃摯之眞性情，蓋情重則境深。境深非謂晦澀也，乃意雖曲折，文猶明白，即文字

㉔ 參見王國維人間詞話甲編第六條，弘道文化公司本第四頁。

之外尚有文字也。㉕

譬如：

汴水東流岸柳春，龍舟南下錦帆新；鳥聲勸酒梅花笑，笑殺隋亡亦似陳。

（前十　隋煬帝）

隋煬帝非明君，衆皆知之。此詩並未直數煬帝之過，僅藉前三句點出隋之作爲猶似陳之「隔江猶唱後庭花」此爲隋似陳之因。再深一層推敲，隋、陳兩國眞不必實指，雖明言隋陳而含蓄意在隋陳之外也。

又如：

家在梅溪水竹間，穿雲蠟屐可曾閑。雁山新入春游眼，卻笑平生未見山。

（前三　題靈峰三絕之二）

首二句詩以十朋爲中心而寫。意說家鄉有溪水有梅竹，風景殊好。我如阮孚著蠟屐，常游山穿雲，悠然閑暢。「穿雲」二字意象流動，觸感視感均尖新。後二句詩，從雁山之靈峰寫來，擬人意象韻致雅暢，風情疏野。此二句意謂雁山合於春游異趣今始覺之，雁山有靈恐被取笑矣。詩之主旨隱於「穿雲」、「卻笑」二句，上句說「可曾閑」，下句說「未見目」表面似乎矛盾，實一意也，皆吐露「馬蹄長踐利名塵」㉖，此種內心掙扎，含蓄內斂之意境，正乃詩之蘊藉柔美。

㉕ 參見詞的境界之層次，從人間詞話談起。陳永淨撰。自由談雜誌三十二卷四期七十年四月刊行。

㉖ 見梅溪後集卷三題靈峰三絕之二，頁八七。

前詩作於紹興十五年，時十朋未仕，是以名利心猶熱，惟其用心眞摯，吐屬隱藏，意境自高。如過鑑湖云：「春水如天浪未生，扁舟眞在鑑中行，漁人不問君王覓，占得湖光亦自榮」亦爲此時期之同類作品。而赴官後，十朋又如何以含蓄美規畫其詩歌哉？試見此一例：

誤入蓬萊朝未央，至今魂夢記微茫；扁舟欲效鴟夷子，遙望滄波興已狂。

（後六 次韻寶印叔觀海三絕之三）

詩之首二句十朋敘述入秘書省校書郎諸職之往事，今紹興三十一年罷官在家。後二句即罷官後欲效范蠡浮舟江湖之意。然十朋此時並未盡棄爲政念頭，是以另首詩云：「翻令到家夢，終夜繞瀛洲」㉗，正見本詩之「至今魂夢記微茫」之含蓄情意動人心魄。

隱與仕，施政與閒散直是十朋內心衝突之徵結，亦是十朋詩境中含蓄性之根源。千古以來，多情之愛國詩人，於時代感與正義感之躑躅一向如此，而卒能衝破人性疏懶貪生之藩籬，定有啓發人生走向眞善美境界之作用。十朋詩歌之含蓄性，往往使用意象以達至不即不離，自成情境，其忠愛纏綿，音色情致，依舊自其含蓄中透露，有絕不青澀之高度透視機趣㉘。

二、創意性

詩之立意貴創，而詩境亦以創意爲高調也。詞概論詞曰：「詞尙清空妥溜，惟須妥溜中有奇

㉗ 見梅溪後集卷五「五月十八日去國，明日宿富陽廟山，懷館中同舍」。頁二九一。

㉘ 參見寫在透視山中白雲詞的情趣世界前。黃瑞枝作。中華文化復興月刊十八卷第六期。頁六三。

創，清空中有沈厚，纔見本領。」㉙，蓋奇創即指創意，詞有此境，詩中亦有此境。賀裳論詩詞有無理而妙㉚，此乃以妙意翻出新奇之創意，令不合理者透過感情渲染變爲合理。十朋詩中頗有此意境，故申論之。例曰：

蝦蟆好居水，背水以自濡，……巨蛙如有靈，曷不上天衢，以水爲雨露，助天澤寰區……。（後十五　蝦蟆碚水）

詩中之蝦蟆背水自濡者石蝦蟆也，十朋一廂情願，癡想石蝦蟆能以水爲雨，情多自癡，如東坡所云：「自其不變者而觀之，則物與我皆無盡也。」正是此理。詩人以「自其不變者而觀之」，則萬物萬化，石蝦蟆焉非眞蝦蟆，人能施雨露，蝦蟆何獨不能？此無理詩句豈非合理而妙哉㉛！

朔風吹水鑑湖寒，千里扁舟赴幕官，路入蓬萊天尺五，眼中見日與長安。（後二過鑑湖）

此詩末二句，純屬主觀癡心想像，天何能縮如尺五，眼中見日與長安亦屬想當然，此時之十朋歡心赴官，是故意興風發，方有如此感情，抽象景物透過想像，一吐辭「路入蓬萊天尺五，眼中見日與長安」則化爲具象之心理反映，欣喜情狀顯現無餘。詩中化抽象爲具象，化不可能爲可能，入創意之詩境。

㉙ 見詞學集成卷六詞概論詞九則。清、江順詒輯。詞話叢編第四冊，頁三六八三，唐圭璋彙刊，新文豐公司印行。

㉚ 皺水軒詞筌，清、賀裳撰，詞話叢編第一冊，頁六八九。新文豐公司印行。

㉛ 參見談文學一書中「從比較的方法論中國詩的視境」，葉維廉作。三民文庫一六五冊，頁一四七，三民書局印行。

如視紛紛晳與休，芳心那肯貯離愁，結成冰玉岳湛侶，開伴紵羅施鄭流。
影照嬋娟如並臥，枝橫清淺似雙浮，不知他日調金鼎，勝得櫻桃氣味否？
（後四　次韻趙觀使鴛鴦梅）

本詩「芳心那肯貯離愁」設想出奇。三、四兩句擬人意象亦身潔姿雋。尤以「影照嬋娟如並臥，枝橫清淺似雙浮」二句創意最多，上句將立體攤開平面；嬋娟本立體，一入臥字轉入平面。下句化平面而爲立體；枝橫清淺爲水面影子，參以「浮」字，遂使橫枝清淺有層次而立體化，活靈活現，可堪吟詠再三矣。類此用筆十朋是擅手，其詩或有與悟境疊合，時有難分者，然並具新奇滋味也。

冰輪飛出暮雲端，更向蓬萊頂上看，端似虹橋翫金餅，絕勝華屋見銀盤。
光浮酒面杯尤滑，清入詩腸句不寒，又與鑑湖添勝事，一時賓主盡鴛鸞。
（後四　中秋又和趙仲永無幹二首之一）

此首詩三、四句「虹橋翫金餅」、「華屋見銀盤」已將不可能者化爲可能，無理而妙者也。最喜是「光浮酒面杯尤滑，清入詩腸句不寒」兩句，上句月光浮於酒面尚覺不奇，「杯尤滑」三字則冷月視感，轉化成觸感、思感之「滑」字意象複合殊高明。下句「詩腸」已具象，清談清明之氣溶入詩腸，移情作用眞佳，此句「寒」字自「清」意沿續，並非觸感，實是心靈體會所得之思感，既「句不寒」則詩情豪放矣。此詩似是非是之「滑」與「不寒」之感受，正是無理之妙焉。

另有一種翻出新意之詩，亦可作創意詩而賞其詩境。藉詩前句之意，後句翻疊出新見，而後詩句再出陳布新，幾經翻疊，意境自新。譬如：

天然形貌寫何難，難得靈臺上筆端。朋黨論興三出日，不知誰作正人看？（後八　觀文

正像用贈傳神道士韻）

詩之首句言寫形貌難，次句即翻疊云以筆寫心尤難，是繪形畫貌難畫心之意。末二句指呂夷簡執政，誣斥范仲淹朋黨，貶出范氏等三人，呂夷簡亦罷，值此時君臣相顧難分孰爲正人孰爲小人，文意又翻疊出日久見人心之新意，詩意層層翻新，詩中層層有機智之美感[32]亦創意之境也。

三、聯想性

人之想像力可達無限，往往類似之境、物可比附牽連，甚且差異極大之境、物若經某一共同點之聯想，亦可並列共存，故時而溶會兩境，時而象徵譬喻，職是點染美感之境多不離聯想性之運用。李白將進酒：「高堂明鏡悲白髮，朝如青絲暮成雪」即以由髮與白雪之共同點造成聯想之境。王維送梓州李使君：「山中一夜雨，樹杪百重泉」乃以雨水、泉水之通性遂牽合山中樹杪兩境。昭明文選序云：「序述之錯比文華」即是主張善用聯想及比喻，尤以純文學之作品，偏重聯想，當以藝術爲手法，靈感爲源泉[33]。下文試以十朋詩爲例細述此一詩境。

地近荊州見木奴，青黃照眼兩三株；百錢買得霜前顆，味帶儒酸似老夫。

（後十一　晚過沙灘）

㉜ 見美學與語言頁一八〇，趙天儀著。三民書局印行。三民文庫一二八冊。

㉝ 參見周錫侯「唯美的純文學」一文，中華文化復興月刊第十七卷十期。

此首詩末句以橙桔之酸比喻儒生之酸，一實一虛，頗見幽默趣味。詩之前三句平常，末一句遣運聯想，方得詩境全出。

升高蝜蝂墮，粘壁蝸牛枯。搢紳鳩梁肉，是亦蝸蝜徒。
抽身箠楚中，勇退媿此胥。衣冠與刀筆，未可分賢愚。（後三　府吏有以老求退者）

詩中「蝜蝂」、「蝸牛」、「搢紳」之相似點爲貪食負重，喜爲己力所難負荷之事，此是思想意象之展現。且「蝜蝂」蠕體肉屬小蟲；「蝸牛」有殼蠕體肉屬動物；搢紳鳩肉，皆共同有「肉」之視覺意象，是以比類敘述，然詩境較爲平常，以實物喻實物之故也[34]。

明珠遙吐臥龍頭，漸覺清光萬里浮。人望使君如望月，要須如鏡莫如鉤。
（後四　望月臺）

此詩之後二句頗具聯想性。「使君」固是實體，然究竟爲何眞難解說，今以「月」之光明，「月」之萬里狀擬「使君」之恩德廣被，至此文意已足，末句似贅餘，惟此於境界無妨，依然有高華之細緻，含蓄性較差耳。

危亭頂鄂渚，欲上初不敢，肩輿躡崢嶸，眼界驚坎窞。
青山繚江湖，煙雨抹濃淡。千帆破滄浪，萬室昭菡萏。
大澤胸可呑，秀色手宜攬。形勢控上游，天險卦侔坎。
登臨迫吹帽，秋聲在葭菼。銜杯情有欣，懷古意多感。

---

[34] 參見黃師永武中國詩學鑑賞篇頁二〇二至二〇六，「欣賞聯想性的意境」。

兩雄孫與劉，壯志鯨鵬噉。赤壁走阿瞞，功業炳鉛槧。
黃鶴去何之，靈竹色猶慘。樓餘庾公興，洲遺正平憾。
北望舊中原，激烈壯士膽。何由登太山，一快天下覽。（後十　題一覽亭）

此首詩意象平常，中有兩句卻十分突出，即「大澤胸可呑，秀色手宜攬」，此種聯想襟抱非常，本詩中北望中原壯懷江山之忠愛濃情，當沿此襟抱而來。詩境之張大，自是聯想之功。

鯉魚甲露江中渚，蘆荻花浮渚上霜。檣影落江疑是釣，巨鱗驚躍鷺飛忙。
（後十一　過金口市）

本詩第二句之意，以爲荻花白似霜，浮動渚上，「浮」字最具動感，意象輕快。末二句聯想張力極強烈。檣影是虛，釣是實，以虛喻實，比擬奇妙，故下句鱗躍鷺飛，聯想之境界具象化矣。

聯想性之作品，意象明顯，即王國維所云不隔之作品，其作品語語皆在眼前，讀者透過作品如圖畫般之意象，構成與作者心靈、情感共鳴，是以境界自高㉟。

四、悟性

詩中自是有悟境，無庸辯言。詩與禪，體會意境之悟心則同。了悟則悟境便生，大悟小悟相生無窮，靈心禪機旋生旋逝，得以寄神韻，得以忘塵言，此時文字即水月鏡花，相中生滅，不必

㉟參考李辰冬「文學欣賞的新途徑」一書之「文學批評的基本認識」一文，三民書局印行。三民文庫一〇一號。

追究可也㊱。

胡應麟詩藪舉兩詩例「曲徑通幽處，禪房花木深，山光悅鳥性，潭影空人心」（常建　破山寺後禪院）與「木末芙蓉花，山中發紅萼，澗戶寂無人，紛紛開且落」（王維　辛夷塢）有禪悟之境㊲。然而葉嘉瑩氏曰：「我以爲境界就作者而言乃是一種具體而眞切的意象的表達；就讀者而言則是一種具體而眞切的意象的感受㊳，綜合上文余歸納爲兩點：悟性之境未必侷限如嚴羽之禪道解詩，黃師永武以爲有「警世作用」，有「省悟的境域」，有「無比純眞的感觸」，有「自反自省感觸良多的餘韻㊴，是也。余以爲若能再擴充範疇爲一切美悅之體悟則更佳，此其一。悟境之布局體會作者與讀者之層次各有差等，各有所入，悟境原不可強分一律者也，此其二。

至於，悟性詩境之示現手法，可以跌宕筆觸造境，可以反問語氣造境，今以十朋詩，試說明之：

風掃園林萬木殘，道人眼界卻宜看；北窗趺坐對松柏，人物青青俱歲寒。

（後二　次韻寶印叔題壁三絕之一）

大地風狂，園林凋殘，在此歲暮，道人趺坐北窗，遙對寒天中之青青松柏，面對殘景道人眼中有

㊱ 參考新編談藝錄頁九十八，第二十八條「夫悟而曰妙，未必一蹴即至也」，錢鍾書著，一九八三年五月版。

㊲ 詩藪第二冊內編下，頁三五二，廣文書局印行。

㊳ 迦陵談詩第二冊頁三一九「由人間詞話談到詩歌的欣賞」，三民書局三民文庫八十七號之二。

㊴ 中國詩學鑑賞篇頁二一八「欣賞感悟性的意境」。

萬物與我皆殘，極高度之同情心，也有一股強烈之新希望。三、四句之歲寒松柏，與首句之狂風殘木形成對比，跌宕有情，造成絕高之悟境。此種悟境人人皆有，惟不如道人感受之靈敏，是以作者通過出家人之思惟心象，悟得此境而捕捉刹那間之景與情，遂藉特殊情感之陳現，記錄悟性美感之價值㊵。

蘆花兩岸風蕭瑟，渺渺煙波浸秋日。鷗鷺家深不見人，小舟忽自花中出。

（後十一　蘆花）

詩之前三句現出蕭瑟、沉悶、寂靜，末句突生驚異之喜劇效果，乍見一種嶄新、有衝擊力之生機。第四句之跌宕生姿，實自前三句之蓄勢。末句景中有情，意象類似「柳暗花明又一村」，多予人了悟之境界，此種人類知覺與潛意識溶疊之感受㊶，令人有勃勃光明之生命力，余甚喜此一小詩之悟境。

山中有鏡石爲臺，雲霧深藏未肯開。別有一溪清似鏡，不須人爲拂塵埃。

（後十　石鏡溪）

此詩一、二句言石鏡雲深不易見，猶如人心之難明。三、四句說溪清如鏡自然無塵，似指出人之心頭活水，本性清澈。全詩皆有禪味，似可作「菩提本無樹，明鏡亦非臺，本來無一物，何處惹塵埃」之註腳。此詩啓示諸佛之覺淨心即是淨心之自覺㊷，於人性之混沌不明，性染爲用，有當

㊵ 參見趙天儀著「美學與語言」頁九八至一〇一「第五章語言的價值」，三民書局，三民文庫一二八號。

㊶ 參見中國新詩賞析二頁一六六至一七〇，林明德等編，長安出版社印行。

㊷ 參見中國哲學史頁七六八「覺與不覺」，馮友蘭著。

頭棒喝之警示悟境。

古剎名多福，初來宿上方。蜂窠懸敗壁，燕壘滿空梁。蝙蝠沸盈室，塵埃堆滿床。香燒數炷柏，移下小僧房。（後十　多福院）

詩之頷腹兩聯將古寺之斑剝、敗壞、古寂，細細白描，刻畫具體，形色暗淡，與多福之美名形成尖銳對比。首聯與尾聯呼應：原宿上方，何以移下小僧房，爲不堪宿之故，行藏寫實，不言可喻。全詩未發一字議論，只次第敘說住宿歷程，於古今盛衰，人生離合，幸與不幸，皆留下無限省思之空間矣。

夔子山高峽天闊，騷人宅近剛腸悲。菊花上頭不易得，酒盞到手何須辭？（後十三　登臥龍山一絕）

詩中言蜀山高蜀江闊，人生至蜀無幾多。今日登高上臥龍，臥龍諸葛先生壯志不遂之事跡，令人剛腸悲痛，故首二句懷古。第三句是感慨。人老矣，髮童矣，菊花插頭已不易，頓生人生苦短之感慨。末句是省思、悟道。酒盞到手何須辭？以反詰語氣造境，眼前頓時有一老人，手端一杯酒，高立山岡，沈思不已。功勳不易建，青春不回來，飲之飲之，莫停杯，身後容得劉伶名。此詩非訴之以消極思想，十朋乃積極入世者，詩中所示現者，乃十朋人生之悟思，勳業之期盼。另有一首遊萬杉院（後十）亦是同用此一反問手法，以達成省悟之境。如：

一水遙分瀑布餘，萬杉深處散明珠，不知散卻珠多少，能買人間富貴無？

如此老掉牙之見解，卻是千萬年間人類永遠沈迷不悟之困境，寧不一再省思乎哉！

五、自然性

朱光潛氏以爲詩之客觀者，偏重人生自然之再現，主觀者則偏重情感之表現，二者實無分別㊸。詩之多樣意象及綜合詩境本屬常理，朱氏之言不足爲奇。其意境偏重含蓄，謂之含蓄性詩境；若其意境偏重自然和諧，自可謂之自然性之詩境。詩人均有物外之趣，生活環境中，或得有我之境，或得無我之境，要不失自然和諧則其境界自出而高超。

自然性境界之詩，多注意自然界之變化，不刻意追求內心之活動，然情景依然溶合，美化之自然景觀與美化之心理變化，仍賴意象傳達，景以傳情，情景優美，可謂是詩之勝境。此種自然性之詩常見特性爲自足之樂、逍遙之趣、無言之美、素樸之秘㊹。因之自然性詩境著重於詩人心境之自我和諧及引領讀者心靈回歸至自然純靜之境界。試舉十朋詩例以闡釋：

剛被篙工誤，遲留一日裝。川塗隔浩渺，燈火亂昏黃。
呼僕回行李，尋僧宿上方。山前十里雪，夜入夢魂香。（前三　宿慶善寺）

此詩敘述紹興十五年冬十朋赴臨安入太學之途中宿寺之事。首聯兩句與腹聯兩句，寫出詩人與篙工、僕人、僧人三者間之人我和諧。頷聯兩句及尾聯兩句，白描景物十分傳神，尤以「夜入夢魂香」句已渾入無我之境，立客觀之地以觀我，意境甜酣，詩味自然，故目之曰自然性詩境，是也。整首詩敘瑣事從容不迫，所描景緻意象鮮明，譬如「隔浩渺」、「亂昏黃」、「十里雪」視感凸

㊸ 參見詩的境界—情趣與意象。朱光潛詩論頁六十七。

㊹ 參見「論唐代自然詩中的和諧」一文，李漢偉著，中華文化復興月刊十九卷十二期。又參考古今詩談頁十六至十八「略談杜詩之質與境」之悠閑自在的詩境一節。禚夢庵撰，台灣商務人人文庫二三三一—二號。

顯，而「夜入夢魂香」句且有視覺、觸覺、味覺綜合之意象，怡然眠態呼之欲出，是步入自足欣樂之自然性詩境已矣。

紅雨紛紛空自繁，碧雲一朵勝桃源。君家獨有神仙種，分我鬧花深處根。

（前七　覓季仲權碧桃）

詩之末句下一「鬧花」詞彙使詩人忙於園林之逍遙生活之況味盡得。詩人與人與花樹間之相處和諧之美亦爲之立現。

氣壓群陰首占陽，生賢時節自非常。十分天上月輪滿，一線人間日影長。攬轡威名崖雪凜，和羹消息嶺梅香。要知三峽無窮水，便是詞源與壽觴。

（後十二　查漕元章生日）

此首詩完全自對方設想，全無詩人影子，得無言之美。前七句寫景，第八句借景傳情，深得自然性詩境之上乘手法。查元章係十朋好友、同道，詩中「雪凜」、「梅香」字眼意象明朗，將元章之人格推崇備至。末二句爲全詩主旨，氣勢雄壯，能撐起全詩文氣。

江梅初破一陽天，詩句清新欲鬥妍，呼我同來飲文字，定扶衰病到尊前。

（後十九　次韻提舶見招）

本詩遣字樸素，情感流露自然，示現出人我和諧之飄逸感。衰病是外面生命狀態，定扶衰病到尊前則自詩人內部生命流露出與他人同享生命世界之欣然樂趣，職是詩人之高貴情操將自然性詩魂提升至頂點，境界超凡，人品詩品並臻和諧。

總之，王十朋詩能於逆境中展現心靈寧靜，詩風氣象雋闊其形成詩境輒不止含蓄性、創意性、聯想性、悟性、自然性而已，其餘詩境特色稍假時日定當再行撰文補述。

肆、結論

綜觀全文，南宋王十朋梅溪文集於文學觀念、文學技巧皆卓然有成，梅溪全集羅列詩篇二〇三八首、賦篇七篇，文章四九二篇，以如此龐大成熟之作品，評論著作水平固可頡頏同期之陸游、楊萬里，至於范成大、尤袤恐非其倫比也。今之中國文學史竟然全面忽略，無隻字片語，是宋室南渡後第一位文學大家作品將無以昭示後人，豈非今日我輩之過乎？

余試推想形成如此結果之原因，可得左文數端，略作諸君子之參考：

一、十朋為政僅十四年，有用之不盡遺憾，是以成名為時過短，於文壇旋起瞬滅，曇花一現。

二、王氏係南宋中興名臣，熠燿彪炳之政聲，掩過其所建立之文名。

三、王氏所交益友、泰半於政治地位、文學地位均不顯媚，是以朋友推揚之功全付闕如。且又與十朋仕晚而早逝（僅六十歲）之故息息相關焉。

四、陸游、楊萬里、范成大等皆從江西詩派之詩入門，而十朋恰是南宋初抨擊江西詩弊之先鋒，於宋、明、清均被排斥漠視，造成文名之沉寂不彰。

五、陸游、楊萬里、范成大三人之創作生涯遠勝十朋許多，彼輩出身有利，成名亦早，自易建立巍峨文壇聲名。

六、王氏之作品涵蓋面廣，詩文賦各類較均衡，未刻意標榜愛國，此較易為撰作文學史之作者所忽略。

總言之，吾人若檢視南宋後之文學走向，十朋主張之藝術審美觀念之獨立、文學社會功能之擅揚，於文學、事功、詩學成就卓偉，一度嘗試扮演北宋歐陽修（即唐之韓愈）領導文風扭轉時弊之角色，均已功垂後世。歐蘇而後，凡不欲附從西崑、江西詩派之詩人，王十朋是佔有充分影響力者，可謂自嚴羽詩論過渡於明清風格，神韻、性靈間其先為一引導棋子，吾人當肯定其文學創作之成就，或可為其建立南宋初年文學史上之新地位、新評價焉哉！

重要參考書目

凡　例

本書目全依作者筆畫順序排列

同一作者即依書名筆順次第排

合著者著譯者以第一位作者爲筆順

一、版本

王十朋（宋）王梅溪詩選一卷　日本京都大學藏宋十五家詩選江户昌平坂學問所重刊本

王十朋（宋）王梅溪詩選六卷　台北中央圖書館、日本京都大學藏本明潘是仁輯校彙定宋元詩集本

王十朋（宋）宋王忠文公全集五十卷　日本東京大學藏徐炯文重刊唐傳鉎重編本附有徐編年譜諸

王十朋（宋）宋王忠文公全集五十卷　台北台灣大學圖書館、日本京都大學藏雍正六年唐傳鉎重編本

王十朋（宋）梅溪先生文集五十四卷　台北中央圖書館藏中英庚子保存文獻本

王十朋（宋）梅溪先生文集五十四卷　台北中央圖書館藏天順六年補刊序跋本

王十朋（宋）梅溪先生文集五十四卷　台北中央圖書館藏天順六年修補重印本

王十朋（宋）梅溪先生文集五十四卷　台北中央圖書館藏正統五年刊（疑天順六年刊）後代修補本

王十朋（宋）梅溪先生文集五十四卷　台北中央圖書館台灣分館藏原總督府之涵本

王十朋（宋）梅溪先生文集五十四卷　台北中研院史語所藏明嘉靖後本

王十朋（宋）梅溪先生文集五十四卷　台北中研院史語所藏清宋定國手校本

王十朋（宋）梅溪先生文集五十四卷　台北故宮圖書館藏沈仲濤贈明正統五年本

王十朋（宋）梅溪先生文集五十四卷　台北故宮圖書館藏四庫全書薈要鈔本

王十朋（宋）梅溪先生文集五十四卷　台北故宮圖書館藏天順六年昭仁殿乾隆御覽本

王十朋（宋）梅溪先生文集五十四卷　台北故宮圖書館藏四庫全書鈔本

王十朋（宋）梅溪先生文集五十四卷　台北台灣師範大學藏涵本之商務初印本

王十朋（宋）梅谿詩集八卷　台北中央圖書館藏南宋原刊本南宋群賢小集內

王十朋（宋）梅谿詩集八卷　台北中央圖書館藏兩宋名賢小集朱墨批校舊鈔本

王十朋（宋）梅谿詩集八卷　台北故宮圖書館藏四庫兩宋名賢小集汪如藻家藏本（四庫珍本同）

二、總集、選集及專著

尤　袤（宋）梁谿遺稿　台北台灣商務印書館（四庫全書本）七五年三月初版

王之望（宋）漢賓集　台北台灣商務印書館（四庫全書本）七五年三月初版

王安石（宋）王荊公詩　台北鼎文書局（李壁注、沈欽韓補正）六八年九月初版

白居易（唐）白居易集　台北漢京文化公司七三年三月初版

朱　熹（宋）晦庵集　台北台灣商務印書館（四庫全書本）七五年三月初版

汪應辰（宋）文定集　台北台灣商務印書館（四庫全書本）七五年三月初版

吳　芾（宋）湖山集　台北台灣商務印書館（四庫全書本）七五年三月初版

陸　游（宋）渭南文集　台北台灣商務印書館（四庫全書本）七五年三月初版

唐圭璋編（民）全宋詞　台北洪氏出版社七十年四月再版

高　適（唐）
孫欽善注（民）高適集校注　上海古籍出版社（大陸）一九八四年二月初版

張　栻（宋）南軒集　台北台灣商務印書館（四庫全書本）七五年三月初版

張景星選（清）宋詩別裁　台北台灣商務印書館（人人文庫本）六七年一月台一版

陶淵明（晉）
徐巍選注（宋）陶淵明詩選註　台北源流出版社七一年十月初版

清聖祖御編（清）全唐詩　台北盤庚出版六八年二月一版

曾國藩編（清）十八家詩鈔　台北文源書局六七年九月再版

葉　適（宋）水心文集　台北台灣商務印書館（四庫全書本）七五年三月初版

喻叔奇（宋）香山集　台北台灣商務印書館（四庫全書本）七五年三月初版

錢鍾書註（民）宋詩選註　台北新文豐出版公司七八年四月台一版

韓　愈（唐）五百家注昌黎文集　台北台灣商務印書館（四庫全書本）七二年十月初版
魏仲舉編（宋）
韓　愈（唐）
錢仲聯集釋（民）韓昌黎詩繫年集釋　台北世界書局七五年十月四版

三、詩文評

(一) 詩文批評類

王夫之等撰（清）
丁福保編（清）清詩話　台北明倫書局六十年十二月初版
王國維（民）人間詞話　台北弘道文化事業公司七十年十二月再版
王夢鷗（民）文藝美學　台北遠行出版社六五年五月再版
西協順三郎
杜國清譯（民）詩學　台北田園出版社五八年十二月初版
朱光潛（民）文藝心理學　台北台灣開明書局六一年十月重五版
朱光潛（民）詩論　台北漢京文化公司七一年十二月初版
朱光潛（民）談文學　台北弘道文化事業公司七五年十月初版
朱榮智（民）元代文學批評之研究　台北聯經出版公司七一年三月初版

江國貞（民）司空表聖研究　台北文津出版社七四年七月再版

吉川幸次郎　鄭清茂譯（民）宋詩概說　台北聯經出版社六九年四月初版

汪中（民）杜甫　台北河洛圖書出版社六六年三月台初版

李辰冬（民）文學欣賞的新途徑　台北三民書局（三民文庫本）六五年五月三版

李東陽（明）懷麓堂詩話　台北藝文印書館（續歷代詩話內）七二年六月四版

阮一閱（宋）詩話總龜　台北廣文書局六二年九月初版

吳景旭（清）歷代詩話（宋詩部分）　台北世界書局六八年六月三版

林明德等編（民）中國新詩賞析　台北長安出版社七六年二月四版

青木正兒　隋樹森譯（民）中國文學概說　台北莊嚴出版社七十年九月初版

洪炎秋（民）文學概論　台北文化大學華岡出版部五七年十月三版

柯慶明（民）現代中國文學批評述論　台北大安出版社七六年十月初版

胡應麟（明）詩藪　台北廣文書局六二年九月初版

俞允文編（明）名賢詩評　台北廣文書局六二年九月初版

韋居安（元）梅澗詩話　台北藝文印書館（續歷代詩話內）七二年六月四版

陸心源輯（清）宋詩紀事補遺　台北鼎文書局六十年九月初版

孫克寬（民）詩與詩人　台北台灣學生書局六十年十月再版

高越天（民）五朝詩評　台北台灣中華書局六一年三月初版

夏　紹　碩（民）古典詩詞藝術探幽　台北漢京文化公司七三年七月初版
袁　行　霈（民）中國詩歌藝術研究　台北五南圖書公司七八年五月台初版
陳　　　香（民）讀詩劄記　台北台灣商務印書館（人人文庫本）六二年一月初版
郭　紹　虞（民）中國詩的神韻格調及性靈說　台北河洛圖書出版社六四年九月初版
梁　　　昆（民）宋詩派別論　台北東昇出版事業公司六九年五月初版
都　　　穆（明）南濠詩話　台北藝文印書館（續歷代詩話內）七二年六月四版
葉　嘉　瑩（民）中國古典詩歌評論集　香港版（原書無出版書局及年月）
葉　嘉　瑩（民）王國維及其文學批評　香港版（原書無出版書局及年月）
葉　嘉　瑩（民）迦陵談詩　台北三民書局（三民文庫本）六六年四月三版
黃　永　武（民）中國詩學　台北巨流圖書公司六六年六月一版二印
黃　永　武（民）字句鍛鍊法　台北洪範書店七五年二月三版
黃　永　武
張高評合編（民）宋詩論文選輯　高雄復文圖書出版社七七年五月出版
黃　永　武（民）詩　心　台北三民書局（三民文庫本）六十年七月初版
黃　永　武（民）詩與美　台北洪範書店七四年五月三版
黃　忠　愼（民）南宋三家詩經學　台北台灣商務印書館七七年八月初版
張　　　健（民）文學批評論集　台灣學生書局七四年十月初版
張　　　健（民）宋金四家文學批評研究　台北聯經出版公司七二年五月再版

張健（民）明清文學批評　台北國家出版社七二年一月初版

張夢機（民）鷗波詩話　台北漢光文化事業公司七三年十一月再版

楊文雄（民）李賀詩研究　台北文史哲出版社七二年六月再版

趙翼（清）甌北詩話　台北廣文書局七六年三月再版

厲鶚輯（清）宋詩紀事　台北台灣中華書局六十年四月台一版

臺靜農編（民）百種詩話類編　台北藝文印書館六三年五月初版

禚夢庵（民）古今詩談　台北台灣商務印書館六六年七月初版

鄭騫等（民）談文學　台北三民書局（人人文庫本）六八年十二月再版

劉若愚（民）杜國清譯　中國文學理論　台北聯經出版公司七四年八月再版

劉熙載（清）藝概　台北漢京文化公司七四年九月初版

劉勰（梁）黃叔琳校（民）文心雕龍注　台北台灣開明書局六七年九月台十四版

錢鍾書（民）新編談藝錄　香港一九八三年版（原書無出版局）

繆鉞等撰（民）宋詩鑑賞辭典　上海辭書出版社（大陸）七六年十二月初版（一九八七年）

鍾嶸等（梁）何文煥輯（清）歷代詩話　台北漢京文化公司七二年一月初版

魏慶之（宋）詩人玉屑　台北九思出版公司六七年十一月台一版

(二) 學位論文類

作者	題名	出處
王紘久（民）	袁枚詩論研究	政治大學政治大學中文所碩士論文七二年六月
易新宙（民）	神韻派詩論之研究	中文所碩士論文六二年五月
胡明珽（民）	楊萬里詩評述	中國文化學院中文所碩士論文五六年六月
陳義成（民）	楊萬里生平及其詩之研究	中國文化學院中文所博士論文七一年十二月
陳彩玲（民）	南宋遺民詠物研究	政治大學中文所碩士論文七四年五月
葉光榮（民）	宋代江西詩派研究	中國文化學院中文所碩士論文五七年六月
張簡坤明（民）	袁枚與性靈詩論研究	中國文化學院中文所碩士論文七五年七月
潘玲玲（民）	南宋遺民詩研究	政治大學中文所碩士論文七二年四月
龔鵬程（民）	江西詩社宗派研究	台灣師大國文所博士論文七二年四月

四、史學

丁傳靖輯（民）	宋人軼事彙編	台北台灣商務印書館七一年九月台二版
王德毅編（民）	宋人傳記資料索引	台北鼎文書局七三年四月增二版
王梓材（清）		
馮雲濠輯	宋元學案補遺	台北新文豐出版公司（四明叢書內）七七年四月台一版

朱瑞熙(民)宋代社會研究　台北弘文館出版社七五年四月初版

成復旺等(民)中國文學理論史(二)　北京出版社(大陸)七六年七月初版(一九八七年)

何　異(民)中興百官題名　台北新文豐出版公司(叢書集成續編)七八年台一版

佚　名(宋)南宋館閣續錄　台北台灣商務印書館(四庫全書本)七一年十月初版

依川強(民)宋代文官俸給制度　鄭樑生譯　台北台灣商務印書館六六年一月初版

林天蔚(民)宋代史事質疑　台北台灣商務印書館七六年十月初版

柯維騏編(民)宋史新編　台北新文豐出版公司六三年十一月初版

郭紹虞(民)中國文學批評史　台北文光出版六二年九月初版

徐松纂輯(清)宋會輯稿　台北新文豐出版公司六五年十月初版

孫毓修(民)中國文學藏書家考略　台北新文豐出版公司六七年九月初版

孫殿起(民)中國雕版源流考　台北盤庚出版社(中國圖書研究第三冊)六八年二月初版

孫殿起(民)販書偶記　台北漢京文化事業公司七三年七月初版

孫殿起(民)販書偶記續編　台北漢京文化事業公司七三年七月初版

孫詒讓(民)溫州經籍志　台北廣文書局(書目三編)五八年二月初版

陳　騤(宋)南宋館閣錄　台北台灣商務印書館(四庫全書本)七五年三月初版

陳新會(民)史諱舉例　台北世界書局七七年九月四版

陳振孫(宋)直齋書錄解題　台北台灣商務印書館(四庫全書本)七五年三月初版

脫脫等(元)宋史　台北鼎文書局七二年十一月三版

陶晉生(民)宋遼關係史研究　台北聯經出版公司七五年元月二版

黃本驥(清)避諱錄　台北新文豐出版公司七八年七月台一版

黃宗羲(民)全祖望補(清)宋元學案　台北世界書局七二年五月四版

黃寬重(民)南宋史研究集　台北新文豐出版社七四年八月台一版

馮友蘭(民)中國哲學史　附補編之版本(原書無出版書局及年月)

楊蔭深等(民)四庫全書薈要纂修考　台北故宮博物院六五年十二月初版

蔣義斌(民)宋代儒釋調和論及排佛論之演及　台北台灣商務印書館七七年八月初版

劉大杰(民)中國文學發達史　台北台灣中華書局六二年四月台四版

鄭振鐸(民)中國文學史　台北盤庚出版社六七年十二月初版

錢士升(明)南宋書　台北台灣商務印書館(四庫全書本)七五年三月初版

羅根澤(民)中國文學批評史　台北學海出版社六七年九月初版

五、其他

朱光潛(民)談美　台北弘道文化事業公司七五年十月初版

陳望道(民)修辭學發凡　香港大光出版社五三年二月版(一九六四年)

許世瑛（民）中國文法講話　台北台灣開明書店六三年六月十一版
戚廷貴（民）藝術美與欣賞　台北丹青圖書公司七六年一月初版
黑格爾（民）美學
朱孟實譯　台北里仁書局七十年五月初版
張春興
楊國樞（民）心理學　台北三民書局六五年八修正三版
趙天儀（民）美學與語言　台北三民書局（三民文庫）六七年十二月三版
潘天壽（民）潘天壽美術文集　台北丹青圖書公司七六年一月初版
蘇國榮（民）中國劇詩美學風格　台北丹青圖書公司七六年六月初版

六、單篇論文

方　介（民）略論阮籍詠懷詩中的象徵
中華文化復興月刊十八卷五期七十四年五月
左景清（民）鬼才之砍歌
自由談三十卷十二期六十八年十二月
朱玖瑩（民）由蘇軾詩文談到寫詩
中華詩學三卷六期五十九年十一月

江學謙（民）從古體詩到現代詩上、下
中華文化復興月刊十四卷十一、十二期七十年十一月、十二月

江惜美（民）袁枚詩論
中華文藝十九卷十一期七十五年十一月

沈文騫（民）性靈派詩人袁子才
暢流四十卷十二期五十九年二月

李漁叔（民）讀李商隱詩偶拾
中華詩學四卷四期六十年三月

李漢偉（民）論唐代自然詩中的和諧
中華文化復興月刊十九卷十二期七十五年十二月

林祖亮（民）南宋的愛國詩人
自由談三十卷十一期六十八年十一月

林柏燕（民）中國文學裡的反諷
自由談三十卷十期六十九年十月

周錫侯（民）唯美的純文學
中華文化復興月刊十七卷十期七十三年十月

周錫侯（民）豪放含蓄各擅文采
中華文化復興月刊十卷九期七十五年九月

阿部隆一、魏美月譯（民）故宮博物院藏沈氏研易樓捐贈宋元版本志上、下
國文中央圖書館館刊新十九卷二期七十五年十二月
二十卷一期七十六年六月
胡鈍俞（民）杜甫其詩其遇
中華詩學四卷三期六十年二月
高普斯東、傅佩榮譯（民）亞里斯多德的美學
中華文化復興月刊十六卷六期七十二年六月
張僕民（民）泛論蘇東坡的詩
自由談三十一卷三期六十九年三月
張春榮（民）詩中否定詞之用法試論
中華文化復興月刊十九卷三期七十五年三月
陳永深（民）詞的境界之層次（從人間詞話談起）
自由談三十二卷四期七十年四月
黃瑞枝（民）寫在透視山中白雲詞的情趣世界前
中華文化復興月刊十八卷六期七十四年六月
禚夢庵（民）盛世詩人蘇東坡
中華詩學三卷六期五十九年十一月
潘柏世（民）李白之神采
中國六選第二一五期七十四年三月

劉昌元 （民）論審美態度
中華文化復興月刊十六卷六期七十二年六月
鄭定國 （民）論故宮院藏明正統五年劉謙刊本梅溪先生文集五十四卷
孔孟月刊二十五卷十一期七十六年七月
鄭定國 （民）王梅溪十朋先生的著作
溫州月刊三卷四期七十六年十一月
鄭定國 （民）王十朋的文學背景與文學觀念上、下
孔孟月刊二十八卷一、二期七十八年十、十一月

國立中央圖書館出版品預行編目資料

王十朋及其詩／鄭定國著.--初版--
臺北市：臺灣學生，民83
面；　公分. --（中國文學研究叢刊：50）
參考書目：面
ISBN 957-15-0652-4（精裝）.
ISBN 957-15-0653-2（平裝）.

1.（宋）王十朋 - 作品集 - 評論
2. 中國詩 - 宋(960-1279) - 評論

851.4522　　83008956

王十朋及其詩（全一冊）

著作者：鄭定國
出版者：臺灣學生書局
發行人：丁文治
發行所：台灣學生書局
臺北市和平東路一段一九八號
郵政劃撥帳號〇〇〇二四六六八號
電話：三六三四一五六
FAX：三六三六三三四

本書局登記證字號：行政院新聞局局版臺業字第一一〇〇號

印刷所：常新印刷有限公司
地址：板橋市翠華街八巷一三號
電話：九五二四二一一九

定價 精裝新臺幣四〇〇元
　　 平裝新臺幣三四〇元

中華民國八十三年十月初版

82114

ISBN 957-15-0652-4（精裝）
ISBN 957-15-0653-2（平裝）

臺灣學生書局出版

中國文學研究叢刊

①詩經比較研究與欣賞	裴普賢著
②中國古典文學論叢	薛順雄著
③詩經名著評介	趙制陽著
④詩經評釋（二冊）	朱守亮著
⑤中國文學論著譯叢（二冊）	王秋桂編
⑥宋南渡詞人	黃文吉著
⑦范成大研究	張劍霞著
⑧文學批評論集	張健著
⑨詞曲選注	王熙元等編著
⑩敦煌兒童文學	雷僑雲著
⑪清代詩學初探	吳宏一著
⑫陶謝詩之比較	沈振奇著
⑬文氣論研究	朱榮智著
⑭詩史本色與妙悟	龔鵬程著
⑮明代傳奇之劇場及其藝術	王安祈著
⑯漢魏六朝賦家論略	何沛雄著
⑰古典文學散論	王熙元著
⑱晚清古典戲劇的歷史意義	陳芳著
⑲趙甌北研究（二冊）	王建生著
⑳中國兒童文學研究	雷僑雲著
㉑中國文學的本源	王更生著
㉒中國文學的世界	前野直彬著 龔霓譯
㉓唐末五代散文研究	呂武志著
㉔元白新樂府研究	廖美雲著
㉕五四文學與文化變遷	中國古典文學研究會主編
㉖南宋詩人論	胡明著

㉗唐詩的傳承——明代復古詩論研究	陳國球著
㉘中外比較文學研究　第一冊（上、下）	李達三 劉介民 主編
㉙文學與社會	中國古典文學研究會主編
㉚中國現代文學新貌	陳炳良編
㉛中國古典文學研究在蘇聯	俄・李福清著 田大長譯
㉜李商隱詩箋釋方法論	顏崑陽著
㉝中國古代文體學	褚斌杰著
㉞韓柳文新探	胡楚生著
㉟唐代社會與元白文學集團關係之研究	馬銘浩著
㊱文轍（二冊）	饒宗頤著
㊲二十世紀中國文學	中國古典文學研究會主編
㊳牡丹亭研究	楊振良著
㊴中國戲劇史	魏子雲著
㊵中外比較文學研究　第二冊	李達三 劉介民 主編
㊶中國近代詩歌史	馬亞中著
㊷近代曲學二家研究——吳梅・王季烈	蔡孟珍著
㊸金元詞史	黃兆漢著
㊹中國歷代詩經學	林葉連著
㊺徐霞客及其遊記研究	方麗娜著
㊻杜牧散文研究	呂武志著
㊼民間文學與元雜劇	譚達先著
㊽文學與佛學關係	中國古典文學研究會主編
㊾兩宋題畫詩論	李栖著
㊿王十朋及其詩	鄭定國著